LA CLEF ET LA CROIX

Éric Giacometti a été journaliste. Il est écrivain et scénariste de la série de bandes dessinées *Largo Winch* et de *Mediator, un crime chimiquement pur*.

Jacques Ravenne est écrivain, spécialiste de la Révolution française et auteur de récits historiques.

La série autour du commissaire Marcas qu'ils ont créée ensemble s'est vendue à plus de trois millions d'exemplaires à travers le monde.

Paru au Livre de Poche :

LES ENQUÊTES D'ANTOINE MARCAS
Marcas
Le Royaume perdu

LA SAGA DU SOLEIL NOIR
1. Le Triomphe des ténèbres
2. La Nuit du mal
3. La Relique du chaos
4. Résurrection
5. 669
6. Le Graal du diable

ÉRIC GIACOMETTI
JACQUES RAVENNE

La Clef et la Croix

ROMAN

JC LATTÈS

© Éditions Jean-Claude Lattès, 2024.
ISBN : 978-2-253-25304-4 – 1ʳᵉ publication LGF

Ainsi se terminait *Le Royaume perdu*...

Paris
De nos jours

En nage, Antoine Marcas se redressa sur son lit. Alice dormait paisiblement à ses côtés. Il lui déposa un baiser avec douceur et quitta la chambre silencieuse, mort de soif. Au-dessus du frigo la pendule murale indiquait quatre heures du matin. Son esprit était à vif, le sommeil évaporé. Plus question de se recoucher. Antoine traversa l'appartement et s'assit à son bureau. Toutes les fenêtres de l'immeuble d'en face étaient éteintes. Il alluma une petite lampe industrielle élancée et recourbée, une douce lumière jaune inonda la table. Il ouvrit le tiroir central et sortit le journal intime de Tristan, ce mystérieux aïeul qu'il n'avait jamais connu. La veille, quand Alice avait décidé de rester chez lui, il s'était promis de le lire au matin, tranquillement. Mais la curiosité le dévorait. C'était la bonne heure. L'heure bleue, calme et paisible, quand Paris ralentit sa course perpétuelle et ses habitants plongent dans leurs songes. Il dénoua la cordelette ficelée autour du carnet et entama la première page.

Je m'appelle Tristan Marcas. J'ai tenu à consigner, ici, des événements étranges auxquels j'ai été mêlé pendant la Seconde Guerre mondiale. Je vais vous révéler ce qu'aucun manuel d'histoire ne mentionnera. Des événements qui donnent une tout autre interprétation du conflit le plus meurtrier de l'histoire de l'humanité. Ces événements peuvent paraître incroyables et moi-même, des années après les avoir vécus, j'en suis à me demander si je ne les ai pas rêvés. Heureusement, ma chère Laure est là, à mes côtés, pour m'aider à mettre des mots sur mon passé aventureux. Elle aussi est partie prenante de ce récit. Avant de commencer, je voudrais citer un homme que j'ai beaucoup admiré, le colonel anglais Thomas Edward Lawrence, dit Lawrence d'Arabie. Dans ses Mémoires, Les Sept Piliers de la sagesse, *il a écrit cette phrase qui m'a hanté toute ma vie. « Tous les hommes rêvent mais pas de la même façon. Ceux qui rêvent de nuit s'éveillent le jour et découvrent que leur rêve n'était que vanité. Mais ceux qui rêvent de jour sont dangereux, car ils sont susceptibles, les yeux ouverts, de mettre en œuvre leur rêve afin de pouvoir le réaliser. » Je fais partie, moi aussi, de ces hommes qui rêvent le jour. Et je vais raconter ce long rêve vécu avec Laure. Il a commencé un 17 janvier 1939 en Espagne, au monastère catalan de Montserrat. J'étais en mission pour les services secrets anglais...*

Antoine leva les yeux du journal, troublé. Ce texte surgi d'un siècle oublié résonnait au plus profond de son esprit. Rêver les yeux ouverts. Lui aussi aurait pu coucher ces mots sur le parchemin de sa vie. Ce Tristan, cet énigmatique ancêtre, lui semblait si proche.

Il se pencha à nouveau sur le cahier usé et continua sa lecture.

Avertissement des auteurs…

Dans *Le Royaume perdu* Antoine venait d'achever sa recherche du livre d'Hénoch, un manuscrit apocryphe détenu par les templiers. À l'issue de sa quête, il avait également récupéré le journal intime de son aïeul Tristan Marcas. Excepté sa tombe au Père-Lachaise, aux côtés de celle de sa compagne Laure d'Estillac, Antoine ne connaissait presque rien de ce mystérieux ancêtre. Un tabou régnait dans la famille Marcas. Tout juste savait-il de son père mourant que cet énigmatique Tristan avait vécu des aventures extraordinaires pendant la Seconde Guerre mondiale.

Si Antoine ne sait que peu de chose sur Tristan, nos lecteurs, eux, le connaissent fort bien. Il est le héros de la saga du Soleil noir depuis six ans déjà. Nombreux parmi vous sont ceux qui cherchent à deviner le lien de parenté entre les deux hommes, et nous ne pouvions vous laisser insatisfaits par le rebondissement final du *Royaume perdu*.

Le mystérieux carnet de Tristan devait nécessairement devenir la pierre angulaire d'une nouvelle enquête d'Antoine.

Bonne lecture,
Éric et Jacques

I

Le merveilleux est toujours beau.
Il n'y a même que le merveilleux qui soit beau.

André Breton.

1

Suisse
De nos jours

Un Embraer Legacy 600 filait vers le crépuscule, les ténèbres engloutissant le ciel dans son sillage. Sa carlingue blanche n'affichait aucun sigle de compagnie aérienne, s'ornant uniquement d'une clef violette à double pan aux empattements élégants. La clef. Le mythique logo de la firme italienne Varnese qui régnait au firmament de la mode. Nul ne savait pourquoi son fondateur l'avait choisi. Certains pensaient que c'était par superstition, d'autres y voyaient les clefs de saint Pierre, le fondateur et unique actionnaire, Gianfranco Varnese, ne faisant pas mystère de son catholicisme, son frère était même cardinal, mais pour beaucoup elle symbolisait la clef de la réussite.

L'empire Varnese allait bientôt fêter son soixantième anniversaire et Gianfranco somnolait à l'arrière de son jet privé, confortablement assis dans un fauteuil de cuir fauve, cousu main par ses artisans de Florence. Il était vêtu d'un complet sombre, assorti d'une chemise blanche et d'une cravate anthracite. Rien d'ostentatoire, il laissait ce genre de fantaisie à ses héritiers. Seuls ses boutons de manchettes en forme de gros dés trahissaient une pointe d'originalité. Ses sourcils noirs contrastaient avec ses cheveux blancs ondulés. Une crinière encore opulente pour un homme de son âge, dont il tirait une certaine fierté. Son nez était aussi robuste que sa mâchoire, ornée d'une bouche aux lèvres épaisses et aux dents larges, faites pour déchirer la chair ou les hommes. La bouche d'un prédateur.

En dépit de son âge avancé, celui que l'on surnommait *il Muto*[1] en raison de son aversion pour les médias, et qui avait allégrement dépassé son quatre-vingt-cinquième anniversaire, dégageait une force étonnante. Dans le gotha des grands patrons italiens, Varnese occupait une place à part. Celle de l'ombre. Il refusait les interviews, ne mettait jamais en scène sa vie de famille, à la différence de deux de ses héritiers friands de la une des pages people. Malgré la médiatisation due à sa réussite, *il Muto* restait une énigme. On savait seulement qu'il avait perdu sa femme dans un effroyable accident de la route dans les années 1970.

Un steward surgit du fond de l'appareil et, une fois à son niveau, se pencha sur lui.

— *Signore...* Réveillez-vous, murmura-t-il d'une

---

1. Le muet. En Italie toutes les célébrités, dont les grands patrons, ont des surnoms liés à une particularité physique ou à un comportement.

voix douce et respectueuse, sans oser poser sa main sur l'épaule du vieil homme.

Qui oserait toucher le grand patron sans son autorisation ?

Il Muto ouvrit les yeux, de la même couleur sombre que ses sourcils, et cligna des paupières pendant une poignée de secondes puis massa la racine de son nez empâté. Le patriarche de la famille Varnese s'étira longuement avec une souplesse étonnante.

L'avion obliqua sur sa droite, frôlant un colossal cumulonimbus couleur charbon, et le steward se retint au dossier du siège voisin.

— Nous arriverons à Milan dans une demi-heure. Voici votre collation comme vous l'aviez demandé.

L'employé posa sur la table un verre d'eau, un assortiment de fines lamelles de jambon de San Michele dans une assiette compacte et une coupelle de fruits frais. *Il Muto* plissa les yeux.

— Merci, Maurizio. Apportez-moi mon coffret à cigares.

L'avantage d'être le propriétaire de son jet, c'est qu'il pouvait fumer à deux mille pieds d'altitude. Il avait fait installer un extracteur de fumée pour éviter de voyager dans un épais brouillard. Le steward hocha la tête avec cérémonie et passa à l'arrière de l'appareil pendant que Varnese se redressait sur son siège en cuir.

Il picora l'assortiment de fruits, puis se pencha sur le hublot et contempla la mer de nuages opaques qui s'étendait en dessous de lui. Ce qu'il découvrait ne lui inspirait pas confiance, la météo avait été exécrable depuis le décollage deux heures auparavant à Varsovie. Il avait tenu à inaugurer lui-même le nouveau siège de sa filiale des pays de l'Est, un marché qui ne cessait de se développer. Mais la visite avait été épuisante, il aurait dû envoyer sa fille ou l'un de ses fils.

Le steward était revenu pour lui tendre une petite caisse en bois ornée du logo Varnese. Après quelques secondes d'hésitation, il choisit un Davidoff Grand Cru Robusto et coupa la *tête*[1] avec sa guillotine gravée à ses initiales.

Il Muto gratta une allumette pour embraser le bout de son cigare, sans le porter à sa bouche. Il ne fallait jamais tirer dessus tout de suite. Non. La première saveur, aux arômes de noisette, se méritait à l'aune d'une seule vertu : la patience. C'était un rituel, profond et apaisant. Quand le *pied*[2] du cigare rougeoyait son esprit s'éclaircissait. Le vieux Zino Davidoff, qui l'avait initié au cigare dans sa jeunesse, répétait à l'envi : « Si j'ai acquis au fil des années quelque science teintée de philosophie, c'est encore au cigare que j'en suis redevable. »

Au bout d'une longue minute, *il Muto* coinça le cigare dominicain entre ses lèvres et aspira avec une lenteur calculée. Une délicieuse saveur envahit son palais expérimenté. Le cigare était l'un des seuls plaisirs qu'il s'autorisait. Deux par semaine, pas plus.

---

1. Partie du cigare que l'on coupe au moyen d'un accessoire appelé guillotine.
2. Extrémité du cigare qui entre en combustion.

Un léger déclic résonna au-dessus de sa tête. Un écran de télévision souple descendit du plafonnier pour se positionner face à lui. Gianfranco pesta, le pilote avait dû faire une mauvaise manipulation. Une succession d'images de chars en feu, de soldats carbonisés, de villes rasées et de cohortes de fuyards apeurés défila sur l'écran. La guerre dans toute sa splendeur. *Il Muto* souffla une bouffée en direction du téléviseur, il détestait être importuné pendant son rituel. Cela faisait des lustres qu'il ne pataugeait plus dans la boue noire de l'information continue, cinquième cavalier de l'Apocalypse, l'incarnation du malheur.

Agacé, *il Muto* tapota la télécommande de son accoudoir pour éteindre l'écran, mais rien ne semblait marcher. Le reportage terminé, une présentatrice reprit l'antenne sur le plateau. Vraiment mal habillée. Il nota de lui envoyer une invitation pour une séance de shopping privée dans sa boutique de Milan. Varnese appuya une nouvelle fois sur la télécommande. L'image se brouilla une fraction de seconde puis la journaliste reprit sa présentation.

— Et maintenant nous allons ouvrir notre débat de ce soir sur l'héritage de Benito Mussolini dans la vie politique italienne.

Des images du Duce défilèrent. Un homme chauve, sanglé dans une veste militaire galonnée jusqu'à la mâchoire, roulait des yeux exorbités et vociférait devant une foule.

Varnese laissa errer son regard. Après-guerre, dans ses jeunes années il avait milité pour un parti néofasciste. Un épisode qu'il avait soigneusement gommé de sa biographie. Agacé, il tourna la tête et fit tomber un parpaing de cendre dans le réceptacle en or incrusté dans l'accoudoir.

— Maurizio ! Venez m'éteindre ça immédiatement !

Le steward se précipita et essaya à son tour de manipuler la télécommande puis l'écran. En vain.

— Un faux contact… Je vais demander au pilote d'intervenir, répondit l'employé en filant vers l'avant de l'appareil comme si sa vie en dépendait.

Cigare vissé au coin de la bouche, Varnese fixa à nouveau son regard maussade sur le Duce en plein discours enflammé. Soudain le dictateur s'interrompit net et pointa un doigt en direction du passager du jet.

— On ne fume pas dans les avions, Varnese.

Le patriarche se figea. Il avait dû mal entendre. De longues secondes s'écoulèrent.

— Oui, c'est bien à toi que je parle ! hurla Mussolini, courroucé, ses yeux semblant sortir de leurs orbites. Le tabac est un poison. Il affaiblit la patrie. Honte à toi !

C'était inconcevable, le tyran italien lui parlait. Il l'appelait par son nom.

— Mais… Duce…, s'entendit répondre Varnese, stupéfait.

À l'instant où il avait répondu, Gianfranco réalisait l'absurdité de la situation. Il devenait fou. Il s'adressait à un mort qui lui parlait depuis un écran. Comment ce Mussolini pouvait-il lui parler directement ? Comment pouvait-il le voir fumer ? Instinctivement il leva la tête vers les caméras de sécurité.

Le Duce partit d'un grand rire sonore.

— Oui, je t'ai à l'œil, Varnese, à l'aide de ton système de sécurité interne. J'ai pris le contrôle de ton Legacy. Superbe appareil... si j'avais eu une flotte digne de ce nom j'aurais conquis le monde.

Varnese se ressaisit. Quelqu'un lui faisait une mauvaise blague. Il se leva d'un bond et aboya.

— Maurizio !

La voix du chef des fascistes retentit.

— Laisse ton larbin. Assieds-toi, nous avons à parler.

— Allez vous faire foutre.

— Tu oses parler de la sorte à ton Duce, ricana le dictateur.

Le patriarche se rua vers la porte blindée de la cabine de pilotage. Fermée. Il tambourina sur la cloison de carbone pare-balles. La voix du steward surgit.

— *Signore !* Nous sommes enfermés. Quelqu'un a pris les commandes de l'ordinateur de bord. Le pilote essaye de déconnecter le système pour passer en manuel.

Varnese sentit son pouls s'accélérer, mais il ne céda pas à la panique. Ça ne servait à rien de hurler et de se montrer faible.

— Tu comprends maintenant ? lança le Duce depuis le fond de l'appareil, retourne à ta place.

Gianfranco fixa le haut-parleur avec un sourire mauvais et obtempéra. Il retourna s'asseoir lentement sur son siège, les yeux rivés à l'écran. Sa main droite effleura un bouton de l'accoudoir, et du siège voisin apparut un fin tiroir dissimulé à l'intérieur duquel se trouvait un pistolet couleur or sur un écrin de mousse anthracite. Varnese sortit le Beretta 9 mm et le posa sur ses genoux.

— Cette arme ne te servira pas à grand-chose, Gianfranco.

— Un talisman contre les fantômes. Ça me rassure, Benito.

Varnese avait repris de l'assurance. Il ricanait presque. L'image de Mussolini le scruta longuement puis croisa les bras d'un air satisfait.

— Tu n'as pas bien compris ce qui se passe.

À peine avait-il prononcé ce dernier mot que l'avion vira brusquement à droite. Le Beretta vola sur le côté alors que le vieil homme luttait de toutes ses forces pour ne pas jaillir hors de son siège. Puis le jet se redressa doucement. Sur l'écran, Mussolini avait de nouveau croisé les bras et l'observait avec mépris.

— Ton talisman ne te sera pas d'une grande utilité, je le crains. Ton chargeur est vide. Quant à tes serviteurs…

L'image changea et une vue de la cabine de bord apparut en noir et blanc. Le pilote paraissait paniqué, les mains vissées sur son manche, le steward gisait à terre. Le Duce resurgit, presque hilare.

— Je tiens aussi le manche.

— Qui êtes-vous ? Mussolini est mort depuis plus de soixante-dix ans.

— L'intelligence artificielle, mon ami… j'ai choisi le Duce, si mes renseignements sont exacts, plus jeune, tu militais pour un parti nostalgique de ce dictateur. Mais j'aurais pu prendre n'importe quel visage. Le pape, Poutine, Hitler, Ronaldo…

L'inconnu était bien informé sur sa jeunesse. Varnese ne laissa rien paraître, mais il était bluffé par cette technologie stupéfiante. Le dictateur mort semblait plus en forme que jamais, les traits de son visage s'animant avec une fluidité déconcertante.

— Mais je ne suis pas ici pour évoquer tes errances passées, reprit Mussolini, parlons plutôt de l'avenir. Et il s'annonce bien sombre pour toi.

— Vous voulez m'extorquer de l'argent ? Et si je refuse ? Vous allez crasher cet appareil.

— J'ai déjà été payé pour mon travail.

Le patriarche le regarda avec stupéfaction. Il voulut se redresser sur son siège, mais il était complètement figé.

— Que voulez-vous ? parvint-il à balbutier.

— On m'a chargé de mettre fin à tes jours. À moins que tu ne répondes à une question. Une simple petite question. Et tu pourras encore profiter longuement de tes richesses.

Varnese ne laissa rien paraître mais il se doutait de la demande du tueur. Et c'était inenvisageable.

— Je n'ai pas peur.

Mussolini croisa les bras et opina de la tête en affichant une mine d'autosatisfaction.

— C'est tout à ton honneur, Gianfranco. J'ai horreur des geignards et des poltrons sans dignité.

— Qui vous a embauché ?

— Un proche... un concurrent... l'un de tes héritiers. La mafia... des amis qui te veulent du mal... va savoir... tu dois avoir tellement d'ennemis. *Molti nemici, molto onore*[1] !

Varnese se doutait de la réponse. Il le pressentait depuis des mois.

— Ce sont Eux qui t'envoient. C'est ça ?

L'avion obliqua légèrement sur la gauche. Mussolini afficha un grand sourire.

— Peu importe ! Nous allons bientôt entamer la descente vers Milan. À toi de décider si tu veux atterrir sain et sauf. Tu as eu une vie magnifique, Varnese, et ta réussite est un modèle pour tous.

— Le pilote ? Maurizio ?

Le Duce afficha une mine faussement dépitée.

— Je n'ai plus besoin d'eux. Le jet peut atterrir en pilotage automatique. J'ai coupé l'oxygène et ils vont rejoindre leur créateur. Toi au moins tu as le choix.

— Je vous écoute.

Le visage de Mussolini occupa tout l'écran.

— Tu sais ce que je veux, Varnese.

— Je ne vois pas de quoi vous parlez.

En guise de réponse, une flopée de masques à oxygène jaune vif tomba du plafonnier.

— Dernier avertissement.

Varnese sentit une douce sensation l'envahir. C'était donc maintenant. Il pencha sa tête vers le

---

1. « Beaucoup d'ennemis, beaucoup d'honneur. » Citation de Benito Mussolini.

hublot. Les nuages avaient disparu, dévoilant les lumières de Milan qui scintillaient dans la nuit. Son cœur se serra, un décor magnifique pour tirer sa révérence. Mais à sa manière.

Il se tassa sur son siège afin d'éviter la caméra, passa sa main sur l'un de ses boutons de manchettes qu'il dévissa lentement. D'un geste mesuré il en extirpa une gélule transparente qu'il coinça promptement entre ses dents. Sa bouche qui avait croqué la vie avec tant de voracité l'écrasa de toutes ses forces. Un liquide amer et chaud imprégna ses papilles puis coula lentement dans sa gorge.

— Duce, vous savez comment on me surnomme ? *Il Muto*. Ce n'est pas pour rien.

— Ne sois pas stupide !

Les gouttes de sueur perlèrent plus abondamment sur le front du vieil homme. Le poison commençait à faire effet. Varnese savait qu'il lui restait moins d'une minute. *Il Muto* se sentit partir. Un dernier murmure s'échappa de ses lèvres blanchies.

— La malédiction Varnese…

Quand le Legacy roula sur le tarmac réservé aux jets privés de l'aéroport de Milan, un camion de pompiers, deux de police et une ambulance l'attendaient en bout de piste. La tour de contrôle les avait alertés à propos d'un atterrissage automatique d'urgence. Le pilote avait envoyé un message de détresse, au-dessus de la frontière suisse, avant que tout contact soit coupé.

La porte du jet s'ouvrit, un petit escalier se déplia

jusqu'au sol, mais personne ne sortit de l'appareil. Le protocole antiterroriste fut immédiatement activé. Les policiers bouclèrent le périmètre autour de l'appareil et des avertissements à destination d'hypothétiques pirates furent lancés via un porte-voix. Mais le Legacy restait désespérément silencieux. Au bout d'une dizaine de minutes, le responsable des services de sécurité de l'aéroport prit la décision de monter dans le jet accompagné de l'officier qui menait l'opération. Quand il pénétra dans l'habitacle, il eut la surprise de découvrir trois cadavres : le pilote, le steward et Gianfranco Varnese, propriétaire du jet. Les masques à oxygène pendaient du plafonnier. Il nota un détail curieux, presque anecdotique, néanmoins surprenant. Une agréable odeur de cigare flottait dans l'air.

2

Haute Provence
Valensole
De nos jours

Une paisible mer de lavande, d'un bleu tirant sur le mauve, s'étalait à perte de vue, ses vagues ondulant sous la brise qui coulait de l'ouest, depuis les forteresses de calcaire du Verdon. À mesure que le soleil déclinait à l'horizon, les effluves des fleurs embaumaient l'air doux et chaud.

En bordure des champs, en lisière d'un bois sombre, se dressait un menhir. Une sentinelle solitaire érigée depuis six mille ans, rappelant aux hommes leur statut de fétus de paille balayés par le vent de l'éternité. On l'appelait Ars, ou Ursus, la pierre de l'ours. La christianisation ayant fait son œuvre, le menhir avait été rebaptisé pierre de Saint-Éloi, en référence au protecteur des paysans.

Mais en cette soirée idyllique de la Saint-Jean, les intrus regroupés autour de la pierre sacrée avaient tout sauf l'apparence de cultivateurs de lavande. Ils étaient une cinquantaine, revêtus de capes blanches, formant un demi-cercle parfait autour de la pierre levée.

Un genou à terre, ils courbaient l'échine, le haut du visage caché par la capuche de leurs capes immaculées frappées d'une croix rouge, leurs mains gantées serrées sur leur bâton. N'eût été la ligne à haute tension qui se profilait le long de la départementale voisine, on aurait pu se croire huit cents ans en arrière.

Devant le menhir, une femme joignait ses mains devant elle en un geste de prière. Son carré blond bombé et coupé au cordeau encadrait un visage harmonieux mais figé, lisse comme un masque d'albâtre, et ses yeux clairs, striés d'un curieux gris irisé, balayaient l'assistance avec gravité. Un regard impérieux qui exigeait dévotion et soumission.

Le soleil entamait sa descente juste derrière elle, à l'aplomb exact de la pierre levée, nimbant sa silhouette d'une aura dorée.

— Froid cosmique, nous t'implorons de toutes nos forces, hurla-t-elle à pleins poumons, que l'onde glacée paralyse les démons du feu solaire !

La troupe ne bougeait pas. Le visage fermé, les templiers paraissaient tous concentrés dans un même but. Cela faisait presque une demi-heure qu'ils priaient sous le contrôle de la prêtresse.

Sanglé dans sa cape, penché lui aussi sur son bâton, Antoine Marcas imitait les autres chevaliers. Mais lui se foutait royalement de prier pour le refroidissement climatique. Il était en mission. Il implorait que ce rituel stupide s'achève avant que ses genoux ne deviennent aussi calcifiés que le menhir qui lui faisait face.

— Je vois notre glorieuse armée repousser les flèches incandescentes du soleil avec ses boucliers de givre, reprit la prêtresse en cape, tels les chevaliers du Temple repoussant les assauts des hordes d'infidèles. Vous êtes les nouveaux moines soldats du froid sacré.

Antoine ne fermait les yeux qu'à moitié. Il connaissait par cœur ces salmigondis. Trois mois plus tôt, il s'était fait initier dans la loge parisienne de l'OTTR, Ordre du Temple et de la Terre Ressuscitée, un groupe néochevaleresque qui versait dans l'écologie *new age*. Antoine était encore mêlé à une histoire de templiers. Mais cette fois pour le boulot. Ni trésor ni secret perdu à trouver, seulement une mission d'infiltration pour le compte de la DGSI[1].

Ce groupe d'apparence inoffensive, soucieux d'environnement, organisait des opérations caritatives avec l'argent de ses adeptes et des dons. En réalité l'organisation servait de paravent à un trafic d'armes lucratif depuis les pays de l'Est en direction des banlieues. La DGSI menait son enquête depuis plus d'un an et avait réussi à retourner l'un des cadres de l'ordre, le trésorier, en échange de l'immunité.

Un groupe de templiers écolos…

C'était une première dans la foisonnante famille des groupes néotempliers qui pullulaient dans le monde. On ne comptait plus les organisations chevaleresques autoproclamées descendant du prestigieux

---

[1]. Direction générale de la sécurité intérieure.

ordre, religieuses ou purement honorifiques. L'arbre du Temple n'en finissait pas de donner des rameaux bourgeonnants[1]. Antoine s'était frotté à quelques-uns de ces groupes par le passé, mais il n'était jamais tombé sur des templiers écolos.

Selon l'OTTR, le changement climatique pouvait être inversé par de puissantes pratiques occultes. En outre, les adeptes devaient s'abstenir de manger de la viande, considérée comme l'œuvre du diable. Et chaque semaine il fallait entrer en communion avec les arbres et prier pour le refroidissement. Où les dirigeants de l'ordre étaient-ils allés chercher cette curieuse bouillie ? Sans doute l'influence de la prêtresse templière, ancienne professeure de yoga, Joanna, épouse du grand maître Waldek von Saltzman.

Marcas n'en pouvait plus de cette journée provençale interminable. Lui et une dizaine d'autres adeptes parisiens étaient arrivés le matin de Paris à la gare TGV d'Aix-en-Provence. On les avait transférés en minibus dans un hôtel du côté de Moustiers-Sainte-Marie. Là, deux agents de sécurité de l'OTTR leur avaient imposé de laisser leurs téléphones dans un coffre à l'hôtel. Sitôt changés en templiers, ils avaient été emmenés pour une balade de deux heures dans les

---

1. La franc-maçonnerie elle-même n'a pas été épargnée par le virus templier. Tel le Rite de la stricte observance templière du baron de Hund dans l'Allemagne du XVIIIe siècle. Ou dans les rites actuels des hauts grades, comme le degré de chevalier Kadosh qui fait référence à la vengeance du dernier maître du Temple.

bois sous trente degrés, ils s'étaient retrouvés à prier devant le menhir.

Prier pour refroidir le soleil, rumina Antoine.

Machinalement, il tâta la boucle de son ceinturon. Le biper électronique était toujours à sa place et avait échappé aux contrôles du service de sécurité de l'OTTR. L'unité de gendarmerie en embuscade n'attendait qu'un signal de sa part pour se ruer sur les templiers.

— Il est temps de clôturer nos travaux. En ce solstice d'été, le jour où le soleil affirme sa plus grande puissance, nous avons réussi grâce à nos prières à calmer ses ardeurs. Ne sentez-vous pas l'air autour de vous qui se rafraîchit subtilement? *Templi invictus!*

— *Templi invictus!* cria d'une seule voix l'assemblée.

Un bourdonnement sourd monta dans le lointain et enfla. Les chevaliers interrompirent leurs effusions. La prêtresse frappa dans ses mains.

— Et maintenant le moment que vous attendez tous…, cria la templière.

3

Paris
Quartier latin
Octobre 1809

Habituellement paisible, la rue Saint-Jacques venait brusquement de changer de visage. Alors que le crépuscule s'annonçait, baignant d'une teinte dorée le dôme du Panthéon, toutes les boutiques de la rue s'illuminaient. Des guirlandes de lampions aux couleurs vives faisaient miroiter chaque enseigne tandis que des pyramides de bougies éclairaient les devantures. Une rumeur monta et d'une ruelle étroite jaillit un groupe de femmes qui portaient en triomphe un buste de l'Empereur ceint d'une couronne de lauriers. Le conquérant avait le front altier, les pommettes saillantes et le menton volontaire tel que le présentait la propagande impériale. À la vérité, pensa l'inconnu dont le col de la redingote était relevé sur le nez, Napoléon ne ressemblait plus vraiment au vainqueur des guerres d'Italie ou de la campagne d'Égypte. Le jeune général efflanqué, aux joues creuses et aux cheveux en bataille avait pris du galon comme de la bedaine. Son visage s'était arrondi, son regard épaissi, quant à ses cheveux, ils se faisaient aussi rares que sa bonne humeur.

— Vive l'Empereur! Vive notre père à tous! hurla un adolescent en tendant les mains vers le visage de marbre de l'Empereur.

Un cri de joie unanime lui répondit. Ce soir tout le peuple de Paris allait festoyer jusqu'à l'aube. On perçait déjà des barriques en pleine rue pour que le vin coule à flots. Sur une estrade improvisée, des musiciens, sourire aux lèvres, accordaient leurs instruments. Dans toute la capitale, danses endiablées et fougueuses farandoles allaient célébrer la grande nouvelle.

— Vive la paix! lança une femme âgée, vêtue de gris, les yeux brillants d'espoir.

Elle devait avoir un fils aux armées et espérait son retour. L'inconnu haussa discrètement les épaules. Certes Napoléon avait gagné, écrasant une fois encore l'Autriche et l'Angleterre coalisées, mais la victoire lui avait coûté cher. En deux campagnes, Essling et Wagram, il avait laissé plus de 50 000 hommes sur le champ de bataille. Qui sait si cette femme reverrait un jour son fils?

À l'angle de la rue des Feuillantines, réunie autour d'un tonneau, une poignée de hussards vidait des chopes à la santé de Napoléon. Le dolman et la chemise ouverts jusqu'au nombril, la plupart étaient déjà ivres. L'un d'eux s'avança dans la rue, le fourreau de son sabre battant ostensiblement la cuisse.

— Et toi, tu es bien pressé, tu ne bois pas à la santé de l'Empereur ?

Le passant se figea. Lui qui comptait sur la liesse générale pour passer inaperçu laissa échapper un juron.

— Tu n'aimes pas le petit tondu[1] ? Tu es quoi, un foutu républicain ou un maudit royaliste ? Si tu m'réponds pas…

L'ivrogne posa la main sur la poignée de son sabre. L'inconnu rabattit brusquement le col de sa redingote, dévoilant un visage zébré d'une fine cicatrice qui courait jusqu'à l'oreille aussi déchiquetée qu'une côte bretonne. Dans la Grande Armée, tout le monde connaissait cette signature de chair.

— Pardon, mon général, je ne vous avais pas reconnu !

Le hussard recula, épouvanté.

— Vous étiez en civil. Je ne pouvais pas savoir… je vous en prie…

— Suffit, soldat. Retourne à ta chope.

Titubant, le cavalier se précipita parmi ses camarades.

— Tu en fais une tête, on dirait que tu as vu le diable !

Juste avant de s'écrouler sur une chaise bancale, le hussard balbutia.

— J'aurais préféré.

Juste à quelques pas, la rue des Feuillantines échappait au vacarme. Bordée de longs murs, elle

---

[1]. Surnom donné par ses soldats à Napoléon.

semblait être un îlot de calme, égaré au milieu de la fête assourdissante. Dans l'ombre fourchue des arbres, le pavé était jonché de feuilles mortes qui formaient un tapis immaculé jusqu'à une porte cochère en retrait. Là, un groupe de mendiants tentait de se réchauffer autour d'un maigre brasero. Vêtus de guenilles et coiffés de chapeaux bosselés, la barbe hirsute, ils semblaient prostrés ou endormis ; pourtant l'inconnu qui s'avançait remarqua qu'ils avaient tous le regard fixé sur une maison aux volets clos cernée par des marronniers décharnés.

— Mon général !

Un des mendiants se releva et fit le salut militaire.

— Nous sommes en observation depuis ce matin. Rien n'a bougé. Personne n'est sorti.

Autour, les autres gueux s'étaient levés mais n'osaient s'approcher. Tous connaissaient la réputation de l'officier qui dirigeait l'opération. Un nom résonnait dans chaque tête. Radet ! Le général Étienne Radet. Héros des guerres de la Révolution, chef de la gendarmerie et surtout l'homme des missions spéciales de Napoléon. Un soldat qui ne craignait ni dieu, ni diable et l'avait prouvé. C'est lui qui, trois mois auparavant, avait pris d'assaut le Vatican et enlevé le pape. Depuis, on ne prononçait son nom qu'avec fascination et terreur.

— Décrivez-moi les lieux, brigadier.

Le gendarme, déguisé en mendiant, montra la façade dont le crépi s'effilochait jusqu'au sol.

— C'est l'ancien monastère des Feuillantines. Vidé de ses religieuses à la Révolution et laissé à l'abandon depuis, mais le propriétaire loue quelques pièces, encore habitables.

— À qui ?

— Il y a deux veuves qui logent sous les combles. Et une femme seule avec trois enfants au rez-de-chaussée.

Radet montra le premier étage aux volets clos.

— Et là ?

— Notre cible, mon général.

Étienne secoua la tête. La configuration ne lui convenait pas. Pour intervenir, il lui faudrait traverser le parc à découvert, gravir un escalier sans doute branlant, de quoi se faire tuer à chaque instant.

— À part cette porte, existe-t-il d'autres accès ?

Le brigadier secoua la tête.

— Nous avons tout inspecté. Il n'y a aucune autre entrée ou sortie à moins de passer par la cave en empruntant un des soupiraux au ras du sol, mais ils sont protégés par des barreaux. Là aussi, nous avons vérifié.

Radet hocha la tête. Ses hommes savaient qu'il détestait le hasard, et si par malheur on se révélait négligent, la punition était immédiate : en première ligne en Espagne où Napoléon menait une guerre qui tournait au carnage.

— Et le parc ?

— Une véritable jungle, mon général. Personne ne l'a entretenu depuis vingt ans. Sans compter les ruines de l'ancienne église, répondit le brigadier en montrant un pan de mur rongé par le lierre.

— C'est là que nous allons nous installer. Ce sera notre base avant l'assaut. Vérifiez vos armes, messieurs.

En un instant, pistolets et carabines sortirent de sous un fagot de bois sec tandis que Radet s'emparait d'une dague de chasse. Il aimait cette arme discrète. Elle ne blessait jamais, elle tuait toujours. Un des gendarmes extirpa son pistolet de sa redingote. Radet saisit promptement la crosse avant de montrer la lune ascendante entre les branches des marronniers.

— Un seul éclat de lumière sur les parties métalliques et nous sommes tous repérés.

Il prit un des morceaux de bois qui se consumaient dans le brasero et passa lentement la partie charbonneuse sur le canon.

— Faites pareil. La rigueur épargne le sang.

L'ancienne église aurait pu servir de décor à un roman gothique. La voûte de pierre qui recouvrait le sanctuaire déchu avait disparu et des colonnes décharnées se perdaient dans le ciel obscurci. Au sol, le pavage avait été défoncé pour permettre à des mains avides de violer les tombes des religieuses et disperser leurs restes. En avançant, Radet écrasa une omoplate jaunie. Le bruit sec de l'os réduit en poussière fit tressaillir un bosquet de laurier sauvage qui avait poussé près de l'ancien autel et une ombre s'enfuit vers le parc. Le général fit un signe à l'un de ses gendarmes qui se précipita pour revenir avec un enfant terrorisé qu'il tenait par le col de la veste.

— Comment t'appelles-tu ? demanda Radet.

Le garçon, effrayé par la cicatrice qui zébrait le visage du général, hésita puis balbutia.

— Victor[1].

— Quel âge as-tu?

— Sept ans.

Un des gendarmes se pencha à l'oreille de son supérieur.

— C'est un des fils de la femme qui vit seule au rez-de-chaussée.

Le regard noir, Étienne se retourna vers ses hommes.

— Et aucun de vous ne l'a vu sortir?

Les visages se figèrent. Une faute pareille allait les conduire tout droit en Espagne se faire trouer la peau.

— Par où es-tu sorti de chez toi? demanda Radet à Victor.

— Vous ne direz rien à ma mère? répliqua le garçon.

— Parole de soldat.

— Par le soupirail. Je me suis glissé entre les barreaux.

— Impossible, lança un des gendarmes, tu mens! Les barreaux sont trop rapprochés.

— Mais on peut les enlever, cria Victor, c'est ce que fait le monsieur du second quand il veut faire une niche à ses amis.

D'un coup Radet comprit. Les comploteurs, à l'étage, avaient dû desceller deux ou trois barreaux

---

1. Victor Hugo habita l'ancien couvent des Feuillantines, avec sa mère et ses deux frères, à partir de juin 1809.

qu'ils pouvaient retirer discrètement, ce qui leur permettait de sortir par le parc sans être vus. Il se tourna vers l'enfant.

— Tu t'es échappé pour aller à la fête en l'honneur des victoires de l'Empereur ?

Les yeux brillants, Victor sortit de sa poche une vignette sur laquelle figurait un portrait rehaussé de couleurs. Étienne reconnut Joséphine, la femme de Napoléon.

— Elle est si belle !

Le général fit tournoyer une pièce d'argent entre ses doigts.

— Prends et sois toujours fidèle à l'impératrice, Victor. Elle le mérite.

Fou de joie, le gamin détala, oubliant de dire merci. Radet se retourna vers ses hommes. Le regard fuyant, ils venaient tous de se faire ridiculiser par un enfant de sept ans.

— En Espagne, nos troupes font face à un soulèvement général. Le peuple a pris les armes, conduit par des prêtres fanatiques. Dans les campagnes, les paysans s'attaquent à tout ce qui porte un uniforme français. Chaque jour, on trouve des cadavres de soldats éventrés, démembrés, émasculés. On dit que la grande mode est de porter des oreilles de soldats français en sautoir. Quant aux *cojones*, elles font merveille en collier.

Un des gendarmes s'appuya au mur, manquant de défaillir.

— Je vous laisse une dernière chance. Aucun des conspirateurs présents ce soir ne doit nous échapper.

La priorité est de les avoir vivants pour pouvoir les interroger. Mais si l'un d'eux tente de s'enfuir, tuez-le... sinon vos attributs virils finiront en pendentif au fond de l'Espagne.

4

Valensole
De nos jours

Antoine et le groupe de templiers levèrent les yeux vers le ciel. Une silhouette grossissait dans le couchant. Le grondement des pales de l'hélicoptère, un Colibri EC 120, devint assourdissant à mesure que l'appareil s'approchait du groupe. Il ralentit sa course pour stationner à une vingtaine de mètres au-dessus du menhir. Sa carlingue noire striée de bandes jaune vif le faisait ressembler à une grosse guêpe.

Antoine sentit son pouls s'accélérer. Sa cible était enfin arrivée. Le grand maître de l'OTTR en personne. Le comte Waldek von Saltzman, templier et trafiquant d'armes.

Le frelon d'acier se posa sagement sur les gerbes de lavandes broyées. Le bruit des pales décrut pour se transformer en souffle doux et puissant. Antoine avait les yeux rivés sur la porte de l'hélico. Ses trois mois d'enquête arrivaient à leur terme. Dans l'appareil se trouvait la tête pensante du trafic. Le grand maître de l'Ordre du Temple et de la Terre Ressuscitée mettait enfin les pieds en France. Il était sorti de sa tanière suisse, un chalet sur les hauteurs de Zermatt, afin de venir prêcher la bonne parole.

De haute taille, les cheveux gris et ondulés, le comte Waldek von Saltzman, tout de cape blanche vêtu, sortit de l'hélicoptère et marcha d'un pas assuré vers le menhir. Antoine appuya sur le biper.

Le grand maître arrivait devant le groupe. Il serra dans ses bras la prêtresse, son épouse dans le civil, puis se tourna vers ses disciples. Sa femme lui tendit son bâton. Le gourou rayonnait de joie.

— Mes amis, mes frères, mes sœurs. Templiers du Froid cosmique ! Mon cœur déborde de joie en votre présence. Vous pouvez être fiers de vous, la température fraîchit dans le monde entier !

— Et maintenant, c'est quoi la suite du programme ?

Marcas se retourna. Un chevalier à l'allure effacée s'était approché de lui et lançait des regards inquiets vers le comte et sa cour. Le responsable du chapitre de Paris, repenti et retourné par la DGSI, suintait d'angoisse. Marcas le prit par l'avant-bras et se pencha vers lui.

— Je crains que la fête ne soit bientôt gâchée. Restez ici.

Marcas s'assura que personne ne faisait attention à lui et quitta le groupe qui faisait bloc autour du grand maître. Bâton de cérémonie en main, il fila en direction de l'hélico posé à une cinquantaine de mètres. Le pilote était en train de fumer une cigarette devant la porte ouverte de l'appareil. Marcas arriva à son niveau. Il remarqua tout de suite le pistolet posé sur son siège.

— Le grand maître a oublié ses affaires, lança Marcas en faisant semblant d'être essoufflé.

— Ça m'étonnerait, répondit le pilote méfiant, on est censés décoller dans une heure et…

Il ne termina pas sa phrase. Antoine lui avait balancé son bâton sur la tempe. Le pilote tomba à terre inanimé alors que des cris résonnaient en direction du menhir.

— Gendarmerie nationale, ne bougez plus ! Vous êtes en état d'arrestation.

La voix provenait d'un gendarme en treillis surgi de nulle part et qui brandissait un haut-parleur. Antoine se débarrassa de sa cape, prit le Glock et jeta un œil sur les templiers affolés. Tout un peloton d'intervention, en treillis et armé, avait jailli de la lisière du bois pour se ruer sur les chevaliers du Froid qui s'éparpillaient dans les champs. Si un drone avait filmé la scène du ciel, il aurait immortalisé une superbe corolle de pétales blancs sur fond violet.

Le comte von Saltzman fonçait vers le Colibri, monta d'un bond dans l'habitacle et hurla à pleins poumons :

— Décolle !

Le moteur restait silencieux. L'aristocrate se figea

net quand il vit Antoine surgir de l'autre côté de l'habitacle et braquer vers lui le Glock du pilote.

— Je vous rassure, mon cher comte, lança Marcas, vous pourrez prier contre le réchauffement climatique dans une cellule bien fraîche.

5

*Paris
Quartier latin
Octobre 1809*

Radet avait envoyé l'un de ses hommes en reconnaissance. En attendant son retour, il s'était installé dans les ruines d'une chapelle au plafond éventré. En France, les stigmates de la Révolution étaient partout présents – églises dévastées, châteaux pillés –, rien à voir avec Rome d'où il arrivait. Dans la capitale de la chrétienté, les palais de l'aristocratie débordaient de luxe et les églises de richesse. Depuis des siècles, tout l'or que l'Église engrangeait convergeait vers Rome. Lui-même avait été ébloui par tant de luxe ostentatoire. Le Christ, qui avait prôné la pauvreté et le partage des richesses, s'était fait rouler par ses successeurs dont la rapacité sans pareille avait saigné à blanc l'Ancien comme le Nouveau Monde. Pas une église, un monastère à Rome qui ne ruisselle d'or tandis que, chaque nuit, des milliers d'enfants errants dormaient dans la rue. Radet s'était toujours dit que si le Christ revenait un jour sur terre, l'Église le crucifierait à nouveau de peur de devoir retourner à la pauvreté évangélique.

À la différence des autres généraux de Napoléon, Radet n'avait jamais renié ses convictions républicaines. En revanche, il était d'une fidélité absolue à Napoléon, qu'il connaissait depuis son retour d'Égypte. Voilà pourquoi l'Empereur lui avait confié la mission la plus délicate et risquée de son règne : enlever en pleine Rome le pape, adulé comme une idole par des centaines de millions de fidèles dans le monde. Radet avait réussi, sans verser une goutte de sang. Il le regrettait presque.

— Mon général ?

Le gendarme qu'il avait envoyé en mission venait de rentrer.

— Vous aviez raison, trois barreaux sont bien descellés dans le soupirail du centre. C'est par là qu'entrent et sortent les conjurés, loin de tout regard.

— Et c'est par là que nous aussi allons entrer. Rassemble tous les hommes sur le parvis de l'église.

Radet sortit une pipe en porcelaine de la poche intérieure de sa redingote, la bourra délicatement de tabac blond, puis l'alluma. Il fumait toujours avant de lancer une opération, prenant soin que ni l'éclat du briquet ni la fumée ne soit visible de ses adversaires. Cette mission d'arrestation ne lui plaisait pas. Pourquoi Fouché avait-il exigé que ce soit lui qui la mène ? En même temps qu'il se posait la question, il trouvait déjà la réponse. Il y avait entre lui et le ministre de la Police des liens invisibles qui justifiaient beaucoup de choses. Trop, peut-être. La mission confidentielle qu'il avait acceptée à Rome, lors de l'assaut du Vatican, était un exemple. S'il restait dans les mémoires pour avoir enlevé un pape, il aurait également, par cette opération clandestine, largement influencé le cours de l'Histoire. Et il se l'avouait, il adorait ça : être au cœur des ténèbres quitte à servir le diable.

— Les hommes sont prêts.

Radet rengaina ses réflexions. Il était trop tard pour reculer. Il réglerait ses comptes avec Fouché plus tard.

— Trois hommes en embuscade devant la porte d'entrée. Si un conspirateur sort, tirez dans les jambes. Les autres avec moi. Et rappelez-vous que je les veux tous vivants.

Ils ne s'attardèrent que quelques instants dans la cave, le temps de vérifier qu'il n'y avait aucune autre issue. Radet monta le premier, puis fit avancer ses hommes un à un. D'un geste muet de la main, il arrêta un des soldats. Il respirait trop fort. La peur. Il le fit redescendre.

Bientôt, tout le groupe fut sur un palier qui donnait sur deux portes semblables. L'une d'elles, en frottant, avait abîmé le plancher. La rayure était fraîche. C'était derrière elle que se tenaient les conspirateurs. Le général fit un signe. On lui tendit une boule compacte et huileuse d'où s'échappait une odeur entêtante. Une invention pyrotechnique qu'il avait rapportée d'Italie. Il la fit rouler vers la porte et alluma son briquet. La boule s'enflamma aussitôt. Une fumée blanche et âcre envahit le palier. Radet sortit sa dague. La porte s'ouvrit d'un coup. Un homme jaillit, un pistolet au poing.

— Mais qu'est-ce que…

Il ne vit pas la dague quand elle déchira son pantalon, mais il en sentit la pointe quand elle se logea dans son genou. La douleur fut si vive qu'il s'effondra sans un mot. Radet le saisit au collet et murmura en souriant :

— Bien le bonsoir.

Les gendarmes investirent l'appartement en hurlant comme des damnés. En un instant, le salon fut dévasté. Saisis de surprise, les conjurés étaient restés assis à la table du dîner, les mains encore sur leurs couverts. Désormais chacun avait le canon noirci d'un pistolet sur la tempe.

— Général, venez voir.

Radet suivit le brigadier dans une chambre. Un prie-Dieu était installé près d'une fenêtre. Sur le côté, un ciboire d'argent débordait d'hosties. Un prêtre, pensa Étienne, ils ont un charognard de prêtre parmi eux. Aussitôt il retourna dans le salon et examina les prisonniers un par un. C'étaient tous des hommes d'âge mûr. Sans doute d'anciens aristocrates rentrés clandestinement en France. Ces nobles de malheur n'avaient jamais pardonné à Napoléon de s'être fait Empereur. Il retourna dans la chambre. À l'intérieur du matelas que le brigadier venait d'éventrer, se trouvait une bourse de cuir. Étienne l'ouvrit. Elle était remplie d'or. Il sortit quelques pièces et les examina. Toutes semblaient usées. Pour être certain de leur valeur, il les fit tinter sur un guéridon en marbre. Le son, net et clair, ne trompait pas. C'était bien de l'or. Il prévint son subordonné.

— Vous joindrez cette bourse aux autres preuves.

Radet avait volontairement négligé de compter les pièces, laissant ce soin au brigadier. Une marque de confiance dont il savait qu'elle lui valait le respect de ses hommes.

— Qui, parmi vous, est le prêtre ? demanda le général en revenant dans le salon.

Aucune réponse. Étienne prit le pistolet d'un des gendarmes, avança près du blessé qui geignait au pied de la porte. Il posa le canon sur le genou encore valide et tira. La détonation fit trembler les vitres.

— Votre ami ne marchera plus jamais. En revanche il peut encore se servir de ses mains…

Le général tendit la main pour qu'on lui passe un nouveau pistolet, chargé.

— Mais plus pour longtemps.
— C'est moi !

Un des conspirateurs venait de se lever. Le visage émacié, le regard brûlant, il parlait avec un net accent italien.

— Et je te maudis, chien de révolutionnaire !

Radet ne releva pas. Ce qui l'intéressait, c'était l'origine de ce prêtre. Depuis que le pape avait été enlevé, on prêtait à ses cardinaux à Rome la volonté de se venger à n'importe quel prix. Après tout, la Sainte Église avait déjà fait tuer deux rois de France, Henri III et Henri IV, un empereur ne pouvait que rehausser le tableau de chasse et prouver à tous qu'on ne l'offensait pas impunément. Voilà pourquoi le ministre de la Police craignait plus que tout ce qui venait d'Italie. Radet sourit. Il allait fournir à la méfiance obsessionnelle de Fouché un coupable sur un plateau d'argent.

— Conduisez-le directement au ministère.

Depuis le matin, une voiture aux fenêtres grillagées attendait à l'autre bout de la rue des Feuillantines. Le général examina les autres conjurés. Pâles, le visage défait, l'arrestation du prêtre semblait les avoir vidés de leur substance. Maintenant que leur chef était tombé, ils ne seraient plus longs à parler.

— Passez-leur les poucettes[1].

Étienne continua de donner ses instructions au brigadier.

— Vous les interrogerez personnellement et séparément. S'ils refusent de répondre, ne perdez pas de temps. Soyez convaincant jusqu'à ce qu'ils soient soulagés de parler.

Le brigadier se massa les poings. Son père, un des rares notables républicains de Vendée, avait été égorgé par des royalistes.

— Vous aurez leurs aveux demain matin et, croyez-moi, ils diront tout, même ce qu'ils ne savent pas.

---

1. Ancêtres des menottes.

Une fois les prisonniers emmenés, Radet resta seul dans l'appartement. Posément, il fouilla le salon, vérifiant chaque lame du plancher et fracassant chaque brique de la cheminée. Il cherchait des documents. Ce groupe de conspirateurs n'agissait pas seul. Ils avaient des complices qui leur trouvaient des caches, leur fournissaient des fausses identités, leur obtenaient des renseignements. Un réseau logistique dormant qu'il fallait démanteler. Sans compter les commanditaires qui les finançaient, dont il devait remonter la source. Radet passa à la cuisine. Ces conjurés étaient prudents jusqu'à l'obsession, ils ne laissaient jamais rien traîner. Pourtant, il fallait tout vérifier jusqu'au bac à épluchures qu'il vida et examina. En retraversant le salon, il jeta un œil par la fenêtre. Ses hommes se tenaient autour de la porte, prêts à interpeller un visiteur inattendu.

Étienne passa dans la chambre. Le prie-Dieu avait été renversé et les hosties consacrées jetées sur le plancher. Il les écrasa de la pointe de sa botte. Il fallait vraiment être un naïf ou un fanatique pour croire que le Christ pouvait refaire surface dans un bout de farine rance. Il s'approcha d'une armoire aux portes sculptées et l'ouvrit. Elle était vide. Les conspirateurs étaient sur le point de déguerpir. Ils étaient arrivés juste à temps.

Au pied du lit, ses hommes, en fouillant, avaient éparpillé un tas d'exemplaires de journaux. Il en ramassa un. C'était une feuille de chou royaliste qui exaltait le martyre de Louis XVI et appelait au retour sur le trône des Bourbons. Un des articles clamait sa haine des francs-maçons censés avoir propagé la Révolution et installé Napoléon sur le trône.

Radet pesta. Toute la France était infectée de ces fascicules de propagande, distribués par des colporteurs, pires que des poux. Toutefois le roi, sa femme, son fils étaient morts depuis plus de quinze ans et le pays les avait oubliés. Il n'y avait aucune chance qu'un jour, un monarque revienne sur le trône de France. Étienne allait jeter le pamphlet sans intérêt quand il vit un étrange sceau imprimé sur la dernière page. Une croix croisée avec une clef, surmontée d'un mot latin, *fides*. Le général n'avait jamais vu ce symbole, mais cela intriguerait Fouché. Il saisit quelques exemplaires pour les emporter quand une page glissa d'entre les feuilles.

C'était une lettre manuscrite. Une dizaine de lignes à l'écriture serrée dont la signature le figea sur place. Il la lut et sentit son cœur accélérer dans sa poitrine comme au premier coup de canon sur un champ de bataille. Comment des royalistes avaient-ils pu s'emparer de pareille missive ? Il saisit les autres feuilles du journal, les secoua, et quatre nouvelles lettres tombèrent au sol. Toutes de la même écriture, toutes portant la même signature.

Comme s'il craignait un regard indiscret, Radet se retourna. Il avait de la chance qu'aucun des gendarmes n'ait découvert pareil secret à sa place. Il était quasiment sûr de la fidélité de ses hommes, mais avec Fouché, le grand corrupteur, on ne pouvait être certain de rien. Il plia soigneusement les lettres et les glissa dans sa redingote. La seule qu'il avait lue lui avait fait monter la sueur au front. Il sortit de l'appartement et descendit l'escalier. Instinctivement, il porta la main à sa poche intérieure pour vérifier que les lettres étaient toujours là. Désormais, elles avaient autant de valeur que sa propre vie. Arrivé dans le parc, il ordonna aux gendarmes en faction de remonter à l'appartement pour en interdire l'accès. Une cohorte viendrait les relever au matin. Une fois dans la rue, Radet décida de se rendre au ministère à pied en passant par le Luxembourg. La marche l'aiderait à réfléchir.

Comme il avançait dans le tumulte de la fête qui avait gagné tout Paris, il se demanda si tout le groupe des conspirateurs connaissait l'existence de ces lettres ou si seul le prêtre était au courant. Était-il venu à Paris pour récupérer cette correspondance ? Comme il longeait le Sénat où Fouché était réputé avoir beaucoup d'amis opposants à Napoléon, il fut pris d'un frisson à l'idée que ces lettres tombent dans les mains du ministre de la Police. Il suffisait que cet Italien, ce prêtre de malheur parle... mais ce corbeau s'apercevrait vite que les questions de Fouché ne porteraient que sur la conspiration et il se garderait bien d'évoquer de lui-même cette correspondance : c'était se mettre la corde au cou.

Étienne venait de rejoindre la rue des Saints-Pères. Le ministère, situé en bord de Seine, se rapprochait. Le général respira un grand coup. Le prêtre ne parlerait pas. Désormais Radet était le seul à savoir. Et ça ne devait pas changer. Il caressa le pommeau de sa dague.

Quand le prêtre et les autres conspirateurs sortiraient des mains de Fouché, les longues années de détention qui les attendaient seraient le moindre de leurs soucis.

Ils n'en verraient même pas le début.

6

Moustiers-Sainte-Marie
De nos jours

Deux heures plus tard, Antoine était assis dans le hall d'accueil de son hôtel à Moustiers-Sainte-Marie. Il s'était changé et attendait la voiture de la gendarmerie qui devait l'emmener à la gare. Il était d'excellente humeur. Non seulement sa mission avait réussi, mais en plus il pouvait rentrer à Paris par le dernier TGV et retrouver Alice ce soir.

Dehors il faisait déjà nuit. Un SUV bleu se gara devant la porte vitrée de l'hôtel. Antoine reconnut le museau mafflu de la 5008 en dotation dans la gendarmerie. Un officier de haute stature, à l'allure sportive, sortit de la Peugeot et entra dans l'hôtel d'un pas vif.

Antoine se leva pour aller à sa rencontre, son sac à la main.

— Capitaine… il ne fallait pas vous déplacer. Vous devez avoir du boulot avec le comte et ses amis.

L'officier lui serra la main avec effusion.

— La DGSI a été prévenue. Je vous transmets leurs

félicitations, von Saltzman va être expédié en garde à vue à Nice avec son garde du corps. Les autres ont été relâchés. En revanche sa femme s'est évaporée dans la nature.

— L'important c'est d'avoir attrapé le grand patron.

— Oui… le juge d'instruction se rendra demain à Nice pour l'interroger.

— Formidable, dit Antoine en consultant sa montre. On file à la gare ? Je taperai mon rapport dans le train et je l'enverrai dans la foulée.

Une expression embarrassée apparut sur le visage du gendarme.

— Changement de programme. Je suis désolé. Vous êtes attendu à Nice demain. Le juge veut s'entretenir avec vous.

— C'est une blague ?

— Non. Les avocats de Saltzman ont été prévenus, ce sont des pitbulls. Le juge veut connaître les détails de l'arrestation par le menu, histoire de ne pas relâcher votre templier dans la nature pour vice de procédure.

Antoine se rembrunit, il n'avait pas vraiment le choix.

— Reprenez votre chambre. On vous déposera demain matin à la gare. Un billet de train en première et un hôtel à Nice ont été réservés par votre hiérarchie.

— Un hôtel… pourquoi ? demanda Marcas irrité.

— Le juge veut vous avoir sous la main pendant deux jours.

— Comme si je n'avais que ça à faire…

— Ne faites pas cette tête, commissaire, Nice est une belle ville, surtout en cette saison. Il y a pire pour poireauter.

— Si vous le dites…

Antoine salua le capitaine et retourna à la réception pour récupérer sa chambre. Avant de monter, il s'assit sur l'un des canapés de l'accueil. Plus question de remonter à Paris. Lui qui comptait retrouver Alice et lui faire la surprise. Depuis qu'elle avait perdu l'enfant quatre mois plus tôt, il la sentait différente. Il pouvait lui proposer de le rejoindre à Nice pour le week-end, c'était dans trois jours. De mémoire, elle n'avait pas ses enfants. Il lui envoya un texto pour lui expliquer la situation.

Antoine attendit sa réponse et contempla la salle de réception pas franchement joyeuse. Il espérait que celle de Nice serait plus agréable. Au vu du succès de l'opération, sa hiérarchie pouvait se permettre de lui offrir un établissement un peu plus haut de gamme.

Son portable vibra. Alice : *Excellente idée, mais pas avant vendredi. Suis sur un flag impossible de te parler. Enquête en cours. Dégote-nous un chouette hôtel.*

Antoine avait l'habitude. Avoir pour compagne une capitaine de police de la crim' présentait quelques inconvénients. Quand elle était sur une affaire, elle pouvait ne pas donner signe de vie pendant plusieurs jours. Il répondit : *C'est la République qui invite… ce ne sera pas un palace.*

Son téléphone vibra presque aussitôt : *Cherche le*

nouveau proprio de l'hôtel de la Clef étoilée, t'ai toujours dit que le nom évoquait un palace. Dis que tu viens de la part de Tristan Marcas ! Plaisanterie mise à part j'ai du taf. Te laisse choisir. Baisers.

Antoine envoya une réponse et verrouilla son téléphone.

Nice… La Clef étoilée. Bon sang ! Il saisit l'allusion. Comment n'y avait-il pas pensé plus tôt ? L'occasion rêvée de retrouver la piste de Tristan. Voilà qui allait l'occuper pendant cette parenthèse, entre deux entrevues avec le juge. Et dire qu'il avait laissé tomber la recherche de son aïeul quelques mois plus tôt.

Il consulta les archives photo de son smartphone, puis cliqua sur l'onglet Tristan. Par précaution il avait photographié toutes les pages du journal quatre mois plus tôt afin de l'avoir sous la main. Il connaissait son contenu par cœur. Le récit passionnant débutait en 1937 pendant la guerre civile espagnole et se poursuivait durant la Seconde Guerre mondiale. Si Antoine n'avait pas vécu lui-même des enquêtes hors du commun, il n'aurait jamais pu prendre au sérieux les écrits de son ancêtre. Il y était question de la découverte de reliques inestimables, de swastikas millénaires aux pouvoirs immenses, d'un saint suaire retrouvé dans un monastère italien. Des récits insensés. Antoine ne croyait pas à la transmission généalogique, mais il devait reconnaître que ces histoires faisaient étrangement écho à son parcours mouvementé et ses enquêtes hors normes. Le récit s'interrompait en 1944, la seconde moitié du journal avait été arrachée. Il ne disposait donc d'aucun élément sur la vie de son ancêtre et ses activités après la guerre. Antoine était ressorti à la fois exalté et frustré de sa lecture.

Il n'avait aucun indice si ce n'était un curieux détail. Un court passage pour le moins énigmatique, rédigé sur le recto de la dernière de couverture du journal. Antoine cliqua sur la photo de la page. Le carton était jauni, fripé et écorné sur les bords, mais l'écriture restait nette.

Nice. Hôtel de la Clef étoilée.

À l'ombre de Jean-Baptiste de la croix. Le sang de Vénus. Punctus.

Hélas, après une recherche rapide sur le net, il n'avait rien trouvé sur cet hôtel. Il n'existait plus, probablement démoli par la fièvre immobilière de la ville. Il avait aussi planché sur la Clef étoilée. Une expression qui pouvait rappeler une symbolique maçonnique mais qui en fait ne correspondait à rien. Quant à l'ombre de Jean-Baptiste de la croix, excepté le célèbre saint il n'y avait pas grand-chose à trouver sans autres éléments d'explication. Et pour le sang de Vénus, à part l'existence d'un tableau d'un obscur peintre français du XIXe siècle, aucun épisode de la mythologie grecque ou romaine n'y faisait référence.

Ce qui était devenu une obsession avait fini par perdre de son intérêt au bout de quelques semaines. Comme si le fait de détenir le journal suffisait à satisfaire la curiosité d'Antoine, qui était allé lui rendre hommage sur sa tombe. La boucle était bouclée. Au fil des semaines, Tristan, Laure et l'hôtel s'étaient enlisés dans les sables de sa mémoire.

Et voilà que le destin ressuscitait Tristan en lui offrant un séjour tous frais payés à Nice. Son irritation du moment fit place à un sentiment d'exaltation. Le texte énigmatique dansait toujours sous ses yeux.

Nice. Hôtel de la Clef étoilée.

À l'ombre de Jean-Baptiste de la croix. Le sang de Vénus. Punctus.

Cette fois il avait besoin d'aide pour retrouver la trace de l'hôtel et de ses spectres. L'aide d'une femme vivant justement à Nice à qui il avait pensé quelques mois plus tôt, après avoir lu le journal, mais il n'avait pas osé la déranger. Il parcourut son répertoire et composa le numéro personnel de Maître Clarisse Lancry. Les notaires n'étaient-ils pas les meilleurs experts pour chercher des fantômes ? Excepté les médiums, la seule profession habilitée à parler au nom des morts.

7

Paris
Les Tuileries
Octobre 1809

Depuis toujours, Napoléon était fasciné par les bibliothèques. Quand il ne s'appelait que Bonaparte, il se ruinait plus volontiers en livres qu'en catins. Une fois le pouvoir obtenu, il n'avait eu de cesse d'en aménager à son image. À chaque nouveau château devenu résidence impériale – Fontainebleau, Rambouillet ou Compiègne – il faisait de la salle des livres sa pièce favorite. Son épouse, Joséphine, prétendait même qu'au château de la Malmaison[1], qu'ils avaient acheté ensemble, Napoléon avait fait dresser son lit au milieu des livres pour ne pas les quitter. Les mauvaises langues y voyaient surtout le peu d'assiduité de l'Empereur à honorer la couche de sa femme, surtout depuis qu'il avait acquis la certitude

---

1. La Malmaison. Résidence privée de Joséphine et Bonaparte, située à l'ouest de Paris.

qu'elle était stérile. Pour les ministres et conseillers, une réunion dans la bibliothèque des Tuileries annonçait une nouvelle d'importance. Et depuis le matin, ils attendaient que leur seigneur et maître fasse une apparition.

Fouché détestait attendre, et plus encore quand il s'agissait de l'Empereur. À la vérité, même s'il courbait l'échine en public, il n'avait jamais accepté la métamorphose de Bonaparte en Napoléon. À attendre le bon vouloir du maître, ses traits déjà marqués se creusaient d'impatience, ses yeux devenaient charbonneux et sa main s'égarait sur la table dont elle tapotait frénétiquement le bois. Ironique, il se tourna vers Talleyrand qui restait impassible.

— La paix, cher ami, s'est faite à Vienne sans vous.

Soupçonné de basses manœuvres et autres complots, Charles Maurice de Talleyrand avait été débarqué de son ministère au mois de juin. Curieusement, Fouché, que Napoléon soupçonnait également, était resté à son poste. On peut se débarrasser d'un ministre des Relations extérieures[1], pas de la Police. Pour autant, l'Empereur appelait régulièrement Talleyrand à la table du conseil. Sa connaissance intime de toutes les cours européennes, de Londres à Moscou, était souvent nécessaire.

— Encore faut-il que les paix que signe l'Empereur aient une chance de durer…, répliqua calmement l'ancien ministre.

---

1. Ministère qui correspond à celui, actuel, des Affaires étrangères.

— Messieurs, nous ne sommes pas là pour critiquer les choix de l'Empereur, mais pour l'aider de nos conseils.

La voix grave qui venait de résonner était celle de Cambacérès. Vêtu d'une veste de soie brodée sur une chemise au jabot immaculé, le juriste de Napoléon n'appréciait guère que l'on se moque du souverain, ou plutôt il redoutait que l'on s'en moque en sa présence. Il avait toujours la crainte, nouée à l'estomac, qu'on le mette dans le même sac que les deux redoutables langues de vipère assises à ses côtés.

— Allons, reprit Talleyrand d'un ton mielleux, cessez d'avoir peur. Vous savez bien que l'Empereur ne peut se passer de vos conseils. Vous avez l'art de donner l'apparence de la légitimité à n'importe quelle décision de votre maître, surtout si elle est arbitraire.

Fouché pointa son long index vers Cambacérès.

— Je me demande d'ailleurs comment vous allez faire pour respecter la future volonté de votre seigneur et maître.

— Laquelle ? demanda Cambacérès, méfiant.

— La France l'ignore encore, mais vous savez comme nous que Napoléon veut divorcer de Joséphine.

— C'est faux, et si c'était le cas, ce serait un secret d'État !

Fouché balaya l'objection du tranchant de la main. Comme si les secrets existaient pour un ministre de la Police !

— Dites-moi plutôt comment l'Empereur va s'y prendre, car Joséphine et lui ont été mariés devant

Dieu[1] et seul le pape peut briser cette union. Un pape que Napoléon a jeté en prison.

— En résidence surveillée ! s'écria Cambacérès. Ce n'est pas la même chose.

Talleyrand, qui avait été évêque avant de jeter son froc aux orties durant la Révolution, sourit avant de renchérir.

— Sans compter que ce bon pape, avant d'être placé *en résidence surveillée* comme vous dites, a excommunié Napoléon, ce qui a pour conséquence immédiate que l'Empereur ne peut même pas assister à une messe, alors comment divorcer ou se remarier ?

Fouché se massa les mains, qu'il avait d'une blancheur de linceul.

— L'original de la bulle d'excommunication de l'Empereur n'existe plus. Elle a malencontreusement disparu lorsque le général Radet s'est emparé du Vatican en juillet.

Cambacérès plissa les lèvres de dépit. C'est par ce genre de services que Fouché savait se rendre indispensable.

— Je vous conseille en tout cas…

Sa phrase resta en suspens. Les hautes portes capitonnées s'ouvrirent et Napoléon entra. Tous le connaissaient depuis des années, le voyaient presque tous les jours, mais chaque fois ils restaient saisis. À l'instant où l'Empereur apparaissait, l'évidence s'imposait. Si un seul homme pouvait conquérir le monde,

---

1. Si Bonaparte et Joséphine se sont mariés civilement en 1796, ils se sont unis religieusement en 1804.

c'était lui. Pourtant rien dans son visage n'inspirait l'admiration subite. Ses yeux étaient trop sombres, sa peau trop pâle, ses lèvres trop fines, pourtant son regard fascinait et de sa bouche tombaient des mots qui pouvaient changer la face du monde. Nul ne l'expliquait, personne ne le comprenait, mais Napoléon était le charisme fait chair. Le front courbé vers le sol comme s'il ne voyait que ses bottes, une main dans le dos, l'autre enfoncée dans sa veste, il jeta un regard circulaire en guise de salut et s'assit pesamment sur une chaise. Malgré la saison, son front perlait de sueur. Talleyrand nota ce détail. Depuis plusieurs semaines, il rapportait à son médecin personnel tout indice potentiel sur l'état de santé de l'Empereur. On ne savait jamais.

— Messieurs, je vous ai réunis pour vous informer de mes futurs projets.

La réunion était appelée conseil, mais il y avait bien longtemps que Napoléon n'en demandait plus. Un aide de camp entra qui déploya une carte murale représentant l'Europe ainsi que le bassin méditerranéen, puis il planta des drapeaux marquant les principales possessions ou zones de présence de la France. De Cadix à Berlin, de Paris à Naples, l'Empire rayonnait comme un soleil levant.

— Comme vous le savez tous, il ne demeure désormais en Europe que trois forces : l'Angleterre, la Russie et moi.

En une parole, l'Aigle avait effacé de la carte l'Allemagne, l'Italie et l'Espagne, conquises, occupées ou vassalisées.

— Quant à l'Autriche, la rossée que je viens de lui donner va servir de leçon au monde entier pour un bon moment.

Fasciné, Talleyrand contemplait cet homme qui parlait de la terre comme de son terrain de jeu. Quand il l'avait vu pour la première fois, il était maigre à faire peur, le visage en lame de couteau et le regard fiévreux. On lui aurait jeté un quignon de pain pour le nourrir. Souvent, il se demandait comment on en était arrivés là.

— Pour autant, cette dernière campagne a été rude, reprit Napoléon, et j'ai besoin de refaire mes forces.

Cambacérès souffla. L'Empereur n'allait pas repartir en guerre tout de suite. Enfin ! À la différence de son maître pour lequel la variable humaine n'existait pas, lui savait quelle saignée dans les campagnes et les villes provoquait chaque nouvelle bataille. Des dizaines de milliers d'hommes perdus pour l'agriculture, l'industrie, le commerce. Si on continuait à ce rythme, l'économie allait s'effondrer. Définitivement.

— Je ne peux donc lancer une offensive de grande ampleur. La Russie...

Il montra l'immense empire sur la carte.

— Elle attendra pour que je lui apporte les bienfaits de la civilisation.

Les doigts de Fouché se crispèrent sur la table fraîchement cirée. Une fois encore, la mégalomanie de Napoléon venait de le figer. Lui qui avait condamné à mort Louis XVI et envoyé Robespierre à la guillotine pouvait encore être stupéfait par la démesure croissante de l'homme que le destin avait porté à une puissance quasi universelle.

— Il n'est donc plus question de repartir en guerre.

Pour la première fois depuis le début de la réunion, Talleyrand et Cambacérès sourirent en même temps.

— Du moins en Europe.

Napoléon se leva et écrasa son pouce sur le nord de la carte.

— Désormais, nous devons régler le sort de l'Angleterre, abattre définitivement la perfide Albion.

Curieusement ce fut Cambacérès qui coupa l'Empereur dans son élan.

— Sire, l'Angleterre règne sur les mers et tant que nous n'aurons pas une marine…

— Au bas mot, il nous faudra vingt ans pour avoir une flotte de navires de guerre équivalente à celle de Londres, appuya Fouché. Durant ce temps, l'Angleterre aura doublé, triplé la sienne. C'est une course perdue d'avance.

— Sans compter que l'Angleterre commerce avec le monde entier et remplit ses coffres de richesses, sa puissance financière est toute sa force, assena Talleyrand.

Napoléon se rassit.

— Je suis d'accord avec vous, messieurs, voilà presque vingt ans que je bats l'Angleterre et ses alliés sur tous les champs de bataille d'Europe et chaque fois, pareille à la Gorgone, elle ressuscite. Voilà pourquoi nous allons la tarir.

L'Empereur baissa la voix comme s'il s'adressait personnellement à chacun de ses interlocuteurs. Dans son regard, Talleyrand saisit cette lueur qu'il avait déjà vue quand Bonaparte s'était emparé du pouvoir lors du coup d'État du 18 Brumaire[1].

— Dès les prochains jours, je vais créer un corps d'élite, composé de mes meilleurs soldats. Leur regroupement devra être le plus discret possible. Une fois rassemblés, ils suivront un entraînement spécifique.

— Vous comptez envahir l'Angleterre par la mer? lâcha Cambacérès qui s'attendait à tout.

Napoléon plissa ses lèvres, qu'il avait très fines.

— Pas l'Angleterre.

Fouché commençait à s'inquiéter. Lui dont la toile d'informateurs s'étendait sur tout le pays savait que l'opinion publique était lasse de la guerre. Dans les départements, l'impôt rentrait de plus en plus difficilement, les propos séditieux se multipliaient, le brigandage s'étendait. À Lyon, les ouvriers affamés devenaient menaçants; en Auvergne, les jeunes paysans refusaient de devenir soldats; en Provence, les transports de fonds étaient régulièrement attaqués, mais l'Aigle, planant haut dans le ciel, ne voyait rien de ces détails.

— Si je coupe l'origine des richesses, la perfide Albion s'effondrera sur elle-même.

— Puis-je faire remarquer à Sa Majesté, répondit Talleyrand, que toute la richesse de l'Angleterre provient de son empire colonial, c'est-à-dire les Indes, à des milliers de kilomètres d'ici? Sans flotte, sans

---

1. Le 9 novembre 1799, Bonaparte renverse le Directoire.

bateaux, je ne vois pas comment nous pourrions nous en emparer.

Napoléon se leva et caressa la carte de son pouce.

— Il nous suffira de traverser la Méditerranée. Et de là…, le pouce de l'Empereur s'arrêta sur le delta d'Alexandrie, s'emparer de l'Égypte. Je l'ai déjà fait. Mais cette fois, je viendrai en libérateur. Je chasserai les Turcs qui oppressent le pays des Pyramides, puis je libérerai la Syrie, le Liban…

Muets de stupéfaction, Talleyrand, Cambacérès et Fouché suivaient le doigt de Napoléon qui venait de s'arrêter sur la frontière avec la Perse.

— … et je constituerai une immense armée de musulmans, alors je déclarerai la guerre sainte aux Anglais. La Perse tombera comme un fruit mûr devant mes guerriers de la Foi. Dans un an, je serai sur les rives du Gange…

Le visage plus livide que d'habitude, Talleyrand regardait Napoléon bouleverser l'équilibre du monde. En 1798, Bonaparte avait déjà conquis l'Égypte et chassé les Turcs au nom d'Allah. Il avait même failli se convertir. Depuis, son prestige en Orient était colossal. Tout le monde connaissait son nom et, même s'il avait fini par perdre cette conquête, beaucoup espéraient son retour. On disait qu'il était l'iman caché qui allait établir la puissance des musulmans sur le monde. Si Napoléon venait en Égypte et gagnait ne serait-ce qu'une seule bataille, tous les peuples arabes se soulèveraient.

Talleyrand passa le plat de sa main sur ses lèvres sèches, signe chez lui d'une grande émotion.

L'Empire ottoman s'effondrerait, l'Inde tomberait, l'Angleterre sombrerait, la Russie se soumettrait ou disparaîtrait. Ce que ni Alexandre, ni César, ni Gengis Khan n'avaient même osé rêver, Napoléon, lui, pouvait le réaliser.

— Fouché, vous organiserez l'équipement du corps expéditionnaire. Que les arsenaux préparent des uniformes adaptés au climat que nous allons affronter, que nos ingénieurs travaillent sur de nouveaux modèles de fusil, résistants au sable. Aucun détail ne doit être négligé. J'attends de vous un rapport préparatoire d'ici deux semaines.

Le ministre hocha la tête. D'ici deux semaines, Napoléon l'aurait bombardé de mille idées nouvelles, rendant tout rapport impossible, mais l'essentiel était de faire semblant d'obéir.

— Considérez qu'il est déjà sur votre bureau, Sire.

— Talleyrand, vous allez mobiliser vos correspondants partout en Europe pour faire circuler le bruit que je vais envahir l'Angleterre par voie de mer. Je veux que *toute* la flotte britannique patrouille dans la Manche, qu'il n'y ait plus un seul navire anglais en Méditerranée.

— Il en sera fait comme vous le souhaitez, Sire.

L'Empereur se tourna vers le bout de la table.

— Quant à vous, Cambacérès, vous allez partir en tournée en Italie. Officiellement pour contrôler la bonne application du traité de paix que je viens de signer avec les Autrichiens. Officieusement, vous allez lever une flotte dans l'Adriatique. Elle servira à mes soldats pour traverser la Méditerranée. Dans neuf mois, je veux être en Égypte.

Si Fouché et Talleyrand avaient aussitôt acquiescé aux ordres du maître, Cambacérès prit son temps pour répondre. Comme beaucoup de craintifs, il était capable, sous une forte pression, de faire preuve d'un courage aussi subit qu'inattendu.

— Vous n'y serez pas, Sire. Ni dans neuf mois, ni dans un an.

— Plaît-il ? lança l'Empereur stupéfait.

— Vous voulez acheter une flotte, créer un corps expéditionnaire, l'équiper de nouveaux uniformes, produire de nouvelles armes et, de là, aller jusqu'aux Indes. Mais avec quel argent ?

— Les caisses de l'État…

— Elles sont vides, même en y grattant avec les ongles, vous n'y trouverez pas un sou vaillant. Nous vivons à crédit, Sire, et désormais plus personne n'est assez riche dans le monde pour pouvoir financer vos conquêtes.

Cambacérès posa un dossier à la couverture noire sur la table.

— Voici l'état des finances de l'Empire. Le véritable. Vous y trouverez tout, impôts, emprunts, entrées, dépenses… mais vous pouvez vous dispenser de le lire car je puis vous le résumer en peu de mots.

— Dites.

— La France est ruinée.

8

Florence
San Miniato al Monte
De nos jours

C'était un couple magnifique. La jeunesse dans toute sa splendeur. Ses cheveux sagement retenus sur les côtés par une agrafe fleurie, la femme portait une robe surannée dont elle tenait l'un des pans avec une grâce infinie. Elle tendait son autre main vers celle de son amoureux sans la saisir. Lui portait une vareuse militaire d'officier sans avoir l'allure d'un soldat. Frêle et délicat, il flottait presque dans ses habits. Derrière eux se dessinait une rangée de cyprès d'un vert presque noir. Les deux amants se faisaient face et souriaient, infiniment heureux, au milieu des tombes et des caveaux du majestueux cimetière de la porte des Saints. L'amour statufié dans toute sa splendeur funèbre.

Vaccona e cornuto[1].

---

1. Grosse vache et cocu.

Lupo Varnese, sanglé dans son imperméable bleu nuit, cracha l'insulte à la face des deux amants. Mince et élancé, le visage anguleux mais étonnamment harmonieux, le cadet des Varnese arborait des cheveux d'encre, un peu trop laqués, et ses lèvres gourmandes enserraient un cigare fin. Lupo connaissait le couple de pierre depuis une éternité. Il n'avait que dix ans quand on l'avait traîné de force pour l'inhumation de sa mère dans le caveau détenu par la famille Varnese. Il se souvenait d'avoir craché sur sa robe de marbre, ne comprenant pas pourquoi cette morte statufiée affichait un bonheur indécent alors que sa mère si belle, si délicate, finirait rongée par les vers. Elle lui avait pourtant assuré qu'elle resterait éternellement belle comme la statue. Le premier et le seul mensonge de sa mère.

Trente ans plus tard, la beauté de Vaccona restait intacte alors que Francesca Varnese, elle, n'était plus qu'un tas d'os. Il écrasa son cigare consumé sur le pied de l'amoureuse.

Des pas crissèrent sur le gravier juste derrière lui.

— La cérémonie va commencer, lança une voix féminine.

Lupo reconnut l'intonation douce et légèrement rauque. Il se retourna et contempla Giulia, sa sœur aînée. Seules deux années les séparaient, elle en paraissait pourtant dix de moins que lui. Juchée sur des bottes blanches lacées jusqu'aux genoux, elle marchait lentement vers lui, sa longue silhouette enveloppée dans un manteau noir assorti d'un foulard de la même couleur, griffé d'une marque concurrente.

Ses cheveux blonds étaient tirés en arrière, laissant ses yeux vert foncé rehausser sa beauté sobre et dorée. Giulia était parfaite à une tricherie près. Elle s'était fait raboter un nez un peu trop fort hérité de son père. Il ne la jugeait pas, lui-même raffolait de la seringue. Sa sœur dégageait un charisme naturel insupportable. Giulia irradiait, lui absorbait la lumière. Conséquence directe, le patriarche l'avait bombardée directrice marketing du groupe, alors qu'il était placardisé comme responsable d'un bureau de création où il ne mettait jamais les pieds. Dans la fratrie Varnese, Lupo occupait la place du rentier fêtard et dépensier. Leur frère aîné, Salvatore, celui du sérieux directeur financier. Les arbres les plus vigoureux portaient toujours des rameaux stériles. C'était ainsi. Et pourtant, si agaçante que fût Giulia, Lupo aimait sincèrement son étoile, sa sœur. Elle lui rappelait sa mère.

Giulia se jeta sur lui comme si elle voulait le dévorer et ils se serrèrent longuement.

— Bravo, pile à l'heure pour la fête familiale, murmura Lupo. C'était bien ta petite virée en Indonésie ?

— Philippines... Épuisant. J'ai pris trois avions pour revenir à temps... Tu as l'air fatigué.

— À ton avis ? J'ai géré le rapatriement du corps de Père avec notre bien-aimé frère. À peine autopsié et déjà dans sa boîte capitonnée pour jouer la vedette de son dernier défilé. Heureusement que tu es venue.

Giulia Varnese se libéra de son étreinte et s'accroupit pour essuyer les traces de cendre sur le pied de marbre blanc de l'éternelle amoureuse.

— Il ne faut jamais abîmer une œuvre d'art, Lupo.
— Ce n'est pas de l'art, mais un monument érigé à la bêtise humaine. L'amour... La seconde plus grande escroquerie après celle de Dieu.
— Maman aimait ces statues.
— Elle avait tort. Je les déteste. Tu le sais.

L'héritière Varnese se leva, caressa la joue de l'homme de marbre et déposa un baiser sur ses lèvres froides.

— Ton cynisme m'attriste. Ils sont si beaux. Moi aussi je voudrais rencontrer un homme qui m'aimera pour l'éternité.

Elle se rapprocha de lui et passa son bras sous son coude. Le couple marcha à travers les allées désertes de la nécropole qui jouxtait la basilique de San Miniato. Giulia boitait légèrement, séquelle de l'accident de voiture de leur jeunesse. L'héritière Varnese portait une prothèse à sa jambe droite, jusqu'en dessous du genou.

Les deux enfants de Gianfranco Varnese contournèrent un mausolée de pierre grise aussi pompeux que lugubre et se dirigèrent vers la basilique luisant au soleil. Des plaques de marbre vert et blanc recouvraient la façade, exhalant ce raffinement typique des églises florentines. L'église était d'ailleurs juchée sur une colline qui surplombait Florence, comme pour affirmer sa supériorité divine sur la cité flamboyante.

— Tu as eu des nouvelles de l'enquête ? demanda Giulia.
— Pour le moment on en reste à la thèse officielle. Dépressurisation accidentelle, coupure d'oxygène.

Notre paternel envoyé au ciel avec sa capsule de cyanure. Il aurait paniqué et voulu éviter une mort par étouffement progressif, comme le pilote et le steward.

— Jamais je n'aurais cru qu'il se servirait de sa gélule. Tu y crois, toi ?

— Je n'en sais rien, Père avait un paquet d'ennemis. Mais de là à le faire passer de vie à trépas... Ou alors il nous a laissé quelques cadavres dans le placard. En revanche je suis sûr que la succession sera sanglante. Nous sommes trois héritiers et nous ne toucherons pas la même part du gâteau.

— Tu es bien pessimiste.

— Non, lucide.

— Tu lui en veux toujours. Même après sa mort...

Il s'arrêta net et se tourna vers elle.

— Et pourquoi devrais-je pleurer des larmes de crocodile ? Maman est morte à cause de lui. Tu as perdu une jambe. Et tout le reste...

Elle posa un index sur ses lèvres.

— Je sais... Ne te fais pas de mal. Il a toujours culpabilisé. Ça le minait.

— Il n'y a que Salvatore qui s'en est sorti indemne ce jour-là.

— Tu oublies sa maladie. Cloué dans un fauteuil roulant jusqu'à la fin de ses jours. Père n'y était pour rien.

— Dans maladie héréditaire, il y a héréditaire.

— La malédiction Varnese... La dynastie milanaise maudite. J'ai gardé les journaux de l'époque.

Lupo lui jeta un regard amusé et serra plus fort l'avant-bras de sa sœur.

— Ma chère Giulia, rappelle-toi tes cours d'histoire. Chaque fois qu'un triumvirat a été nommé à la tête de l'Empire romain, ça a très mal fini pour deux des trois dirigeants. *Il Muto* le savait fort bien.

La somptueuse rosace du vitrail central explosait dans une myriade de couleurs. L'heure de la cérémonie avait été choisie pour que le soleil s'invite avec faste et la basilique était pleine à craquer. Devant l'autel on avait disposé le cercueil fermé. À droite avait été dressée une tenture noire recouverte de clefs d'argent. La clef Varnese. Sur la gauche, au milieu d'une profusion de bouquets blancs et rouges, se dressait un immense portrait du défunt. Sur sa photo Gianfranco Varnese devait avoir une soixantaine d'années et portait encore beau. Par-delà sa mort il contemplait les travées bondées de son regard acéré.

Contrairement aux enterrements traditionnels, ce n'était pas le curé de la basilique qui présidait la cérémonie mais le cardinal de Milan, Balducci Varnese, frère du défunt. Assisté de deux servants, dépêchés du Vatican, il assurait le service avec dignité, mais ses traits trahissaient son chagrin.

Le premier rang des travées de droite était occupé uniquement par les trois héritiers. Aucun n'étant marié ou accompagné d'un conjoint. Au deuxième rang était assise une partie de la famille éloignée des Varnese, une dizaine de parents tout au plus. À partir du troisième rang les cadres de la société côtoyaient les amis prestigieux, allant d'un ancien président de la République italienne à une douzaine de députés, en passant par des joueurs de l'AC Milan et une brochette d'acteurs et de mannequins. Le gratin du capitalisme italien était lui aussi dignement représenté. Les photographes people s'en étaient donné à cœur joie à l'entrée dans la basilique.

L'office, qui avait à peine duré une heure, était sur le point de se terminer, la famille avait refusé tous les éloges funèbres proposés.

— En mémoire du défunt, je vous invite maintenant à venir lui rendre un dernier hommage.

Toute la basilique se leva comme un seul homme. Les trois héritiers échangèrent des regards furtifs pour savoir qui serait le premier à s'avancer pour saluer le patriarche. Contrairement à la coutume, le cercueil était fermé. Une dernière volonté du défunt. Salvatore finit par actionner le joystick de son fauteuil et se dirigea vers le cercueil. Arrivé à son niveau il appuya sur un bouton de l'accoudoir. Son siège bascula lentement en avant, le mettant en position verticale. Le cardinal lui tendit l'encensoir, la mine grave.

Salvatore Varnese détailla longuement le cercueil.

Tu es enfin devenu il Muto *pour l'éternité*, pensa-t-il.

Le visage froid et impénétrable, il tourna la tête vers son frère et sa sœur, comme pour s'assurer de leur soutien. Ces derniers s'approchèrent de l'autel pour se regrouper autour du fauteuil roulant. Giulia posa sa main sur l'épaule de l'aîné. Le cardinal les couvait du regard. Lupo chuchota à l'oreille de sa sœur.

— Le clan Varnese soudé comme jamais. Dommage que les photographes ne soient pas autorisés à l'intérieur de la basilique.

— Rassure-toi. Une amie nous mitraille avec son portable. C'est déjà sur les réseaux sociaux.

Au moment où Lupo allait prendre l'encensoir, un cri retentit dans la basilique.

— Assassin !

Une partie de l'assistance tourna la tête en direction du confessionnal situé près du transept droit, d'où un homme avait surgi, un pistolet à la main. C'était un curé en soutane, le visage brun et raviné comme s'il avait passé sa vie dans les champs et non à l'ombre d'une sacristie.

— Varnese assassin !

Les héritiers se retournèrent vers l'intrus, tétanisés. Le cardinal, lui, descendit d'une marche pour se positionner à leurs côtés.

Des gardes du corps surgirent des quatre coins de la basilique, mais ils étaient trop loin pour stopper l'intrus.

Deux coups de feu retentirent. Une onde de panique se propagea dans la foule. Les bancs furent renversés, des invités se plaquèrent au sol, d'autres tournaient les talons en direction de la sortie.

— À terre ! hurla l'un des agents de sécurité.

Trop tard, personne n'entendait. Le chaos régnait. Des cris et des hurlements montaient de toute part, les gens se bousculaient et se renversaient. Une femme âgée tomba à terre, son front percuta un banc et elle faillit se faire piétiner sans vergogne par la foule avant qu'un homme ne l'aide à se relever. Les portes de la basilique s'ouvrirent à la volée, libérant des dizaines d'invités sous l'œil effaré des journalistes.

Le curé s'était avancé vers l'autel et braquait son arme vers le plafond de la basilique. Bloqués par le cercueil, les trois héritiers s'accroupirent autour du fauteuil de l'aîné. Giulia hurla de terreur.

À moins d'un mètre d'elle, le cardinal se tordait sur le sol, les mains crispées sur son ventre. Une énorme tache rouge maculait sa robe. Il roulait des yeux, comme étonné de ce qui lui arrivait. Lupo s'était plaqué au sol et tirait vers lui son oncle gémissant. Le curé fou, lui, fonçait vers le clan, le canon de son pistolet levé vers le Christ pantocrator qui le scrutait d'un air courroucé.

Soudain trois nouveaux coups de feu retentirent. La panique et les hurlements redoublèrent d'intensité. L'agresseur en soutane virevolta dans les airs et s'effondra sur le cardinal. Derrière lui, l'un des gardes du corps s'était figé en position de tir.

Giulia Varnese se jeta dans les bras de son frère, ses bottes d'ivoire éclaboussées de sang.

9

Paris
Bord de Seine
Octobre 1809

Le prêtre gémit. Les cordes qui lui entravaient les chevilles le faisaient souffrir. Lui qui avait toujours vécu dans le monde feutré de la diplomatie vaticane affrontait la violence, chancelant et stupéfait. Jamais il n'aurait pensé se retrouver dans une basse-fosse qui puait l'urine séchée et la sueur rance, comme si la peur avait imbibé jusqu'aux murs des cachots. Combien de détenus l'avaient précédé dans cette cellule et combien n'en étaient pas sortis vivants ? Cette pensée le faisait vaciller. Et si ses ravisseurs le torturaient ? Pour la première fois de sa vie, le prêtre connaissait la peur. Celle que déchaîne l'imagination et que rien ne peut plus arrêter. Lui qui avait si souvent médité sur les souffrances et l'agonie du Christ était terrorisé par ce qu'il risquait de subir. Brutalement, il venait d'entrer dans la seule réalité commune à tous les hommes : la douleur et la mort. Le verrou de la porte grinça et deux gardiens entrèrent. À leur sourire goguenard, le prêtre s'inquiéta.

— Je suis Bartolomeo Sandri.

— Tu l'as déjà dit.

— Je suis jésuite, citoyen du Vatican, un État souverain, et je réclame…

Un éclat de rire le coupa net.

— Il n'y a plus de Vatican, il n'y a plus de pape. Ton monde n'existe plus. Seul compte et règne l'Empereur et tu as comploté contre lui.

Bartolomeo resta sans voix alors qu'on défaisait ses liens. Ses derniers repères s'effondraient. Il était seul. Désespérément seul. Une fois debout, un des sbires lui tendit une gourde. Assoiffé, le jésuite la porta à sa bouche, puis recracha aussitôt.

— Mais c'est de l'alcool, je suis prêtre et…

— Tu n'es plus rien.

D'autorité, on la lui remit dans la bouche. Il sentit son gosier brûler.

— Bois tout ! Tu vas en avoir besoin.

La salle où on venait de le conduire ne puait pas. Elle était peinte en blanc et le dallage impeccablement balayé. Comme on l'asseyait sur une chaise sans l'attacher, il remarqua sur le mur gauche un crucifix d'ébène et reprit espoir. L'Église, malgré les persécutions que subissait le pape, était encore puissante en France. Le propre oncle de Napoléon était cardinal. Maintenant que l'on connaissait son nom, sa position au Vatican, quelqu'un avait dû agir. Certes, il s'était compromis avec des royalistes, mais il n'y avait eu aucun attentat, aucune tentative même. Bartolomeo se massa les chevilles et un peu de sang lui resta sur les mains. Il frémit, mais remercia le Ciel de lui avoir redonné espoir. Bientôt, ce ne serait plus qu'un mauvais souvenir. Il allait être expulsé, renvoyé en Italie. Il était sauvé.

Cette fois, la serrure ne grinça pas. La porte s'ouvrit sur un inconnu dont la redingote stricte trahissait le militaire alors que la chemise aux boutons de nacre dévoilait le gentilhomme. Le jésuite savait que Napoléon avait rallié beaucoup de familles nobles à sa cause, des aristocrates qu'il employait souvent pour des missions confidentielles. Bartolomeo se leva pour s'incliner.

— Monsieur, je suis ravi de vous voir. Sans doute connaissez-vous mon identité, mais permettez-moi de me présenter…

L'inconnu fixait le mur. Ses tempes étaient cisaillées d'une même cicatrice en étoile, blessure qu'on ne gagnait que lorsqu'une balle vous frôlait de trop près. C'était donc un homme à la vie risquée. Mais un homme chanceux. À mieux y regarder, le jésuite vit qu'il portait sous sa veste un couteau de chasse, de ceux qui servaient à dépecer le gibier.

— Monsieur…
— On m'appelle la Main de sang[1].
— Mais que faites-vous?

---

1. Voir *1800, La Main de sang,* Tristan Mathieu, Les Presses de la Cité, 2022.

La Main de sang venait de retourner le crucifix, enfonçant le visage du Christ dans le mur.

— Je ne veux pas qu'Il voie ce que je vais te faire.

Jamais Bartolomeo n'aurait cru qu'il y avait autant d'eau dans son corps. Son front suintait, ses aisselles ruisselaient. Toute sa peau était souillée de sueur qui convergeait vers son entrejambe qui le démangeait horriblement. Il avait beau serrer les cuisses, sa peur était telle qu'une rigole âcre et puante gouttait jusqu'au sol.

— Arrêtez, je vous en supplie.

— Arrêtez quoi? demanda la Main de sang. Je n'ai même pas commencé.

Bartolomeo se tortilla pour cacher ses parties génitales. Au début de l'interrogatoire, un sbire l'avait forcé à se déshabiller, l'obligeant à rester nu sur sa chaise. Jamais le jésuite n'avait connu pareille humiliation. Depuis, il se liquéfiait.

— Pourquoi ne me posez-vous pas de questions? demanda le prêtre.

Le gentilhomme prit un air étonné.

— Pourquoi? As-tu quelque chose à avouer?

Bartolomeo tenta de retenir ses entrailles. Cette fois, il en était sûr. On l'avait livré à un fou. Depuis une heure, il ne l'avait interrogé sur rien, ni sur sa présence à Paris, ni sur son arrestation. Aucune question. Un fou qui avait dégainé son couteau de chasse pour le poser sur la table, avant de fixer Bartolomeo sans un mot. Depuis, le jésuite n'était plus qu'une souillure de sueur et d'urine.

— J'ai beaucoup chassé avant la Révolution. Surtout le cerf.

Bartolomeo eut un sursaut d'espoir. Il ne s'était pas trompé. Cet homme était un ancien aristocrate. Peut-être que…

— Jamais je n'ai tué une bête au fusil, de loin, comme un assassin dissimulé derrière un bosquet. C'est une chasse indigne, sans risque. J'ai toujours affronté le gibier à l'épieu. Comme mes ancêtres…

— Pensez à Dieu, à votre roi, aidez-moi.

— Juste avant qu'on le frappe, qu'on enfonce le fer dans sa chair, le cerf se retourne et subitement on voit son regard.

— Je vous en supplie, vous avez du sang noble dans les veines !

— Dans ce regard, on voit la mort qui vient.

Brusquement l'ancien aristocrate saisit le visage du prêtre entre ses mains.

— Et c'est ce que je vois dans tes yeux éperdus.

Le jésuite voulut hurler, mais une poigne rapide enserra sa gorge.

— Mais mourir n'est rien, c'est la manière dont on meurt qui importe. Et dans ton regard je vois déjà le moment où tu me supplieras de t'achever et où je dirai non.

— Pas ça !

— Sais-tu pourquoi la lame est recourbée ?

Surpris par la question, le prêtre fixa le couteau avec un regard effaré.

— Quand on vient de tuer un cerf, il faut tout de

suite le vider de ses excréments pour qu'ils ne corrompent pas la chair.

La Main de sang se leva et approcha la lame du ventre du jésuite.

— Et pour ça, il faut inciser lentement pour ne pas déchirer les intestins.

Le prêtre sentit son ventre le lâcher.

— Pitié…

La pointe se ficha juste au-dessous du nombril.

— Inciser. Lent et profond.

À ce dernier mot, le jésuite s'évanouit. Une odeur violente monta du sol. La Main de sang rengaina son arme et frappa à la porte.

— Appelez le ministre.

Il se tourna vers Bartolomeo qui venait de s'effondrer dans ses souillures.

— Maintenant, il dira tout ce qu'il sait.

10

Nice
De nos jours

80 millions d'euros. Les chiffres étaient imprimés en gigantesques lettres d'un rouge vif sur la petite affiche publicitaire. Impossible d'y échapper lorsqu'on entrait dans le bar-tabac coincé entre deux magasins de souvenirs provençaux aux produits absolument identiques, à l'image de la plupart des ruelles au cœur du vieux Nice.

Antoine poussa la porte du troquet, trempé jusqu'aux os. Son parapluie, amas de ferraille tordue et de nylon déchiré, n'était plus de ce monde. Il le jeta dans une poubelle et s'installa à une table libre à quelques mètres du comptoir. Il jeta un regard rapide aux clients assis çà et là, des hommes pour la plupart. Aucun ne leva les yeux vers lui, trop occupés à regarder leur portable, feuilleter le journal ou gratter des cartons de jeux. À la table voisine de la sienne, une jeune femme brune aux cheveux courts et épais buvait son café, la tête penchée sur une grille d'EuroMillions.

Deux cernes marron foncé, demi-lunes presque parfaites sous ses yeux de quartz noir, obscurcissaient son âge. Elle leva la tête et jeta à Antoine un sourire fatigué quand il déposa sa valise cabine humide au pied de sa chaise. Marcas retira sa veste et la posa sur le dossier. Même sa chemise était mouillée.

Un serveur entre deux âges, la mine aussi fripée que sa chemise, se planta devant lui sans le saluer. Sans un sourire.

— Vous désirez ?

— Un café et un croissant.

— Il est midi, il n'y en a plus, on va mettre les couverts dans dix minutes. Expresso ou allongé ?

Le serveur lui aurait demandé de dégager les lieux que cela aurait été pareil. Pour la légendaire hospitalité du Sud, on repassera, songea Antoine, rien à envier aux cafés parisiens.

— Une tartine beurre-confiture, c'est dans vos cordes ?

Le serveur se contenta de hocher la tête en guise de réponse et tourna les talons. Antoine leva le nez vers la vitre. La rue n'était plus qu'un torrent déferlant sur la ville depuis son arrivée à la gare de Nice. Sa première journée dans la capitale de la Côte d'Azur commençait sous les meilleurs auspices. Il n'avait emporté ni imperméable ni chaussures adaptées. Comble de malchance, son taxi s'était englué dans un embouteillage monstre dans le centre-ville. Antoine avait préféré finir le trajet à pied jusqu'à l'hôtel, distant de quelques centaines de mètres. Son microscopique parapluie acheté à la gare s'était disloqué à mi-parcours, l'obligeant à trouver refuge dans le premier bar venu.

Il consulta son portable. Il n'avait reçu qu'un seul message venant du juge chargé de l'instruction sur l'OTTR, lui donnant rendez-vous le lendemain. En revanche il attendait toujours des nouvelles de Clarisse, son amie notaire qui avait quitté la capitale pour rejoindre son futur mari à Nice il y a cinq ans.

Elle avait été ravie de son coup de fil et de son passage à Nice, et lui avait promis de dégoter des infos sur l'hôtel de la Clef étoilée.

— Monsieur, que feriez-vous avec quatre-vingts millions ?

Marcas releva la tête. C'était sa voisine, la brune aux cernes de compétition.

— Pardon ?

— Le prochain gros lot. Lâchez-vous.

— Je... Je ne sais pas, répondit-il, pris au dépourvu par la question, je ne joue jamais. Peut-être comme tout le monde. Une belle maison, des voyages, de l'argent pour mon fils, un don pour une association... Un million me suffirait.

— Banal... Offrez-moi vos rêves.

La jeune femme semblait sympathique mais il espérait qu'elle le lâcherait parce que les conversations sur le loto ne le passionnaient pas outre mesure. Le serveur apporta son café. Sans lui demander son avis, la brune posa les grilles sous son nez en rapprochant sa chaise.

— Pourriez-vous remplir les deux dernières grilles de mon bulletin ?

— Si vous voulez, mais pourquoi ?

Elle leva son index vers le comptoir.

— Il y a trois ans, dans ce bar-tabac, un joueur a gagné le gros lot. Il avait choisi ses numéros en les demandant à un client qu'il ne connaissait pas. C'est ce que je fais. Je m'installe ici tous les mardis et je demande à un inconnu de me remplir les grilles. Vous êtes apparu.

— OK, sourit-il en avalant son café.

Elle secoua la tête avec une expression amusée.

— Choisissez cinq numéros par grille, je me chargerai des étoiles.

Avant même qu'il ne puisse répondre, elle lui tendit un stylo. Bon prince, Antoine s'exécuta. Il remplit les grilles avec application et les tendit à sa voisine. La fille récupéra le bulletin et le stylo.

— Je ne veux pas vous enlever vos illusions, lança-t-il, mais vous savez que la probabilité de gagner au loto est microscopique ? Une chance sur cent millions. Ou même moins…

La brune le fixa avec gravité.

— Et alors ? C'est mieux que rien du tout. À mon âge, même si je change de travail, je ne pourrai jamais réaliser mes rêves. Mon mec c'est pareil. On aimerait vivre en Australie, dans un ranch avec plein de vaches et des chevaux. Une grande piscine aussi… Vous voyez le délire ?

— J'espère que vous le réaliserez, répondit-il sans trop y croire.

— La richesse est un cadeau déposé sous le sapin de quelques privilégiés. On m'a fait croire qu'il fallait travailler et épargner mais j'aurais juste de quoi me payer ma place en Ehpad à la fin.

— Je ne suis pas d'accord. Vous êtes encore jeune. Grâce au travail et à l'ascension sociale, la République vous permet de progresser.

Il avait prononcé cette phrase en sachant pertinemment qu'il n'y croyait pas lui-même. Du moins qu'il n'y croyait plus. Comme les planches de certains frères ou sœurs de loge qui vantaient les bienfaits de la laïcité en occultant l'explosion des tensions communautaristes.

— Ça, c'est votre vision à la française. En Inde, mon père est d'origine indienne, de Bangalore, il existe le système des castes depuis des siècles. En haut vous avez les kshatriya. Avant c'étaient les guerriers, les seigneurs. Maintenant ce sont les riches, les patrons, les hommes politiques, bref ceux qui détiennent le pouvoir et l'argent. Et en bas vous avez les shudra, les paysans, les ouvriers, les artisans. Tout le monde sait que chacun restera à sa place. Dans les pays occidentaux, on nous fait croire que l'on peut grimper d'une caste à l'autre. C'est hypocrite. Un employé de bureau, un flic, une infirmière, un instituteur, un petit commerçant, tous des shudra.

— Vous exagérez un peu, non ?

— Peut-être... il y a des exceptions, j'ai fait des études contrairement à mes parents. Je travaille comme community manager dans une boîte de communication digitale, mais jamais je ne gagnerai comme mon patron. Je suis une shudra de la tech. Le monde est rempli de shudra, voilà la réalité. Et un shudra restera toute sa vie un shudra et c'est valable pour les kshatriya. Vous faites quoi dans la vie ? demanda-t-elle.

— Je suis un shudra de la police, répondit-il en souriant.

— Ça gagne pas des masses, hein ?

— Un peu quand même. Je suis commissaire. Shudra de luxe... et si vous gagnez le gros lot, aurai-je droit à une part du gâteau ? demanda-t-il avec malice.

— Bien sûr, donnez-moi votre numéro de téléphone. Ne vous imaginez pas des choses, je suis mariée et très amoureuse.

Son air espiègle l'amusa. Il griffonna ses coordonnées.

— Vous venez pour une enquête ? demanda-t-elle avec curiosité.

Antoine secoua la tête et vit que la pluie avait cessé. Il était temps de filer à son hôtel, prendre la chambre. Il se leva, régla l'addition et enfila sa veste humide.

— Non, affaire privée. Je suis sur les traces d'un membre de ma famille, disparu il y a une éternité.

— Je vous souhaite bonne chance.

— Et moi j'espère qu'un jour vous vous achèterez le plus beau ranch d'Australie et que vous deviendrez une kshatriya.

Assis sur le rebord de la baignoire de sa chambre à l'hôtel Aston La Scala, Marcas contemplait ses chaussures de toile avec un mélange de répulsion et de tristesse. Elles étaient imbibées jusqu'aux semelles de corde. Il retira péniblement la paire martyrisée, emportant au passage ses chaussettes tout aussi détrempées, et la posa doucement sur le carrelage. Il allait devoir trouver un magasin de chaussures avant d'aller à son rendez-vous avec le juge.

Il traversa la vaste chambre qui donnait sur le jardin de l'hôtel et offrait une vue dégagée sur la ville. Sa hiérarchie n'avait pas chipoté sur le forfait.

Il colla son nez à la vitre. À son grand soulagement, une trouée bleutée surgissait de nulle part, signe que l'orage passerait bientôt. Antoine poussa un soupir. Avec un peu de chance la pluie aurait cessé pour son rendez-vous.

Son portable vibra. C'était Clarisse.

— Salut, Antoine. J'ai un peu fouillé sur l'hôtel de la Clef étoilée.

Le ton de sa voix était joyeux.

— Et alors ?

— Bonne nouvelle, il n'a pas été rasé mais transformé en fondation d'art. J'ai demandé un coup de main à mon correspondant aux archives départementales des Alpes-Maritimes pour qu'il retrouve des informations sur les anciens propriétaires de l'hôtel. Figure-toi que le dernier en date, celui qui a vendu l'hôtel à la fondation, porte le même nom que toi.

Le sang d'Antoine afflua à toute allure dans son cerveau.

— Tu plaisantes ?

— Pas du tout. Un certain Tristan Marcas.

Antoine était resté figé, son portable collé à l'oreille. C'était donc lui qui possédait l'hôtel. La Clef étoilée. Il avait dû choisir lui-même le nom étrange et poétique. La clef qui ouvrait un passage vers les étoiles, la nuit et le monde des songes…

— Un parent à toi ? reprit la notaire.

— Oui… Je suis à sa recherche. Quoi d'autre ?

— Il y a un dossier au nom de ce Tristan Marcas dans les archives, mais il n'est accessible qu'aux seuls membres de la famille.

— Je pourrai le consulter ?

— Tu dois prouver que tu fais partie de la même lignée. Un livret de famille, un extrait d'acte de naissance…

— Je n'ai rien. Cet homme est un véritable fantôme.

— Alors ça risque de coincer. Ils peuvent être assez casse-couilles. Tu es certain que tu n'as pas autre chose ?

— J'ai des copies de son journal intime.

— Ça peut être inventé.

— Je ne vais quand même pas leur apporter sa pierre tombale directement du Père-Lachaise.

Il s'écoula un silence, puis Clarisse répondit d'une voix rapide.

— Sa pierre tombale… il y a peut-être un moyen. C'est une concession à perpétuité ?

— Je n'en sais rien.

— Tu as une photo de la tombe ?

— Oui, sur mon portable.

— Envoie-la-moi. Tu peux prétexter que le cimetière veut dégager sa sépulture et que tu dois assurer son transfert. Le fait que tu portes le même nom et que tu sois policier jouera pour toi. Je vais passer un coup de fil à mon contact aux archives, j'y vais souvent pour régler des successions. Mais je ne te garantis pas que ça marche.

— Je t'invite à dîner même si tu ne réussis pas ton coup. C'est adorable de ta part de t'occuper de ça.

— Toujours aussi classe, lança-t-elle d'un ton joyeux en raccrochant.

Antoine pianota sur son smartphone et retourna au fichier de Tristan. Il tomba enfin sur la collection de photos de la tombe. Il en prit une où l'on pouvait discerner son nom aux côtés de celui d'une certaine Laure d'Estillac. Partager un tombeau avec l'être aimé, c'était beau. Il songea à Alice. Pas sûr que ce soit son genre à elle.

Il envoya la photo de la tombe à Clarisse, puis cliqua sur celle du passage énigmatique du journal.

Nice. Hôtel de la Clef étoilée. À l'ombre de Jean-Baptiste de la croix. Le sang de Vénus. Punctus.

Qu'avait voulu dire Tristan ? Chaque mot avait son importance et savoir qu'il était devenu patron d'un hôtel le troublait. Ça ne collait pas avec le personnage d'aventurier dont il avait lu les exploits. Son portable vibra à nouveau. Un SMS de Clarisse : *Rendez-vous aux archives dans deux heures. T'envoie l'adresse. On se retrouve là-bas. Prends un taxi.*

Dehors la pluie avait cessé de tambouriner sur la vitre. La chance lui souriait enfin.

11

Paris
Bord de Seine
Octobre 1809

Comme chaque fois qu'il se préparait pour un interrogatoire sensible, Fouché était seul. Aucun collaborateur de son cabinet ne l'accompagnait. Nul autre que lui ne devait entendre de possibles secrets d'État. Tout en massant ses mains que le froid de l'automne rendait douloureuses, il relisait le rapport de Radet. Le ministre étudia le profil de chaque conjuré. Un Vendéen en fuite, un ancien officier de marine, deux aristocrates ruinés... du menu fretin et la preuve que les royalistes, à Paris, ne recrutaient plus que dans le fond du panier. Ces amateurs étaient incapables de monter un quelconque attentat contre l'Empereur, ce qui rendait encore plus étrange la présence de ce jésuite romain parmi eux.

Fouché relut le procès-verbal. On avait trouvé dans l'appartement trois pistolets chargés, un minuscule portrait de feu Louis XVI, une bourse remplie d'or et des journaux à la gloire des Bourbons. Le tout était réuni dans un coffre, posé près de lui. Fouché l'ouvrit et fit couler les pièces sur la table. Il faudrait trouver l'origine de cet or. Des spécialistes s'en chargeaient. Il feuilleta les journaux. La propagande habituelle des royalistes. Il jeta néanmoins un œil sur le sceau que Radet mentionnait dans son rapport. Une croix et une clef. Le mot foi en latin lui fit passer un sourire sur les lèvres, lui qui avait failli être prêtre[1]. À la vérité, il y avait peu de chances que ce symbole soit celui d'une nouvelle organisation rebelle. Les royalistes étaient finis. Fouché en était certain. En revanche, il était essentiel que Napoléon croie le contraire. Surtout maintenant que l'Empereur voulait repartir dans une expédition aussi chimérique que hasardeuse. Un complot le ferait rester. Même s'il n'en montrait rien, il savait que son trône était bancal, que s'il avait ramassé la couronne dans le ruisseau, elle pouvait y retomber à tout moment. Sans enfant pour assurer une lignée, il risquait de tout perdre. Le ministre de la Police allait se charger de faire à cette conspiration toute la publicité nécessaire. Ce complot tombait à pic, ça lui évitait d'en inventer un de toutes pièces.

— Monsieur le ministre ? La Main de sang en a fini avec le prisonnier. Il est à vous.

Fouché se pinça le nez. L'odeur était épouvantable. Un gardien s'occupait de ranimer le jésuite à coups

---

1. Contrairement à une légende tenace, Fouché n'est jamais devenu prêtre.

de gifles tandis que son tortionnaire retournait un crucifix sur le mur.

— J'ai pensé, Excellence, que la vue de Notre Sauveur à tous vous serait agréable.

Dans sa jeunesse révolutionnaire, Fouché avait pillé des églises, dévasté des cimetières et déporté des prêtres. Il ne releva pas l'ironie et se contenta d'une seule phrase en réponse.

— Allez m'attendre dans la pièce à côté et profitez-en pour lire le procès-verbal d'arrestation, votre opinion m'intéresse.

La Main de sang salua et se retira.

— Maintenant, dit Fouché, à nous deux.

Bartolomeo avait reconnu le ministre. Sa présence le foudroya. Comme toute l'Europe, il connaissait sa réputation. Pour un homme d'Église, Fouché était le diable incarné. Le grand inquisiteur des temps modernes. Celui dont les victimes erraient, par centaines, comme des âmes en peine. L'homme qui avait condamné Louis XVI, anéanti Robespierre, tué en Vendée et massacré à Lyon. Il n'y avait pas que les mains de Fouché qui étaient recouvertes de sang, toute sa vie en suintait. Cette fois, le jésuite sut qu'il était perdu. Il ne lui restait plus qu'à s'abandonner à Dieu.

— Pas la peine de prier, vous n'allez pas mourir.

À son tour, le ministre s'assit. De près, il avait un air ordinaire qui inspirait presque la confiance. On aurait pu le croiser, un dimanche, dans une église en train de faire la quête. Même ses vêtements étaient impersonnels. De tous les dignitaires du régime, il était le plus transparent et le plus dangereux.

— Nous avons vérifié votre identité. Vous êtes bien prêtre et italien. Deux particularités qui ne sont guère appréciées à Paris en ce moment. Et de plus, jésuite travaillant pour le Vatican, vous aggravez votre cas.

— Vous m'avez dit que je n'allais pas mourir !

— Mourir non…

Le ministre laissa sa phrase en suspens. Bartolomeo sentit alors toute la puanteur qui souillait son corps.

— Que faisiez-vous, rue des Feuillantines ? Nous y avons trouvé des armes chargées et de l'or. Quant à vos complices, ils ont déjà parlé et tous vous accusent.

Fouché mentait, mais pas pour longtemps. Dans quelques heures, les suspects, à nouveau interrogés, auraient tout avoué, même ce qu'on ne leur demandait pas.

— Ils disent que c'est vous qui avez décidé d'attenter à la vie de l'Empereur. Vous qui les avez réunis pour commettre cet assassinat. Que c'est vous qui avez tout organisé, tout prévu, tout fourni…

— Je n'ai jamais procuré les armes, je n'ai jamais…

Le ministre saisit la réplique au vol.

— Si vous n'avez pas fourni les armes, alors vous avez apporté l'or ?

— Mais ce n'était pas pour tuer l'Empereur !

— Alors pourquoi ?

— Imprimer et diffuser des journaux. Rome m'a donné de l'or pour financer des libelles et des pamphlets en faveur du pape prisonnier.

Fouché avait prêché le faux pour obtenir le vrai. Ces fins de race arrêtés rue des Feuillantines étaient bien incapables de tuer ne serait-ce qu'une mouche. En revanche, créer, grâce à de l'or venu d'Italie, une agence de propagande en faveur du pape et des royalistes, voilà qui était à leur portée. Le ministre fixa Bartolomeo. Avait-il tout dit ou devait-il le laisser à nouveau à la merci de la Main de sang ? Sur le visage de Fouché s'épanouit un sourire blafard. Il avait une autre idée, bien meilleure.

— Je vais vous faire transférer dans un nouveau lieu de détention, plus propice à la réflexion.

— Où ? s'affola le prêtre.

Il restait, depuis la destruction du Grand Châtelet au cœur de Paris, une très ancienne geôle que la police avait discrètement conservée. Elle datait du Moyen Âge. On l'appelait la Fosse. Elle avait la forme d'un cône renversé et on y descendait les prisonniers à l'aide d'une poulie. Le fond fourmillait de rats affamés. Pour espérer survivre, les détenus s'agrippaient aux parois en pente tandis qu'une mer brune et vorace grouillait à leurs pieds, n'attendant que leur chute. Fouché se dit que si le jésuite avait encore des secrets, il supplierait qu'on le laisse avouer. Et s'il n'avait plus rien à dire, il disparaîtrait sans laisser de trace.

— Vous m'avez promis que je ne mourrai pas !

Le ministre hocha la tête.

— La mort n'est pas ce qu'on croit, c'est juste un oubli éternel.

Quand Fouché entra dans le salon, la Main de sang était en train d'examiner les pièces d'or sorties de la bourse du jésuite.

— Vous avez vu le rapport de Radet, qu'en pensez-vous ?

— Ce prêtre n'est évidemment pas venu à Paris pour attenter à la vie de l'Empereur. Ses complices sont des illuminés, des pauvres hères qui ne méritent même pas la corde qui servira à les pendre.

— Ce Bartolomeo prétend qu'il est venu financer des journaux royalistes afin de soutenir la cause du pape emprisonné.

La Main de sang jeta un œil de mépris sur les feuilles de chou que Radet avait saisies. Ces gens-là écrivaient aussi mal qu'ils complotaient.

— Possible… en revanche je me demande d'où vient cet or.

Il montra du doigt les pièces qu'il avait triées et rangées en quatre groupes séparés.

— Nous verrons vite si c'est de l'or fourni par les Anglais ou s'il vient d'Italie.

— Ni l'un ni l'autre.

Le ministre fronça les sourcils, qu'il avait quasi transparents.

— Je ne comprends pas.

Un à un, la Main de sang montra les différents tas.

— Voici des florins, là ce sont des écus, juste à côté des maravédis, et enfin des léopards.

Il fit miroiter une pièce où l'on voyait un fauve, gueule ouverte, dressé sur ses pattes arrière.

— Depuis quand vous intéressez-vous à la numismatique ?

— Depuis que feu mon père collectionnait les pièces anciennes. Une salle entière leur était consacrée au château. Beaucoup d'amateurs venaient les voir. Ensuite, ce furent vos amis les sans-culottes.

— Qui ont bien moins pillé et tué que vous. Voulez-vous que je vous rappelle certaines de vos turpitudes ?

— Ça ne sera pas nécessaire, il me suffit que vous les ayez bien en mémoire pour ne jamais négliger de quoi je suis capable.

— Croyez bien que je n'oublie jamais qui vous êtes, rappela ironiquement Fouché, c'est ce qui vous rend si précieux. Vous qui n'avez ni scrupule ni morale.

— Comme vous, Excellence.

Le ministre eut un geste rapide et tranchant qui indiquait que la conversation devait prendre une autre direction.

— Dites-m'en plus sur ces pièces.

— Elles viennent de quatre pays différents : la France, l'Espagne, l'Italie et l'Angleterre.

Fouché réfléchit. Qu'aurait-il fait, lui, à la place des commanditaires du jésuite pour financer en toute discrétion sa mission ?

— Sans doute les aura-t-on mélangées pour qu'on n'en puisse pas déterminer l'origine ?

— Ce n'est pas cela qui me surprend.

La Main de sang prit une pièce dans chaque pile.

— Toutes ces monnaies datent du Moyen Âge et ne sont plus en circulation. On ne les trouve que chez des collectionneurs ou dans des cachettes oubliées.

— Des cachettes…, répéta Fouché.

À son tour, il fit tournoyer une pièce entre ses doigts pâles. Une fleur de lys apparut.

— Une pièce florentine. Sans doute frappée vers 1300, précisa l'ancien aristocrate.

— Qu'en concluez-vous ?

— Que, quelque part, quelqu'un dispose d'un dépôt très ancien où il puise à pleines mains pour abattre l'Empire.

Le ministre de la Police claqua des paumes. Un homme en noir surgit.

— Accompagnez le jésuite jusqu'à la Fosse et, quand il hurlera de terreur, dites-lui que je serai ravi de l'entendre à propos de l'origine de l'or trouvé rue des Feuillantines.

Le sbire abaissa la tête et disparut.

— Revenu ici, il risque d'avoir repris courage, remarqua la Main de sang, et de ne rien avouer.

— Vous l'interrogerez vous-même. Ça devrait suffire.

— C'est un prêtre. Il peut croire que Dieu le protège à tout moment et se laisser mourir plutôt que de parler. Ces gens-là ont parfois subitement le goût du martyre.

Fouché se leva. Il devait se changer pour aller à la Malmaison.

— Que proposez-vous ?

— Laissez-moi interroger les autres prisonniers. Les conjurés que Radet a capturés. Un par un. Peut-être savent-ils quelque chose sur l'origine de cet or?

Pourtant pressé, le ministre s'arrêta à la porte afin de réfléchir. La Main de sang allait mener l'interrogatoire à sa façon: il pouvait être tenté de remonter la trace de l'or pour son propre avantage.

— Mon conseil, reprit l'ancien aristocrate, est d'interroger ses complices devant le jésuite. S'il ne parle pas, il sera responsable de leurs souffrances... et de leur mort.

— L'interrogatoire aura lieu demain matin, au ministère, à dix heures, et je serai présent dès la première question.

La Main de sang lissa sa moustache, qu'il portait en pointes fines et blondes. Ce vieux renard de Fouché se méfiait de lui. Il avait bien raison.

— Il en sera fait comme vous le souhaitez, Excellence.

12

Nice
De nos jours

Excepté les quelques flaques qui maculaient les rues, on avait peine à croire qu'une pluie diluvienne s'était abattue sur la ville. Les nuages s'évaporaient sous le mistral et un soleil généreux se répandait sur la cité. Le taxi avait filé à travers la ville sur la route qui menait à l'aéroport puis avait bifurqué vers une zone hérissée de tours de béton.

Antoine eut un moment de surprise quand il arriva à l'adresse indiquée. C'était une impressionnante construction contemporaine donnant aux archives un air de centre spatial. Rien à voir avec l'image qu'il se faisait d'un édifice dédié au passé. Un panneau signalétique indiquait le bâtiment Ginésy, centre des archives. C'était bien ça.

Il pressa le pas et, au bout d'une allée arborée, il aperçut son amie qui lui faisait de grands signes devant l'entrée de l'immeuble. La cinquantaine resplendissante, un visage énergique et l'allure sportive,

Clarisse n'arborait pas vraiment un style notarial, et il lui sembla qu'elle n'avait pas beaucoup changé depuis qu'elle avait quitté Paris. Ils se serrèrent dans les bras l'un de l'autre.

— Tu as l'air en pleine forme, radieuse, dit Marcas en la dévisageant.

— Merci, mon cher, tu n'es pas mal conservé non plus.

Antoine éclata de rire.

— Bon, ne traînons pas, répondit-elle en consultant sa montre. Ils sont plutôt rigides sur les horaires.

Ils passèrent la porte d'entrée, le contrôle de sécurité, et se firent annoncer auprès du service des baux où on leur indiqua comment se rendre jusqu'à une vaste salle vitrée qui abritait deux longues tables de consultation. À l'intérieur, un homme en polo noir les attendait, debout devant un carton posé sur une des tables près de lui. Ils entrèrent d'un pas rapide.

— Antoine, je te présente Sylvain Goguet, dit Clarisse, l'un des meilleurs archivistes du centre, voire de toutes les Alpes-Maritimes.

— Et même de France, soyons précis, lâcha le trentenaire en leur serrant la main d'une poigne vigoureuse.

Les biceps entièrement tatoués et le crâne rasé sur les côtés, le type n'avait pas vraiment l'allure d'un archiviste.

— Merci de nous avoir reçus rapidement, Sylvain, dit la notaire sur un ton chaleureux, mon ami est venu tout exprès de Paris.

Le tatoué lança un regard rusé à Antoine.

— Alors comme ça, vous voulez déplacer le cercueil d'un de vos ancêtres. C'est la première fois que j'ai ce genre de demande. Je peux voir vos papiers ?

Marcas lui montra sa carte de police à son nom et sa carte d'identité. Il crut percevoir une crispation sur son visage, mais il n'en était pas certain.

— Clarisse m'a dit que la tombe se situait au Père-Lachaise, reprit l'archiviste. Où exactement ?

Il attendait la réponse d'un air méfiant.

— Ça change quelque chose ? demanda Marcas poliment.

— Faites attention à votre réponse, je suis taphophile.

Il avait prononcé ce dernier mot avec une gourmandise non dissimulée. Un tantinet vicieux sur les bords. Marcas et Clarisse échangèrent des regards étonnés.

— Taphophile…, répéta Antoine, je ne vois pas, c'est une maladie ?

Devant leurs airs ahuris, l'archiviste éclata de rire.

— Plutôt une obsession. La taphophilie, c'est nourrir une passion pour les nécropoles. Attention, rien à voir avec la nécrophilie, je ne me tape pas des morts.

— C'est rassurant, commenta Marcas.

— Bref, j'arpente les cimetières d'Europe pendant mes vacances avec ma copine, et le Père-Lachaise est l'un de mes préférés. Je le connais par cœur. Et donc votre tombe ? Dans quel carré ? Quelle avenue ?

— De mémoire elle est située sur un minuscule chemin pavé, à droite du caveau de la comtesse Anna de Noailles.

L'archiviste opina de la tête, visiblement ravi.

— Je vois très bien. Non loin, on trouve la sépulture égyptienne d'Oscar Wilde. Bon, voici ce que j'ai trouvé.

Il ouvrit le carton et déballa son contenu sous les yeux des deux visiteurs.

— Si vous avez besoin de moi, je suis dans mon bureau, à droite au fond du couloir.

— Merci pour votre aide, lança Marcas en le voyant s'éloigner, puis se tournant vers Clarisse : je viens d'apprendre un nouveau mot. Taphophile.

— Ça t'embête si je sors pour passer quelques appels ?

— Pas du tout. Si tu as des obligations, ne m'attends pas. On se retrouve ce soir pour dîner.

— Tu es sûr ?

— Oui, dit-il en la poussant, mais occupe-toi de la résa, je capte mal.

— Je t'enverrai l'adresse. À toute.

Antoine s'assit pour inspecter sa moisson, soit deux chemises épaisses et un classeur.

Il posa son portable sur le côté pour prendre d'éventuelles photos.

La première chemise contenait un double de l'acte de vente de l'hôtel de la Clef étoilée. Antoine parcourut rapidement le document pour s'arrêter pile sur le passage qui faisait référence au vendeur :

Tristan Marcas.
Né le 21 juillet 1906 à Jarnac. Profession : hôtelier.

Son cœur fit un bond.

Ça commence bien, pensa Antoine. Sa date et son

lieu de naissance. Avec ces éléments nouveaux, il pourrait continuer ses recherches à l'état civil. Donc Tristan était bien devenu hôtelier. Il parcourut la suite de l'acte et vit que l'acheteur était un certain Gianfranco Varnese, un Italien résidant à Milan. Il passa de longues minutes à survoler les caractéristiques cadastrales de l'hôtel. Apparemment l'édifice nécessitait des travaux importants de réhabilitation, un devis avait été ajouté pour minorer la cession.

Antoine poussa l'acte sur le côté et passa à la seconde chemise. Elle contenait des copies de certificats administratifs, des factures, des paiements de taxes diverses. Le tout en anciens francs. Sans intérêt.

Il attrapa le classeur qui contenait la copie de trois déclarations d'impôts de Tristan. Il parcourut les montants et nota que les revenus avaient diminué drastiquement deux ans avant la vente de l'hôtel. Cela pouvait expliquer son désir de s'en débarrasser. Suivaient ensuite une kyrielle de feuillets remplis de chiffres et de détails techniques. Au début il les parcourut avec attention, puis accéléra la cadence de lecture, ennuyé. Jamais il n'aurait pu être notaire.

Il allait refermer le classeur quand il tomba sur une déclaration de sinistre. Antoine prit le double feuillet et comprit pourquoi son énigmatique ancêtre avait déclaré des sommes aussi basses aux services fiscaux. L'hôtel avait brûlé dans un incendie deux ans auparavant. Deux photos avaient été accrochées avec un trombone pour illustrer l'avant et l'après.

La Clef étoilée. Le premier cliché montrait la façade d'un bel hôtel des années 1930 en pierre blanche, un peu rococo avec ses pignons sculptés et sa rotonde ouvragée au sommet. Sur le fronton claquait le nom de l'hôtel dans un style Art déco. L'édifice n'avait rien à voir avec les palaces de l'époque, plantés comme des champignons le long de la promenade des Anglais. Il compta six étages et huit fenêtres par niveau. Tout autour étaient plantés de hauts palmiers élégants et des bosquets fleuris. Le cliché avait dû être pris au printemps. Une voiture décapotable était garée devant le perron, deux hommes en costume croisé et une femme en robe légère et casquette à visière s'y adossaient. Antoine se pencha mais n'arrivait pas à distinguer leurs visages, la photo étant légèrement floue. Peut-être que l'un des deux hommes était ce fameux Tristan. Le deuxième tirage montrait le même établissement, mais sa façade était entièrement noircie, comme barbouillée de charbon, la plupart des vitres étaient éventrées et des tas de gravats gisaient devant l'entrée.

Antoine se demanda s'il allait subtiliser le premier tirage, mais il aperçut une caméra de surveillance installée discrètement dans un coin supérieur de la pièce. Un commissaire pris en flagrant délit de vol, ça la foutait mal. Il le photographia en essayant d'avoir la plus grande netteté, puis le remit dans le dossier.

Il croisa les bras derrière la nuque et se cala sur son siège. Sa recherche se soldait par un demi-succès. Ou un demi-échec. Il détenait une date et un lieu de naissance. Pour le reste cela n'avait plus beaucoup d'intérêt. Rien qui puisse éclaircir le mystérieux passage du journal de Tristan : *Nice. Hôtel de la Clef étoilée. À l'ombre de Jean-Baptiste de la croix. Le sang de Vénus. Punctus.*

Il ne savait pas comment réagir. L'hôtel n'existait plus et l'intérieur avait dû être dévasté. Le mieux était peut-être de s'arrêter là. Antoine allait se lever quand l'archiviste apparut au bout de la salle de consultation et se dirigea vers lui.

— Vous avez bien fait, dit l'homme tatoué.

— Bien fait de quoi ?

— De ne pas voler la photo. Je vous observais, dit-il en pointant son index vers la caméra, même pour un policier voler une pièce d'archives est puni par la loi.

— La tentation était grande, je l'admets.

— Oh oui. C'est pour ça que mes supérieurs ont installé des caméras partout. Vous avez trouvé ce que vous cherchiez ?

— Oui, des informations sur la date et le lieu de naissance. Très utiles pour continuer mes recherches à l'état civil.

L'archiviste croisait les bras.

— Et la destinée de l'hôtel, ça ne vous a pas intéressé ?

— Pas vraiment... tout ce qu'il y avait dans l'hôtel a dû être emporté après la vente.

— Pas tout à fait. Vous êtes allé trop vite dans votre recherche. Les archives, ça se savoure à petite dose. Comme un bon vin, on découvre des saveurs au fur et à mesure.

Avant même que Marcas ne réponde, l'archiviste

prit le couvercle du carton et le retourna pour dévoiler une feuille d'inventaire scotchée sur le revers.

— Vous n'avez pas consulté la liste des pièces du carton. C'est pourtant le B.A.BA.

— Où voulez-vous en venir ?

L'archiviste fit glisser le couvercle sous le nez d'Antoine.

— Regardez ce qui a été ajouté à l'encre rouge. Ça crève les yeux.

13

Paris
Rue de Rivoli
Octobre 1809

Depuis qu'il avait débouché de la place Vendôme, Radet ne cessait de s'écarter pour laisser passer des essaims d'élégantes qui se pressaient devant les devantures brillantes de lumières et de tentations. Un attroupement s'était formé devant un taffetas en velours bleu exposé dans une vitrine intitulée À la Joséphine. Il suffisait qu'un marchand laisse supposer que l'impératrice se fournissait chez lui pour qu'aussitôt les Parisiennes s'y précipitent. Sur le pavé, deux grenadiers de la Garde rentrés de la dernière campagne, qui avait fauché nombre de leurs camarades, regardaient, stupéfaits, ce spectacle, comprenant qu'à la capitale leur souffrance ou leur sacrifice n'intéressait personne. L'un d'eux, blessé, serrait sa main en écharpe où manquaient deux doigts. Étienne s'approcha d'eux et leur tendit une pièce d'argent.

— Allez boire à la santé de l'Empereur, mes braves, vous l'avez bien mérité.

Étienne repassa sous les arcades. Lui aussi avait combattu pour la République et pour la liberté, l'égalité et la fraternité. Une liberté devenue très surveillée – Fouché y veillait –, quant à l'égalité, il suffisait de dix pas dans Paris pour voir qu'elle n'existerait jamais. Rousseau s'était trompé, l'homme n'était pas naturellement bon, il était un tyran de naissance. Pour la fraternité, pensa Radet, je l'ai trouvée ailleurs. Il s'arrêta face à une devanture où se pavanaient sur des mannequins de bois des uniformes de préfets, de sénateurs ou de conseillers d'État. Étienne entra. Aussitôt, un jeune homme se précipita, un mètre sur l'épaule.

— Mes respects, monsieur ! Monsieur travaille auprès de l'Empereur sans doute ? À moins que monsieur ne siège au Sénat ? Ou alors monsieur…

Lassé d'entendre tant de « monsieur » débités en tranches, Radet laissa tomber d'un ton sec :

— Conduisez-moi plutôt auprès du sieur Cadet.

L'employé hésita un instant – on ne dérangeait pas le propriétaire de la boutique comme ça – mais à la vue de la balafre qui sabrait la joue de Radet, il se décida.

— Suivez-moi.

Le bureau où siégeait le père Cadet n'avait pas dû changer depuis une éternité. Transmis de père en fils, on y recevait les visiteurs dans des fauteuils d'un autre temps, aussi droits et durs que le visage du propriétaire qui semblait taillé dans un bloc de chêne.

— On dit que vous voulez me voir, monsieur ?

Sans répondre, Étienne lui tendit la main et fit jouer son majeur. Aussitôt une lueur traversa la face austère du propriétaire.

— Et si tu me donnais la première lettre ?

Radet s'exécuta, et un échange incompréhensible pour les profanes eut lieu entre les deux hommes. Cadet se leva, la main posée à plat sous le cœur.

— Je te reconnais comme mon frère. Je suppose que tu veux voir la Cale sèche ?

Le général opina tandis que Cadet se dirigeait vers deux colonnes de bois sculptées qui encadraient une bibliothèque.

— C'est mon grand-père qui les a rapportées de Bordeaux. Elles ornaient le temple de sa loge. Un jour, le roi décida que la franc-maçonnerie était de trop dans son royaume et le temple fut fermé.

Le marchand montra un portrait de Napoléon entre deux fenêtres.

— Une interdiction qui ne risque pas de nous arriver avec l'Empereur. Toute sa famille a reçu la lumière depuis au moins deux générations. Chez les Bonaparte, on tient le maillet de père en fils.

— Sans compter les filles, précisa Radet, partout en Europe, les sœurs de l'Empereur ont à cœur d'aider notre fraternité.

— Oui, on me dit qu'à Naples, Caroline, l'épouse du maréchal Murat, ne cesse d'ouvrir de nouvelles loges.

Radet acquiesça. Partout où la famille Bonaparte régnait, les ateliers se multipliaient comme autant de ruches qui dispensaient le miel de la fraternité.

— Mais je suppose que tu es venu me voir pour faire quelques acquisitions ?

Revenu à la hâte de Rome, le général n'avait pas eu le temps d'emporter ses décors maçonniques. Cadet ouvrit la porte entre les deux colonnes et tous deux pénétrèrent dans une pièce éclairée d'une seule fenêtre donnant sur une cour. Sur les trois murs restants, des vitrines exposaient des décors brodés de soie et d'or.

— Bienvenue dans la Cale sèche et voici les tabliers, rangés selon les principaux rites, annonça Cadet. Certains datent d'avant la Révolution et sont de véritables pièces de collection. Quel grade souhaites-tu ?

— Celui de maître.

Cadet ouvrit une vitrine et déposa devant lui un tablier où deux feuilles d'acacia encadraient une tombe surmontée du symbole d'un delta lumineux.

— Si tu préfères un tablier plus richement décoré…

Étienne l'arrêta d'un geste. Il méprisait ceux de ses frères qui venaient en loge ruisselant d'équerres ou croulant sous les compas. Même chez les francs-maçons, la vanité restait le fléau de l'humanité.

— Veux-tu des gants ?

Le général jeta son dévolu sur une paire en cuir blanc, sobrement ornée des maillons d'une chaîne, symbole d'union entre tous les francs-maçons.

— L'un de mes commis va l'emballer et te le faire porter à ton adresse.

— Ce ne sera pas nécessaire.

— J'y tiens, général Radet.

Reconnu, Étienne resta impassible. Sa balafre était ses armoiries.

— J'y tiens d'autant plus, reprit Cadet, que j'ai une question indiscrète à te poser. Les décors que tu achètes sont-ils pour une tenue qui a lieu bientôt ?

— Il m'est difficile de te répondre, mon frère.

— Une tenue où vont se réunir beaucoup de personnalités de l'Empire ?

Radet s'approcha d'une des vitrines, saisit un maillet d'ivoire, le posa sur un reposoir et le fit tourner trois fois.

— Tu sais ce que ça signifie ?

Cadet porta deux doigts à sa bouche et fit retomber sa main sur le pli de son pantalon. Désormais leur échange était sous le sceau du secret absolu. Le marchand reprit :

— Depuis peu, plusieurs dignitaires sont venus me commander des décors très précis, tous ornés du même symbole, un ouroboros[1] surmonté d'une flèche. J'en ai conclu qu'une tenue particulière allait avoir lieu.

— Tu ne te trompes pas.

— Le problème – Cadet se rapprocha et baissa la voix – c'est que sont aussi passés me voir d'anciens aristocrates, de grandes familles d'antan ralliées à

---

1. Un serpent qui se mord la queue.

l'Empire. Eux aussi sont invités à cette tenue exceptionnelle.

Le général se tut. En bon officier de gendarmerie, il savait qu'il ne fallait jamais interrompre une confidence.

— Des noms prestigieux qui fréquentent les Tuileries, des hommes auxquels l'Empereur a donné sa confiance. Sauf que l'un d'eux m'a demandé d'ajouter des symboles sur son tablier. À l'arrière. Comme une profession de foi invisible.

— Quels symboles ?

— Une couronne et un glaive. Des symboles royaux.

Étienne fixa Cadet. Se pourrait-il qu'un complot soit en cours, au cœur même des familiers de Napoléon et de Joséphine ?

— Donne-moi son nom.

— C'était le seul que les autres n'appelaient ni par son nom ni par son prénom.

— Une particularité de son apparence physique ?

— Aucune. Il portait un chapeau très large. Je n'ai pu voir la couleur ni de ses cheveux, ni de ses yeux. Je connais seulement sa voix qui m'a paru jeune.

— Le tablier, tu l'as fait livrer à une adresse ?

— Il a envoyé un domestique le prendre.

Désormais, le général savait que la piste était morte, mais il fallait toujours valoriser un témoin. Demain, il pouvait se souvenir d'un détail révélateur.

— Tu as très bien fait de me prévenir, mon frère. Tu es un vrai soutien de l'Empire.

Étienne ne s'attarda pas. Il salua rituellement son

hôte, sortit rapidement rue de Rivoli et longea la longue façade grise des Tuileries. Derrière l'une des innombrables fenêtres travaillait peut-être Napoléon, l'homme qui tenait le destin de l'Europe entre ses mains. Un pouvoir que ni Charlemagne ni Louis XIV n'avaient jamais eu. Et un pouvoir démesuré ne pouvait provoquer qu'une haine implacable. À combien de tentatives de meurtre Napoléon avait-il déjà échappé ? Étienne se souvenait de l'attentat de la rue Saint-Nicaise[1]. Une charrette bourrée de barils de poudre dont l'explosion avait fait des centaines de victimes et dont Bonaparte était sorti sans une égratignure. Une chance improbable, insolente. Une chance qui n'arrive qu'une fois.

Depuis la fin de la Révolution, le général Radet habitait un logis discret, place Saint-Thomas-d'Aquin. Dans l'ancien presbytère, construit sous Louis XIII, Étienne occupait l'étage central. C'était une bâtisse trapue au toit d'ardoise qui avait abrité des générations de prêtres. Il en restait une impression de silence, surtout lorsqu'on montait le large escalier de pierre où le moindre pas résonnait. Dans une niche du mur, une main pieuse avait déposé un Christ crucifié. Étienne avait bien pensé le jeter par la fenêtre, puis il s'était habitué. Parfois même, il s'arrêtait et contemplait ce visage ravagé par la douleur mais à la dignité intacte. Il lui semblait avoir vu pareille émotion chez le pape quand il lui avait

---

1. Attentat royaliste commis le 24 décembre 1800.

annoncé qu'il n'était plus rien. Étienne se pencha pour mieux voir les traits du Christ quand il entendit un bruit provenant du palier. Un objet venait de tomber juste derrière la porte de son appartement. Radet posa la main sur le pommeau de sa dague. Le même bruit sourd retentit. C'était le choc d'un livre relié jeté sur le parquet. Quelqu'un était en train de fouiller méthodiquement son appartement. Quelqu'un qui cherchait quelque chose qui pouvait se dissimuler dans un livre. Une correspondance par exemple. Par réflexe, il porta la main à sa poche intérieure. Depuis qu'il avait découvert les lettres, rue des Feuillantines, elles ne le quittaient pas.

Il pivota lentement en direction de la porte, la dague désormais à la main. Si un inconnu fouillait sa bibliothèque, c'est qu'on savait qu'il s'était emparé de ces lettres. Or, il en était certain, personne ne l'avait vu. Ni les suspects, ni ses gendarmes. Il était seul dans la chambre quand il avait découvert la correspondance. Ce mystère lancinant lui faisait battre le sang aux tempes. Il avait brusquement l'inquiétante impression de se battre contre un adversaire invisible qui pouvait frapper à tout moment. Un nouveau livre chuta au sol.

Étienne visualisa la disposition de l'appartement. La bibliothèque se situait le long du couloir qui menait au salon. Un espace étroit, juste derrière la porte, peu favorable à un corps à corps rapide et violent. Le général rengaina sa dague, ferma sa redingote et descendit silencieusement l'escalier. Une fois sur la place, il longea de dos la façade, pour ne pas se faire repérer, et se dirigea vers le parvis de l'église. Deux ouvriers travaillaient sur le dallage de l'escalier. Radet se pencha et ramassa un lourd éclat de pierre. Après l'avoir soupesé, il le fit rouler au pied des deux manœuvres.

— Lequel d'entre vous veut empocher une blanche[1] ?

À leur moustache épaisse, et à la pipe de bruyère suspendue au col de leur chemise, Étienne avait reconnu des Limousins. Ces déshérités de la terre qui, quand ils ne fournissaient pas de la chair à canon, s'échinaient à embellir Paris de leur sueur et de leur sang. L'un d'eux tendit une main râpeuse.

— Et il faut faire quoi pour ce prix ?

Radet montra l'étage où se situait son appartement. Trois hautes fenêtres donnaient sur la place.

— Tu vois celle du centre ? Dès que je serai parti, tu comptes jusqu'à vingt et tu balances une pierre à l'intérieur.

La main se ferma aussitôt et un sourire mauvais se dessina sous la moustache.

— Qui me dit que tu n'es pas une saloperie de mouche[2] ?

Depuis longtemps, la police de Fouché infiltrait des espions dans les corporations d'artisans et d'ouvriers pour traquer les républicains, ennemis jurés du régime autoritaire de Napoléon. Étienne posa une pièce sur le sol, puis montra le pommeau de sa dague.

---

1. Pièce d'argent.
2. Indicateur de la police.

— Je ne suis pas une mouche, mais toi, tu pourrais bien finir en cadavre.

La main se rouvrit et s'empara de la pièce d'argent.

— La fenêtre du milieu, c'est bien ça?

— Oui, et que ça fasse du bruit.

— T'inquiète pas, bourgeois, on va te les faire valser tes vitres.

L'oreille aux aguets, Étienne se tenait à quelques centimètres de la porte, la clef engagée dans la serrure. Quand il entendit l'impact, il la fit tourner et se précipita à l'intérieur. Le bris de verre avait déclenché une cavalcade de pas vers la fenêtre. Radet aperçut un dos massif penché vers les carreaux brisés et une main qui tentait de tourner l'espagnolette. Un gaucher, pensa Étienne. S'il devait l'affronter de face, il serait désavantagé, incapable de prévoir d'où partirait le coup. De la pointe de sa lame, il frappa violemment à la jointure du poignet. Comme il retirait sa dague ensanglantée, son adversaire se retourna, la main pendante, le visage déformé par la souffrance. Radet recula. Il fallait laisser à la douleur le temps d'agir. S'il avait tranché un nerf, elle serait bientôt intolérable.

— Tu as perdu ta main, mais tu es encore en vie, murmura Radet lentement, mets-toi à genoux et tu auras une chance de t'en sortir.

Chaque fois qu'il avait affaire à un homme acculé, Radet savait qu'il fallait prendre l'ascendant immédiatement. Frapper d'abord puis offrir une porte de sortie.

— Plutôt mourir pour le Roi !

Étienne changea immédiatement de stratégie. L'adversaire qu'on ne pouvait convaincre, il fallait le provoquer, le pousser à la faute.

— Quel roi ? Le gros qu'on a raccourci sur la place de la Révolution ? Ou le nain crevé dans la prison du Temple ?

Pour les royalistes, Louis XVI guillotiné était un saint et son fils mort en détention un martyr. Les insulter était pire qu'un blasphème. C'est ce qu'attendait Radet. Il vit son adversaire baisser la tête, rentrer les épaules. Un taureau qui allait charger. Il recula pour esquiver le coup, mais l'inconnu se redressa brusquement et sa main droite plongea dans sa veste.

La gueule noire d'un pistolet surgit.

— Dieu m'a donné le pouvoir de me servir de mes deux mains. Maintenant, c'est toi qui es à ma merci. Tu sais déjà ce que je cherche. Donne-le-moi et tu ne souffriras pas.

— Sais-tu qui je suis ?

— Un des démons de Bonaparte ! Le diable qui a osé toucher à la tête du Saint-Père. Dès que je t'aurai tué, tu iras rôtir en enfer.

— Tu n'auras rien de moi.

— Donne-moi ce que tu as pris !

Étienne se rapprocha de la cheminée où ronflait un feu allumé dans la matinée.

— Ce que tu cherches est dans ma redingote. Il va falloir que tu viennes le chercher.

— Il suffit que je tire !

— Et la balle risque de détruire ce que tu veux.

Quant à me tirer en pleine tête, n'y pense pas, tu risques de me rater et tu n'as qu'une balle.

Brusquement, Radet s'approcha des flammes de la cheminée.

— Ne bouge plus, maudit!

— Tu veux ce que j'ai pris? Viens le chercher!

Étienne mima le geste de jeter quelque chose au feu et son adversaire se précipita. Radet brandit sa lame mais n'eut pas le temps de frapper. Une détonation retentit entre les murs. Étienne sentit son épaule brûler. Il fit pivoter sa dague aiguisée comme un rasoir, et lacéra la gorge du royaliste. Le sang jaillit, inondant la chemise de l'homme tandis qu'une cascade brune maculait le parquet. Son agresseur porta la main à son cou en un geste désespéré qui dégagea sa poitrine. Radet frappa le ventre de son adversaire qui tituba, les yeux désespérément ouverts. Étienne renfonça la lame plus profondément et abaissa son arme toujours enfoncée. Aussitôt, un flot indistinct jaillit au sol. Radet retira sa lame noircie.

L'homme était toujours debout, l'air hébété, comme s'il ne comprenait pas que la vie le quittait. Étienne éclata de rire.

— Puisque tu sais te servir de tes deux mains, essaie donc de retenir tes entrailles maintenant.

14

Nice
Archives départementales des Alpes-Maritimes
De nos jours

La salle de consultation des archives baignait dans un silence ouaté. Sylvain Goguet fit glisser son index jusqu'à un paragraphe écrit à l'encre rouge. Marcas baissa les yeux sur le document et découvrit une cotation. L'archiviste croisait les bras d'un air ironique.

— Pas terrible pour un policier, ce manque de curiosité. Vous passez peut-être à côté d'un indice important dans votre enquête.

Antoine tapota nerveusement la table. Le ton moqueur du type commençait à l'irriter mais il s'efforça de rester courtois.

— J'admets ma défaite. Faites-moi bénéficier de vos lumières.

Le visage de l'archiviste s'éclaira d'un sourire.

— Lorsqu'un établissement change de nom ou de fonction après un rachat, il bascule sur un nouvel archivage, identifié par le nouveau nom de l'établissement et de son propriétaire. Avec une nouvelle indexation pour assurer une traçabilité informatique. Chaque carton témoignant de la vie antérieure d'un hôtel est systématiquement relié à la nouvelle indexation. En l'occurrence la cotation à l'encre rouge qui renvoie au dossier du nouveau propriétaire.

— Ah oui, un Italien, je crois.

— Vous n'avez pas tilté sur le nom ? L'acheteur s'appelle V.A.R.N.E.S.E ! Le géant italien de la mode. Le LVMH de Milan.

Antoine dut s'avouer qu'il n'avait pas fait le lien avec le magnat italien. Effectivement il y avait des boutiques Varnese à Paris, il avait du mal à imaginer son aïeul en lien avec une personnalité de la mode italienne. Goguet continua sur un ton moins emphatique.

— Quand Clarisse m'a demandé de vous retrouver les documents sur la Clef étoilée, le nom de Varnese est apparu sur mon écran. J'ai été intrigué. Compte tenu de l'actualité, la coïncidence est pour le moins extraordinaire.

Marcas se sentait complètement largué, sa mission précédente lui avait fait perdre plus qu'une poignée de neurones.

— Quelle actualité ?

— Gianfranco Varnese, l'acheteur de votre aïeul, est mort cette semaine alors que son avion se posait à l'aéroport de Milan.

Ce fut au tour d'Antoine de devenir sarcastique.

— Magnifique. Mourir dans son jet quand on est

riche, c'est comme expirer sur scène quand on est acteur.

— Pas mal… je la ressortirai.

— Et il y aurait moyen de jeter un coup d'œil aux actes de Varnese ?

L'archiviste secoua la tête.

— Hélas non. À moins que vous n'ayez un lien de parenté avec les Varnese. Peut-être une autre tombe à déplacer ?

Marcas haussa les épaules.

— Vous pouvez au moins me dire ce qu'est devenu l'hôtel. Ça n'est pas classé secret-défense ?

— Oh non. Tout le monde est au courant. C'est une fondation d'art. La fondation Francesca Varnese. C'est le nom de son épouse décédée. Ça se visite. Vous devriez aller faire un tour.

— Si j'ai le temps, oui…, répondit Antoine sur un ton maussade en se levant.

Il avait du mal à dissimuler son dépit.

— C'est une belle fondation et…

Sylvain Goguet semblait hésiter.

— Expliquez-vous !

— J'ai peut-être une information. Mais je ne suis pas certain que ça puisse vous aider.

— Dites toujours.

— Parfois l'une des parties impose une clause particulière qui peut paraître saugrenue. Une vieille dame qui aimait les chats errants peut demander que l'acheteur de sa propriété s'engage à les nourrir après sa mort. Avec contrôle d'huissier. C'est le cas pour la vente de l'hôtel.

— Tristan était un ami de la cause féline ?
— Non, plutôt de la cause artistique. J'ai regardé dans la boîte d'archives, ce matin avant que vous ne veniez. À cause de l'affaire Varnese. J'ai découvert un détail singulier que seul peut remarquer un archiviste expérimenté.

Il prit le classeur et tourna rapidement les pochettes plastifiées pour s'arrêter sur l'une d'entre elles. Il en sortit plusieurs feuillets tapuscrits et les étala sur la table.

— Je les ai déjà lus, dit Marcas d'un ton maussade, ce ne sont que des appendices à l'acte de vente.
— Pas tout à fait, vous êtes allé trop vite. Lisez le verso de ce document, dit l'archiviste en lui tendant une feuille jaunie. Annexe 6-B.

Marcas la lut avec attention :

Annexe 6-B à la vente de l'hôtel de la Clef étoilée, enregistrée par Me Lazare, en son étude 12, rue de Provence, Nice. Comme il a été convenu entre les deux parties, un tableau intitulé À l'ombre de Jean-Baptiste de la croix *a été peint pour sceller la vente du bien. Ce tableau devra rester dans les lieux après la conclusion de la vente, l'acheteur s'engageant à le laisser accroché sur l'un des murs de la propriété, à sa volonté. Ses héritiers ou tout autre acheteur ultérieur devront faire de même.*

Antoine sentit son cœur battre plus vite. Il empoigna son smartphone.

— Rappelez-moi le nom du tableau ?
— *À l'ombre de Jean-Baptiste de la croix.*

Antoine cliqua sur la photo du passage énigmatique du journal de Tristan : *Nice. Hôtel de la Clef étoilée. À l'ombre de Jean-Baptiste de la croix. Le sang de Vénus. Punctus.*

Il s'agissait donc d'un tableau. Antoine bouillonnait de joie, il avait envie de prendre Sylvain Goguet dans ses bras.

— Je vous dois une bonne bouteille, dit Antoine, bravo pour votre perspicacité.

— Vous pouvez m'éclairer ?

— Mon aïeul a écrit dans son journal personnel une courte note qui fait mention d'une croix et d'une clef. Ça prend tout son sens. Vous auriez fait un excellent policier.

Antoine avait enfilé son blouson alors que l'archiviste, rouge de satisfaction, remettait les enveloppes et le classeur dans le carton.

— N'exagérons pas, si je n'avais pas vu passer l'info sur la mort de Varnese, jamais je n'aurais jeté un œil dans votre carton.

— Il ne me reste plus qu'à me rendre à la fondation. Avec un peu de chance le tableau est toujours là-bas. Vous savez où elle se trouve ?

— C'est en dehors de la ville, à une dizaine de kilomètres, sur la route de Tourrettes, dans l'arrière-pays. Appelez-les pour connaître les horaires d'ouverture. Et sinon un Glenmorangie de 20 ans d'âge.

— Pardon ?

— Vous m'avez proposé une bonne bouteille…

— Je n'ai qu'une parole, mon cher. Je vous la fais envoyer demain !

Assis sur un banc devant le centre des archives, Antoine s'était allumé une cigarette et tendait son visage vers le soleil. Le mystérieux Tristan avait donc tenu un hôtel à la fin de sa vie. Comment en était-il arrivé là ? Il l'avait ensuite vendu à celui qui allait devenir un des patrons les plus puissants d'Italie. Pourquoi avait-il imposé à son acheteur de garder cette toile ? Contenait-elle un secret ? Et ce titre énigmatique. *À l'ombre de Jean-Baptiste de la croix.*

Une référence à la Vierge, à la cathédrale du même nom ou à une église à Nice ?

Antoine bouillait d'impatience à l'idée de découvrir cette toile. Dans le même temps, il se promit de lancer une recherche généalogique avec les informations glanées sur la naissance de Tristan. La journée avait mal commencé, mais se poursuivait à merveille. Le destin se révélait facétieux.

Il repensa à la cérémonie templière de Valensole et à l'arrestation du comte von Saltzman. Indirectement, c'était grâce à l'OTTR qu'il se retrouvait sur la piste de Tristan et de ses mystères. Il écrasa son mégot et se leva, l'esprit en ébullition, et jeta un œil autour de lui. Le quartier était désert. Pas vraiment l'endroit où il allait trouver un taxi, mais pas question de rentrer à pied à son hôtel, il n'avait pas envie de finir la journée sur les rotules. Au moment où il composait le numéro de la centrale de taxis, une Mercedes noire vint se garer à quelques mètres de lui en faisant vrombir son moteur.

Antoine se mit sur le côté et plaqua sa main sur

son oreille pour passer son appel. Alors que la réceptionniste décrochait, il sentit une présence derrière lui. Il se tourna et fit face à un homme en costume gris soigneusement coupé. Il avait les mains dans les poches et le regardait avec attention.

— Vous avez besoin d'un chauffeur ?

Antoine secoua la tête. L'aéroport n'était pas loin. Encore un pseudo-taxi en retape et qui arnaquait des touristes.

— Non merci. J'ai ce qu'il me faut.

— J'insiste.

Le type écarta un pan de sa veste pour révéler un pistolet coincé dans un holster. Sa main se posa sur la crosse.

— Quelqu'un aimerait s'entretenir avec vous, dit-il en lançant un coup d'œil en direction de la Mercedes.

Antoine jaugea l'homme. Il avait l'apparence d'un professionnel, pas d'une petite frappe qui dépouillait les touristes.

— Je suis policier, dit Marcas sur un ton assuré, vous savez ce que vous risquez avec une tentative d'enlèvement ?

— Oui, moins que si je vous colle une balle entre les deux yeux.

Antoine balaya les alentours. Il n'y avait personne pour l'aider. C'était trop stupide.

— Dans ces conditions…

L'homme s'écarta et le laissa passer devant lui, restant bien en retrait. Un pro. Antoine arriva au niveau de la Mercedes dont la porte arrière s'était ouverte.

— Je vous en prie, dit le type derrière lui.

Le policier s'engouffra dans la voiture et s'assit à côté d'une femme blonde au carré impeccable. Il reconnut tout de suite Joanna von Saltzman, la prêtresse des templiers. L'homme au complet gris s'était assis à l'avant et braquait son pistolet sur Antoine.

La dirigeante de l'OTTR avait abandonné sa cape et portait un ensemble pantalon-chemisier vert pâle. Son visage était fermé. Elle caressait un petit chien au pelage blanc et marron, qu'elle tenait sur ses genoux. Joanna jaugea longuement Antoine puis lui offrit son plus beau sourire.

Elle hocha la tête tout en continuant à caresser son chien.

— J'avais déconseillé à mon époux de venir à Valensole, mais il n'en a fait qu'à sa tête. Sa vanité l'a perdu. Il paraît que c'est vous qui l'avez arrêté dans l'hélicoptère.

— Que me voulez-vous ?

— Vous avez causé bien des ennuis à Waldek. En ce moment même, il est en garde à vue.

Antoine se raidit. Joanna von Saltzman fit un signe de tête au conducteur qui démarra dans la foulée.

— Allons faire un petit tour, commissaire. Je vous avais trouvé antipathique à notre première rencontre et je crains de ne pas avoir changé d'avis.

15

Paris
Île de la Cité
Octobre 1809

Radet traversait le marché encore marqué par la fête de la veille. Malgré la bruine qui dégoulinait du ciel, des ivrognes dormaient toujours à même le pavé, dans l'indifférence générale. La pluie fit voleter une affiche froissée déclamant les victoires de Napoléon jusqu'à une rigole pour mieux disparaître dans le ventre tumultueux de la Seine. La gloire est aussi éphémère qu'un coup de vent, pensa Étienne. Le marché se vidait de ses clients. Déjà les maraîchers pliaient leurs étals, jetant au sol légumes et fruits défraîchis. Terrées contre les quais de la Seine, des hordes d'enfants dépenaillés attendaient pour se précipiter sur cette nourriture avariée mais gratuite.

Radet porta la main à son épaule. Son agresseur ne l'avait pas épargné. Il lui faudrait quelques jours pour retrouver toute sa souplesse. En attendant, il se dirigeait vers la morgue de Paris. Depuis quelques années, ce service s'était installé tout près du fleuve et recueillait chaque jour ce que la ville charriait de cadavres. Noyés du fleuve, anonymes crevés dans un bouge, victimes de la nuit, tous se retrouvaient dans ce royaume de la mort, en plein cœur de la capitale.

Étienne s'engouffra entre les lourdes portes à croisillons, traversa la cour et s'arrêta net devant la foule massée contre les vitres. C'était une innovation créée par le préfet de police. Une salle entièrement vitrée était dédiée au public. C'est là qu'on déposait les cadavres inconnus après les avoir dénudés. Leurs vêtements pendaient en vrac sur le mur. Chaque nouvel arrivage attirait des Parisiens à la curiosité macabre. Bien peu cherchaient un proche disparu, presque tous se délectaient de ces corps nus offerts en pâture. Les noyés, surtout, attiraient les regards. Certains avaient longtemps séjourné dans l'eau croupie de la Seine et leur visage présentait des difformités grotesques qui faisaient la joie du public. Les suicidés pendus, avec leur visage blême, leurs yeux exorbités et leur langue pendante fascinaient aussi. Parfois un hurlement déchirait la foule des voyeurs agglutinés aux vitres. Une mère venait de reconnaître un fils, un homme, son frère. Aussitôt on l'emmenait à part pour procéder à l'identification. Étienne réussit à franchir l'attroupement pour atteindre la loge du gardien.

— Général Radet, je dois assister à l'examen du cadavre que viennent d'amener mes gendarmes.

Le gardien, un invalide de guerre, esquissa un salut militaire, puis saisit une canne dont il menaça les badauds.

— Ne restez pas collés à la vitre, bande de vermine !

Comme le général semblait surpris de son geste, il expliqua avec amertume.

— On vient d'exposer le cadavre d'une jeune femme. C'est chaque fois pareil. Si vous saviez ce que je vois…

— Plus rien ne m'étonne dans la nature humaine, l'arrêta Étienne. Maintenant conduisez-moi dans la salle de travail.

À peine eurent-ils quitté la loge du gardien que la meute se rua de nouveau sur les vitres.

À mesure qu'ils progressaient entre les murs blancs, une odeur lourde et entêtante prit Étienne à la gorge, lui donnant la sensation de se déplacer au milieu d'une mer d'algues putrides.

— Il y a constamment de nouveaux arrivages. On ne s'occupe pas des corps, on les entasse. C'est à se demander qui meurt dans son lit à Paris ?

— Vous les gardez combien de temps ?

— Quelques heures à peine. Ensuite c'est la fosse commune. On les balance au Père-Lachaise, vous savez, le nouveau cimetière de l'Est ? Comme aucun Parisien ne veut s'y faire enterrer, on s'en débarrasse là-bas. Un trou, une coulée de chaux et on n'en parle plus.

— Général Radet ?

Étienne se retourna. Un visage étonnamment rond aux yeux verts malicieux surmontant une blouse blanche maculée de sang venait de faire son apparition.

— Je suis le docteur Damon[1], vous venez pour le cadavre numéro 27 ? Il est en salle de préparation. Suivez-moi.

— Le 27, c'est son numéro d'arrivée ?

— Oui, ce matin nous avons reçu une famille entière qui s'est massacrée à l'arme blanche dans le faubourg Saint-Antoine. Des pauvres gens dont personne ne connaît le nom, mais ça a fait grimper les chiffres d'entrées.

Dans le couloir, le médecin continuait à parler. Visiblement chaque quartier de Paris avait apporté sa charretée de morts.

— Sans compter les militaires dans les casernes. Maintenant que la paix est signée, ces têtes brûlées ont le droit de se battre en duel et ils ne s'en privent pas. Rien que tout à l'heure, on m'en a amené quatre : les deux duellistes et leurs témoins qui se sont entretués à leur tour. Il y en avait un qui respirait encore.

— Et qu'en avez-vous fait ?

— J'ai fait le nécessaire. Ses blessures étaient trop graves. Pas besoin d'encombrer les hôpitaux. Avec tous les blessés de la dernière campagne de notre bien-aimé Napoléon... si mes collègues chirurgiens étaient payés à l'amputation, ils seraient plus riches que tous vos maréchaux.

---

1. Voir *Le Règne des Illuminati*, Fleuve noir, 2014.

Étienne ne répondit pas, mais se dit qu'il vérifierait la fiche politique de ce Damon. Il n'avait pas vraiment l'air de porter l'Empire dans son cœur.

— Nous y voilà.

Radet reconnut aussitôt le corps de son agresseur. Nu, l'abdomen largement ouvert sur le spectacle de ses organes, il semblait inoffensif.

— Je suppose que vous voulez savoir qui c'est ?

— Vous pouvez le déduire de ça ? s'étonna Étienne en montrant le ventre mis à nu.

— Regardez les poumons. Ils sont roses comme une fleur au printemps. Votre client n'a jamais fumé la pipe, peut-être même jamais vécu en ville. Voyons les mains.

Le médecin regarda attentivement la paume du mort.

— Ces cals sur les côtés. Il y a à peine quelques semaines, ce type-là poussait une charrue. Vous savez ce qu'il est venu faire à Paris ?

Me tuer, pensa Radet.

— J'ai examiné ses dents et j'ai dépecé son autre main pour mieux examiner les os du poignet. Malgré sa corpulence apparente, il est encore jeune. Guère plus de vingt ans. Ah, un détail, les muscles de son avant-bras étaient vraiment développés. Plus que la normale. J'ai dit qu'il devait pousser la charrue, mais il pourrait être bûcheron.

— Vous pouvez aussi me donner son nom et son adresse ?

— N'exagérons rien ! En revanche, je peux vous dire qu'il était très bien nourri. Pour son dernier repas, il a avalé du pâté aux herbes, de la viande faisandée, sans doute du gibier, le tout arrosé avec du vin rouge. Sans compter un flanc aux raisins secs.

Étienne était stupéfait.

— Comment savez-vous tout ça ?

— Tout simplement, en ouvrant son estomac. Il n'a pas eu le temps de digérer. On l'a tué avant.

Radet fixait la main décharnée. Les os brillaient sous la lumière des quinquets. D'où sortait ce garçon ? Où était-on allé le chercher ? Et qui lui avait payé ce repas fastueux ? Comme pour lui donner courage.

— Vous avez trouvé autre chose ?

— Oui. Sous ses ongles. Regardez.

Dans un bol, Damon avait recueilli des sortes de minuscules cheveux frisés, d'un blond presque cuivré.

— Non, il n'a pas passé sa dernière nuit avec une rousse. Ce que vous voyez ce sont des résidus de corde. Qui sait ? Quand il ne coupait pas des arbres, il menait peut-être des vaches au pré, d'où l'usage d'une corde ?

Désappointé, Étienne secoua la tête. Un paysan bûcheron, autant soupçonner la France entière. Rien que dans les alentours de Paris, les bois et les fermes se comptaient par milliers. Décidément, plus il en apprenait sur son agresseur, plus le mystère s'épaississait. Une tête maussade apparut dans l'embrasure de la porte.

— Maître, on ne sait vraiment pas comment faire avec le dernier qui nous est arrivé !

Damon fit signe au général de le suivre. Ils pénétrèrent dans une salle voûtée où il faisait nettement plus frais. Partout des cadavres en attente s'amoncelaient sur des tables de fortune.

— C'est un noyé, repêché dans la pompe de la Samaritaine.

Le corps n'avait plus ni sexe ni visage. Tout avait été broyé par le mécanisme de la pompe qui alimentait le Louvre et les Tuileries en prélevant de l'eau de la Seine.

— Personne ne le reconnaîtra, se plaignit un des préparateurs, autant l'envoyer tout de suite à la fosse.

Damon sortit un scalpel de sa poche et trancha les paupières closes. Des yeux clairs apparurent.

— On se souvient toujours d'un regard. Peut-être qu'ainsi les siens le reconnaîtront.

Étienne fut étonné de ce geste. Même dans le royaume de la mort, certains gardaient encore une trace d'humanité. Il se sentit presque gêné de ce qu'il allait demander.

— Je vais récupérer le corps. Je ne tiens pas à ce qu'il soit exposé derrière la vitre.

— Je croyais que vous vouliez l'identifier ? Une fois recousu, il fera un cadavre très présentable. Quelqu'un pourrait le reconnaître.

— Justement, personne ne doit le reconnaître.

— Sauf vous, c'est ça ?

— Exactement. Voilà pourquoi il ne finira pas non plus dans la fosse commune d'un cimetière. Mes hommes vont venir le chercher. Pas la peine de le recoudre.

Radet savait qu'il y avait en moyenne trois incendies par semaine à Paris, dans les faubourgs populaires où les taudis brûlaient comme des allumettes. Il suffirait d'ajouter un cadavre déjà carbonisé dans le prochain bouge ravagé par le feu.

— Je vois que votre réputation n'est pas usurpée, général Radet. Vous devez avoir beaucoup de détracteurs.

Rapidement soupçonneux, Étienne jeta un œil inquisiteur au médecin.

— Auriez-vous dans l'idée d'en rejoindre la liste ?

D'un geste muet, Damon montra les cadavres entassés.

— Disons plutôt que je n'ai pas envie de vous retrouver ici.

Le général comprit qu'il s'était fourvoyé.

— Pardonnez-moi. Mes fonctions, parfois, me font voir des ennemis partout.

— Justement.

Le médecin revint dans la salle de travail et retourna le corps de l'agresseur de Radet.

— Regardez bien sous l'omoplate. Un tatouage. C'est très rare : je ne connais que les forçats qui en portent. Comment un campagnard pourrait-il en avoir un ? À moins que ce ne soit un signe de ralliement, d'allégeance…

Étienne remit brusquement le cadavre sur le dos.

— Oubliez ce que vous avez vu.

Le regard devenu sombre de l'homme qui avait enlevé le pape convainquit aussitôt le médecin.

— Je ne me souviens de rien.

— Le préfet de police votera un don exceptionnel à votre établissement dès la semaine prochaine. Vos morts seront mieux logés. Vous avez ma parole d'officier. En attendant, quittez cette salle sur-le-champ.

Dès que Damon fut sorti, il s'assura qu'il avait bien vu. Gravée dans la chair, une croix était croisée à une clef. Il avait déjà observé cette image imprimée, lors de la perquisition de la rue des Feuillantines. Elle était entourée du mot latin *fides*, la Foi. Des nouveaux Chevaliers de la Foi. Ses nouveaux ennemis.

16

Milan
De nos jours

L'étude notariale Bellaquista était située en plein cœur de la Moscova, le quartier le plus opulent de la ville, depuis des générations. On murmurait même que la famille Bellaquista connaissait mieux l'histoire et les secrets de la cité que le plus érudit des historiens. La plupart des grandes dynasties milanaises se faisaient un devoir de confier leurs affaires de succession à cette institution. Et qu'importe si, pendant le fascisme, l'aîné des Bellaquista avait été membre des chemises noires de Mussolini. Qui ne le fut pas à cette époque.

L'étude occupait la totalité d'un élégant immeuble de pierre ouvragée, à la façade agrémentée de statues d'anges et de demoiselles effarouchées, dans le plus pur style XIXe siècle. La lourde porte noire de l'entrée, ciselée et grillagée, devait bien peser une tonne. Une façon de dissuader n'importe quel client ordinaire de faire appel aux services de Bellaquista et fils.

Au tout dernier étage se trouvait le bureau du titulaire actuel de l'étude. Basile Bellaquista était un homme d'une soixantaine d'années au visage lisse et pâle et dont les cheveux se faisaient aussi rares que son sourire. Debout devant sa fenêtre ouverte qui donnait sur un balcon, il contemplait les trois héritiers Varnese en silence. Il les connaissait bien. Il les avait vus grandir. Puis il jeta un regard en contrebas et repéra les deux journalistes qui faisaient le pied de grue. Le notaire sourit, ils en seraient pour leurs frais. Les Varnese étaient arrivés par une rue voisine dont l'un des bâtiments possédait une cour commune avec son immeuble. Bellaquista y avait acheté un studio pour pouvoir faire venir en toute discrétion des clients qui souhaitaient l'anonymat. Il referma la porte-fenêtre et s'assit derrière son bureau. Devant lui était posée une enveloppe scellée par deux cachets de cire rouge sombre sur lesquels était incrusté le V stylisé de la famille. Il se racla la gorge et prit la parole d'une voix aussi neutre que lente.

— Je vous remercie d'être venus pour l'ouverture du testament de votre père. Vous savez que j'étais ami avec Gianfranco et sa mort m'a bouleversé. Sans parler de ce drame affreux à San Miniato. Quelle horreur. Comment se porte le cardinal ?

— Il est encore à l'hôpital de Florence, mais les médecins ont bon espoir, répondit Salvatore. En revanche, on ne sait rien des motivations de l'agresseur.

— J'ai lu dans la presse que c'était un déséquilibré qui menaçait votre famille depuis des années.

— Oui, il a fait plusieurs séjours en psychiatrie. Un ancien employé renvoyé il y a bien longtemps et qui vouait à Père une haine féroce.

— Cela est bien triste.

La fratrie hocha la tête poliment, puis Giulia prit la parole.

— Merci pour vos condoléances, nous savions que vous étiez très attaché à notre papa, que son âme repose en paix. Avant d'ouvrir le testament, j'ai une question.

Les frères la regardèrent, intrigués.

— Je vous en prie.

— J'ai d'excellentes raisons de penser que notre père a été assassiné. Je ne crois pas une seule seconde qu'il ait avalé sa capsule de cyanure pour éviter de mourir d'asphyxie.

— Pas moi, grommela Salvatore, ne m'inclus pas dans tes délires.

— Et peu importe, reprit Lupo, que ce soit en lien avec l'agression à San Miniato. Une enquête est en cours sur les circonstances de sa mort dans son jet. S'il s'avère que l'hypothèse de l'assassinat est exacte, est-ce que cela remettra en cause le testament ?

Le notaire posa ses mains sous son menton pour prendre le temps de réfléchir, puis secoua la tête.

— Non, il n'y a aucune raison. Votre père était en possession de toutes ses facultés mentales. Même s'il a été assassiné, je ne vois pas quel obstacle juridique contrecarrerait ses dernières volontés.

Un petit rire fusa. Très léger. Lupo croisa les bras derrière sa nuque.

— Et si c'était l'un de nous qui avait fait le coup ?
— C'est-à-dire ? demanda le notaire avec méfiance.
— L'assassiner. Nous avons tous les trois une excellente raison. L'empire Varnese.

Giulia prit son avant-bras d'un air courroucé.

— Lupo, tu es fou ?
— Et pourquoi pas, ça s'est déjà vu dans certaines familles. Vu l'héritage colossal... vous vous souvenez de nos amis les Gucci ? Patrizia a bien commandité l'assassinat de son mari.
— Tu n'as aucune pudeur, gronda Salvatore en martelant l'accoudoir de son fauteuil roulant avec son poing crispé. S'il y en a un qui n'aimait pas Père c'était bien toi.
— C'est sûr qu'en bon chienchien à roulettes, tu étais le plus favorisé.
— Je ne te permets pas ! Tu n'as jamais rien fait de ta vie et tu donnes des leçons aux autres. Père le savait.

Le notaire prit le petit marteau sur le billot qu'il frappa à trois reprises. Combien de fois avait-il vu s'écharper des familles prestigieuses dans le secret de son bureau. Les convenances et les bonnes manières volaient en éclats quand il s'agissait de répartir l'argent.

— S'il vous plaît, veuillez vous ressaisir. Je comprends votre émotion en ces circonstances douloureuses, mais reprenez votre calme, pour l'amour de votre père.
— Il a raison. Vous vous donnez en spectacle alors que Père vient de mourir ! s'agaça Giulia.

Les deux hommes se calmèrent comme par miracle. La blonde se tourna vers le notaire.

— Est-il possible de fumer ?

— En règle générale non, mais exceptionnellement…, répondit-il en allant rouvrir la fenêtre qui donnait sur le balcon.

Giulia farfouilla dans son sac pour récupérer un étui doré frappé du V familial et en sortit un cigarillo.

— L'un d'entre vous veut-il vérifier que l'enveloppe est bien scellée avant que je ne l'ouvre ?

Les héritiers secouèrent la tête et le notaire la décacheta lentement. Il en sortit délicatement une liasse de feuilles. Trois pages tapuscrites, signées et paraphées. Avant de prendre ses lunettes loupe, Basile Bellaquista jeta un œil aux héritiers. Il connaissait ce moment par cœur, depuis ses décennies d'exercice. Plus les visages paraissaient neutres plus les esprits bouillonnaient. Qui serait favorisé ? Qui serait lésé ? Rien n'était jamais acquis dans une succession, a fortiori dans les familles les plus fortunées. Le notaire prit la lettre entre ses doigts et commença la lecture.

Moi, Gianfranco Varnese, sain de corps et d'esprit, ai écrit ce testament et l'ai fait enregistrer chez mon ami, Maître Bellaquista. Je voudrais commencer en présentant mes profondes excuses à mes deux fils et à ma fille. Sachez que, depuis l'accident qui a vu disparaître votre mère, je n'ai cessé de culpabiliser. Pas un jour ne s'est écoulé sans que je pense à cette tragédie. Tragédie dont je suis l'unique responsable. Quand je mourrai, mon âme aura des comptes à rendre à saint Pierre. Je ne sais pas s'il me laissera passer les portes du paradis. Pardon à toi, Lupo, pour les mois de cauchemar qui en ont découlé. Pardon à toi, Giulia, pour ta jambe, même si je sais que tu as surmonté cette épreuve. Quant à toi, Salvatore, je ne puis que regretter cette maladie que nous t'avons léguée ta mère et moi, mais ta carrière au sein du groupe montre que tu deviens plus fort que jamais.

Le notaire s'arrêta de lire pour scruter la réaction des enfants. Lupo ouvrait de grands yeux dans une expression muette. Sa sœur avait posé sa main sur son avant-bras qu'elle serrait avec force. Il reprit sa lecture.

Je vais maintenant entrer dans le vif du sujet. Je lègue à ma fille Giulia le palais Strozzi, à mon fils Salvatore l'immeuble de la rue Dante, et à Lupo l'appartement de la galerie Vittore ainsi que la villa de Capri. Ainsi, vous avez chacun un toit, ce qui est une chance. Les voitures et le mobilier afférents vous appartiendront également. Une rente sera mise à votre disposition pour vous assurer un train de vie confortable. Maître Bellaquista vous donnera les détails.

Le notaire s'arrêta à nouveau pour jauger les réactions.
— Ça, c'étaient les hors-d'œuvre, ricana Lupo, une vingtaine de millions tout au plus. Passons au groupe Varnese. Dix milliards de chiffre d'affaires...
Maître Bellaquista hocha la tête.

— J'y viens, soyez patient…

Le ton de la voix du notaire ne disait rien qui vaille à Giulia, mais elle resta silencieuse. Bellaquista continua.

Vous devez vous demander ce que j'ai décidé concernant le groupe Varnese. Comme vous le savez, j'ai bâti cet empire seul, à partir de rien, au fil des décennies, à force de travail, d'énergie et de courage. Ce qui ne sera pas votre cas. Pourtant avant de rencontrer mon créateur, je dois me confesser auprès de vous. À la création de la société Varnese, il y a bien longtemps, j'ai bénéficié de l'aide d'un ami très cher. J'en ai payé le prix fort. Je pense que le tragique accident qui a endeuillé notre famille n'est pas étranger à mon ascension fulgurante. Au fond de moi j'ai toujours eu la conviction que ces deux événements étaient liés. La malédiction des Varnese n'est peut-être pas un mythe.

Les trois héritiers échangeaient des regards stupéfaits.

— Jamais il ne nous a parlé de tout ça, murmura Lupo.

Le notaire continua.

L'homme qui m'a aidé s'appelait Tristan Marcas, c'était un Français que votre mère et moi avons connu il y a bien longtemps. Il m'a fait un cadeau. Je m'en suis servi pour accomplir mon rêve, créer mon empire. Et aider ceux qui devaient l'être.

Mes dernières volontés sont les suivantes. À ma mort le groupe Varnese sera mis sous le contrôle d'une fondation de gestion. Aucun d'entre vous n'en sera membre. Vous conserverez vos titres et vos fonctions.

— C'est une mauvaise plaisanterie ! lança Salvatore, frappant du poing l'accoudoir de son fauteuil.
— Il nous déshérite, l'enfoiré, jeta Lupo, le visage tendu.
— Je n'ai pas terminé, reprit le notaire.

Je ne voulais pas que vous subissiez à votre tour cette malédiction. Un capital est prévu pour chacun afin qu'il puisse lancer sa propre entreprise s'il le souhaite. Mais je vous laisse aussi la possibilité de reprendre le contrôle du groupe via un codicille que j'ai ajouté à ce testament. Libre à vous de l'accepter ou non, mais laissez-moi vous mettre en garde. Faites très attention.
Je vous aime de tout mon cœur.
Fait à Milan, le...

Le notaire prit en main le troisième feuillet.
— Je vais maintenant vous lire ce codicille que je découvre en même temps que vous.

À celui ou celle qui se lancera dans la quête, je lui dis ceci : Il faudra résoudre une énigme. Une énigme complexe. Il faudra aller à...

Les héritiers Varnese étaient assis à l'intérieur de l'un des vans de la société, se faisant face, plongés dans leurs pensées. Lupo finit par rompre le silence.

— Cette histoire n'a ni queue ni tête. Notre père avait perdu la raison quand il a rédigé ce testament et je suis certain qu'on peut le contester en produisant des expertises psychiatriques.

Giulia secoua la tête.

— Tu oublies que nous avons tous signé le fameux codicille. Le seul fait de passer devant un tribunal nous fera perdre la moindre chance de récupérer le groupe.

Lupo cogna la vitre de son poing.

— Je veux l'avis d'un avocat…

— Pour une fois je suis d'accord avec Lupo, ajouta Salvatore, ça ne coûte rien de demander une consultation, j'en connais quelques-uns très compétents. Et nous ne sommes pas obligés d'en faire part à Bellaquista.

La voiture remontait à toute allure le corso Garibaldi en direction du Castello. Le chauffeur avait reçu consigne de regagner le plus vite possible le palais familial situé à Monza, une enclave dorée au nord de Milan.

— Si vous voulez, répondit Giulia, pour ma part je pense que Père était sincère. Pourquoi aurait-il inventé cette histoire avant de mourir ?

— Comme tous les grands pécheurs, répondit Lupo, non mais sérieusement ! Le groupe Varnese créé d'un coup de baguette magique. Il s'est foutu de nous et en plus il a le culot de nous faire croire que l'accident était lié à une malédiction.

— Tu t'égares, il a dit qu'il y pensait tous les jours.

Le van mit un gros quart d'heure pour atteindre la demeure des Varnese, devant laquelle des journalistes faisaient le pied de grue.

— Regardez-moi ces charognards, siffla Lupo, puis s'adressant au chauffeur : Ralentissez, je vais aller leur raconter cette histoire d'énigme.

— Tais-toi ! siffla Giulia alors qu'il abaissait la vitre.

Les journalistes se précipitèrent vers la voiture.

— Une déclaration, Lupo ? Comment allez-vous gérer le groupe ? Salvatore en prend la présidence ?

Le cadet souriait à Giulia.

— Je leur dis quoi ? La vérité ?

— Ça suffit, Lupo. J'ai compris. OK pour l'avocat.

Salvatore s'approcha de la fenêtre.

— Pas de commentaires pour l'instant. Le groupe vous fera parvenir un communiqué de presse dès que possible – il remonta la vitre avant même que le journaliste puisse poser une nouvelle question –, faites-nous entrer.

— Un communiqué de presse, tu parles... pour dire qu'on est déshérités ?

— Évidemment que non. On va expliquer qu'une fondation a été mise en place le temps de faire une évaluation du groupe et des parts qui nous reviennent à chacun, ainsi que du montant de rachat si l'un d'entre nous souhaitait s'en séparer. Ce qui est parfaitement logique. Nous signerons tous les trois pour renforcer notre unité auprès des médias.

La voiture passa les grilles et suivit une piste bitumée qui grimpait dans un magnifique jardin arboré. Ils arrivèrent devant la façade d'un édifice baroque, en pierres massives aux teintes chaudes, aux nombreuses fenêtres ornées de balcons, qui trahissaient des salons démesurés.

Le chauffeur les déposa devant le perron et aida Salvatore à s'asseoir dans son fauteuil.

— C'est gentil de nous inviter chez toi, ma chère sœur, dit Lupo. Fais attention, ça va te coûter très cher en impôts. Je doute que ton métier suffise à entretenir cette demeure.

La jeune femme s'arrêta net et se planta devant lui.

— Bon, maintenant ça suffit. Je n'en peux plus de tes persiflages. Ce n'est pas ma faute si Père a été moins généreux avec toi.

— Tu...

— Je n'ai pas terminé ! Soit tu décides de nous aider à résoudre cette énigme, soit je te commande un taxi.

Elle le foudroyait du regard. Lupo baissa les yeux, détestant affronter sa sœur.

— D'accord.

— Merci. Et maintenant, nous devons suivre à la lettre les indications laissées par Père. Vous savez tous les deux où l'un d'entre nous doit se rendre, il l'a spécifié dans le codicille.

Salvatore murmura en jetant un œil mauvais aux

journalistes dont les visages s'écrasaient contre les grilles au loin :

— Napoléon ?

L'héritière Varnese hocha la tête.

— Napoléon.

17

La Malmaison
Octobre 1809

Allongée sur une bergère, Joséphine regardait la pluie tomber par la fenêtre de son boudoir. Elle affectionnait cette petite pièce aux murs blancs si différente, dans sa sobriété, de sa chambre attenante où l'or et la soie ruisselaient de toute part, mais où d'implacables miroirs vénitiens lui renvoyaient l'image d'une femme que l'âge menaçait. Chaque matin, elle se découvrait des cernes aux couleurs de la nuit que les onguents n'effaçaient plus. Elle disparaissait sous les assauts de l'âge et devenait invisible aux yeux de son mari. Non pas que Napoléon ait l'œil rivé sur d'autres femmes – sa gloire était sa seule maîtresse – mais son ambition frôlait des sommets. Il ne lui suffisait plus de régner en maître sur l'Europe, d'avoir installé frères et sœurs sur des trônes en Italie, Hollande ou Espagne. Il voulait maintenant fonder une lignée destinée à régner sur le globe. Et pour cela, il lui fallait un fils. Joséphine posa une main sur son ventre. Elle avait eu deux enfants de son premier mari. Avec Bonaparte, son mariage était resté stérile. Et elle allait en payer le prix. Joséphine se leva et posa son front fiévreux contre la vitre, fatiguée et en colère. Elle qui croyait avoir fait un mariage d'amour, découvrait qu'elle était désormais inutile. L'idée de n'être qu'un ventre à féconder, un tas de chair condamné à donner la vie comme si la sienne n'avait plus d'importance, la révulsait. Un bruit de roues sur le gravier de l'allée la fit s'écarter de la fenêtre. Ses invités arrivaient et elle n'était pas prête. Elle sortit du boudoir et héla ses servantes.

Il lui fallait être resplendissante. Surtout ce soir. Tout ce que l'Empire comptait de dignitaires serait présent à la cérémonie. Une camériste apporta une robe de velours cramoisi que Joséphine repoussa d'un geste muet. Elle se voulait parfaite, mais sobre. La camériste disparut aussitôt, remplacée par une autre. Le visage de Joséphine se durcit alors qu'elle renvoyait une nouvelle robe. Si tous croyaient qu'elle allait se laisser faire, ils se trompaient. On ne ferait pas d'elle un rebut. Elle allait se battre, reconquérir sa place aux côtés de l'Empereur. À n'importe quel prix !

Le premier arrivé, Fouché était un habitué de la Malmaison. L'un des rares ministres appréciés de Joséphine qui méprisait Cambacérès et détestait Talleyrand. Le premier pour sa servilité, le second pour son hypocrisie. En revanche, elle estimait le ministre de la Police, qui lui était souvent venu en aide. Réputée dépensière à l'excès, Joséphine achetait tout, mais ne payait rien. Heureusement Fouché savait calmer les créanciers les plus pressants et, au pire des cas, il les payait sur les fonds secrets du ministère. Une complicité que Joséphine n'était pas certaine de voir perdurer si l'Empereur décidait de réellement divorcer. Voilà pourquoi Fouché recevait toujours un excellent accueil lorsqu'il venait à la Malmaison. Il avait même à sa disposition un cabinet de travail où il comptait d'ailleurs se retirer. La cérémonie ne commençait que dans deux heures et il avait besoin d'étudier des dossiers sensibles. Notamment celui de la rue des Feuillantines.

Calé dans un fauteuil face à la cheminée dont les bûches crépitaient, Fouché contemplait la buée qui gagnait les carreaux de la fenêtre. Il posa l'une des pièces d'or que Radet avait découvertes rue des Feuillantines sur le guéridon de marbre à ses côtés. Les autres étaient chez un numismate qui les examinait, loupe à la main. Dans quelques heures, on saurait, à une décennie près, de quelle époque elles dataient précisément. On saurait aussi de quelle région, d'Angleterre, d'Italie ou de France, elles pouvaient provenir. Fouché avait conservé une pièce espagnole, un maravédis dont le modèle avait été frappé pendant une très brève période, sous le règne d'un obscur roi de Castille. Le ministre regardait le profil couronné qui l'ornait. Comment une pièce du fin fond du Moyen Âge avait pu se retrouver dans la bourse d'un jésuite en 1809 ? Fouché n'avait jamais été chasseur, mais il reniflait la piste d'un secret. Cet or avait l'odeur du mystère.

Une bûche s'effondra dans l'âtre. Le ministre se leva et, de la tranche de la main, effaça la buée de la vitre. Un carrosse venait de s'arrêter devant le perron et la lourde silhouette de Cambacérès s'en extirpait. Fouché l'observa monter pesamment les marches. Difficile d'imaginer que cet homme mou, amateur de chair tendre, s'était, le matin même, opposé à Napoléon. Mais Fouché ne perdait pas de temps à tenter de comprendre son rival, mieux valait payer ses domestiques à l'espionner. C'est ainsi que le ministre savait que Cambacérès avait passé de longues heures à rédiger ce fameux rapport sur la situation financière de l'Empire. Et le résultat était sidérant : des impôts en chute libre, des dépenses hors de contrôle et une dette abyssale. La France, comme Napoléon, n'avait plus un sou.

Fouché réfléchit. Que le pays agonise financièrement l'arrangeait, cela empêcherait l'Empereur de se lancer dans une nouvelle guerre aussi ruineuse qu'incertaine, en revanche le risque de banqueroute ne devait en aucun cas compromettre l'Empire. Si Napoléon s'effondrait à son tour, on risquait fort de voir resurgir, du fin fond de leur exil, des royalistes avides de vengeance. Un scénario que ne goûtait guère l'ancien révolutionnaire. Fouché retourna le maravédis entre ses doigts. Il fallait absolument que le jésuite parle mais, pour l'instant, il résistait malgré l'horreur de son nouveau lieu de détention. À croire que ce prêtre avait un regain de foi. Fouché reposa la pièce à plat. La Main de sang allait s'en occuper.

Mais avant, il avait une visite à faire.

— Son Excellence le ministre de la Police, annonça une suivante avant de se retirer aussitôt.

Fouché se demanda si elle faisait partie de son personnel ; des deux proches domestiques de l'impératrice qui acceptaient volontiers des espèces sonnantes et trébuchantes pour ouvrir leurs oreilles et répéter tout ce qu'ils entendaient, permettant au ministre de connaître la vie intime du couple impérial.

— Bienvenue, Joseph !

À la cour, Joséphine était la seule à appeler Fouché par son prénom. Une familiarité qui datait de loin. Le ministre et l'impératrice avaient des souvenirs en commun, avant Bonaparte. À cette époque Joséphine était une jeune veuve, mère de deux enfants qui tentaient de subsister, quant à Fouché, accusé de nombreux meurtres, il essayait désespérément d'échapper à la guillotine.

— Asseyez-vous, mon ami.

Fouché prit place tandis que Joséphine, face à un miroir, mettait une dernière touche à sa coiffure.

— Votre mari vous a-t-il parlé de ses futurs projets ?

L'impératrice haussa les épaules.

— Vous savez très bien que mon mari ne me fait plus que des visites de courtoisie. Alors me mettre dans la confidence concernant ses projets…

— Sachez qu'il envisage de repartir en Égypte, de conquérir l'Empire ottoman, la Perse et, de là, s'emparer des Indes…

Sous la surprise, Joséphine posa brutalement sa brosse à cheveux sur la table de marbre.

— L'Europe ne lui suffit plus ?
— Il lui faut l'Orient maintenant.

Présentée par la famille Bonaparte comme une écervelée tout juste bonne à se ruiner en robes et bijoux, Joséphine était une femme qui avait le goût de l'étude. Elle se passionnait pour la botanique et l'archéologie, et connaissait parfaitement sa géographie. Elle savait qu'un tel périple prendrait des mois, une année peut-être, et que son mari, aveuglé par sa foi absolue en son destin, risquait fort de ne pas en revenir.

— Une expédition qui comporte beaucoup de dangers, ajouta Fouché qui avait deviné ce qui se tramait dans la tête de Joséphine.

— Pour l'Empereur.

— Et pour la France.

Elle se retourna et fixa le ministre de la Police.

— Que deviendrait l'Empire s'il arrivait malheur à mon mari ?

— Officiellement, il y aurait une régence.

— Et qui serait nommé régent ?

— Vous ou l'un des frères de l'Empereur.

— Et ensuite ?

Les lèvres de Fouché s'entrouvrirent, dévoilant un sourire carnassier.

— Ensuite, ce serait chacun pour soi.

Joséphine n'avait pas besoin de plus d'explications. Si Napoléon disparaissait, les prétendants seraient légion pour lui succéder. Ses frères, ses maréchaux, ses ministres. Ce serait la guerre civile.

— Bien sûr, l'Empereur pourrait avoir une autre idée. Pour éviter le chaos politique que provoquerait sa disparition, il lui suffirait d'avoir un héritier. Un héritier de son sang.

— Vous savez bien que je suis incapable de le lui donner!

Joséphine eut un sourire amer. Elle reprit:

— Il lui suffit de divorcer.

Le ministre répondit calmement.

— Vous êtes mariés devant Dieu. Sans le consentement du pape…

— Le pape est emprisonné. Pour sortir, il signera n'importe quoi.

— Vous oubliez qu'il a excommunié votre mari.

L'impératrice éclata de rire. Le rire du condamné.

— Vous vous doutez bien que Napoléon, quand il s'est emparé de Rome, a fait détruire toutes les preuves.

Fouché sortit un tube en métal de sa veste bleu nuit, le décapsula et en tira un parchemin qu'il déplia. Plusieurs sceaux pendaient en bas du texte, dont un aux armes de saint Pierre: deux clefs croisées en dessous d'une tiare pontificale.

— Si vous parlez de cette preuve, elle existe toujours.

Le visage de Joséphine, sombre et creusé de cernes, resplendit à nouveau comme si elle venait de boire un élixir de jouvence. Elle tendit la main pour saisir le parchemin pontifical. Le ministre le roula et le glissa dans le tube protecteur.

— Tant que ce document est entre mes mains, il ne peut y avoir de divorce.

— Et s'il n'y reste pas?

Fouché fit mine de ne pas avoir entendu.

— Que voulez-vous, Joseph ?

— Puis-je parler sous le sceau de la confidence ?

— Enfin, vous me connaissez !

Justement, pensa le ministre de la Police, tu as la bouche aussi trouée que les poches percées.

— Nous venons de déjouer un complot royaliste. Armes, argent... tout était prêt pour assassiner l'Empereur. Quelques heures de plus et vous étiez veuve.

— Mon Dieu ! s'écria Joséphine qui, aussitôt, se vit réduite à la misère et l'exil par cette belle-famille qui la détestait.

— Je vais parler à l'Empereur de cet ignoble complot, mais vous le connaissez comme moi, il n'a plus confiance qu'en l'étoile de son destin : il ne m'entendra pas.

Joséphine se leva. Elle cherchait depuis des mois à regagner l'intimité et la confiance de son mari. Cette fois, elle tenait un moyen.

— Il m'écoutera. De gré ou de force !

— Vous m'aviez promis le silence, fit semblant de s'offusquer Fouché.

— Quand la vie de l'Empereur est en jeu, la vérité doit éclater.

Le ministre s'inclina.

— Vous avez raison, Madame, comme toujours.

Fouché prit congé, un sourire invisible aux lèvres : Joséphine allait faire le travail à sa place.

18

Nice
De nos jours

La Mercedes s'était garée dans une ruelle, juste devant la porte d'un entrepôt élégamment décorée de tags obscènes. Joanna von Saltzman continuait de caresser la tête de son chien.

— Si vous n'aviez pas été là, mon mari aurait pu s'échapper.

— Je suis navré, mais le trafic d'armes n'est pas compatible avec le yoga, fût-il templier. Comment m'avez-vous retrouvé ?

— Ce n'était pas très difficile. L'un de nos agents de sécurité vous a suivi à Moustiers, puis ici.

— Qu'attendez-vous de moi ? Je n'ai pas le pouvoir de faire relâcher votre époux. Il est désormais entre les mains de la justice. Et kidnapper un policier peut coûter très cher, surtout quand on est en fuite.

La blonde secoua la tête.

— Je veux passer un accord.

— Vous n'avez qu'à vous présenter au juge d'instruction.

— Et me faire arrêter à mon tour. Pas question. J'ai des parts dans les affaires de mon mari, mais pas dans les sociétés de trafic. Je ne veux pas finir en prison à cause de lui.

— Vous êtes quand même sacrément impliquée dans l'OTTR et ses magouilles.

La comtesse continuait de gratter la tête de son chien.

— J'en conviens, mais ça ne mérite pas la peine de mort. Les membres sont venus nous voir de leur plein gré, ils cotisent librement. On pourrait, tout au plus, nous reprocher quelques maladresses dans les déclarations fiscales.

— Maladresses... Le mot adéquat serait plutôt fraude. Encore une fois que voulez-vous ?

— Transmettez ma proposition au juge. L'immunité en échange de la comptabilité des sociétés d'import-export de mon mari, de ses contacts, acheteurs et vendeurs. En revanche, je ne témoignerai jamais contre lui et il ne doit rien savoir de mon implication.

Marcas plissa les lèvres, esquissant une moue ironique.

— Je vois que vous êtes une épouse aimante et fidèle.

— Cela fait des années que mon mari m'impose sa loi, répliqua Joanna d'un ton sec, c'est quelqu'un de dangereux et vicieux. J'ai de bonnes raisons de souhaiter le voir tomber.

Marcas se cala dans son siège. Il n'avait nulle envie

d'être mêlé à ce genre de transaction. Il n'était même pas certain qu'elle lui raconte la vérité.

— Êtes-vous sûre d'avoir toutes les cartes en main ? On peut vous faire arrêter sur le territoire français.

— Je ne crois pas. Il y a tellement de moyens de traverser une frontière quand on a de l'argent…

— Et si je refuse, vous allez m'abattre ?

— Ne soyez pas stupide. Je veux juste que vous passiez un coup de fil au juge et que vous m'accompagniez pour vous porter garant de l'accord. Ce n'est pas grand-chose.

— Et qu'est-ce que j'y gagne ?

— La satisfaction de faire tomber mon mari et d'être celui qui apporte au juge de quoi l'envoyer au trou pendant des années.

— La justice peut bien faire son œuvre sans votre aide.

Elle partit d'un rire nerveux.

— Je ne suis pas sûre qu'il déballe tout. C'est un coriace. Il est résident suisse et il dépense une fortune en avocats. Ils sont déjà sur le pied de guerre. Donnez-moi votre numéro de téléphone. Je vous contacterai ce soir. À dix-neuf heures précises.

— J'y réfléchirai, répondit-il en s'exécutant.

La voiture démarra et ils roulèrent en silence. Alors que le véhicule arrivait au niveau du casino Barrière Le Ruhl, Antoine fit signe au chauffeur. Il était à dix minutes de son hôtel.

— Arrêtez-moi ici. Ce sera parfait.

La Mercedes ralentit pour stopper devant la

promenade des Anglais. Au moment où il sortit la comtesse le héla, le regard dur.

— Si vous ne répondez pas à mon appel, cette offre sera caduque. Il n'y en aura pas de seconde.

Antoine vit la voiture démarrer en trombe pour se perdre dans la circulation alors qu'un vent vif et iodé lui fouettait le visage. Il aurait pu se croire sur la côte atlantique. En contrebas, des vagues impressionnantes se fracassaient sur la plage de galets. Il ne savait pas trop que penser de la proposition de cette femme. D'un côté elle lui assurait de clôturer sa participation à l'enquête avec un certain succès. De l'autre, il ne connaissait pas le juge en charge de l'affaire et savait que certains d'entre eux se méfiaient de ce genre d'arrangement comme de la peste. Autour de lui, des enfants faisaient de la trottinette à toute allure, et le bruit du ressac couvrait les klaxons de la circulation. Il s'assit sur un banc et pianota sur son téléphone pour trouver le site de la fondation Varnese.

«Fondation Varnese. Un lieu, un lien, un art», indiquait la page d'accueil. Varnese. Cet homme avait connu Tristan vivant. Peut-être avaient-ils été amis. Il scrolla sur le menu déroulant et cliqua sur les photos de la fondation. Il reconnut sans peine la façade. À côté, un autre bâtiment de style contemporain avait été ajouté. Une gigantesque construction d'acier et de verre en forme de clef avec un pan rectangulaire dressé vers le ciel. L'emblème de la marque.

Vanitas vanitatis, songea Antoine, un brin amusé par cette folie des grandeurs architecturale.

L'établissement disposait d'une collection permanente d'art contemporain et accueillait des expositions temporaires. Il revint à la page d'accueil et consulta les horaires.

Et merde. La fondation était fermée pour la semaine en hommage à son fondateur. Il réfléchit quelques instants, puis se décida à composer le numéro. Avec un peu de chance, une permanence assurait le service. Une femme décrocha rapidement.

— Bonjour, je désire parler à un responsable de la fondation, expliqua Antoine d'une voix amicale.

— C'est à quel sujet ?

— Commissaire Antoine Marcas à l'appareil. Il s'agit d'une enquête sur un vol d'œuvre d'art.

— Ne quittez pas.

Comme tout policier, il connaissait l'effet de ce genre de phrase. Même les honnêtes gens se liquéfient à l'annonce du mot enquête et de sa qualité de flic.

— Karl Brandt, directeur de la fondation Varnese. Que puis-je pour vous, commissaire ?

— Je mène une enquête sur un tableau volé, j'ai de fortes raisons de penser qu'il serait en la possession de votre fondation.

— Vous me voyez surpris. Toutes nos œuvres ont été achetées avec d'extrêmes précautions. Je suis aussi le commissaire des expositions permanentes. Rappelez-moi pour quel service vous travaillez ?

Le ton était ferme, à l'évidence le directeur de la fondation ne se laissait pas aussi facilement impressionner que la secrétaire.

— Je suis détaché au ministère de l'Intérieur sur une enquête confidentielle d'envergure européenne.

— Vraiment ? Dans ce cas donnez-moi la référence de ce tableau. La fondation est connectée à ID-Art[1] d'Interpol, j'effectuerai la recherche personnellement. Je suis particulièrement sensibilisé au vol des œuvres d'art, j'ai participé au colloque international sur le sujet à Cologne en début d'année. Comme vous, je suppose ?

Marcas sentit l'inflexion ironique dans le ton du directeur. Le type connaissait les procédures.

Tu veux jouer au plus malin, songea Marcas, d'accord, on va être deux.

— Je n'y étais pas, répliqua Antoine, en revanche si je vous dis Pandora VII ça vous parle ?

Il faisait référence à un énorme coup de filet européen deux ans auparavant, qui avait provoqué un séisme dans le monde de l'art. Dirigée par la Guardia civil espagnole[2] et en collaboration avec les autres pays de l'Union, l'enquête avait permis l'arrestation de soixante-dix trafiquants, la saisie de milliers d'objets, allant de sculptures à des tableaux en passant par des pièces de monnaie.

Un silence s'installa à l'autre bout du fil.

— Monsieur Brandt ?

---

1. Gigantesque base de données des œuvres d'art volées, accessible via l'appli ID-Art et qui permet de retrouver une œuvre en prenant sa photo ou entrant son nom. Mise en place par Interpol.
2. Authentique.

— Oui... je réfléchissais. Je vois très bien. Et ?

— Et nous sommes en train de préparer un Pandora VIII, ce dont on vous parlera dans vos prochains colloques. Vous comprenez le caractère informel de ma demande.

— Le moment est mal choisi. Gianfranco Varnese est décédé, répondit Brandt d'une voix mal assurée, toutes les entités du groupe sont tenues de respecter une semaine de deuil.

— Comme vous voulez, mais si je débarque avec une commission rogatoire, cela risque de faire une mauvaise publicité à votre fondation. Les journalistes de *Nice-Matin* sont assez bien informés.

Il y eut encore un silence, plus court que le précédent.

— Je comprends. Venez demain matin. Onze heures vous convient-il ?

Le dîner avait été délicieux. La Petite Maison était fidèle à sa réputation et retrouver Clarisse plus qu'agréable. Antoine n'avait rien dit de sa rencontre avec la comtesse von Saltzman mais s'était étendu sur sa discussion avec le directeur de la fondation Varnese.

— Pas mal, le coup du bluff. Qu'est-ce que tu vas lui raconter ?

— La vérité ou presque. Que je recherche le tableau dont il est question dans les archives en prétextant qu'il a été volé à l'époque.

— Si tant est qu'il y soit encore... La probabilité est infime.

— La chance me sourit en ce moment.

Il régla l'addition et mit son amie dans un taxi. Avant de claquer la portière, Clarisse l'apostropha.

— Venez dîner à la maison avec Alice samedi soir ! J'ai hâte de la connaître.

— Avec plaisir.

Il rentra à pied vers son hôtel. Le hasard fit qu'il passa devant le bar-tabac dans lequel il était entré le matin même. Il repensa à la fille qui lui avait fait remplir son bulletin et à sa théorie des castes où tout n'était pas à jeter. S'il voulait se payer un hôtel de luxe sur la Côte d'Azur comme Tristan, il ne fallait pas trop compter sur son salaire de flic. Et en toute objectivité il avait plus de chances de retrouver le tableau de Tristan que de cocher la bonne grille. Il resterait un shudra toute sa vie.

19

La Malmaison
Octobre 1809

La pluie avait cessé, laissant dans les ornières du chemin des flaques d'eau transparente qui reflétaient le bleu du ciel. Étienne avait mis pied à terre et pris une piste dans la forêt pour éviter de croiser tout ce que Paris comptait de dignitaires se rendant à la Malmaison, profitant ainsi de ses derniers moments de solitude. On murmurait que l'Empereur, malgré ses différends avec Joséphine, pourrait s'y rendre. Tout en tenant la bride de son cheval, Radet se demandait si la présence annoncée de Napoléon était prévue pour faire taire les rumeurs ou alors pour surveiller ces ministres et maréchaux réunis en nombre. Même au faîte de leur puissance, les maîtres du monde vivaient dans l'obsession et la crainte que quoi que ce soit leur échappe.

Malgré la saison, certains arbres n'avaient pas totalement perdu leur feuillage, donnant la sensation à Étienne de marcher en terre inconnue, bien loin de la violence à laquelle il était habitué. À cette heure, dans les cellules du ministère, on interrogeait encore les conspirateurs arrêtés la veille. Quant au jésuite, Fouché avait déjà dû le faire parler. Mais Radet était bien plus préoccupé par ce que lui avait appris le sieur Cadet que par cette conspiration étouffée dans l'œuf. C'était à se demander si la relative facilité avec laquelle elle avait été découverte et neutralisée ne cachait pas autre chose. Une habile manipulation pour détourner l'attention de la police ? Pendant que les meilleurs limiers de Fouché se concentraient sur la rue des Feuillantines, d'autres avaient les mains libres pour frapper. Frapper au cœur même du pouvoir, dans les loges maçonniques de l'Empire.

Comme il montait le long du chemin, avec pour seul bruit le pas ferré de son cheval, il atteignit le sommet d'une petite colline lui offrant une vue jusqu'au parc de la Malmaison. C'était la première fois qu'Étienne découvrait la demeure qui avait abrité le début des amours de Joséphine et de Bonaparte et il fut surpris par la modestie des lieux. Le château ressemblait à une maison de plaisance. Pas de hautes tours médiévales ni de délicats pavillons Renaissance, mais une longue façade percée de fenêtres toutes semblables et sans la moindre décoration. On était bien loin du luxe effréné des palais de Fontainebleau ou de Compiègne. Cette simplicité lui plut. Il comprenait mieux pourquoi Joséphine, lassée des rêves infinis de gloire de son époux, s'était réfugiée ici. Comme il s'approchait des grilles du domaine, une escouade de la Garde s'approcha. L'officier qui la commandait claqua des talons, suivi de tous les soldats.

— Vous êtes attendu, mon général. Vous pouvez laisser votre cheval ici, mes hommes s'en occuperont.

Radet salua et s'enfonça dans le domaine. Le parc était aussi mélancolique que le château était sobre. La pelouse, recouverte de feuilles mortes, semblait oubliée et les arbres aux pointes effilées mimaient un cortège funèbre le long de l'allée.

— Général Radet ?

Un chambellan qui portait la livrée de l'impératrice venait de surgir.

— Je suis chargé de vous accompagner jusqu'au lieu de la cérémonie.

Depuis qu'on l'avait introduit, Radet observait les particularités du temple. Discrètement aménagé sous les combles du château, il avait été décoré par Percier, l'architecte favori de l'impératrice, qui faisait partie depuis longtemps de la fraternité maçonnique. Si le temple, vaste et lumineux, était parfaitement agencé pour la pratique du rituel, on y trouvait des éléments imprévus. Ainsi, au-dessus des colonnes de l'entrée, à la place du décor végétal habituel, se dressaient deux ruches, symbole maçonnique du travail, mais qui rappelait surtout que les abeilles étaient l'emblème personnel de Napoléon et Radet sourit intérieurement à cet hommage. L'Empereur avait, pour asseoir sa légitimité, emprunté ce symbole ancien aux rois mérovingiens sans aucun scrupule, mais après tout, le delta lumineux qui se trouvait au-dessus de la chaire du vénérable, les francs-maçons l'avaient bien raflé à l'Église catholique. Dans le monde des symboles, le droit de propriété n'existait pas.

— Alors Radet, on contemple la voûte étoilée ?

Fouché, qui venait d'arriver, montra le plafond de la loge où trônait un globe d'or tenu entre les serres d'un aigle aux ailes déployées. Là aussi, la marque de l'Empereur.

— Un nouveau symbole maçonnique que je ne connais pas, ironisa le ministre, et pourtant voilà vingt ans que j'ai été initié.

Étienne évita de répondre. On ne critiquait pas le maître de l'Empire dans sa propre demeure. En revanche, il calculait que si Fouché avait été initié en 1789, cela avait dû être à Arras où son meilleur ami de l'époque était un certain Robespierre. Une observation qu'il garda pour lui ; le ministre de la Police n'aimait guère qu'on lui rappelle cette période où, très proche du futur Incorruptible, il avait même failli se marier avec sa sœur.

— Curieux aussi, tous ces drapeaux au mur... j'ai du mal à en comprendre la symbolique dans un temple maçonnique.

— Ce sont visiblement des drapeaux pris à des régiments étrangers, répliqua Étienne, certains sont troués de balles.

— Vous êtes fin observateur, Radet, mais ce que vous ignorez, c'est qu'ils ont été offerts à notre loge par les maréchaux Kellermann et Augereau, ainsi nos frères, quand ils sont assis parmi nous, peuvent contempler leur propre gloire, en toute humilité bien sûr.

Étienne aurait bien aimé évoquer les révélations de Cadet, mais il y avait trop d'oreilles indiscrètes parmi les nombreux invités qui prenaient place.

Comme il allait s'installer sur la colonne du midi, à côté du maréchal Soult, Cambacérès apparut, portant un sautoir chamarré d'or et d'argent indiquant qu'il était le grand protecteur de tous les rites maçonniques de France, un tablier surchargé de symboles, signe qu'il possédait tous les grades de la fraternité et, à la main, un maillet en ivoire, preuve qu'il était aussi le vénérable de la loge. Principal dignitaire de l'Empire, Cambacérès était aussi le franc-maçon le plus titré et puissant de France.

— Général, j'ai appris avec plaisir que, non content de veiller sur la santé du Saint-Père, vous aviez créé plusieurs loges maçonniques dans la ville de Rome.

Étienne porta rituellement la main à son cou avant de répondre.

— Oui, Excellence, notre fraternité se révèle désormais, là où elle avait été condamnée à la clandestinité et durement persécutée. Souhaitons que la lumière et l'esprit de fraternité et d'égalité que nous apportons se répandent enfin dans toute l'Italie.

En signe d'assentiment, Cambacérès lui tapa sur l'épaule. Toutefois, il ne put retenir une pointe d'ironie envers Fouché qu'il détestait, bien sûr en toute fraternité.

— Voilà qui est juste, mais je ne vous ai pas entendu évoquer la liberté ? Est-ce la présence du ministre de la Police, pour lequel c'est un mot dangereux, qui vous en a empêché ?

— Assez d'enfantillages, trancha Fouché. Nous avons d'autres considérations à traiter. Comme vous le savez, notre loge a pour devise Dieu, l'Empereur et les Dames.

À l'époque de sa création, le pape venait de couronner Napoléon Empereur, ce qui expliquait la présence du mot Dieu en tête ; les temps avaient bien changé.

— Nous allons recevoir de nombreuses sœurs parmi lesquelles l'impératrice qui est notre hôte, poursuivit le ministre de la Police, comptez-vous lui laisser le maillet ?

En bon juriste, Cambacérès détestait trancher, mais en tant que vénérable, il devait choisir.

— Nous connaissons tous les rumeurs qui s'intensifient sur un divorce imminent entre Napoléon et sa femme. Ceux qui sont ici risquent de se sentir compromis s'ils assistent à une tenue présidée par Joséphine.

— Comme disent les lâches et les ambitieux, reprit Radet, quand un coup de balai se prépare, il faut toujours se tenir du côté du manche. Pour ma part, ma décision est prise : l'impératrice doit présider la tenue.

— Il en va de même pour moi, répliqua Fouché sans justifier son choix.

Cambacérès grimaça intérieurement. Il entendait déjà tous les reproches dont il allait être accablé, mais il n'osa faire preuve de faiblesse. Et puis il avait une arme fatale prête à servir.

— Il a toujours été dans mon idée de laisser le maillet à l'impératrice, en ce jour particulier.

Radet fronça les sourcils.

— En effet, nous allons procéder à une exaltation à la maîtrise[1] et vous aurez la joie de recevoir notre ancien ministre des Relations extérieures.

Fouché demeura impassible. Il avait pensé embarrasser Cambacérès et c'est finalement Talleyrand qui allait en faire les frais. Il imaginait la tête du boiteux quand il s'apercevrait que c'était Joséphine, bientôt en pleine disgrâce, qui allait présider la cérémonie. Lui qui rêvait de redevenir ministre risquait d'attendre longtemps.

— Talleyrand est vraiment franc-maçon? demanda Étienne incrédule.

— Il le dit, susurra perfidement Cambacérès, il raconte même qu'il a été initié avec Mirabeau.

— Mais il en a fourni la preuve?

— Il a perdu tous ses papiers maçonniques pendant la Révolution.

— Quel malheur! railla Fouché.

— Voilà pourquoi nous allons l'initier à nouveau. C'est un peu comme si nous le baptisions une seconde fois.

— Un comble pour un ancien évêque, persifla le ministre.

Tout autour d'eux, on commençait à aménager le temple pour l'initiation. On apportait les épées qui serviraient pendant la cérémonie tandis qu'un frère

---

1. Rite de passage au grade de maître.

remplissait une coupe d'argent d'un mystérieux breuvage. D'autres s'occupaient de préparer les épreuves du feu et installaient un trépied sous le fil à plomb. Étienne regarda les rangées qui se remplissaient. Des sœurs en robe sombre venaient d'arriver. On entendait le froissement de la soie qui contournait le pavé mosaïque posé sur le sol de la loge. Certaines portaient déjà leur tablier de cuir blanc autour de la taille. Le contraste entre ce symbole ancestral des tailleurs de pierre et les reflets moirés des robes était fascinant. Radet remarqua que certaines sœurs portaient autour du cou un pendentif orné d'un bijou d'inspiration égyptienne ; une pyramide en argent ou un œil d'Horus émaillé. Comme il fixait discrètement l'échancrure d'un corsage où brillait une tête de sphinx aux yeux de diamant, il entendit la voix de Cambacérès susurrer derrière lui.

— Certaines de nos sœurs font partie de loges maçonniques aux rites exotiques, directement inspirés de la mythologie de l'ancienne Égypte.

— J'ignorais qu'il existait des rites aussi anciens.

Cambacérès haussa les épaules.

— Ils sont moins vieux qu'un bon bordeaux ! Pour la plupart, ils ont été créés par d'anciens militaires ou savants qui ont participé à l'expédition d'Égypte. Depuis, ils se sont développés en France. J'avoue que je les regarde avec défiance.

— Que craignez-vous exactement ?

— Vous savez comme moi qu'une tenue maçonnique est toujours suivie d'agapes. On y mange avec goût et on y boit avec plaisir. Or l'alcool a souvent pour effet de délier des langues. Il suffirait d'un espion à la solde des Anglais…

Radet comprit que Cambacérès, qui n'avait jamais été marié, considérait que les femmes en maçonnerie étaient incapables de la moindre discrétion.

— À ce propos, on m'a dit que vous avez déjoué un complot, hier soir, rue des Feuillantines. Des royalistes, semble-t-il?

Étienne hocha la tête sans ajouter un mot. Cambacérès caressa les broderies d'or de son tablier de grand maître.

— On m'a dit aussi qu'un jésuite avait été arrêté, un Italien paraît-il?

— Je vois que Son Excellence est particulièrement bien informée.

— Pas par Fouché, en tout cas.

— Je n'ai procédé qu'à l'arrestation, pas aux interrogatoires.

Cambacérès jeta un œil au temple qui bourdonnait d'animation, puis se rapprocha du général.

— Mon très cher frère, depuis que vous avez enlevé le pape, vous êtes devenu un personnage public, vous aimantez tous les regards. On vous sait un fidèle serviteur de l'Empereur, mais il est entouré de beaucoup d'ennemis. Visibles et invisibles.

Étienne jeta un regard circulaire sur la loge. Les officiers étaient en train de prendre place et on installait, à côté de la chaire du vénérable, un magnifique fauteuil dont les dorures brillaient sous les candélabres. Sans doute la place de Joséphine. La cérémonie n'allait plus tarder à commencer.

— Je ne vois que des amis de l'Empereur, ici.

— Des amis aujourd'hui, mais demain... tous ces maréchaux, gorgés d'or et d'honneurs, que vous voyez ici... si demain le dieu de la victoire ne souriait plus à l'Empereur, que feraient-ils ?

Radet se garda bien de répondre.

— Et Fouché qui a tant tué ? Et Talleyrand qui a tant trahi ? Que croyez-vous qu'ils feront si l'Empire n'est plus que l'ombre de lui-même ?

— Je vous trouve bien sombre, Excellence, répliqua Étienne qui se demandait ce que Cambacérès ferait, lui.

Après tout, il avait voté la mort du roi comme celle de Robespierre.

— Nous sommes à la veille de grandes décisions qui vont engager le destin de la France. L'Empereur a besoin de toutes les fidélités. Aucune ne doit lui manquer.

Les portes du temple s'ouvrirent sur le parvis. Radet reconnut Talleyrand, appuyé sur une canne, le regard toujours aussi impénétrable. Le diable boiteux, comme on le surnommait à cause de son handicap à la jambe, était vêtu de noir, donnant l'impression qu'il venait à l'instant de quitter l'antichambre de l'enfer. Étienne sentit la main de Cambacérès s'alourdir sur son épaule.

— L'Empereur n'a qu'un fidèle auquel il se confie, c'est moi, et vous savez pourquoi ? Parce que je suis le seul à pouvoir lui dire la vérité.

Radet songea à ces centaines de loges maçonniques à Paris, en province, à l'armée et dans tout l'Empire.

La base d'une pyramide gigantesque qui convergeait vers une seule pointe : Cambacérès. Même Fouché, avec ses nuées d'espions, ne pouvait être aussi bien informé. Il suffisait d'un seul correspondant fraternel dans une loge et Cambacérès savait ce que pensait le paysan comme le noble, le médecin du village comme le sous-préfet. Quand la France chuchotait un matin, Cambacérès le savait le lendemain.

Brusquement, la loge bruissa et s'inclina d'un même élan. Entre les colonnes, l'impératrice venait de faire son apparition. Étienne porta la main à sa veste. Tout était bien dans la poche intérieure. Cambacérès, qui s'était contenté d'une simple inclinaison, lui murmura à l'oreille :

— Si un jour vous ne savez plus distinguer le Bien du Mal, les amis des ennemis, venez me voir.

Radet posa sa main gantée sur son cœur en signe de remerciement.

— Venez me voir avant qu'il ne soit trop tard.

20

Florence
De nos jours

— Déposez-moi devant cette insulte au bon goût.
Le chauffeur de taxi tiqua un peu et ralentit pour se garer devant la façade d'un somptueux palais baroque. Maître Bellaquista sortit de l'Audi et jeta un œil méprisant à la façade de la demeure aristocratique, dédaignant les vitrines racoleuses exposant une foule d'objets high-tech qu'il jugeait d'une vulgarité sans bornes. Le notaire songea à la prestigieuse famille qui avait bâti ce palais du temps de la splendeur des Médicis. Ils se seraient coupé les veines s'ils avaient su quel infâme propriétaire occupait leur vénérable demeure. Lui se considérait comme un homme de papier et de pierre, des matériaux obsolètes dans ce genre d'enseigne. Leur présent souillait son passé.

Il tourna les talons et faillit bousculer deux gamins en casquette qui se ruaient dans le magasin. Qu'allaient-ils y acheter ? Un jeu vidéo ou la quarantième version d'un téléphone vendu au prix du salaire annuel d'un des ouvriers qui avaient travaillé douze heures par jour pour le fabriquer?

Ce nouveau monde qui se dessinait sous ses yeux l'irritait et ne cessait de l'effrayer. Il le comprenait de moins en moins. Dans ces temps sombres, seule la foi lui servait de rempart face au flot sans cesse grandissant de bêtise. Il était homme de pierre, de papier, mais aussi de croix. Mais pas n'importe laquelle. Une croix qui réunissait sous son égide une élite de chrétiens qui, comme lui, ne voulaient pas abdiquer face aux nouveaux monstres capitalistes et apatrides. Au fur et à mesure qu'il s'éloignait du temple de la consommation, son esprit s'apaisait. Le passé reprenait force et vie. Les monstres ne s'aventuraient pas dans ce genre de ruelle.

Le notaire marchait d'un pas vif. Il ne lui fallut que cinq minutes pour se retrouver sur la piazza di Santa Maria Nuova, peu fréquentée par les touristes. Avec sa rangée d'arcades élégantes et ses hautes fenêtres finement travaillées, le plus vieil hôpital de la ville ressemblait à un palais. Huit siècles après sa construction, l'hôpital pansait les plaies et les blessures des Florentins et abritait un musée rempli de trésors dont la cité des Médicis s'enorgueillissait. Ici même, le grand Léonard de Vinci avait disséqué des cadavres pour mener à bien ses études anatomiques.

Bellaquista obliqua sur la gauche en direction du bâtiment et poussa une lourde porte battante. Dans le hall, personnel de santé et agents administratifs affairés se croisaient en un ballet incessant. Personne ne fit attention à lui alors qu'il empruntait le couloir qui menait au cloître central. Sur les murs, de lourds crucifix accrochés à intervalle régulier rappelaient la prééminence du propriétaire des lieux.

Bellaquista consulta sa montre et fronça les sourcils, il avait cinq minutes de retard. Il pressa le pas et sortit à nouveau à l'air libre pour déboucher sur une minuscule placette qui donnait sur une église à l'apparence modeste. Sant'Egidio[1] était l'une des rares perles baroques épargnées par l'invasion des touristes. Un homme jeune au torse un peu trop serré dans sa veste ajustée se tenait devant l'entrée. Derrière lui, un panneau accroché sur la porte indiquait la tenue d'une messe privée.

Le notaire sortit son smartphone et le brandit devant le planton au visage impassible qui hocha la tête puis poussa la porte pour le laisser entrer.

Une puissante odeur de cierge enveloppa le notaire et un parfum céleste ravit son âme. Un chant grégorien pur et cristallin résonna à ses oreilles. Il se signa et s'installa rapidement sur l'un des bancs sans s'attarder sur la beauté austère du lieu. Sant'Egidio était à l'image de son saint ermite provençal, sobre et humble. Personne, parmi la vingtaine d'hommes et de femmes assis sur les bancs, ne s'était retourné à son arrivée. Devant eux, l'autel était vide, nul curé ne servait la messe. On aurait pu croire que tous ces gens priaient s'ils ne portaient pas une discrète paire d'oreillettes. La réunion de la confrérie des Chevaliers

---

1. Saint-Gilles.

de la Foi allait commencer. L'ordre ne cultivait pas le secret, plutôt la discrétion.

Le notaire mit sa paire d'écouteurs et le chant s'estompa dans un souffle. Certaines réunions extraordinaires se tenaient avec le même dispositif perfectionné. Un léger déclic résonna puis une voix retentit. Bellaquista identifia sans peine le Primus, Valienti, chef de la confrérie et patron du puissant groupe de BTP. Quand Gianfranco Varnese avait fait entrer Bellaquista dans l'ordre, il lui avait expliqué que le Primus tirait son nom de l'expression latine *Primus inter pares*. Le premier parmi ses pairs. Un chef qui avait pour fonction de rassembler mais qui ne jouissait pas d'une autorité absolue. Toutes les décisions devaient être collectives. Le véritable chef de l'ordre était un cardinal, seulement connu de quelques membres afin de ne pas l'exposer en cas de dysfonctionnement de la confrérie.

— Nous pouvons commencer cette réunion extraordinaire. Elle sera brève car je sais vos emplois du temps bien remplis.

Bellaquista comprenait l'urgence de la réunion. Le Primus était indirectement sous le coup d'une enquête de la justice italienne et la confrérie ne pouvait se permettre d'être éclaboussée.

— Je vous ai convoqués au vu des événements récents qui me concernent. Je ne veux pas porter tort une seule seconde à notre ordre. J'attends vos questions. Et si mes réponses ne suffisent pas, je proposerai ma démission.

Un court silence s'ensuivit puis une voix de femme retentit dans les oreillettes.

— Merci, Primus, pour ta franchise. Je le serai aussi. Es-tu impliqué de quelque façon que ce soit dans cette affaire frauduleuse ?

Bellaquista avait reconnu tout de suite la voix féminine. Lucia Arghèse, directrice d'un groupe de mutuelles catholiques.

— Non. L'enquête concerne la division commerciale de ma société. L'un des directeurs est impliqué et devra rendre des comptes à la justice. Je m'en suis séparé dès que j'ai pris connaissance de l'affaire.

— Ta société et toi allez être éclaboussés ?

Cette fois c'était la voix d'un médecin, le professeur Urgal, l'un des plus grands neurochirurgiens du pays. Le ton était plus nerveux.

— J'ai un excellent cabinet d'avocats et engagé la meilleure agence de gestion de crise de Rome. Encore une fois, s'il y avait eu le moindre doute je vous aurais prévenus. Tous m'assurent que la tempête passera vite, comme c'est le cas dans ce genre d'affaires.

— Existe-t-il un risque que les services du procureur t'aient mis sur écoute ?

— Non. L'un de nos amis au palais Piacentini[1] me l'a confirmé.

— Peux-tu le jurer en ton âme et conscience ?

Bellaquista nota que le médecin insistait lourdement, trahissant sa nervosité.

---

1. Siège du ministère de la Justice italien à Rome.

— Non. Je ne suis pas au courant de tous les volets de l'enquête. C'est juste une information qui m'a été fournie par une source fiable. Et je suis prêt à rendre ma charge et à la confier à l'un d'entre nous. Jamais je ne mettrai en danger notre ordre de quelque façon que ce soit. Ni l'Église.

Le silence qui avait suivi la déclaration du dirigeant de la confrérie trahissait le désarroi des membres. Aucun ne voulait voir son nom dans la presse, mais tous estimaient le Primus. Les douze apôtres, comme ils se surnommaient entre eux, occupaient des positions importantes dans la société. Dans la nébuleuse d'associations liées au Vatican, il existait une dizaine de tiers ordres[1], certains datant des croisades, d'autres créés au fil des siècles, en fonction des nouvelles menaces qui avaient surgi. À la différence de l'Opus Dei et d'autres tiers ordres, la confrérie des Chevaliers de la Foi regroupait au plus une centaine de membres mais était tout aussi efficace dans l'accomplissement de sa mission. Protéger Dieu et l'Église catholique. L'ordre des Chevaliers de la Foi brillait par sa discrétion et son cloisonnement. La confrérie était dirigée par un cardinal de haut rang, dont tous ignoraient le nom, excepté le Primus et deux de ses adjoints dont faisait partie Bellaquista. Ce système visait à les préserver de l'interventionnisme du Vatican depuis que l'affaire

---

1. Ordre laïc associé à une communauté religieuse ou à un courant monastique de l'Église catholique.

du Banco Ambrosiano[1] était passée par là, ébranlant jusqu'aux fondations de Saint-Pierre.

Une voix à l'inflexion calme et posée surgit dans les oreillettes.

— Nous vous faisons confiance, Valienti, et je crois parler en notre nom à tous. Jusqu'à présent vous avez dirigé cet ordre avec droiture et équité. Et je connais personnellement vos sentiments profondément chrétiens.

Bellaquista reconnut à son ton impérieux le professeur Spinali, président de la commission des médecins chrétiens italiens et directeur adjoint à l'OMS. Le ponte dirigeait toutes les opérations humanitaires discrètement financées par l'ordre.

— Merci, Laurenzo. Je suis touché et honoré de votre confiance. Si personne ne manifeste la moindre opposition, je resterai donc à mon poste, répondit l'organisateur de la réunion. Concernant l'ordre du jour, vous avez reçu par mail crypté le dernier rapport sur nos opérations en cours. Pour l'essentiel, sachez que les projets à vocation humanitaire sont tous reconduits sauf dans trois pays d'Afrique subsaharienne qui viennent de connaître des putschs militaires. Les équipes médicales sont redéployées dans les pays voisins. Il est temps d'aborder le deuxième

---

[1]. Scandale des années 1980. Le Banco Ambrosiano, banque du Vatican, était impliqué dans des affaires illégales avec la Mafia. Le patron de la banque a été retrouvé pendu sous un pont à Londres. Le cardinal en charge du contrôle de la banque a été démis de ses fonctions.

événement qui a justifié cette réunion. La mort de notre estimé frère Gianfranco Varnese à l'aéroport de Milan. Je rappelle que jusqu'à preuve du contraire il s'agit d'un accident. Y a-t-il des questions sur cette tragédie ?

Le silence retentit dans les écouteurs.

— Alors, il est temps de clôturer cette réunion. Je demanderai à Basile et à Tiepolo de rester avec moi pour évoquer des points mineurs. Je salue les autres. Nous nous retrouverons dans un mois.

Bellaquista se cala contre le dossier du banc. Il s'était douté que le Primus allait le garder plus longtemps pour s'entretenir avec lui. La présence de Tiepolo, ancien colonel dans l'unité spéciale du régiment Lagunari « Serenissima », ne l'étonnait pas non plus. Il s'occupait de la logistique de l'ordre et de la sécurité. La réunion avec des écouteurs était l'une de ses trouvailles.

Les bancs se vidèrent progressivement de leurs occupants. Bellaquista les salua avec bienveillance alors qu'ils passaient devant lui. Il les tenait tous en haute estime. Des chrétiens sincères qui occupaient de hauts postes permettant de profiter des bienfaits de la vie et qui avaient choisi d'œuvrer dans la cité au nom du Christ.

Deux hommes étaient restés assis, sur un banc proche de l'autel. Le premier, un chauve aux épaules massives en chemise claire, et l'autre, plus âgé, les cheveux courts, le visage un peu empâté. Bellaquista alla s'asseoir derrière eux. Le notaire remarqua que le Primus avait les traits tirés et les yeux cernés. Il avait perdu de sa bonhomie habituelle. Valienti esquissa un faible sourire, puis articula d'une voix lente :

— J'ai de bonnes raisons de croire que notre frère Gianfranco Varnese a été assassiné. Je sais que tu étais son ami.

Bellaquista ne broncha pas, mais sentit son cœur s'accélérer. Il se raidit sur le banc.

— Selon les informations de Tiepolo, continua le Primus, le système de pilotage du jet d'*il Muto* a été piraté à distance pendant le vol. Je ne voulais pas en parler aux autres membres de l'ordre.

Le notaire s'exprima pour la première fois depuis son arrivée.

— Je suis extrêmement surpris. A-t-on des informations ou de possibles suspects ?

— Pas encore, murmura Tiepolo, mais mon enquête ne fait que commencer. Toi qui connais bien la famille Varnese, penses-tu que l'un des héritiers puisse être impliqué ?

Bellaquista prit le temps de formuler sa réponse.

— Tout est possible dans une succession, surtout quand le défunt était à la tête d'un empire aussi puissant. Je sais que l'un des fils ne le portait pas dans son cœur et qu'ils avaient souvent des accrochages. Mais de là à commanditer un assassinat de ce genre…

— Y a-t-il dans le testament des éléments qui pourraient laisser entendre que l'un des héritiers avait à gagner avec la disparition de Gianfranco ?

Le notaire se cabra. Tiepolo dépassait les bornes.

— Je suis désolé, mais je n'ai pas le droit de

communiquer à un tiers, même membre de notre ordre, une information relevant du secret professionnel.

— Cela nous aiderait, Basile. Dois-je te rappeler le serment que tu as prêté en entrant dans cet ordre ?

— Il n'en est pas question, jeta Bellaquista d'une voix sèche, et pour mémoire j'en fais partie depuis plus longtemps que toi !

Le notaire détestait la tournure que prenait cet échange. Jamais on n'avait osé lui demander un tel service. Il percevait l'insistance de l'ancien militaire comme une insulte.

— Il suffit, Tiepolo, intervint le Primus, je comprends fort bien la loyauté de Basile. Cesse de l'importuner. Les héritiers Varnese ne sont pas les seuls suspects. Les coupables sont peut-être plus proches qu'on ne le croit.

— C'est-à-dire ? demanda le notaire intrigué.

Il s'écoula de longues secondes avant que Valienti ne réponde.

— Et si l'assassin de notre défunt frère était un membre de notre ordre ?

21

La Malmaison
Octobre 1809

Assise dans un fauteuil finement ouvragé, le maillet d'ivoire à la main, Joséphine contemplait l'assemblée. Les membres de la loge étaient assis en deux rangées qui se faisaient face, l'une au *midi*, l'autre au *septentrion*. Le temple était plongé dans la pénombre, à peine éclairé par des chandeliers suspendus aux murs. Une lumière blafarde tombait sur les visages, dévoilant des fronts soucieux et des regards inquiets. Bien que la plupart des frères et des sœurs présents soient des initiés de longue date, tous savaient que le passage au grade de maître était l'un des rituels les plus intenses de la franc-maçonnerie. Étrangement, ces hommes et ces femmes qui avaient essuyé la violence de la Révolution retrouvaient en eux une peur oubliée : la peur du sacré.

Joséphine se tourna vers le frère terrible qui, une épée à la main, gardait l'entrée du temple. Il secoua discrètement la tête. Tout n'était pas encore prêt. Elle en profita pour contempler un à un les membres de la loge. Tout l'Empire était là et une idée folle lui traversa l'esprit. Fouché lui avait parlé du réseau de royalistes qui avait été démantelé, rue des Feuillantines. Et si ces conspirateurs avaient posé une bombe à la Malmaison ? Et si elle explosait en pleine tenue ? En quelques secondes, il n'y aurait plus de ministres pour gouverner le pays, plus de maréchaux pour diriger l'armée, et tout ce que Napoléon avait construit pendant des années s'effondrerait.

Un visage pourtant la rassura. Elle avait reconnu Étienne Radet, assis au bout de la travée du midi. Sans le connaître personnellement, elle l'avait souvent croisé lors de réunions maçonniques et l'on en parlait comme d'un frère à la réputation exemplaire, bien loin de tous ceux, si nombreux ce soir, qui s'étaient fait initier par opportunisme. Une chandelle grésilla, projetant un éclat lumineux sur les tentures noires semées de larmes d'argent, symboles de deuil, qui recouvraient les murs de la loge. L'ambiance déjà macabre était aggravée par la présence, au centre du temple, d'un linceul également noir, décoré de deux tibias croisés, surmontés d'un crâne aux orbites vides, qui recouvrait un long cercueil. Tout respirait la mort. On toqua à la porte. Le frère terrible se leva.

— On frappe rituellement à la porte du temple.
— Qui demande l'entrée ? répliqua Joséphine.
— Un frère qui doit traverser les ténèbres.
— Qu'il pénètre en ce lieu de désolation.

C'est l'impératrice elle-même qui avait choisi le rituel, parmi les nombreuses versions créées depuis le XVIIIe siècle. Elle y avait assisté la première fois alors qu'elle était détenue à la prison des Carmes sous la Terreur. Des condamnés qui allaient être guillotinés le lendemain avaient tenu à mourir en étant maître maçon. Réécrit pour cette occasion dramatique, le rituel avait retrouvé la dimension tragique de ce jour qu'elle n'avait jamais oublié.

La porte du temple s'ouvrit et Talleyrand entra, le visage à demi recouvert d'un bandeau noir laissant visibles la moue ironique de ses lèvres, ses pommettes osseuses et son front blanchâtre. Un cadavre ambulant, pensa Joséphine en observant le boiteux se diriger vers le centre de la loge. Elle l'avait toujours eu en horreur.

Cambacérès qui se tenait à ses côtés lui souffla à l'oreille.

— Savez-vous qu'en entrant il s'est excusé de ne pas signer le cahier de présence ? Sa main droite le fait souffrir. Il ne peut tenir une plume entre ses doigts.

L'impératrice sourit de mépris. On ne risquait pas de découvrir un jour la présence du boiteux dans une loge. Talleyrand détestait laisser des traces qui pourraient le compromettre.

— Vénérable maîtresse, annonça le frère terrible, celui qui entre réclame de connaître l'ultime vérité.

Joséphine donna un coup de maillet.

— Qu'il plonge dans les ténèbres !

Aussitôt deux frères saisirent Talleyrand par les épaules, le positionnèrent devant le linceul et lui firent poser une main sur le bois du cercueil. L'ancien ministre la retira aussitôt comme un diable qui l'aurait glissée dans de l'eau bénite. Joséphine réprima un sourire de satisfaction. Elle savait que Talleyrand, qui affichait un mépris souverain devant les faiblesses des autres, avait une peur panique de la mort.

— Frère, savez-vous qui repose là ?
— Non.
— Il s'agit du corps martyrisé du premier maître, l'architecte du temple de Salomon. Trois l'ont attaqué, trois l'ont frappé, trois l'ont assassiné.

Joséphine regardait avec attention le visage de Talleyrand. Elle reprit :
— Nous connaissons deux de ces meurtriers et nous cherchons le troisième. Celui qui en secret a attisé la colère de tous, celui qui a réclamé le sang versé, celui qui a armé le bras de la mort.

L'impératrice n'avait pas choisi ce rituel dramatique par hasard. On y racontait le meurtre du premier maître franc-maçon tué par des compagnons qui voulaient lui voler ses secrets. Cette légende dont nul ne connaissait l'origine mettait en scène un personnage biblique, Hiram, architecte et bâtisseur du temple. C'est lui qui mourait sous les coups de ses proches. Une histoire de trahison et de mort. L'un des frères qui tenaient Talleyrand par les épaules le fit pivoter devant lui et l'examina avec attention.

— Es-tu celui que nous cherchons ? Es-tu celui qui a trahi ? Es-tu celui qui a tué ton propre frère ?

Une fois encore, Joséphine passa en revue ceux qui étaient assis dans les travées. Tous avaient traversé la Révolution et tous avaient une ignominie à se reprocher. Tous avaient profité de la Terreur comme d'un marchepied de sang. Tous avaient au moins le souvenir d'un cadavre enfoui dans la mémoire et beaucoup devaient y songer à l'instant même, alors que l'on cherchait le dernier meurtrier d'Hiram.

— Je ne suis ni le dénonciateur, ni le traître, ni l'assassin que vous cherchez, répondit Talleyrand.

Le visage de l'ancien ministre était uniquement léché par la pâle lumière des chandelles. Aucun muscle n'avait frémi et pourtant, comme tous les membres de la loge, lui aussi devait se souvenir.

— Puisque ce traître refuse d'avouer, qu'il prenne place parmi les morts !

Un frère de la loge fit basculer le couvercle tandis que des mains vigoureuses projetaient l'ancien ministre dans le fond du cercueil.

— Une dernière fois, avoue ton crime !

Seul le silence répondit. Dans le rituel, cette chute dans le royaume des défunts devait être le moment de l'introspection, l'instant crucial où le mal que l'on avait commis resurgissait des ténèbres. On se retrouvait seul face à ses propres fantômes.

— Remettez le couvercle, ordonna l'impératrice.

Un raclement macabre se fit entendre. Tout autour, chacun revivait sa descente aux enfers quand il avait dû affronter sa propre misérable vie. La peur, la honte et les remords étaient d'une intensité devenant intolérable au fur et à mesure que se refermait le couvercle du cercueil.

— Très vénérable, le frère indigne est dans la nuit.

Joséphine frappa un coup de maillet.

— Qu'il y demeure le temps qu'il soit saisi d'horreur par l'affreux souvenir de son crime.

Cambacérès fronça le sourcil. Il n'avait pas le souvenir de cette phrase dans le rituel. L'impératrice l'avait ajoutée intentionnellement.

Depuis le début de la tenue, Étienne observait un à un chaque frère. Il en avait compté vingt-cinq. Parmi eux, seuls trois lui étaient inconnus. Cadet ne lui avait fourni aucune description utile. L'inconnu qui avait commandé ce tablier, frappé d'une couronne et d'un glaive, était d'une taille et d'une corpulence normales selon le marchand. Quant à la couleur des cheveux et des yeux, il n'en savait rien. Seule indication, ce royaliste supposé avait une voix jeune. Radet fixa à nouveau les trois inconnus qu'il avait isolés. L'un d'eux avait des cheveux blancs, il l'élimina, puis il se pencha vers son voisin, le maréchal Soult.

— Dis-moi, mon frère, peux-tu me dire quel est cet homme que je ne connais pas, assis à gauche sur la colonne du septentrion ?

Le maréchal eut un sourire condescendant. Décidément, Radet ne fréquentait pas le beau monde du faubourg Saint-Germain.

— Tu ne connais pas Mathias de Montmorency ? Il est l'un des rares aristocrates familiers de Napoléon comme de Joséphine. Il descend d'une des familles les plus illustres de France, apparentée ou alliée à tout ce que la noblesse compte de plus grand. Les Noailles, les Condé... c'est sans doute pour ça qu'il fait une drôle de tête, ce soir.

— Comment ça ? demanda Étienne, brusquement suspicieux.

— Tu ne comprends donc pas ? Depuis qu'il est entré dans le temple, Talleyrand ne cesse de se faire traiter de traître et d'assassin. On lui reproche d'avoir du sang sur les mains... vraiment, tu ne devines pas ?

Discrètement, Étienne secoua la tête.

— Rappelle-toi, en 1804, lorsque Napoléon a fait enlever en Allemagne le duc d'Enghien, le dernier descendant des Condé et proche cousin du roi.

Effectivement, Radet se souvenait de ce malheureux duc d'Enghien. Enlevé le matin, jugé le soir, fusillé pendant la nuit. Convaincu d'être visé par un complot royaliste, Napoléon avait eu la main rapide et lourde. En quelques heures, il avait fait couler le sang le plus bleu de France.

— Eh bien, l'homme qui a dénoncé le duc, déclenché son arrestation, réclamé sa tête, reprit le maréchal, est là dans le cercueil. C'est Talleyrand. Tu comprends pourquoi Montmorency a cet air glacé. Ce n'est pas un rituel auquel il assiste, mais le meurtre de son cousin qu'il revit.

Étienne fixa Mathias de Montmorency. Proche de Napoléon, familier de Joséphine, il avait la capacité de frapper au cœur du pouvoir. Sauf qu'en trahissant les siens pour se rallier à l'Empire, il n'avait aucun intérêt à s'en prendre à l'Empereur ou à sa famille. De plus, s'il avait vraiment un ennemi à abattre, c'était Talleyrand, l'assassin de son cousin. Radet tourna les yeux vers l'autre inconnu lorsque Soult ajouta à voix basse :

— Quant à Joséphine, elle vient d'humilier Talleyrand devant tout l'Empire. Un avertissement, un coup d'éclat dont personne ne la croyait capable. Il ne risque pas de l'oublier.

Radet fixait toujours l'inconnu. Chauve et pâle. Il semblait aussi frêle qu'une porcelaine chinoise.

— Et lui ?

— Jamais vu, ni à la cour ni sur un champ de bataille. Un parvenu qui se sera glissé là.

Ce mot fit frémir Radet. La voix de Joséphine retentit.

— Mes sœurs et mes frères, il est temps pour nous de faire revenir à la lumière celui que nous avons enfoui dans la nuit du tombeau. Il a traversé le royaume des morts sans un cri, sans une plainte. Par son courage et sa détermination, il nous a prouvé qu'il n'était pas le meurtrier d'Hiram, grand architecte du temple de Salomon.

On entendit le couvercle de bois râper, puis apparut Talleyrand, revenu d'entre les morts, son visage pâle toujours aussi impassible. On lui ôta son bandeau.

— Maintenant, frère, tu as apporté la preuve de ton innocence, la preuve que tu n'es pas de ces mauvais compagnons qui ont assassiné notre maître vénéré. À ton tour, tu vas devenir maître.

Mais Talleyrand semblait ne pas entendre. Il fixait de son regard gris Joséphine. Désormais les deux ennemis savaient qu'ils ne se feraient pas de quartier.

— Voilà une tenue dont on va beaucoup parler, déclara le maréchal Soult en ôtant ses décors, et jusqu'aux Tuileries ! Après cette démonstration de force de sa femme, l'Empereur risque d'y réfléchir à deux fois avant de prendre sa décision.

Radet sourit sans répondre et se dirigea vers l'inconnu à la calvitie prononcée. Il était encore plus chétif de près.

— Salut à toi, mon frère, je crois que je n'ai pas le plaisir de te connaître.

— Mon nom est Pélisson, je suis l'un des notaires de l'impératrice, qui a eu la bonté de me convier à cette magnifique cérémonie. Jamais je n'avais vu tant de…

Étienne, déjà, ne l'écoutait plus. Joséphine avait sans doute de bonnes raisons de convier pareil avorton à une tenue d'élite. Peut-être lui devait-elle de l'argent et le remboursait-elle en vanité ? Comme Pélisson enlevait son tablier, Radet le saisit d'autorité et en examina le revers. Il était vierge. Ce n'était pas l'homme qu'il cherchait.

Peu à peu, les sœurs et les frères gagnèrent le parvis, non sans avoir félicité Talleyrand pour son passage à la maîtrise. L'occasion, pour beaucoup, de lui donner une accolade qui n'avait de fraternelle que l'apparence. Cambacérès, lui, s'était déjà éclipsé vers la salle du banquet. Sa gourmandise notoire lui servait d'alibi pour ne pas avoir à commenter publiquement la tenue. L'impératrice, elle, était restée dans le temple. Une file de courtisans se serrait autour d'elle, attendant l'obole d'un regard. Maintenant qu'elle avait prouvé son autorité, et surtout son pouvoir de nuisance, en défiant Talleyrand, on se pressait à nouveau à ses pieds. Radet s'était placé dans la file pour prendre congé. Il ne comptait pas rester aux agapes. Ces deux derniers jours avaient été intenses. Il avait débusqué un complot, tué un homme, poursuivi en vain un possible suspect et avait besoin de repos et de calme pour réfléchir. Il ne comprenait toujours pas comment ses adversaires l'avaient identifié si vite, au point d'envoyer un tueur chez lui quelques heures à peine après l'affaire de la rue des Feuillantines. Qui l'avait trahi ? De plus, Fouché lui avait demandé de le rejoindre dès le lendemain pour procéder à un nouvel interrogatoire du jésuite. Visiblement le prêtre n'avait pas tout dit de ses secrets.

— Vous semblez soucieux, général Radet ?

La file s'était envolée plus rapidement que prévu et il se retrouvait devant l'impératrice.

— Pardonnez-moi, Madame, répondit Étienne en s'inclinant profondément, la fatigue s'est accumulée.

— Le ministre de la Police m'a appris que vous aviez démantelé un complot imminent contre mon époux.

Maudit Fouché, pensa Radet, il a transformé une réunion clandestine d'opposants en une conspiration d'assassins.

— Je n'ai fait que mon devoir, Madame. Assurer la sécurité de l'Empereur.

Étienne baissa d'un ton.

— Mais il n'y a pas que votre mari qui est menacé, Madame.

Joséphine se raidit.

— Vous aussi.

— Vous venez me révéler le nom d'un ennemi de plus, général ?

— Je suis un homme d'honneur, Madame. J'ai découvert cette correspondance. Elle vous appartient, je vous la rends.

Radet posa les cinq lettres sur la table. Joséphine lut les premières lignes sans les toucher. Elle savait à qui elle les avait écrites. Elle savait qui l'avait trahie.

— Le ministre de la Police n'est pas au courant. Personne ne l'est.

L'impératrice le fixa.

— Gardez-les quelques jours encore. Avec vous, elles seront plus en sécurité.

Comme si un oiseau de proie risquait de s'en emparer, Étienne rafla la correspondance.

— Vous chassez, général ?

— Je n'ai pas ce plaisir.

Joséphine lui tendit sa main gantée de noir à baiser.

— Moi non plus. Après-demain, mon mari va traquer le cerf. La Malmaison sera déserte. Venez me rendre visite.

22

Nice
De nos jours

La fondation Varnese occupait le flanc d'une colline parsemée de résidences et de parcs somptueux débordant de palmiers, de pins, de bougainvilliers et d'hibiscus. Un petit coin de paradis. La double grille était fermée et le parking extérieur entièrement vide. Antoine sonna à l'interphone et attendit patiemment. De la route on pouvait apercevoir la façade du bâtiment originel et une partie de la monstrueuse clef d'acier. Il réfléchit au fait que Tristan avait vécu ici et avait arpenté cette terre. Il s'imagina cet homme sans visage rire et parler. L'interphone crachota.

— La fondation est fermée pour la semaine.
— Je sais, mais M. Brandt m'attend. De la part du commissaire Antoine Marcas.
— Je vais le prévenir.

Il attendit cinq bonnes minutes avant que la grille ne s'ouvre enfin.

— Prenez le sentier sur votre droite, ajouta une voix métallique.

Il remonta l'allée d'un pas vif, laissant son regard courir sur la végétation environnante. Il envia son aïeul d'avoir réussi à se payer un hôtel de luxe alors que lui finirait sa vie dans son trois-pièces parisien. Ce n'était pas avec son salaire de flic, même gradé, qu'il s'assurerait une retraite de nabab. Il arriva devant la façade du bâtiment, encore plus belle que sur le site Internet. Au soleil, l'ancien hôtel rayonnait de blancheur, tout en contraste avec la clef sombre et métallique où se trouvait le musée.

Un homme attendait Antoine en haut des marches. Grand, fin, et les cheveux en bataille, il portait une paire de lunettes rectangulaires. Elles donnaient à Karl Brandt une allure répandue dans le milieu de l'art. Antoine avait appris à la repérer quand il travaillait à l'OCBC[1].

Le directeur descendit les marches pour aller à sa rencontre et lui tendre une main un peu molle, sans même essayer d'avoir l'air affable.

— Bonjour, commissaire, j'ai demandé à mes services d'effectuer une recherche sur les actes d'acquisition. Rien d'anormal n'apparaît.

— Vous avez réussi à collecter ces informations en si peu de temps ?

— Nos œuvres temporaires appartiennent au courant du gigantisme. Le catalogue ne dépasse pas la cinquantaine d'œuvres, ce qui facilite les choses.

---

1. Office central de lutte contre le trafic des biens culturels.

Mais suivez-moi, mon secrétaire continue les investigations.

Ils prirent un chemin dallé pour arriver devant l'annexe. De près, elle paraissait encore plus impressionnante. Le corps principal de la clef grimpait jusqu'au quatrième étage de l'hôtel. Les deux hommes passèrent un sas de contrôle et entrèrent dans l'annexe par la porte principale, elle-même en forme de clef.

Dans la première salle, une toile aux dimensions galactiques occupait un mur aussi vaste qu'une piscine. Des licornes roses, mal dessinées, coiffées de perruques noires, gambadaient dans un désert jaune fluorescent encombré de chars d'assaut en flammes et de soldats aux yeux rouges qui brandissaient chacun un fusil et un phallus disproportionné.

Intrigué, Antoine jeta un œil au panonceau accolé sur un pupitre devant l'œuvre.

Masculinité toxique. Acte 1.

Le directeur contemplait l'œuvre avec suffisance.

— Les licornes représentent les puissances non genrées qui s'émancipent de la tyrannie cisgenre masculine et blanche. C'est une œuvre collective d'une grande intensité. Et d'un formidable courage. La culture est une arme de destruction massive contre le patriarcat capitalistique dominant.

— Il y a un acte II ?

— Oui, mais hélas, l'artiste l'a vendu à une grande galerie de Londres.

Antoine se considérait comme particulièrement sensible au féminisme et à l'émancipation des genres, son fils l'avait fait évoluer dans ce domaine. Dans sa carrière au sein de la police, il avait témoigné trois fois dans des procédures de collègues femmes discriminées, dont l'une harcelée par son supérieur, mais la tirade de Brandt le laissait dubitatif. Ça sentait à plein nez les éléments de langage appris par cœur.

— Je pense avoir compris l'interprétation, répondit poliment Antoine, mais ôtez-moi d'un doute la fondation appartient bien à Gianfranco Varnese, patriarche blanc, grand patron hétérosexuel ? N'est-ce pas curieux de la part de ces artistes d'avoir perçu de l'argent du mal incarné ?

Devant le visage ironique d'Antoine, l'homme aux lunettes de plastique se raidit.

— Je ne vois pas le rapport. S'il ne faut jamais dissocier l'œuvre de l'artiste, cela ne concerne pas les acheteurs.

— Heureusement pour votre métier et pour le marché de l'art, répondit Antoine sur un ton ironique.

— Nos tableaux sont tous traçables, reprit Brandt. Rappelez-moi le nom de celui que vous cherchez ?

— *À l'ombre de Jean-Baptiste de la croix*, récita Antoine.

Le directeur plissa les yeux, semblant se concentrer, pour finir par répondre :

— Non, ça ne me dit absolument rien. Et l'artiste ?

Marcas s'était attendu à cette question, mais ne savait pas qui avait peint cette œuvre.

— Je ne peux pas vous le dire pour des raisons de confidentialité, mais c'est un peintre de renom du début du XXe siècle.

Karl Brandt fronça les sourcils.

— Commissaire, j'ai fait des études poussées d'histoire de l'art, il me semble que je m'en serais aperçu si nous possédions une œuvre baptisée *À l'ombre de Jean-Baptiste de la croix* réalisée par un artiste majeur. Allons voir mon secrétaire.

Ils sortirent du musée par une passerelle qui surplombait une langue de terre hérissée d'immenses roseaux ondulant gracieusement et arrivèrent dans le bâtiment originel au niveau du premier étage.

— Nous sommes dans la partie dédiée à l'exposition permanente. Les bureaux se trouvent à l'avant-dernier étage.

Ils empruntèrent un ascenseur. Le directeur passa son badge sur un détecteur optique tout en consultant son portable.

— Mon autre rendez-vous arrivera dans un quart d'heure. J'espère que vous trouverez votre réponse rapidement.

Antoine avait saisi le message.

— Je comprends. J'espère que ce n'est pas un journaliste sur la même piste que moi.

Le directeur rajusta ses lunettes et afficha un sourire froid. Il avait lui aussi saisi le message. Les deux hommes passèrent dans une vaste salle circulaire de style Art déco, juste à l'aplomb du dôme.

— Ce devait être un hôtel magnifique à l'époque, commenta Marcas.

— La fondation l'a ennobli, répondit Brandt d'un ton prétentieux.

Antoine s'imaginait pourtant mal Tristan dans ce décor à l'ambiance surannée. Les deux hommes arrivèrent enfin devant le bureau minimaliste du secrétaire de la fondation, avec pour seule décoration la photographie d'un mannequin mordant un sac Varnese à pleines dents.

Un homme au crâne dégarni et à la peau aussi jaune qu'un citron était assis derrière un ordinateur et lançait des regards méfiants à Marcas.

— Benjamin, dit Brandt, puis se tournant vers le secrétaire : Monsieur le commissaire recherche une œuvre précise, *À l'ombre de Jean-Baptiste de la croix*.

Le secrétaire se mit à pianoter, puis secoua la tête.

— Nous n'avons aucune œuvre intitulée *À l'ombre de Jean-Baptiste de la croix*, je suis navré. Je crains que votre recherche ne s'arrête ici.

Il fallait qu'Antoine livre plus d'informations.

— Si je vous parle d'un tableau accroché depuis la création de la fondation. Avec obligation de le conserver. Ça vous parle ?

Le directeur secoua la tête.

— Je dirige cet établissement depuis trois ans et j'ai eu cinq prédécesseurs. Malheureusement je n'ai jamais entendu parler d'une telle demande. Donnez-moi plus de détails.

Antoine raconta l'épisode des archives et la mention du nom du tableau dans la transaction, sans révéler les noms du vendeur et de l'acheteur.

— Personne ne m'a mis au courant et le personnel a complètement changé depuis dix ans, reprit le directeur.

Marcas était désemparé, sa quête se terminait dans ce bureau.

— Il est temps de partir, dit poliment Brandt, donnez une adresse à Benjamin, il vous commandera un taxi pendant que je vous raccompagne.

Antoine hésita quelques secondes, puis griffonna le nom de l'hôtel où il résidait, quand soudain le secrétaire leva la tête vers Karl Brandt.

— Et si c'était le tableau accroché dans le bureau de M. Varnese ? Il s'y trouve depuis une éternité.

23

Paris
Louvre
Octobre 1809

Le soleil se couchait sur la Seine, réverbérant sa lumière dorée sur les murs du vieux palais. Mais le sculpteur Antonio Canova ne voyait rien de cela. Lui que toute l'Italie admirait, comparait à Michel-Ange, n'arrivait pas à contrôler le tremblement de ses mains. Derrière une toile de tissu blanc se dressait son œuvre majeure, celle qui avait dévoré quatre ans de sa vie. Anxieux, il tourna une fois encore le regard vers la porte par laquelle Napoléon allait arriver. Un carillon sonna la demie. Canova recommença à arpenter la pièce alors que ses aides, terrifiés, s'étaient réfugiés dans un coin, marmonnant en italien. Brusquement, il se tourna vers la toile qui masquait la moitié de sa pièce. Derrière se jouait son destin.

Des pas se firent entendre, mais ce n'était pas un bruit martial de bottes. Antonio se tordit les mains. Quand l'Empereur allait-il enfin arriver ? La porte s'ouvrit, laissant la place au sourire malicieux de Dominique Vivant Denon, le maître du Louvre, l'érudit choisi par Napoléon pour faire de l'ancien palais d'Henri IV le plus grand musée du monde.

— Comment allez-vous, Canova ?

— Comme un homme dont le cœur ne bat presque plus. Cette attente me tue.

— Elle ne va plus durer longtemps. L'Empereur vient de quitter les Tuileries, je le précède.

Le sculpteur était impressionné par le flegme de Denon. Il ne ressemblait en rien à ces érudits poussiéreux qui encombraient bibliothèques et musées. Au contraire, Dominique Vivant avait conservé de sa jeunesse aventureuse un corps d'athlète et de ses amours tumultueuses un mépris affiché des convenances. Il avait suivi Napoléon Bonaparte en Égypte et dans toutes ses campagnes. Partout, il avait pillé des œuvres d'art par milliers, dépouillant les palais d'Allemagne, vidant les églises d'Italie, dérobant des collections en Autriche et mettant à sac des monastères d'Espagne. Tout le butin de ses rapines se trouvait là, au Louvre. La plus grande collection d'œuvres d'art du monde connu, le plus grand vol de tous les temps.

— L'Empereur ne vous donnera pas son avis sur votre œuvre, annonça Denon, il la contemplera, l'examinera, vous posera peut-être des questions, mais vous ne connaîtrez pas son jugement.

Canova manqua de se sentir mal. Des années consacrées à cette sculpture, des nuits et des jours à manier le burin et il ne saurait jamais…

— L'Empereur vous fera parvenir un cadeau dans les jours prochains. Selon sa valeur, vous découvrirez alors ce qu'il a pensé.

Ébloui, le sculpteur s'inclina. Il avait l'impression de se trouver devant l'un des grands mécènes de la Renaissance, Laurent le Magnifique de la famille Médicis. Relevant la tête, il fut frappé par la dignité de Dominique Vivant Denon comme si la gloire qui auréolait l'Empereur déteignait un peu sur lui malgré son sombre passé. Napoléon, le Grand Alchimiste, était capable de transformer le plomb le plus vil en un or étincelant. Il lui suffisait d'un regard de satisfaction.

— Voici l'Empereur, annonça Denon.

Canova se figea, sidéré. Si le Christ avait ressuscité devant lui, il n'aurait pas été plus impressionné. Napoléon, qui était seul, salua d'un bref coup de tête et brusquement interpella un des aides.

— Et toi, tu viens d'où, en Italie ?

L'homme balbutia.

— San Bonifacio, en Vénétie, Sire.

L'Empereur le regarda plus intensément.

— Près d'Arcole... j'y ai remporté une grande victoire en 1796... j'étais jeune.

Chacun dans la pièce savait que le général, alors âgé seulement de vingt-sept ans, avait forcé la victoire en se jetant à la tête de ses troupes, sous la mitraille des Autrichiens. Sa légende avait commencé à Arcole. Napoléon sortit une pièce d'or de son gousset.

— Tiens, voilà pour toi. Bois-la à ma santé quand tu rentreras au pays.

L'aide tomba à genoux.

— Plutôt mourir, Sire, que de me séparer d'une pièce touchée par vous, je la mettrai sur la cheminée. Elle portera chance à ma famille pour les siècles à venir.

Autour de lui, des hommes éclatèrent en sanglots. D'autres joignirent les mains en signe de prière. Ils venaient de voir la grandeur à l'œuvre. Canova se retint pour ne pas sombrer dans l'admiration unanime. Il fit un geste rapide et la toile tomba. Surpris, Vivant Denon recula. La statue de Mars, dieu de la guerre, qui trônait devant lui était exceptionnelle. Elle devait frôler les quatre mètres de hauteur et était faite d'un marbre splendide, d'une blancheur presque transparente. Mais ce qui frappait, c'était que le visage qui accompagnait le corps nu du dieu était celui de Napoléon. L'Empereur restait d'ailleurs silencieux, contemplant le corps puissant, le visage aux lèvres hautaines, les cuisses comme des colonnes… il se voyait pétrifié dans sa gloire passée. Cette statue était un mausolée et non le piédestal de sa gloire à venir. Pour autant, il ne montra pas sa déception. Il posa sa main droite sur l'épaule d'Antonio Canova et hocha la tête en silence. Le sculpteur manqua de perdre pied. Sans un mot, Napoléon se retourna, suivi de Denon. Une fois, la porte passée, il annonça :

— Vous enverrez cette statue à Rome.

Vivant comprit. L'Empereur n'avait pas aimé.

— En revanche, vous vous montrerez généreux envers le sculpteur.

— Bien, Sire. Il vous en sera reconnaissant.

— Il le peut. Grâce à cette statue, il vient d'entrer dans la postérité.

Vivant ne réagit pas à cette marque démesurée d'égotisme, Napoléon avait raison.

— Sire, puis-je vous demander de bien vouloir passer un instant dans une salle que j'aménage à la demande de l'impératrice ?

Napoléon faillit hausser les épaules d'agacement. Qu'est-ce que sa femme s'était encore trouvé comme passion, après les vases étrusques hors de prix, les roses importées de Perse et les bijoux ruineux de chez Nitot[1] ? Mais leurs relations étaient si tendues que mieux valait perdre quelques minutes plutôt que d'affronter une bourrasque à son retour à la Malmaison.

— Montrez-moi.

Denon pénétra dans une pièce toute en boiserie qui avait dû servir de cabinet particulier à l'époque des Valois. Denon alluma un chandelier qui projeta une lumière vacillante sur le décor inattendu.

— Si Votre Majesté veut bien se donner la peine…

Bonaparte eut un mouvement de recul. Sur un drap noir, un crâne d'argent aux orbites vides le contemplait, juste au-dessus d'un triangle symbolique constitué de trois points.

— Votre épouse, Sire, est…

— Initiée, je sais, répliqua Bonaparte, comme mes sœurs et mes frères.

Il montra un tableau, qui devait dater du siècle passé, où l'on voyait un gentilhomme, les yeux bandés, un

---

1. Joaillier de l'impératrice, qui deviendra la maison Chaumet.

genou et une épaule nus, frappé par la foudre tombée d'une montagne, allégorie de l'initiation.

— Toute ma famille a reçu la Lumière. Pour autant, ça ne les empêche pas de se haïr et de se déchirer. Bien au contraire. Mettez-les tous ensemble dans un de vos temples et la fine fleur de la franc-maçonnerie impériale s'écharpera et s'entre-tuera aussitôt.

Vivant baissa la tête et son regard tomba sur une maquette en bois qui représentait le temple de Salomon. Détruit par les Romains pendant l'Antiquité, il était devenu le symbole des francs-maçons dans le monde entier. Ce temple abattu était la métaphore de l'homme imparfait qu'il fallait sans cesse améliorer, reconstruire. Napoléon en aurait eu bien besoin, mais il était quasiment le seul de sa famille à ne pas avoir été initié. À moins que ce ne fût un secret d'État.

— Ne croyez pas pour autant, Denon, que je méprise la franc-maçonnerie. Bien au contraire. Elle m'est utile. Très utile.

— Je ne comprends pas, Sire.

Du doigt, l'Empereur montra une gravure sous verre représentant un temple maçonnique dans tous ses détails, du pavé mosaïque surmonté d'un fil à plomb jusqu'à la chaire du vénérable à l'orient.

— Savez-vous quelle est la première chose que les militaires français font quand ils sont capturés par l'ennemi ? Ils créent une loge, car organiser la fraternité entre eux, c'est échapper au chaos et au désespoir. C'est se donner la chance de survivre.

— Je l'ignorais, Sire.

— En Espagne et en Angleterre, où les conditions de détention sont effroyables, il y a ainsi des dizaines de loges clandestines. La Lumière naît parfois au fond des ténèbres.

Dominique Vivant se demanda d'où Napoléon tenait ses informations. Mais les sources ne manquaient pas. Quasiment tous les maréchaux de l'Empire étaient initiés, la majeure partie des ministres, des conseillers... L'Empire était une immense loge à ciel ouvert. Napoléon reprit :

— Quand j'ai pris le pouvoir, il n'y avait plus rien. L'aristocratie était passée sous la guillotine, la bourgeoisie avait fui, les prêtres étaient pourchassés. Où trouver un préfet, un maire, des administrateurs pour que le pays fonctionne à nouveau, pour que le peuple ne souffre plus et que l'ordre règne ?

Bonaparte s'approcha de la gravure. Entre les hautes colonnes, on voyait en perspective des frères se tenant la main dans une chaîne d'union.

— C'est des loges qu'est venu le renouveau, l'administration qui gouverne l'Empire aujourd'hui. De là que sont sortis les Fouché et les Cambacérès qui tiennent le pays. De là, les Murat, les Lannes, les Bernadotte qui ont conquis l'Europe. Si mon sabre a porté les valeurs de la République au-delà de nos frontières, ce sont les frères qui sont en train de les planter en terre et nos enfants qui en feront la récolte.

Denon doutait que l'Empereur soit encore sensible aux valeurs républicaines mais il inclina la tête en signe d'assentiment. Dans tous les pays où Napoléon avait imposé sa loi, les loges s'étaient développées avec force et vigueur, et partout la fraternité tentait de dépasser les rancœurs du passé pour construire un avenir de confiance et d'espoir mutuels. Intrigué, l'Empereur venait de s'arrêter devant un tablier de cuir où était peint un aigle à deux têtes. Une moitié du plumage était noire, l'autre blanche.

— Quel est ce grade maçonnique ?

— Celui de chevalier Kadosh, Sire. Un des plus élevés de la franc-maçonnerie. On dit qu'il provient des templiers, mais, au-delà de la légende, il a une haute valeur initiatique.

Napoléon regardait les serres de l'aigle qui étreignaient une épée.

— L'épée fermement tenue est le symbole de la maîtrise des passions, expliqua Denon. Voilà pourquoi c'est un grade essentiel, car on y apprend la mesure et la droiture, l'équité et l'impartialité. Et que la puissance n'est rien sans la justice.

Napoléon fixait toujours l'épée tenue à l'horizontale.

— Ce que j'y vois, moi, c'est un pouvoir souterrain – la partie noire de l'aigle – qui tente d'imposer sa loi et bride le pouvoir de l'épée.

— Je vous assure, Sire, que...

— La franc-maçonnerie ne fait pas de politique ? Que mes frères qui me jalousent ne l'utilisent pas pour me desservir ? Que Fouché ne s'en sert pas contre moi ? Pouvez-vous l'affirmer ?

Denon balbutia.

— Enfin, Sire, la franc-maçonnerie vous est toute dévouée !

— Croyez-vous que j'ignore que dans certaines loges on regrette à voix haute la révolution de 1789 ? Que dans d'autres, le nom de Robespierre est porté aux nues ? Sans compter tous ces royalistes qui s'en inspirent pour conspirer contre l'Empire... Si les francs-maçons m'ont beaucoup apporté, certains sont une menace constante.

— Des cas isolés, Majesté ! Des brebis galeuses ! Je suis certain que le frère Cambacérès y met bon ordre.

Initié bien avant la Révolution, Dominique Vivant était un frère réputé. Il fréquentait des cénacles fraternels très fermés qui réunissaient des anciens de la campagne d'Égypte. On murmurait qu'il avait reçu la Lumière en même temps que Joséphine en 1782. Napoléon s'approcha. Juste derrière eux se trouvait un dessin à l'encre noire qui représentait l'architecte Hiram, le fondateur mythique de la franc-maçonnerie, tué par trois de ses compagnons.

— Sous les rois vous étiez royaliste, sous la république républicain, aujourd'hui vous êtes napoléonien, et demain ?

— Sire, je puis vous jurer que...

— Demain vous serez opportuniste comme vous l'avez toujours été. Les régimes politiques changent, mais la franc-maçonnerie, elle, s'adapte. Elle peut se draper dans les plus purs principes mais n'a qu'une seule loi. Durer. Et pour cela, elle est prête à tout.

Cette fois, Denon se tut. L'Empereur montra le dessin du meurtre d'Hiram.

— Votre histoire commence par une trahison et un meurtre.

— L'Église aussi – Jésus a bien été vendu par Judas et crucifié par les Romains – mais qui aujourd'hui est le véritable soutien de l'Empire ? Rome ou le Grand Orient ?

Napoléon retourna vers l'entrée du cabinet. La visite était terminée.

— Je sais ce que je dois à la franc-maçonnerie.

— Votre gloire aussi, ajouta Denon, le frère David y a beaucoup contribué avec ses tableaux, et aujourd'hui le frère Canova avec sa sculpture.

L'Empereur laissa échapper un sourire surpris.

— Lui aussi ?

— Oui, Sire, et bien d'autres.

Napoléon songea aux quatre personnes qui constituaient son cercle le plus intime, le plus restreint. Ceux avec qui il gouvernait la moitié du monde. Fouché, Talleyrand, Cambacérès, Joséphine. Tous initiés.

— Décidément, vous êtes partout.

24

Nice
Fondation Varnese
De nos jours

Brandt grattait son menton fluet en scrutant Antoine, et ses lunettes glissèrent sur l'arête de son nez.

— En effet, il y a bien deux tableaux dans les appartements privés de Gianfranco Varnese, mais la pièce n'est pas accessible au public. Non seulement il ne s'appelle pas *À l'ombre de Jean-Baptiste de la croix*, mais il est impossible qu'il ait été volé. Et il ne présente aucune valeur !

— Permettez-moi d'en juger.

Le directeur échangea un rapide coup d'œil avec son secrétaire, puis reprit à l'attention de Marcas :

— Disons que c'est une œuvre assez particulière. Si je satisfais à votre demande, vous repartirez ?

— Je vous donne ma parole, mentit Antoine.

— Suivez-moi, vous allez comprendre.

Le directeur ouvrit un tiroir et prit un pass magnétique, puis ils sortirent du bureau pour monter à l'étage supérieur. Ils débouchèrent sur un large couloir aux murs recouverts de cuir brun capitonné surpiqué de lisérés d'argent. Antoine compta sept portes, trois de chaque côté et l'une tout au fond du couloir. Elles étaient frappées du V de Varnese, sauf celle du fond, faite de chêne clair magnifiquement ouvragé, avec en son centre un aigle impérial sculpté dans le bois.

— Ce sont les anciennes suites de l'hôtel. Les plus belles. Elles servent de pied à terre aux membres de la famille et à leurs invités quand ils nous font l'honneur d'une visite.

— Ils viennent souvent ?

— Gianfranco venait deux ou trois fois par an, pour quelques jours. Les héritiers, jamais. Le tableau en question se trouve dans la suite de Varnese au fond.

Le directeur passa son badge et ils pénétrèrent dans une vaste chambre au décor dégoulinant de dorures, de boiseries, de lauriers et d'aigles napoléoniens. Deux portes-fenêtres aux rideaux transparents laissaient passer une lumière éclatante.

— Napoléon est venu dormir ici ? ironisa Antoine.

— Gianfranco Varnese nourrissait une passion cachée pour l'Empereur. Il était l'un des plus grands collectionneurs au monde, mais les pièces de valeur sont entreposées à Milan.

— Étonnant pour un Italien, on ne peut pas dire que Napoléon ait laissé un souvenir agréable dans son pays.

— Notre président admirait l'homme, pas sa politique. Jetez un œil derrière vous.

Antoine se retourna et aperçut un tableau de

l'Empereur. L'ancien maître de l'Europe affichait sa pose favorite, main coincée dans la redingote, au niveau de son estomac. L'œuvre était de facture classique à un détail près. Napoléon avait été affublé d'une paire de Ray-Ban aviateur et s'appuyait sur un énorme sac à main floqué du V de Varnese. Antoine croisa les bras, un peu interloqué.

— C'est ce tableau ?

Le directeur secoua la tête.

— Non, cette œuvre est récente. Une dizaine d'années tout au plus. Exécutée pour la sortie de la ligne de bagagerie *collection impériale*. La toile que je veux vous montrer se trouve dans le bureau attenant.

Ils passèrent dans le salon mitoyen plongé dans une chaude pénombre. De lourds rideaux vert émeraude floqués d'abeilles dorées occultaient les rayons du soleil. La pièce était occupée par un bureau Empire, une large bibliothèque de noyer qui courait tout le long d'un des murs et un fauteuil Chesterfield cossu. Juste à côté du fauteuil se trouvait une petite table basse en verre sur laquelle reposait un lourd cendrier. Antoine renifla une odeur de cigare qui imprégnait l'air ambiant.

Brandt se dirigea vers le fauteuil au-dessus duquel était accrochée une large toile rectangulaire enchâssée dans un élégant cadre doré.

— Voici le tableau, dit le directeur en pointant l'œuvre de son index.

Antoine reconnut parfaitement la peinture, aussi célèbre que les personnages qu'elle représentait. Un monument à la gloire de Napoléon et sa première épouse, une ode à la vanité humaine. Au centre de la composition typique du début du XIXᵉ siècle se tenait l'Empereur, emmitouflé dans un manteau aussi fastueux que lourd, brandissant une couronne au-dessus de Joséphine parée de sa traîne d'hermine rouge, sagement agenouillée. À leur droite, le pape Pie VII, assis dans un fauteuil, se contentait de bénir d'une main molle le couple impérial. Tout autour d'eux se pressaient une foule de dignitaires, des maréchaux, des ministres impériaux, des princes de l'Église et leurs servants, ainsi qu'une kyrielle d'anonymes riches et puissants.

— Le sacre de Napoléon par David, pour le couronnement de 1804, murmura Antoine.

— Tout à fait, répondit le directeur, c'est d'ailleurs le nom de cette œuvre. Rien à voir avec *À l'ombre de Jean-Baptiste de la croix*.

— Je comprends mieux pourquoi il n'a pas été volé. L'original se trouve au Louvre. À moins que ce ne soit le vrai.

— J'aimerais beaucoup, mais ce n'est pas le cas. Vous allez vite comprendre pourquoi. Le diable se niche dans les détails.

25

Paris
Quartier de la chaussée d'Antin
Octobre 1809

L'étroite rue pavée où le coche venait de laisser Radet longeait des jardins dont la végétation exubérante trahissait l'abandon. Devant la porte en fer forgé, ornée d'armoiries rouillées, le général se demanda s'il ne s'était pas trompé de lieu de rendez-vous. Cette ancienne enclave aristocratique semblait presque oubliée dans le Paris tourbillonnant de l'Empire, mais la présence silencieuse de deux hommes en noir qui l'observaient derrière un taillis le convainquit qu'il était bien arrivé là où l'attendait Fouché.

À l'intérieur, le ministre était installé dans un sofa dont la couleur rose pâle jurait avec sa stricte veste sombre. La pièce, un vaste salon aux fenêtres closes, était éclairée par des flambeaux fichés dans la main de sculptures en marbre, laissant deviner toute une faune érotique ornant le plafond de la vieille demeure.

— Nous sommes dans une des petites maisons d'un ancien aristocrate. Un lieu de plaisir.

Étienne jeta un œil surpris au ministre de la Police qui, comme son ancien complice Robespierre, n'avait pas la réputation d'être un libertin.

— Mon ministère loue, sous des noms d'emprunt, différents lieux isolés dans Paris. Ils servent de détention provisoire ou à mener des interrogatoires en toute discrétion. Si nous avons choisi cette ancienne maison de débauche, c'est pour ceci.

Fouché tira sur un cordon et, derrière un rideau mobile, une large vitre qui donnait sur la pièce voisine apparut.

— Approchez-vous, de l'autre côté c'est un miroir. Personne ne peut vous voir.

La pièce était visiblement une ancienne chambre transformée en tribunal. À droite, Étienne reconnut le jésuite. Assis sur le rebord d'un lit, les mains jointes, il priait avec ferveur. Face à lui se trouvaient quatre chaises disposées en arc de cercle.

— Vous allez le juger?

— En quelque sorte, mais ce sera plutôt lui, le juge.

Une porte s'ouvrit et quatre hommes entrèrent dans la chambre. Radet identifia les comploteurs qu'il avait arrêtés rue des Feuillantines. Tous semblaient hagards, terrassés, vaincus.

— Ils ont déjà avoué pourtant, s'étonna le général.

— Absolument, ils n'ont plus rien à nous apprendre, déclara calmement Fouché qui venait de s'installer à une table où un repas était dressé. Venez donc vous asseoir.

Intrigué, Étienne obéit. Le ministre tapa deux fois sur le rebord de la nappe et un domestique apparut pour servir le vin.

— Quand nous avons loué cet antre de lubricité, la cave était intacte. Un miracle. Je vous ai fait monter un bordeaux du temps du Bien-Aimé[1]. Dégustez-le. Pour ma part je ne bois pas.

Radet contempla la couleur rubis du nectar qui dansait dans son verre sans y toucher.

— J'ai trouvé un inconnu fouillant mon appartement, hier.

— Que vous a-t-il dit avant de mourir, car je suppose qu'il n'est plus de ce monde ?

Étienne se garda bien de révéler que le tueur était venu pour récupérer la correspondance découverte rue des Feuillantines.

— Il n'a pas eu le temps de beaucoup s'exprimer. En revanche son cadavre s'est montré plutôt bavard à la morgue.

— Je vous écoute.

— Le médecin, en l'examinant, a remarqué deux particularités. D'abord que les muscles supérieurs de ses épaules étaient beaucoup plus développés que la moyenne. Il en a conclu que notre homme pouvait être un paysan ou un bûcheron. Ensuite, il a trouvé, sous ses ongles, de minuscules fragments de cordes.

Fouché, qui n'avait encore touché à aucun des mets de la table, reprit.

— Un homme qui travaille le bois et les cordes ?

---

1. Surnom du roi Louis XV.

Vous devriez aller sur l'île Louviers, en plein milieu de la Seine, c'est là qu'on désosse les vieux navires, qu'on coupe le bois des coques, qu'on tranche les cordes des mâts. Vous pourriez y trouver trace de votre agresseur.

Pour masquer sa surprise, Radet saisit son verre et le vida très lentement.

— Mon père était marin, précisa sobrement Fouché en se tournant vers la vitre. Resservez-vous du vin. Le spectacle va commencer.

Les quatre prisonniers venaient de s'asseoir. On ne les avait même pas attachés tant ils semblaient brisés. Deux d'entre eux échangeaient des regards effrayés.

— Ce sont des Vendéens. De pauvres imbéciles auxquels on a fait croire qu'ils combattaient pour Dieu en luttant pour le roi. Je crois qu'ils viennent de perdre la foi.

Étienne regarda ces deux malheureux que le destin venait d'abattre. Ils étaient encore jeunes. L'Histoire en marche les avait déjà broyés.

— Et les deux autres?

— Des aristocrates de province. Du menu fretin.

Radet les observa attentivement. Quand il avait découvert la correspondance de Joséphine, il s'était convaincu qu'il faudrait absolument les éliminer. Les secrets d'État ne tolèrent aucun témoin. Maintenant qu'il les voyait aussi pitoyables, il eut un mouvement d'humanité.

— Ils ne vous servent plus à rien, vous pourriez…

— La Main de sang leur a déjà trouvé un usage. D'ailleurs le voilà.

L'homme en bras de chemise qui venait d'entrer dans la chambre avança un guéridon devant le jésuite et posa dessus une bourse dont il dénoua les cordons. Sans un mot, il étala des pièces d'or.

— C'est l'argent que vous avez récupéré rue des Feuillantines. Son origine nous intrigue.

Au bruit sec des pièces, le jésuite avait relevé la tête. Si son visage n'avait marqué aucun signe d'inquiétude, en revanche ses mains jointes en prière s'étaient resserrées.

— Il s'appelle Bartolomeo Sandri, mais nous ne connaissons pas encore ses véritables fonctions au Vatican, précisa Fouché.

— Ça ne servirait à rien. La papauté dispose d'un vivier incomparable de moines, des prêtres dévots qu'elle peut utiliser à tout moment pour une mission ponctuelle. Ce Bartolomeo n'est qu'un rouage. Le mécanisme, lui, nous échappe.

— Nous allons vite le savoir.

Juste à côté des pièces, la Main de sang venait de poser un couteau ébréché, sans doute emprunté à la cuisine. Le son caractéristique de la lame sur le marbre ne fit pas réagir le jésuite aux yeux clos, enfoncé dans le retranchement de ses prières.

— D'où vient cet argent ?

Les lèvres de Bartolomeo devinrent plus expressives, accélérant la cadence de sa prière muette.

— Ma question est indigne de toi ?

Aucune réponse.

— Et la souffrance n'a-t-elle également droit qu'à ton mépris ?

Les lèvres ralentirent. La Main de sang saisit le couteau et s'approcha du plus jeune des Vendéens, dont les cheveux bouclés étaient collés sur son front par la sueur glacée de la peur.

— Et toi, tu n'as rien à me dire ?
— La pitié, monsieur !

La Main de sang frappa et un hurlement retentit.

— J'ai percé et déchiré l'aine. C'est le point le plus sensible de l'anatomie masculine. La douleur est intolérable et on met longtemps à mourir, très longtemps. Il va hurler jusqu'à la fin.

Le jésuite avait brusquement ouvert les yeux. Il ne priait plus.

— Chaque fois que tu te tairas, un de ces hommes souffrira à ta place. Et tu n'auras rien fait pour le sauver. Toi, un homme dont le Dieu est amour.

— Au nom du Christ, je ne peux pas répondre à votre question ! L'argent ne vient pas de Rome. C'était trop dangereux de le transporter.

— Ce n'est pas la bonne réponse.

Cette fois, la Main de sang posa un pistolet à canon court sur la table.

— La souffrance ne s'improvise pas. Elle se prépare, se calcule. Tu vois cette arme ? Elle ne contient pas de balle. Ce ne sera pas nécessaire.

— Mais je vous ai dit la vérité ! Je n'ai récupéré l'argent qu'à Paris.

— Où ?

Bartolomeo hésita. Ce fut son erreur.

— Tant pis.

Hagard de terreur, le second Vendéen regarda la Main de sang approcher. Il ne comprenait pas. Il n'y avait pas de balle pourtant. Son bourreau posa le canon sur la tempe gauche et se tourna vers le jésuite.

— Alors, tu ne te rappelles plus où tu es allé prendre cet or ?

Le coup partit. En un instant, l'oreille s'enflamma. Aussitôt, la Main de sang jeta sa victime hurlante au sol, l'immobilisant d'un coup de talon en pleine poitrine.

— C'est une poudre particulièrement inflammable, d'abord elle va lui dévorer l'oreille, puis embraser ses cheveux...

Affolé, l'un des conspirateurs tomba à genoux.

— Pitié ! J'ai accompagné le père quand il a récupéré l'argent, rue Galande. L'immeuble face à la chapelle Saint-Blaise. Dans la cave, il y a une sorte de tombe, c'est là, je le jure.

D'un coup de botte, la Main de sang éteignit le bûcher de chair et saisit le conspirateur au collet.

— Si tu m'as menti, je tuerai le jésuite à petit feu et il mourra en maudissant ton nom.

— Sur les Évangiles, je jure que j'ai dit la vérité !

Fouché se leva et tira sur le cordon, et la vitre disparut sous le rideau de soie crème.

— Le spectacle est terminé. Servez-vous donc un autre verre de vin.

Étienne avait souvent participé à des interrogatoires. En Italie, quand ses gendarmes capturaient des partisans du pape, ils les suspendaient au-dessus d'une bassine en cuivre remplie de serpents. Les langues se déliaient très vite. Pour autant, il n'avait jamais vu une violence aussi froide et méthodique.

— Qui est la Main de sang ?

— Un ancien aristocrate que l'exil a contraint à vivre de ses talents. En 1800, à Paris, il a croisé la route de plusieurs de mes hommes. Aucun n'en est revenu. Depuis, j'ai trouvé plus judicieux de payer ses services.

— Vous savez que le prêtre aurait fini par parler. C'était une question de pression, de temps.

— Je suis un homme pressé.

Radet changea de sujet.

— Pourquoi vous intéressez-vous au contenu de cette bourse ? Elle ne contenait pas plus d'une dizaine de pièces.

— Des pièces que nous avons fait examiner par un numismate. Toutes datent de plusieurs siècles. On a même oublié jusqu'à leur nom. Savez-vous ce qu'est un léopard ? Un maravédis ? Comment une telle réunion de pièces si rares a pu se retrouver entre les mains de ce jésuite ? C'est la Main de sang qui nous a mis sur la piste. Il se trouve que la persuasion n'est pas son unique talent.

Étienne réfléchit. On disait Fouché obsédé par

l'argent. Tout l'or des cercles de jeu[1] de Paris passait entre ses mains qui, souvent, se refermaient au passage. Pourtant, derrière l'intérêt pressant du ministre, Radet subodorait autre chose que la simple cupidité. Fouché reprit :

— Et si l'homme qui vous a attaqué chez vous avait voulu récupérer cet or ? S'il avait manqué de vous tuer justement pour faire disparaître ces pièces ?

Le général resta sans voix. Il s'était absolument convaincu que le tueur était venu pour s'emparer des lettres. Et s'il s'était trompé ? Si Fouché avait raison ? Il ne pouvait plus rester spectateur, il fallait qu'il en sache plus. C'était peut-être sa sécurité qui était en jeu.

— Je veux participer à votre enquête.

— Alors vous allez devoir collaborer avec la Main de sang. Allez ensemble rue Galande.

— Pour retrouver le reste d'un cimetière au fond d'une cave, vous n'avez pas besoin de moi, répondit sèchement Étienne.

Le général n'aimait pas les mercenaires.

— Pour éviter que la Main de sang ne s'empare de ce qu'il y trouvera, si !

Le général blêmit de rage. On le confinait à surveiller un détrousseur de tombe.

— Vous me dégradez au rang de garde-chiourme, Excellence ?

Fouché se leva. Il devait partir.

— Gardez vos plaisanteries douteuses pour vous,

---

[1]. Durant tout l'Empire, les fonds secrets du ministère de la Police sont financés par une taxe sur les salles de jeu.

Radet. Et priez le destin que ce ne soit pas un trésor que vous trouviez là-bas.

— Vous vous moquez ?

— Non, je préfère vous prévenir. Passé une certaine somme, la Main de sang a la mort au bout des doigts.

26

Fondation Varnese
De nos jours

Antoine se colla face à la toile. C'était une copie du tableau de David, soigneusement exécutée, mais les visages et les habits de certains personnages ne collaient pas. Des détails anachroniques truffaient l'œuvre. Ici un maréchal tenant une batte de base-ball, là un cardinal avec un masque de paon, l'une des premières dames de l'impératrice portait des cuissardes.

— Fascinant, murmura Antoine, le peintre s'est donné beaucoup de mal pour copier la toile, mais il a multiplié des ajouts pour le moins déroutants. Quel était le but?

— Varnese n'a jamais voulu en parler. Il disait que c'était une commande à un peintre du coin, adepte du surréalisme.

Marcas s'approcha davantage. Il aperçut le visage d'un personnage familier, juste derrière la tête de l'Empereur.

— On dirait Jules César.

— Ça, c'était déjà dans l'œuvre de David, répondit sèchement Brandt. Le peintre s'est aussi mis en scène ainsi que ses enfants. En tout cas rien à voir avec ce que vous cherchez.

Le directeur de la fondation ne masquait plus son impatience, mais Antoine ne bougeait pas. Si ce tableau était bien celui mentionné par l'acte de vente, il devait forcément y avoir un rapport. Mais lequel ?

À l'ombre de Jean-Baptiste de la croix. Le sacre s'était déroulé à Paris, à la cathédrale Notre-Dame. Marcas inspecta la toile en focalisant son attention sur les éléments d'architecture intérieure, guettant une statue, un tableau ou un buste.

À l'ombre de Jean-Baptiste de la croix. Il n'y avait aucune statue du saint. Des croix oui, à profusion, mais pas de présence du Baptiste. Quant à l'autre partie de l'énigme, *le sang de Vénus. Punctus.* Nulle trace de la divinité antique. Il devait y avoir un indice. Quelque part sous ses yeux, mais lequel ? C'était rageant. Brandt se fit plus pressant.

— Il est temps de partir, commissaire.

— Attendez encore. Laissez-moi seul si vous voulez, je ne vais pas voler cette copie.

— Impossible, j'ai des ordres formels de la famille. La suite est rigoureusement interdite aux étrangers. Si ses héritiers apprennent que je vous ai fait entrer sans leur autorisation, je perds ma place.

Antoine n'écoutait pas. Il essayait de se concentrer sur l'énigme. *À l'ombre de Jean-Baptiste de la croix.*

— Que cherchez-vous, bon sang ? glapit Brandt.

— Une référence à saint Jean-Baptiste. Si David a

inséré le visage de Jules César au milieu des invités, son imitateur a pu ajouter celui du saint.

— Commissaire, c'est ridicule, on ne sait même pas à quoi ressemblait le Baptiste. Ce peut être n'importe lequel de la centaine d'invités.

Marcas se figea.

— Qu'avez-vous dit ?

— Les invités du couronnement…

— Pourquoi n'y ai-je pas pensé plus tôt ? Je me suis planté en cherchant le saint.

— Je ne comprends pas.

— Et si l'un des personnages peints sur la toile avait pour prénom Jean-Baptiste et portait une croix ?

Marcas recula de deux pas pour avoir une vue d'ensemble de la toile, puis il tapa dans son smartphone des mots clefs sur le sacre et le tableau de David. Il passa à toute allure les propositions et finit par tomber sur un site historique donnant le nom de tous les invités au sacre[1].

Son cœur accéléra. Le site découpait la toile en différents panneaux avec des numéros sur chaque personnage d'importance, qui renvoyaient à une courte présentation.

— Je vous donne cinq minutes, pas plus. Après je fais venir la sécurité, tout policier que vous êtes, gronda Brandt.

Antoine tiqua au changement de comportement du directeur, comme s'il regrettait vraiment de

---

1. Site d'Aline Voinot, L'Histoire est un roman, aline-voinot.com.

l'avoir fait rentrer. Il scrolla l'écran du site à toute vitesse. Son créateur avait fait un véritable travail de fourmi, retrouvant les noms et les attributions des personnages principaux. Une cinquantaine d'invités étaient ainsi répertoriés. On y croisait la famille de Napoléon, les éminences du régime, les fameux Talleyrand, Cambacérès et la fine fleur des maréchaux. Marcas s'arrêta sur deux d'entre eux. Le maréchal Jean-Baptiste Jules Bernadotte et le maréchal Jean-Baptiste Bessières.

Le site les identifiait sur la toile originale qu'Antoine compara avec celle accrochée au mur. Il n'y avait rien de particulier autour des deux héros de guerre. Aucun autre Jean-Baptiste ne figurait sur la liste des invités.

— Ça ne colle pas, lâcha Antoine dépité.

— Je vous l'avais bien dit, répliqua le directeur d'un ton acerbe. Peut-on y aller ?

Antoine devait se rendre à l'évidence, son hypothèse était foireuse, il ne pouvait plus tenir la jambe du directeur.

— Vous avez raison, désolé de vous avoir fait perdre votre temps.

Le directeur lui indiqua la porte de la main. Antoine jeta un œil à la toile une dernière fois, puis se dirigea d'un pas traînant vers la sortie. Brandt paraissait soulagé.

— Désolé de vous presser mais les héritiers Varnese sont des Italiens du Nord, c'est-à-dire aussi souples que des généraux prussiens. Un ordre est un ordre.

Marcas ralentit le pas alors qu'une idée lui venait. Les Italiens. Il stoppa net en plein milieu de la pièce, reprit son smartphone pour grossir la toile sur l'écran et afficha un sourire malicieux.

— Attendez ! Je suis crétin…

Le directeur le regarda faire demi-tour et se planter à nouveau devant la toile pour indiquer un personnage du doigt.

— Des Italiens ont été invités à la cérémonie. Essentiellement l'escorte pontificale, cardinaux et prêtres.

— Et alors ? grommela Brandt.

— Il y avait bien un troisième Jean-Baptiste, mais c'est un Italien. Giovanni Battista Caprara ! Le légat du pape en France. Regardez !

27

Paris
Rue de Nevers
Octobre 1809

Philippe le Bel demeurait de marbre. Sa haute stature rehaussée par un long manteau paré d'hermine semblait écraser ses deux interlocuteurs. Sur la table de marbre, une couronne de rubis et un sceptre d'or rappelaient qu'il était le maître de la puissance, l'arbitre de chaque destin.

— Sire, affirma Nogaret, la décision vous revient. Le bûcher du grand maître est prêt. Le peuple de Paris attend votre décision.

Le roi ne cilla pas.

— Sire, mon époux, je vous en conjure. Épargnez les templiers ! Vous les avez arrêtés, condamnés, emprisonnés, brisés, ne les tuez pas ! Pensez à Dieu qui est plus haut que vous et qui juge.

— Dieu ne juge pas un roi de France ! s'écria Nogaret.

La reine tomba à genoux, les mains jointes.

— Sire, je vous en supplie, donnez-moi une raison de brûler les templiers, une seule !

Une voix d'airain lui répondit.

— La raison d'État !

Aussitôt un tonnerre d'applaudissements retentit. Le vieux Théâtre français[1] vibra comme il ne l'avait pas fait depuis longtemps. Derrière le décor, l'auteur, Raynouard, avait le souffle coupé par le succès. La reprise de sa pièce *Les Templiers* était un triomphe. Déjà, la première fois, en 1805, il avait connu la consécration et tout Paris avait couru voir sa pièce. Du jour au lendemain, les templiers, que personne ne connaissait, devinrent à la mode. On vit surgir des bottes, des coiffures et des sabres à la templière. Les livres et les gravures se multiplièrent comme des petits pains. Une frénésie qui ne connut plus de bornes quand l'Empereur lui-même révéla sa passion pour cette pièce. Passion qu'il n'avait pas oubliée puisqu'il était là ce soir.

De la loge impériale, Napoléon se pencha au balcon et salua de la main les acteurs qui, à leur tour, se levèrent et s'inclinèrent. L'Empereur laissa échapper un bref sourire à voir Philippe le Bel s'incliner devant lui. D'un autre geste, il fit signe de continuer la pièce et se retira dans l'ombre. Il avait entendu son passage préféré, le reste l'intéressait moins.

— Que pensez-vous du jeu des acteurs, Cambacérès ?

Le juriste répondit d'une voix égale.

---

1. La Comédie-Française.

— Excellent, Sire. Dommage qu'ils soient presque tous morts.

— Vous dites ?

— Je dis qu'en mars 1314, quand a vraiment lieu cette scène, Nogaret et la reine de France sont passés de vie à trépas depuis longtemps, mais visiblement l'auteur n'est pas au courant.

Napoléon fut pris de court. Il fallait toujours se méfier de Cambacérès.

— Le grand maître fut bien brûlé ?

— Absolument, Sire, avec tous ses secrets.

— Ses secrets…

Le front pâle de l'Empereur se rembrunit. Des secrets, il n'en avait que trop. Un divorce qu'il redoutait et une expédition en Orient qui se perdait dans les sables mouvants de la banqueroute.

— Les templiers, eux, ont su créer un empire en Orient, murmura l'Empereur.

— Parce qu'ils étaient aussi banquiers, répliqua Cambacérès.

— L'argent… toujours l'argent, vous n'avez que ce mot à la bouche, par le sang du Christ, où voulez-vous que j'en trouve ?

— Je l'ignore, Sire. Nous avons pillé Rome. Vos généraux ravagent l'Espagne. Votre frère a mis à sac la Hollande et votre sœur dépouille le royaume de Naples. Nous avons levé des contributions colossales dans toute l'Allemagne et nous venons de saigner à blanc l'Autriche. Quant à lever de nouveaux impôts en France, peut-être faudrait-il le faire sur les morts, ils sont de plus en plus nombreux après chacune de vos campagnes.

Napoléon resta stupéfait. Il avait l'habitude de la franchise, parfois brusque, de Cambacérès, mais son ministre dépassait les bornes.

— Croyez-vous, monsieur l'archichancelier, que je ne le sache pas? Comment croyez-vous que j'aie gagné mes premières batailles en Italie? En pillant! Comment croyez-vous que le Louvre, dont je veux faire le premier musée au monde, se remplisse d'œuvres d'art? En les volant! On ne gagne les guerres qui si on pille et on vole.

À son tour stupéfait, Cambacérès se taisait. Inquiet, il observait le profil immobile du maître.

D'ailleurs, l'Empereur leva la main comme s'il poursuivait une idée qui se dérobait.

— Les templiers n'avaient-ils pas un trésor?

— Une légende, Sire. Le seul trésor des templiers, c'est Raynouard qui l'a trouvé en écrivant sa pièce. Elle va de nouveau remplir ses caisses, mais je doute qu'il y en ait assez pour vous mener jusqu'en Égypte.

Napoléon éclata de rire. Le trait d'esprit de Cambacérès l'avait détendu. Il n'empêche, un trésor remonté du fond des âges... il chassa cette idée saugrenue de son esprit. Il avait un empire sur les épaules.

Quartier latin

Un gamin qui fouillait dans un tas de détritus s'enfuit quand la Main de sang entra dans l'étroite rue qui reliait les quais de Seine à l'ancienne abbaye de Saint-Germain. Sous la Révolution, ce quartier regorgeait de cafés et d'imprimeurs. Danton y tonnait le verre à la main, Robespierre y venait imprimer ses articles retentissants. Les deux étaient morts sous le fer et Fouché veillait à ce que rien ne trouble l'ordre impérial dans ce quartier, ferment de tous les désordres. Désormais, c'étaient de respectables bourgeois, des artisans reconnus, des marchands enrichis qui peuplaient l'endroit, à l'exception de la rue de Nevers. Sombres et glacials, ses immeubles menaçants, en ruine, servaient de refuge à une population de marginaux. Artistes sans reconnaissance, rentiers désargentés, anciens nobles à la dérive et courtisanes délaissées, la rue de Nevers ressemblait à la cour des miracles. La Main de sang s'arrêta devant la porte d'un immeuble désolé et recula pour voir si une lumière brillait au deuxième étage. Une fois qu'il eut sa confirmation, il poussa la porte et gravit les marches jusqu'au dernier étage. Il toqua à une porte branlante et entra dans une antichambre. Des hommes assis attendaient silencieusement. La Main de sang leur jeta un sourire carnassier avant de passer dans la pièce suivante.

Si l'immeuble était miteux et l'antichambre désolée, le bureau du sieur Ouvret était, lui, un havre de confort. Une bibliothèque richement fournie occupait un long mur tandis que des canapés couverts de châles des Indes garnissaient le reste de la pièce. De son bureau près de la fenêtre, le propriétaire des lieux contemplait la cheminée où grésillait un feu de sarments. D'un geste paisible, Ouvret éteignit deux des bougies du chandelier. Un code pour ses clients.

— Il y a longtemps que je ne vous ai vu, monsieur le comte.

Ouvret était le seul qui donnait son titre à la Main de sang. Il le connaissait depuis les premiers jours de la Révolution. À cette époque, le sieur Ouvret était financier et misait sur l'avenir : la République. Et il avait gagné. Arrivés au pouvoir, ses nouveaux amis lui avaient confié le marché des fournitures militaires d'une France en pleine guerre. Ouvret s'était enrichi jusqu'à plus soif. Il fournissait chevaux, uniformes, souliers, rations, multipliant le prix d'achat à sa guise. Personne ne contrôlait rien. Puis Robespierre était arrivé.

— J'étais en province, répondit la Main de sang. On m'a demandé de revenir.

Le financier comprit que son client avait trouvé une nouvelle mission et, comme d'habitude, était payé d'avance.

— Vous avez des fonds à me confier ?

La Main de sang posa sur la table une sacoche pansue. Ouvret ne compta pas et la Main de sang ne lui demanda pas de reçu.

— Je les placerai dès demain matin. Voulez-vous que je vous indique l'état de votre compte ?

Même s'il n'était plus banquier, Ouvret avait toujours le culte des chiffres.

— Ce ne sera pas la peine. Je sais bien que vous n'oseriez pas me voler, même un sou.

L'homme ne répondit pas, mais son buste se redressa brusquement comme sous la morsure d'un coup de fouet. La Main de sang se leva et contempla les nombreuses reliures de la bibliothèque.

— Vous écrivez toujours votre histoire des rues de Paris ?

L'ancien banquier sourit. Durant sa détention sous la Terreur, pour ne pas succomber à la folie, il avait passé ses jours et ses nuits à se remémorer dans le moindre détail les rues de Paris qu'il avait empruntées. Quand, par miracle, il était sorti vivant de prison, il s'était juré d'écrire un ouvrage là-dessus.

— Toujours, monsieur le comte. C'est un vœu.

— Que savez-vous de la rue Galande ?

Ouvret connaissait son Paris par cœur. Il n'avait pas besoin d'ouvrir un livre.

— Son nom vient d'un bourgeois, un certain Garland qui y possédait des vignes au début du XIIe siècle. Le nom légèrement modifié s'est conservé.

— Quelque chose d'autre ?

— Oui, la rue longeait le plus grand cimetière juif de Paris, mais il n'en reste quasiment rien.

La Main de sang se demanda si la tombe mentionnée par le jésuite pouvait dater de cette époque.

— C'était une rue marchande très animée. Beaucoup d'artisans qui travaillaient pour Notre-Dame y résidaient. D'ailleurs la corporation des maçons y avait son siège. Il y avait aussi…

Une fois lancé sur son sujet de prédilection, le financier était intarissable.

— Merci, Ouvret !

L'ancien banquier comprit que l'entretien était terminé.

— Je vous raccompagne, monsieur le comte.

Arrivé à la porte, il s'arrêta, traversé par une idée.

— J'oubliais! Les templiers possédaient plusieurs maisons dans la rue Galande. J'y pense parce que j'ai vu l'autre jour la pièce de Raynouard et…

La Main de sang le salua d'un regard silencieux. De retour dans son bureau, Ouvret agita une sonnette d'argent. Un nouveau client entra, le regard inquiet.

— L'homme qui vient de sortir, il m'a fait peur…

Le financier le reconnut. Un tabellion[1] du nom de Pélisson qui venait apporter ses gains de la semaine. Un gagne-petit.

— Je vous souhaite de ne jamais le croiser à nouveau.

Devant l'air ahuri du notaire, Ouvret, qui aimait se moquer, ajouta froidement:

— À moins que vous ne vouliez faire tuer quelqu'un, bien sûr.

---

1. Nom donné aux notaires à cette époque.

28

Nice
De nos jours

Antoine pointait de l'index l'un des personnages de la fresque. Un prince de l'Église qui se tenait à la droite du pape, le visage rond et une calvitie conquérante, le regard rivé sur Napoléon.

— Giovanni Battista Caprara… Archevêque et donc serviteur de la croix. Ce qui nous donne Jean-Baptiste de la croix. Ça colle avec mon énigme. Il se tient debout à côté de Pie VII.

— En effet, murmura le directeur.

— Ce n'est pas tout, s'exclama Antoine, derrière lui… Ces deux hommes. Un autre anachronisme.

Le directeur se pencha vers la toile, l'œil dédaigneux. En retrait du légat et du pape, deux hommes portaient smoking et nœud papillon. À la différence des autres invités, ils ne regardaient pas le couronnement de Joséphine, mais les observateurs du tableau. Le plus jeune, les cheveux noirs et ondulés, affichait un visage plein aux mâchoires carrées et à la bouche carnassière alors que le second, plus âgé, avait le regard doux et profond et les cheveux gris. Leurs traits étaient trop dissemblables pour qu'ils puissent appartenir à la même famille. Un autre détail attira l'attention d'Antoine. Le premier personnage tenait à la main un crucifix de la taille d'une chandelle, le second une longue clef à double pan peinte aux mêmes dimensions.

Marcas vérifia la toile originale sur le site Internet et constata que les deux visages avaient bien été modifiés. Les hommes peints par David étaient des prêtres, l'un portant une robe bleue et la tiare du pape, l'autre en tunique blanche. Pas de trace de croix ni de clef.

— Nos deux intrus sont à l'ombre de Jean-Baptiste, reste à savoir qui sont ces messieurs, murmura Antoine dubitatif.

— Je crois savoir, répondit le directeur, les yeux écarquillés, c'est impossible et pourtant…

Brandt prit son portable, tapa quelque chose et colla l'écran à côté de l'un des personnages en smoking. Antoine se figea.

— Fascinant. Sur la toile on dirait le même type, mais en beaucoup plus jeune. Qui est-ce ?

Le directeur avait pâli.

— Gianfranco Varnese…

— Vraiment ?

Brandt s'était penché plus près.

— Je ne mets jamais les pieds dans ce bureau et Varnese ne nous en avait jamais parlé. *Il Muto* mérite bien son surnom.

— On est sur la bonne piste !

— Regardez l'inscription au revers de son smoking. Éclairez avec votre portable.

Antoine retourna son smartphone, alluma la fonction torche et l'approcha. Deux fines lettres apparaissaient sur une sorte de broche rectangulaire.

— G.V., murmura Marcas.

— Oui, les initiales de Gianfranco Varnese.

Saisi d'une intuition, Antoine braqua son portable sur le voisin de Varnese, l'homme aux cheveux gris. Son cœur bondit. Deux lettres se détachaient sur une broche similaire.

— T.M., souffla Antoine.

Tristan Marcas.

Antoine s'arrêta sur le visage de son aïeul. Il exultait.

— Je t'ai enfin retrouvé, lâcha-t-il sans s'en rendre compte.

— Retrouvé qui ? demanda le directeur devenu méfiant. Vous ne m'avez pas tout dit sur votre enquête. Qui est cet homme ?

— C'est confidentiel, désolé.

Antoine ignora le regard inquisiteur du directeur et sortit son smartphone pour mitrailler le tableau sous toutes les coutures.

— Veuillez arrêter tout de suite, poursuivit Brandt, tentant de l'empêcher de prendre ses photos.

Antoine se dégagea sans cesser de réfléchir. Ce tableau décelait une énigme, il en était certain. Son ancêtre ne se serait pas donné toute cette peine pour conserver l'œuvre intacte.

— Je vais appeler vos supérieurs !
— J'ai terminé.

Au moment où il rangeait son portable, une voix forte jaillit derrière eux.

— Brandt, êtes-vous devenu fou ? Que fait cet homme ici ?

29

Paris
Le Louvre
Octobre 1809

Le public se pressait dans le grand salon carré. Construit sous Louis XIV, il était d'une longueur étonnante, ses hauts plafonds ruisselant de fresques mythologiques. Pourtant, les nombreux visiteurs, bourgeois de Paris ou artisans des faubourgs, ne semblaient pas impressionnés par l'immensité qui les accueillait. Ce qui les fascinait, c'était un tableau.

Deux fois par an, le salon carré réunissait les plus grands peintres de l'époque qui rivalisaient d'audace pour se distinguer. On intriguait pour se faire adouber par le jury, on payait des journalistes pour vanter son œuvre, on en soudoyait d'autres pour calomnier la concurrence. Ici se décidaient les gloires naissantes et s'effondraient les célébrités passées de mode. Les premières années du règne de Napoléon, la foule venait s'extasier devant d'immenses tableaux de batailles qui célébraient la litanie des victoires de l'Empereur.

Mais en octobre 1809, le tableau devant lequel on se bousculait était une œuvre gigantesque de David qui lui avait coûté des années de travail : *Le Sacre de Napoléon*. Révélé au public dès 1808, l'engouement autour du tableau était tel qu'on l'avait laissé accroché depuis. Des femmes montraient du doigt les sœurs de Napoléon parées de joyaux, les hommes nommaient les principaux dignitaires, et tous fixaient Joséphine, étincelante. Une fascination qui posait problème. Si l'Empereur était sur le point de divorcer, la popularité de son épouse risquait de devenir une réelle difficulté. Cambacérès, le premier, s'en était inquiété. Fouché, lui, n'avait rien dit, répandant ses mouches au milieu de la foule pour connaître l'état de l'opinion. En quelques jours, il saurait ce que pensaient véritablement les Parisiens. Et il verrait comment s'en servir. Toujours au mieux de ses intérêts.

Au milieu de la foule bruissante, un jeune élégant remontait le salon carré sans regarder un seul tableau. Comme il dépassait une toile où Napoléon était représenté sous les traits d'un Jupiter tenant la foudre entre ses mains, il frappa discrètement contre une petite porte dissimulée dans les boiseries. Parfaitement huilée, elle s'ouvrit et l'engloutit aussitôt sans que personne s'en aperçoive.

La pièce où il venait d'entrer avait tout d'un purgatoire. On y avait entassé des peintures qui n'avaient plus la chance de plaire. Des toiles sans cadre avaient roulé au sol. Piétiné, un portrait lacéré de Louis XVI gisait à terre. Le jeune élégant le ramassa et en baisa pieusement la figure mutilée.

— Bientôt ce seront les portraits de l'Usurpateur qui finiront ici et nos rois légitimes remonteront enfin sur le trône de nos ancêtres.

— Que la volonté de Dieu soit faite ! répliquèrent d'une voix unanime la dizaine de présents.

Certains portaient l'uniforme, d'autres étaient en bourgeois, mais tous avaient dans le regard une lueur qui ne trompait pas. Le jeune homme les fixa un à un. Ils avaient traversé les épreuves de sang de la Révolution sans jamais perdre espoir ni courage. Ils n'avaient courbé l'échine que pour mieux préparer le jour de la vengeance. S'ils servaient aujourd'hui l'Empereur, c'était du bout des lèvres, mais leur cœur n'avait jamais battu que pour le roi. À la différence des autres royalistes que traquait Fouché, eux jouissaient d'une réputation au-dessus de tout soupçon, ce qui leur permettait à tous d'occuper des postes sensibles dans l'administration de l'Empire.

Seuls ils n'étaient rien, ensemble ils pouvaient beaucoup. Depuis qu'ils étaient devenus les Chevaliers de la Foi, ils étaient redoutables. Le jeune élégant enleva son chapeau et dégagea ses cheveux blonds légèrement frisés à la mode anglaise. De sa main manucurée, il les rabattit en arrière.

— D'abord, que chacun de vous apporte le signe et la preuve.

À tour de rôle, chaque membre tendit un carré de vélin où était imprimé le sceau de leur confrérie qu'ils recevaient avant chaque réunion. Ils l'ignoraient mais les sceaux avaient une même particularité. Si on tentait d'en faire une copie, l'encre bavait légèrement sur le côté droit où l'imprimeur ami avait réussi à alléger la densité du papier. Si un des affiliés trahissait leur cause, le jeune chef de la confrérie le saurait aussitôt.

— Je vous ai réunis d'urgence, car vous allez bientôt entendre parler d'une affaire qui s'est produite rue des Feuillantines. Avant-hier soir, un groupe de royalistes a été arrêté et, parmi eux, un envoyé secret du pape.

Plusieurs hommes se signèrent.

— Je jurerais que c'est encore ce Fouché de malheur qui a frappé nos amis.

— Non, c'est le général Radet qui est intervenu.

— Ce damné qui a osé arrêter notre Saint-Père le pape ! Il n'est plus à Rome ? Mais comment le savez-vous ?

— Parce qu'il a commis une erreur. Un des conspirateurs était dissimulé dans le double fond d'une armoire. Il a formellement identifié le général.

Une voix grave retentit entre les tableaux oubliés.

— Dieu l'a déjà marqué une fois au visage, il le consumera bientôt.

Le jeune élégant hocha la tête.

— Voilà pourquoi j'ai décidé d'anticiper les décrets divins. Un de nos affiliés a été envoyé pour le tuer.

Tous se turent, fixant leur chef avec stupéfaction. Frapper le chef de la gendarmerie impériale ! Un des hommes de confiance de Napoléon !

— Malheureusement, Radet est toujours vivant.

— Vous en êtes certain ?

— Je l'ai croisé hier soir.

Un silence respectueux lui répondit. Tous savaient qu'il avait accès à des lieux de pouvoir qu'ils ne connaîtraient jamais. Seul un des affiliés, aux épaules frêles, arborait un fin sourire.

— L'homme que j'ai missionné est mort. Il travaillait sur les quais et n'a pas rejoint son travail ce matin.

— Il a peut-être pris peur et s'est enfui ?

— J'ai envoyé un observateur discret ce matin place Saint-Thomas-d'Aquin, au domicile de Radet. Des ouvriers changeaient les vitres brisées de son appartement. Il y a bien eu combat.

— Cet homme est le diable.

Le jeune élégant approuva.

— En deux jours, il a fait plus de mal à la cause royaliste que Fouché en un mois. Ce Radet est un nuisible. Il faut nous en débarrasser à n'importe quel prix. J'avais pris seul la décision de l'éliminer, je veux qu'elle soit collégiale désormais.

Un officier qui portait l'uniforme des hussards s'étonna. Dans la confrérie, le chef avait tous les droits. On n'était pas chez ces démocrates de francs-maçons.

— Mais pourquoi ?

— Parce que je vais avoir besoin que chacun d'entre vous mobilise ses réseaux avec un seul objectif : la traque de Radet. Il faut en finir avec cet Antéchrist !

La référence à l'Apocalypse fit frémir le groupe. Pour beaucoup, la Révolution était le signe de la Fin des Temps et l'Empire, le règne de la Bête. Et ils attendaient le retour de la royauté, comme la résurrection du Christ.

— Que tous ceux qui veulent la mort de Radet s'expriment.

Toutes les mains se levèrent.

— Alors il est mort, conclut le jeune homme.

Ces mots jetés froidement furent comme un dégrisement. Beaucoup sentirent leur nuque se glacer. Désormais Radet était un mort en sursis et c'étaient eux qui l'avaient condamné. Leur chef leur désigna une porte au fond entre un tableau de chasse au cerf et un portrait d'évêque.

— Vous pouvez sortir par là. L'accès est sûr. Il donne sur les jardins des Tuileries. En revanche, une fois à l'extérieur, partez dans des directions différentes.

Malgré leur envie pressante de déguerpir, ils passèrent la porte en saluant un à un. Quand vint le tour de l'affilié qui avait souri, une main tomba sur son épaule.

— Toi, tu restes ici.

La porte claqua. Les deux derniers membres des Chevaliers de la Foi ne pouvaient pas être plus dissemblables. À la haute taille de l'un répondait la frêle stature de l'autre, aux cheveux d'un blond abondant, une calvitie avancée. L'un était duc, l'autre notaire. Mais hier soir, ils avaient connu la même peur.

— Que t'a dit Radet quand il t'a parlé à la fin de la tenue ? demanda Mathias de Montmorency en sortant une fiole d'argent dont il vida une lampée.

Il la tendit au notaire qui secoua la tête.

— Il voulait connaître mon nom et voir l'arrière de mon tablier. Heureusement, j'en avais changé au dernier moment.

Le duc serra sa fiole comme s'il voulait étrangler quelqu'un.

— Nous avons commis une erreur en confiant nos tabliers à ce maudit Cadet. C'est lui qui nous a dénoncés, j'en suis sûr.

Le notaire demanda d'une voix neutre :

— Faudra-t-il l'éliminer aussi ?

— Surtout pas. Radet est déjà sur nos traces. Cela achèverait de le convaincre. En revanche, il ne faut plus le perdre de vue.

Pélisson acquiesça. Depuis la fin des hostilités, un grand nombre de soldats étaient rentrés à Paris démobilisés. Beaucoup de blessés, pauvres et amers. Le notaire faisait partie d'une association de bienfaisance qui leur apportait assistance. Avec quelques pièces, il monterait facilement un groupe de surveillance.

— Ce sera fait.

— Et puis il faut trouver un véritable homme de main. On ne peut plus s'en remettre à des amis de la cause.

— Un spadassin est cher.

Mathias fit la grimace. Avec l'arrestation du jésuite, ils avaient perdu une source majeure de financement. Lui seul avait la main sur les fonds secrets de Rome. Le duc montra la bague qu'il portait. Un des rares héritages de famille qui lui restaient, mais Radet était une menace trop grande. Il fallait aller vite.

— Combien ?
— Suffisamment.

Le notaire avait fait assez d'inventaires de bijoux, lors de successions, pour en apprécier la valeur exacte.

— Et tu as celui qu'il nous faut ?

Pélisson eut un sourire énigmatique.

— Je crois bien.

30

Nice
De nos jours

— Je vous repose la question, Brandt. Que fait cet étranger dans la suite de mon père ? Deux jours après sa mort !

Une flamboyante femme blonde en robe crème avait surgi devant eux. Antoine resta figé devant l'apparition alors que le directeur se précipitait vers elle.

— *Signora* Varnese, je peux tout expliquer, répondit Brandt sur un ton piteux. Ce commissaire de police est venu dans le cadre d'une enquête. Ce tableau pouvait avoir été volé.

— Vous me prenez pour une imbécile ? C'est une copie que mon père gardait précieusement. Ce monsieur a-t-il un mandat officiel ?

Giulia Varnese s'adressait au directeur de la fondation, sans jeter le moindre coup d'œil à Antoine, comme s'il n'existait pas.

— Non… c'est un peu compliqué, balbutia le directeur.

— Alors dites-lui de quitter les lieux.

Le ton prétentieux de l'Italienne fit sourire Antoine. Marcas s'avança d'un pas pour se glisser dans son champ de vision.

— Nous n'avons pas fait les présentations. Je suis…
— *Basta*, coupa Giulia Varnese d'un ton glacial.

Ses yeux transperçaient ceux de Marcas pour le réduire en miettes. Un silence aussi pesant qu'une tonne de fonte s'installa entre le policier et l'héritière. Antoine soutenait son regard furieux. Cette femme avait l'habitude de se faire obéir. Faite du même acier que sa prothèse. Avec ce genre d'interlocutrice toute négociation était impossible. Ne restaient que deux choix. Attaquer ou prendre la fuite. Il choisit la première option.

— Je peux revenir avec un mandat de perquisition, mentit-il sur un ton qui se voulait assuré.

Elle sortit son smartphone et prit Marcas en photo, le piteux directeur à sa droite et la toile du sacre en arrière-plan.

— Moi, je vais envoyer cette photo à mes conseillers juridiques. Avec la date et l'heure. Et quand vous reviendrez avec un mandat vous serez reçu par des avocats aussi accueillants qu'un banc de piranhas au sortir d'une période de jeûne prolongé.

Pour la première fois un sourire éclaira le visage de l'Italienne. Ce sourire ressemblait à un soir d'orage.

— Si Brandt veut garder son poste et ne pas se retrouver mis au ban du monde de l'art jusqu'à la fin de ses jours, il donnera une version conforme aux intérêts de la fondation. N'est-ce pas, mon cher Karl ?

— Absolument. Ce policier m'a menacé.

Antoine était piégé. Si elle mettait ses menaces à exécution, il aurait du mal à justifier son intrusion devant sa hiérarchie. Il soupira. L'important était ailleurs. Il avait obtenu ce qu'il voulait. Le visage de son mystérieux aïeul.

— Évitez-vous des frais d'avocat, lâcha-t-il à regret. À l'évidence ce tableau n'a jamais été volé. Mon enquête est close.

L'héritière affichait un visage triomphant. Il crut l'entendre murmurer un mot en italien quand il passa devant elle, l'intonation sèche ressemblait à une insulte, mais il ne maîtrisait pas la langue de Dante.

Lupo Varnese détestait qu'on l'interrompe pendant qu'il faisait l'amour. Lupo Varnese détestait qu'on l'interrompe pendant qu'il s'égayait avec deux partenaires de sexes opposés, son péché mignon. En l'occurrence, Aureliano, un ex-nageur de compétition, mannequin de la dernière collection de maillots de bain homme et Lara, la directrice artistique de la maison. La voluptueuse quadragénaire, complice de longue date de Lupo, écrivait aussi à ses heures perdues et sous pseudonyme de la dark romance torride, à l'italienne, remplis de mafieux sexy et arrogants, aux pectoraux plus développés que leur cerveau imbibé d'un machisme épouvantable, mais qui faisaient frissonner des centaines de milliers de lectrices.

Mais quand son portable vibra sur la table de chevet et qu'apparut le visage de sa sœur, Lupo se figea.

Il attendait l'appel de son aînée depuis qu'elle était arrivée à Nice.

— Lupo... *veni*, lança d'une voix étouffée l'athlète nu qui ondulait sur sa partenaire et caressait en même temps le haut de la cuisse de l'héritier Varnese.

— Oui, ça suffit avec ton portable, ajouta sa DA en glissant sa main sur son sexe.

Lupo contempla les fesses musclées de l'éphèbe et le visage extatique de sa complice. Il lutta quelques longues secondes contre son désir, une véritable torture, puis, au prix d'une volonté qui l'étonnait lui-même, il se dégagea de l'étreinte du couple. La promesse de l'empire Varnese valait le coup d'interrompre un partenariat aussi prometteur.

Il fit quelques pas sur la moquette blanche et épaisse, pour se retrouver devant la large baie vitrée de sa vaste chambre. Lupo pouvait apercevoir en contrebas la foule de clients qui arpentaient la prestigieuse galerie couverte Vittorio Emanuele II de Milan, à l'intérieur de laquelle se trouvait son appartement, tel un aigle qui contemple ses proies. Des projecteurs installés au-dessus des carreaux diffusaient une myriade d'arcs-en-ciel sur les murs et le sol marbré de la galerie.

— Enfin! Tu as trouvé quelque chose? Raconte! lança Lupo avec une impatience non dissimulée.

La voix de Giulia résonna dans l'appareil avec une netteté telle qu'elle semblait tout contre lui.

— Prends l'ordinateur de la boîte, je me méfie des portables. Je vous rappelle dans dix minutes.

— Tu viens d'interrompre le plus grand orgasme

de ma vie, geignait Lupo en glissant un œil sur les corps entremêlés de l'homme et de la femme qui continuaient leurs ébats sans lui. Ça mérite une petite compensation.

— *Me ne frego*[1], rétorqua sa sœur, dans dix minutes sur le réseau sécurisé.

Elle lui raccrocha au nez sans qu'il puisse répondre. Lupo contempla son téléphone quelques secondes puis le jeta violemment contre le mur. Le smartphone percuta un cadre photo accroché au-dessus du lit.

Le couple s'arrêta net sous la pluie d'éclats cristallins qui tombait sur leurs corps dénudés. Le jeune mannequin grimaça, une poignée de bouts de verre avaient trouvé refuge dans sa chevelure opulente. Il y passa sa main, du sang coula de ses doigts et il hurla.

— Ramassez les morceaux, le balai est dans un placard à l'entrée, maugréa l'héritier Varnese qui avait enfilé un peignoir posé sur une chaise. Je reviens dans un quart d'heure.

Plus que voir ses ébats interrompus, il détestait recevoir des ordres. Plus personne ne lui en donnait depuis sa majorité, au désespoir de son père. Mais depuis le décès du patriarche, sa sœur avait changé, comme si elle se prenait pour le *capo* de la famille. Elle avait accepté de signer le codicille du testament de son père avec plus d'enthousiasme que ses frères.

Cette stupide chasse au tableau. Encore un tour pendable d'*il Muto*. Il détestait son père de son vivant, mais depuis le testament spoliateur il le haïssait.

---

[1]. Je m'en fous.

Giulia avait pris la décision de partir seule, en leur nom, à la fondation après avoir écouté les dernières volontés de leur père dans le bureau du notaire.

Lupo traversa un salon et s'affala sur un sofa mauve, son Mac portable sur les genoux. Il activa le logiciel et se cala légèrement en surplomb de l'œil de la caméra. Un signal d'alerte tinta et les visages de son frère et de sa sœur apparurent. Ils semblaient compressés dans ces petites boîtes et paraissaient inoffensifs. Lupo se cala au fond du sofa et attendit.

Salvatore était égal à lui-même, engoncé dans le costume pour homme le plus cher de la marque familiale. Sa sœur, elle, portait une veste de jean sur une robe crème.

— Je suis à la fondation. La première chose que j'ai faite, vous vous en doutez, c'était de filer à la chambre de notre père pour voir le tableau du sacre. Notre père est dessus, en compagnie de l'ancien propriétaire des lieux. Ils portent des smokings.

Elle retint son souffle et prit un verre d'eau.

— Il y est toujours ?

— Je ne le voyais pas aussi facétieux, commenta Lupo. Tu as trouvé quelque chose ?

— J'ai décroché la toile pour voir s'il y avait quelque chose derrière. Rien. Le cadre a aussi été retiré, rien non plus. Impasse totale.

— Notre père nous aurait menés en bateau ? demanda Salvatore. Ça me paraît curieux compte tenu de l'énigme dans le codicille du testament. Je pense qu'il nous teste. *In oculi elephanti*… L'œil de l'éléphant.

— Il n'y a aucun éléphant sur la toile du sacre, soupira Giulia.

— Il faudrait peut-être demander à notre oncle de nous aider, dit Salvatore, sous le sceau de la plus grande confidentialité. Il siège au musée du Vatican et entretient des contacts avec les plus grands experts.

Le cadet des Varnese se rembrunit.

— Est-ce une bonne idée de le mêler à nos affaires ? Père gardait ses distances avec lui.

— Impossible. Notre oncle n'est pas en état de nous donner un coup de main. L'opération ne s'est pas très bien déroulée. Il a été transféré dans un autre établissement.

Le cadet ne répondit pas. Salvatore prit la parole.

— Autre chose ou nous pouvons clôturer cette réunion ? Je dois assister au conseil d'administration qui va avaliser le transfert de la gouvernance du groupe. Qui je l'espère sera temporaire. Et ce soir nous avons la soirée *Blue collection* à la galerie. Nous devons faire bloc devant les banquiers et les journalistes.

Giulia paraissait hésiter, puis finit par déclarer :

— Encore un détail. Quand je suis arrivée à la fondation il y avait un policier français qui était planté devant la toile. Cet imbécile de Brandt l'avait laissé entrer. Il menait une enquête sur un tableau volé, persuadé qu'il s'agissait de celui du sacre. J'ai menacé de le poursuivre. Il a débarrassé le plancher et admis son erreur.

— Curieuse coïncidence, tu ne trouves pas ? demanda Salvatore, intrigué.

— Tu lui as réclamé sa carte de police ? lâcha Lupo d'une voix sifflante.

— Non, Brandt l'avait fait avant moi.

— Et tu n'as pas vérifié par toi-même. Tu ne t'es pas dit que ce pouvait être quelqu'un en lien avec les assassins de notre père.

— J'étais suffisamment irritée par sa présence, répliqua Giulia, qui détestait être prise en défaut par son petit frère.

Salvatore leva la main et rajusta ses lunettes.

— Pour une fois je suis d'accord avec Lupo. C'est pour le moins curieux. Je suppose que cet homme a été filmé par les caméras et que Brandt a enregistré son nom, si tant est qu'il soit vrai. Tu peux te renseigner si ça ne t'ennuie pas ?

— J'appelle ce *stronzo*[1]. Donnez-moi un instant.

Giulia prit son portable et disparut. Il s'écoula moins d'une minute avant qu'elle ne revienne, leur envoie une photo et prenne la parole.

— Il s'agirait d'un certain commissaire Antoine Marcas, dit Giulia d'une voix lasse. Ses papiers avaient l'air en règle, Brandt a scanné sa carte.

Le cadet se raidit et zooma sur le type.

— Giulia, tu réalises ? C'est énorme. La coïncidence !

— Quelle coïncidence ?

Il s'était levé du bureau et faisait presque des bonds dans son peignoir.

---

1. Cet imbécile.

— Moi non plus je ne comprends pas, Lupo, ajouta Salvatore.

— On vous a coulé du ciment dans la tête. Notre père nous a parlé d'un Marcas dans son testament. Son ami ! Le même nom. Marcas.

31

Paris
Quartier de l'Arsenal
Octobre 1809

Radet s'arrêta devant une flaque d'eau et y contempla son reflet. Ce matin, il ne s'était pas rasé et un poil sombre et râpeux avait envahi ses joues, contrastant avec sa pâleur naturelle. Avec ses yeux rougis par l'épuisement et ses cheveux qu'il laissait déborder sur son front, il avait pris une dizaine d'années, ce que confirmaient ses vêtements fatigués. Un veston élimé aux manches, une chemise à la blancheur douteuse dissimulée sous un large foulard délavé. Quant au pantalon, il s'effondrait sur de vieux godillots de marche. Pour autant, une chaîne d'or qui débordait du gilet et une bague voyante à l'annulaire trahissaient une aisance certaine. Celle du parvenu, qui se souciait bien plus de sa réussite que de son apparence. Un détail inattendu venait compléter le tableau, Radet s'appuyait sur une épaisse canne de bois. Dès qu'il se remit en marche, il boita. Une claudication factice dont il savait qu'elle attirerait et fixerait le regard. Ainsi on regarderait moins son visage et surtout sa cicatrice.

Après avoir remonté le Mail, l'allée d'arbres qui longeait la Seine, Radet emprunta le pont de Grammont. À mi-chemin, il s'arrêta pour souffler et observer l'île Louviers d'où venait peut-être celui qui avait tenté de l'assassiner. Une odeur entêtante de sciure flottait au-dessus du fleuve. Sur le rivage de l'île, face à l'Arsenal, une troupe d'ouvriers dépeçait un ancien navire marchand. Les mâts avaient été sciés, la coque éventrée et des fourmis humaines dévoraient lentement les pontons. Vers la pointe de l'île, des cordages s'entassaient en pile instable. Comme ceux que l'on avait trouvés sous les ongles du mort. Étienne dénombra une soixantaine d'ouvriers qui travaillaient sur le chantier, sans compter ceux qui gardaient les entrepôts de bois. Impossible de tous les interroger. Comme il quittait le pont, il aperçut une fumée qui s'élevait entre deux monticules de bois pourri. Il leva la pointe de sa canne et interpella un manœuvre qui portait un sac de cordages.

— C'est quoi, ça?
— La taverne du Père Émile. C'est là qu'on va boire après la journée.

Radet le remercia et tâta les pièces d'argent dans son gousset. Maintenant, il savait où les dépenser.

La taverne, une maison basse aux fenêtres fleuries et à la façade blanchie à la chaux, semblait prospère.

De la porte entrouverte s'échappaient le bruit de conversations animées et la fumée odorante des pipes. Juste au-dessus de l'entrée, une enseigne en bronze dansait au vent. On y voyait un soleil éclatant entouré de canons. Radet reconnut le symbole que vénéraient tous les soldats de l'Empereur. Le soleil d'Austerlitz, la plus célèbre victoire de Napoléon. Étienne entra et traversa la salle en frappant lourdement le plancher de sa canne. Derrière le comptoir, un homme apparut, en bras de chemise, le visage rouge de la chaleur des cuisines. Sans doute Émile, le patron. Il désigna la jambe raide de Radet.

— Tu as attrapé ça où ?

— À Iéna. Une balle prussienne qui a fini sa course dans mon genou. Depuis, je suis un cheval de retour.

Émile sortit son bras gauche de sous le comptoir. À la place de ses doigts se dressait un croc de boucherie.

— À Austerlitz. Napoléon y a gagné une gloire immortelle et moi, j'y ai perdu ma main. Mais je ne le regrette pas. L'Empereur a été bon. Il m'a décoré, gratifié, trouvé un travail à l'Arsenal et, avec mon pécule, j'ai pu acheter cette taverne.

— L'Empereur est un juste qui sait remercier ses vaillants soldats.

Émile posa deux chopes sur le bois du comptoir.

— Vive l'Empereur !

Radet sortit sa pipe.

— Dis-moi, l'ami, maintenant que je ne peux plus servir le petit tondu, je travaille à mon compte comme toi. Je fais dans le cordage à Rouen et je suis venu en acheter à Paris.

Le patron, qui remplissait sa bouffarde, haussa les épaules.

— Tu trouveras ce que tu désires. Toutes les carcasses de la Seine finissent ici. Des cordes, y en a des tas sur l'île. Il t'en faut beaucoup ?

— Un bon tonneau[1].

— Une quantité pareille, il te faudra des bras pour la transporter.

Étienne se rapprocha.

— Justement, j'ai besoin de débardeurs, mais pas des tire-au-flanc ou des amoureux du goulot. Des types qui savent travailler dur.

Émile montra un homme qui vidait une chope près de la cheminée.

— Tu vois ce particulier ? C'est le gardien de l'entrepôt aux cordages. Il connaît tous ceux qui y travaillent. Allonge-lui une blanche et il te trouvera des bras. Des bons.

— Il s'appelle comment ?

Le patron ricana.

— *Bois sans soif !* Mon meilleur client. Il a une descente digne de l'enfer, mais c'est un vrai, un ancien de la Garde, tu penses !

Radet jeta deux pièces sur le comptoir.

— Pour boire à la santé de l'Empereur, notre dieu à tous.

— Vive l'Empereur ! hurla Émile, repris en chœur par tous les habitués.

Mais déjà Étienne ne l'écoutait plus. Lesté de vin

---

1. Ancienne unité de mesure équivalant à mille kilos.

et d'alcool, il se dirigeait vers la table de Bois sans soif. D'autorité, il lui versa une rasade.

— Le patron m'a dit que tu pouvais me trouver des travailleurs de force pour transporter du cordage. Il y aura une blanche pour toi.

Radet fit sonner la pièce d'argent sur la table. Bois sans soif la saisit au passage, la fit craquer entre ses molaires, puis baissa la voix.

— J'en aurais bien eu un, mais il n'a pas donné signe de vie depuis avant-hier. Et je ne sais pas où il crèche.

— Tu ne connais pas son nom ? J'ai vraiment besoin d'un gars habile.

— On l'appelle le Gransault. Il vient de Vendée.

Étienne mima une grimace.

— Je n'aime pas trop les Vendéens. Ils ont tenté de tuer l'Empereur en 1800[1].

Bois sans soif avait débouché l'eau-de-vie et s'en servait une large lampée.

— Tu as bien raison. Si faut le Gransault, il a mal fini. Et dire qu'il m'a laissé tout son barda.

Radet réagit aussitôt.

— C'est quoi son barda ?

— Ce que j'en sais, moi ! Un gros sac. Il disait qu'il ne pouvait pas le garder chez lui.

Radet le prit par l'épaule en lui montrant les bouteilles.

— Et si on les finissait chez toi ?

---

1. Attentat de la rue Saint-Nicaise contre Napoléon, alors Premier consul, en décembre 1800.

Bois sans soif habitait une cabane d'une seule pièce, construite en bois, à l'entrée de l'entrepôt. À l'intérieur trônait près d'un grabat un tonneau de vin. Le soiffard devait se lever la nuit pour s'adonner à son vice. Sous le robinet de buis, un pichet était rempli à moitié.

— Du vin d'Anjou. Le meilleur ! Il m'en reste presque plus, mais je vais quand même t'en tirer une rasade. Tu m'en diras des nouvelles ! Tiens, regarde près de la porte, les affaires de Gransault sont là.

Étienne se précipita, défit le nœud et répandit le contenu du sac sur le sol en terre battue. À sa stupéfaction, ce fut une soutane qui tomba, suivie d'une veste d'uniforme. Il regarda le fond du sac, mais il n'y avait plus rien.

— Par tous les saints, c'est quoi ça ?
— Si on te le demande, tu diras que tu ne sais pas.

D'une main leste, Radet fouilla les poches de l'uniforme. Il ne trouva qu'un flacon en verre teinté dont il dévissa le bouchon. Une odeur amère d'ail lui frappa les narines. Du phosphore. Combiné à de l'arsenic, le mélange était mortel. Décidément, ce Gransault avait bien des talents cachés. On lui avait donc envoyé un meurtrier de sang-froid. Ce qui signifiait que ses commanditaires allaient sûrement recommencer.

— On devrait prévenir la police, ça sent pas bon.

Étienne fouilla l'uniforme. Dans une des poches intérieures, il sentit un objet métallique.

— Sers-moi un verre de vin.

Une fois Bois sans soif le dos tourné, il sortit une clef. C'était une clef ancienne, à l'anneau piqué de points de rouille et à la tige noircie. Le motif du panneton ressemblait à un peigne aux dents à moitié brisées. Il la glissa dans sa veste, mais pas assez vite pour que Bois sans soif ne s'en aperçoive pas.

— Hé, tu as pris quoi ?
— Une vieille clef, ça peut toujours servir.

Son hôte le regarda avec méfiance.

— Une soutane, un uniforme, un flacon, une clef, moi je dis qu'il faut prévenir la Rousse. Y a peut-être de l'argent à se faire.

— Et quelques années de cachot à se ramasser en prime. Comment tu vas expliquer aux sbires de Fouché que tu caches les frusques d'un suspect ? Et si la soutane, l'uniforme appartenaient à des hommes que Gransault a tués, tu y as pensé ?

— Par la mort de Dieu !

Étienne ramassa le sac où il enfourna les déguisements du Vendéen.

— Je vais t'en débarrasser ! Je les jette dans la Seine dès que je suis sur le pont. Ni vu ni connu.

Incrédule, Bois sans soif répéta :

— N'empêche, y a peut-être de l'argent à se faire.

Radet jeta au sol ce qui lui restait de pièces d'argent.

— Tiens, prends ça. Et maintenant, file dehors. Fais le tour de la cabane et, s'il n'y a personne alentour, reviens toquer à la porte. Trois fois.

Bois sans soif rafla les pièces et se précipita dehors.

Radet n'avait plus le choix. Un ivrogne finit toujours par parler. Il s'approcha du tonneau, fit sauter le bouchon et vida le contenu du flacon dans le vin d'Anjou. Au bruit, il ne restait plus que quelques litres à peine. On toqua à la porte. Trois fois. Étienne referma le tonneau et sortit. Bois sans soif l'attendait, le regard poisseux et l'haleine lourde.

— J'espère que je vais pas avoir de problèmes.

Radet lui posa la main sur l'épaule.

— Fais-moi confiance. Désormais, tu n'auras plus jamais de problèmes.

32

Toscane
De nos jours

La vénérable abbaye se situait à une trentaine de kilomètres au sud de Florence. Pour y arriver il fallait prendre la direction de Sienne, puis obliquer à Sambuca Val di Pesa sur la droite et emprunter sur quelques kilomètres une charmante route qui tournoyait avec grâce entre vignes et oliviers. Au détour d'un virage surgissait l'abbaye Badia a Passignano, interdite au public. Une couronne de cyprès hauts et sombres encerclait un ensemble médiéval, composé d'une église romane, de deux tours de guet crénelées, de murailles, d'un haut campanile et de dépendances ocre et trapues. Badia a Passignano avait tout l'air d'une forteresse, d'une forteresse paradisiaque, cachée en plein cœur des vignobles du Chianti.

Maître Bellaquista sortit de la voiture qui venait de se garer devant l'entrée. Il passa l'ombre d'un pin parasol, au milieu d'un jardin verdoyant et embaumé situé tout contre un cloître. Il pouvait sentir les exhalaisons qui montaient des carrés d'herbes médicinales et de cuisine. Thym, laurier, menthe et autres parfums s'exprimaient dans la chaleur ambiante. Mais la tranquillité du cadre n'apaisait pas ses angoisses.

Les soupçons du Primus Valienti quant à la mort de Gianfranco Varnese, exprimés à l'issue de la réunion de l'ordre, l'avaient tétanisé. Que Varnese ait été assassiné par un membre de la confrérie lui paraissait inconcevable. Tous étaient de bons catholiques attachés à leur foi et à leur mission. Porter la lumière et l'amour du Christ dans un monde de ténèbres, tel était le credo de l'ordre. Il ne pouvait envisager un seul instant que l'un d'entre eux puisse s'attaquer à un chrétien. Le seul qui aurait pu être suspecté était Tiepolo, mais c'était lui-même qui avait alerté le Primus sur la possibilité d'un meurtrier au sein de l'ordre.

Tomas Valienti, le Primus, avait donné rendez-vous à Bellaquista en fin d'après-midi à l'abbaye, sans préciser l'objet de cet entretien.

Bellaquista n'osait pas défaire son nœud de cravate, mais la chaleur lui pesait, même en ce début de soirée. Comme tout Italien du Nord, le notaire fuyait l'ardeur du soleil entre les premiers jours du printemps et les ultimes feux de l'été.

Il marcha d'un pas vif pour se diriger vers l'entrée du bâtiment principal. Il savait que l'abbaye de Badia produisait un excellent chianti et faisait office d'établissement de retraite et de clinique, sous l'égide la confrérie des Chevaliers de la Foi.

Une dizaine d'hommes et de femmes d'un âge avancé arpentaient le jardin en déambulateur, d'autres avec des cannes, certains, plus rares, paraissaient valides. Tous erraient dans les allées de ciment entre les massifs de fleurs en affichant une expression de joie béate. De par sa profession, Bellaquista avait souvent mis les pieds dans des maisons de retraite de luxe, et la joie n'était pas le sentiment dominant qui s'en dégageait. Rares étaient celles ou ceux qui semblaient heureux de finir leur vie dans ces établissements, alors qu'ici la sensation de sérénité, de bien-être était fascinante. Il croisa un homme au crâne oblong et pelé, à la peau jaune, parcheminée, arborant un sourire malicieux.

— Vous venez habiter avec nous ? demanda le vieil homme.

— Non...

— C'est dommage, nous avons besoin d'un peu de jeunesse. Quand j'étais professeur, j'aimais beaucoup discuter avec mes élèves. J'enseignais la philosophie. Celle de Platon... Le monde est une caverne, vous avez dû apprendre cela dans mon cours.

Une infirmière surgit de derrière un bosquet.

— Ah, *professore* Gandolfi ! Votre goûter est prêt. N'importunez pas ce monsieur.

— Il ne me dérange pas, dit le notaire amusé en regardant le vieil homme s'éloigner avec son infirmière.

Il arriva devant l'entrée d'un cloître et reconnut le Primus qui écrasait une cigarette.

— Bellaquista, suivez-moi, dit Valienti d'une voix enjouée.

— Allez-vous enfin me dire ce que nous faisons ici ?

— C'est en rapport avec l'assassinat de notre frère Varnese.

Il suivit le chef d'entreprise qui ouvrait les bras comme si le domaine lui appartenait.

— Savez-vous où nous sommes ? demanda le Primus alors qu'ils passaient dans le cloître au milieu d'autres résidents.

— Badia a Passignano. L'un des établissements de soins et de retraite pour ecclésiastiques, géré par l'ordre. Mais je suis étonné par la présence de laïcs.

— C'est notre petit secret. Cela n'apparaît pas dans les rapports officiels. Le professeur Marcuso Gandolfi a été en son temps le plus grand spécialiste de Platon. Une sommité mondiale.

— Platon..., s'étonna le notaire, ses écrits n'étaient-ils pas jugés hérétiques à la Renaissance ?

— En effet. D'ailleurs le professeur Gandolfi ne croyait pas en Notre Seigneur Jésus-Christ. Jusqu'à peu.

— Mais que fait-il ici ?

— Il a retrouvé le droit chemin. Celui de Notre Seigneur. Suivez-moi, nous allons rendre visite à un homme qui va vous éclairer.

Le notaire et le Primus s'étaient retrouvés dans une salle capitulaire située dans l'un des corps de bâtiment les plus anciens de l'abbaye, où une fresque immense occupait le mur qui leur faisait face. Manteau azur et tunique sombre, Jésus posait ses mains sur un pauvre bougre agenouillé, à demi nu, devant des apôtres et des disciples transis d'admiration. L'œuvre contemporaine était épurée, minimaliste, comme en raffolait l'Église dans les années 1970 après le concile Vatican II[1].

Le notaire préférait les tableaux d'ancienne facture, mais s'abstint de commenter.

— Évangile de Jean, murmura Valienti, la guérison des aveugles.

— Vous avez un service d'ophtalmologie à la clinique de l'abbaye ?

— Non, mais c'est tout comme.

Le Primus invita Bellaquista à prendre un escalier sur leur droite qui les mena au premier étage, où un couloir assez large pour y faire passer une voiture séparait deux rangées de cellules. Un Christ décharné aussi noueux que le bois qui le composait flottait dans les airs, maintenu par des fils de nylon.

— Ce sont les appartements de nos résidents. La surface est modeste, mais ils bénéficient de tout le confort.

— Ceux que j'ai croisés avaient tous l'air heureux. Comme Gandolfi. Touchés par la grâce divine ?

— On peut dire ça, éluda Valienti.

Une femme en déambulateur et survêtement bleu sortit d'un des appartements et les salua avant de s'éloigner, le visage rayonnant.

— Anna Grayson, la plus célèbre psychanalyste de Grande-Bretagne, commenta le Primus. Toute sa vie

---

1. Concile qui avait pour but d'adapter l'Église catholique aux changements de société, sous l'égide du pape Paul VI.

elle a été une agnostique assumée qui ne communiait qu'avec Freud et le dieu de l'inconscient. Elle est en paix désormais.

— Probablement l'influence de l'abbaye ? suggéra le notaire. On sent que l'esprit souffle en ce lieu.

— Amen, murmura le Primus.

Ils arrivèrent devant une double porte qui fermait le couloir. À la différence des autres, elle était de facture moderne. Bellaquista estima qu'ils se trouvaient à la jonction de l'autre corps de bâtiment, celui avec les barreaux aux fenêtres.

Le Primus passa son portefeuille devant un lecteur de carte magnétique, puis ouvrit l'une des portes, et ils pénétrèrent dans un espace médicalisé. Des hommes et des femmes en blouses blanches et vertes allaient et venaient sans se soucier de leur présence dans un décor de clinique ou d'hôpital moderne.

— Bienvenue à l'*ospedale* San Biagio, lança le Primus, nous y soignons nos résidents et nous accueillons les princes de l'Église qui veulent se faire opérer en toute discrétion, loin des commérages du Vatican.

Valienti entra dans l'une des chambres, suivi du notaire, et ferma la porte derrière lui. Elle était bien plus spacieuse et confortable que dans la plupart des hôpitaux. N'eût été le lit médicalisé, la colonne de perfusion et les moniteurs adjacents, il aurait pu se croire dans une chambre d'hôtel.

Bellaquista reconnut tout de suite le patient alité. Visage amaigri, peau blafarde, Balducci avait le bras droit prisonnier dans une attelle et la poitrine cerclée d'un bandage blanc sous sa blouse de malade, trop grande pour lui. Le frère du magnat de la mode, qui se tenait droit contre l'oreiller, tourna la tête dans leur direction, perclus de fatigue. Aussi loin qu'il s'en souvenait, Bellaquista l'avait toujours croisé en tenue religieuse. Troquant au fil de son ascension le noir de la soutane pour la pourpre cardinalice.

— Ah, Basile ! Je suis ravi que vous ayez pu passer, lâcha le cardinal d'une voix traînante.

— Vous n'étiez pas soigné à Florence ? demanda le notaire en baisant sa main.

— J'ai préféré suivre mon traitement à San Biagio. Je suis entre de bonnes mains. Celles de notre ordre…

Le notaire écarquilla les yeux.

— Eh oui, Basile…

— Je ne vous ai jamais vu à nos réunions…

— Et pour cause, il lui est interdit d'apparaître à la lumière, répondit le Primus qui poussa deux chaises à côté du lit, s'assit et invita Bellaquista à l'imiter.

Le cardinal affichait un faible sourire de connivence avec Valienti. Le notaire venait de comprendre.

— Vous êtes le cardinal caché qui nous dirige ? balbutia-t-il.

— En effet, répondit Varnese après une grimace de douleur alors qu'il se redressait sur son oreiller, je te demande une confidentialité totale sur cette visite.

— Bien sûr.

Le cardinal poussa un soupir, sa blessure semblait le faire souffrir.

— L'heure est grave pour notre ordre, lâcha le cardinal. Le décès de mon frère nous plonge dans une période sombre et incertaine. Avant de parler des circonstances de sa mort, il est bon que je t'explique le rôle exact que jouait Gianfranco dans notre confrérie.

— Je vous écoute, Éminence, dit le notaire, respectueux, mais quoi que vous me disiez je ne trahirai pas le secret professionnel à propos du testament de votre frère.

— Je le sais. Le Primus m'en a fait part, allons droit au but. Le groupe Varnese était le contributeur le plus important de l'ordre. Les deux tiers du budget total. Trente millions d'euros par an. Loin devant notre ami le Primus et tous les autres mécènes. Il y a quelques semaines, il a voulu interrompre la totalité des financements. J'en ai fait immédiatement part au cercle rapproché des membres de l'ordre.

Le cardinal s'arrêta pour boire un peu d'eau et s'humecter les lèvres puis continua.

— Un mois après, mon frère était assassiné.

— Quel aurait pu être le mobile? Tuer Gianfranco n'assurait pas pour autant la poursuite de son mécénat. Tabler sur le fait que les héritiers ou la fondation veuillent continuer la même politique était incertain. Vous connaissez aussi bien que moi ses enfants. Aucun ne manifeste la piété de leur père.

— Tu as raison. Mais il te manque une information capitale. Sais-tu pourquoi mon frère a été un bienfaiteur aussi généreux depuis tant d'années?

— Sa foi chrétienne?

— Pas uniquement. Quand il a décidé de suspendre son financement, il m'a expliqué l'origine de sa fortune. Une origine liée à notre ordre.

Varnese s'arrêta et ferma les yeux. Un rayon de

soleil traversait la chambre pour illuminer le visage flétri du prélat qui fit un petit signe au Primus afin qu'il tirât les voilages. Des gouttes de sueur perlaient sur son front lorsqu'il reprit d'un ton plus lent.

— Il y a bien longtemps, Gianfranco a trouvé un trésor. Un trésor qui nous appartenait depuis des siècles. Comment, je ne le sais pas. Il n'a rien voulu me dire. En revanche il m'a expliqué que cette fortune lui avait permis de bâtir son empire. C'est aussi pour cela qu'il a été d'une générosité sans bornes avec l'ordre. Il voulait en rendre une partie à travers ses dons. Et c'est sous son impulsion que la vocation hospitalière et caritative de notre confrérie s'est fortifiée. Il en a été le Primus pendant trois décennies avant que notre ami Valienti ici présent reprenne sa charge.

— Je ne m'en serais jamais douté.

— Il ne voulait surtout pas que cela se sache. Les versements transitaient par une fondation suisse. Il estimait, à juste titre, que ses dons ne devaient pas lui apporter une quelconque publicité personnelle. Et encore moins de réductions d'impôt.

— Et le fait que vous soyez le cardinal caché ? C'est un hasard ?

Le prélat esquissa un faible sourire.

— Non. Il voulait que tout reste en famille. Il était suffisamment puissant pour que le Vatican accepte ma nomination. A posteriori ce n'est pas vraiment flatteur pour moi. Mais c'est ainsi. Primus, peux-tu augmenter la dose d'antidouleur ? Je n'ai, hélas, pas la vocation d'un martyr. C'est le boîtier électronique fixé sur la colonne de perfusion. Appuie jusqu'à cinq unités.

— L'infirmier a dit qu'il ne fallait pas dépasser trois.

— Quand il recevra une balle dans le poumon, je suivrai son avis. Fais-le.

Le chef d'entreprise s'exécuta alors que le prince de l'Église se tournait vers le notaire.

— L'inconvénient avec cet antidouleur c'est que je ne vais pas tarder à rejoindre les bras de Morphée.

Le prélat changea de position, s'affaissa légèrement sur son coussin, puis reprit d'une voix lasse :

— Le Vatican est-il au courant ?

— Je n'ai pas jugé utile d'en parler. Ce sont des affaires internes à notre ordre. Révéler cette information aurait été une grave erreur, l'État du Vatican manque cruellement d'argent et nous aurions vu une volée de vautours en soutane, plus férus de comptabilité que de théologie, s'abattre sur notre ordre pour éplucher nos comptes. Pourtant ce qui se joue ici, dans cette abbaye, est d'une importance capitale pour l'Église.

Le Primus échangea un regard avec le cardinal qui restait muet. Ses yeux se voilaient, il semblait épuisé.

— Tous ces résidents que tu as croisés… Ils ont rencontré Dieu grâce à notre ordre. Le mot est peut-être mal choisi. Le terme de fusion serait plus approprié. Primus, je suis trop las, emmène notre frère à San Biagio et montre-lui…

Quand le notaire baisa l'anneau du cardinal, ce dernier avait déjà fermé les yeux.

33

Paris
Quartier de Saint-Germain
Octobre 1809

La Main de sang remonta la rue pavée qui longeait l'ancienne comédie et entra au café Procope. Ce haut lieu qui avait accueilli tous les ténors de la Révolution avait perdu de sa superbe. On y côtoyait des petits rentiers qui lisaient la gazette, des étudiants en médecine faisant durer un chocolat et surtout des *pousseurs de bois* : ces enragés du jeu d'échecs pour lesquels rien d'autre n'existait. Les temps étaient loin où le jeune Voltaire déclamait ses vers debout sur une banquette, où Diderot lutinait une servante, où Benjamin Franklin, dans un coin enfumé, rêvait de l'indépendance des États-Unis. La Main de sang commanda un café et regarda par la fenêtre. À gauche se trouvait l'immeuble bas et gris où avait vécu Danton, à droite, sous une épicerie, la salle voûtée de l'imprimerie de Marat. Toute la Révolution s'était faite là. Et qu'en restait-il ?

Un courant d'air froid balaya la rue. La Main de sang regarda l'horloge sur la cheminée où crépitaient des bûches. Il avait encore du temps avant son rendez-vous, rue Galande, avec Radet. Par principe, il n'aimait pas les militaires. Encore moins un gendarme. Le sens de la discipline lui était insupportable, quant à la loyauté... Il suffisait de jeter un œil dans la rue. Tous ceux qui avaient cru à leurs idéaux, Danton, Marat, avaient fini sous la guillotine. Seuls les Fouché et les Talleyrand avaient survécu, car eux savaient que l'homme n'a qu'une seule parole et qu'il faut savoir la reprendre à temps.

— Bonjour, monsieur le comte.

Un crâne chauve venait de s'asseoir à sa table. La Main de sang plongea ses doigts sous sa veste.

— Je suis venu sans arme, précisa l'inconnu, pas la peine de sortir la vôtre.

— Nous nous connaissons ?

— Nous nous sommes croisés chez une connaissance commune, rue de Nevers.

L'ancien aristocrate eut le souvenir fugitif d'une paire d'épaules frêles dans la salle d'attente d'Ouvret.

— Comment m'avez-vous retrouvé ?

— Des amis à moi s'en sont chargés, monsieur de Calvimont, mais je sais que vous n'aimez pas que l'on prononce votre nom. Beau nom pourtant, vieille famille, vieille noblesse...

— Que me voulez-vous ?

— Vous proposer un travail et... une rédemption.

— Vous avez beaucoup d'ambition, railla la Main

de sang, et, je l'espère, des moyens financiers conséquents.

— Toujours quand il s'agit de commettre un meurtre.

L'ancien comte regarda plus attentivement son interlocuteur. Un physique passe-partout, une voix sans relief, un regard vide, sans compter une taille au-dessous de la moyenne. D'où sortait ce gnome?

— Mais plus que de vous proposer une élimination, je viens vous offrir de reprendre rang parmi les vôtres. La Révolution vous a tout pris, je peux tout vous rendre.

La Main de sang ne réagit pas. Il y avait longtemps qu'il avait récupéré terres et château. Fouché savait payer des services particuliers. Visiblement le rat d'égout devant lui l'ignorait.

— En plus d'une très honnête rétribution, le roi vous rétablira dans tous vos titres et droits.

— Je ne crois pas que nous vivions sous une royauté.

— Ce sera bientôt le cas, répliqua le gnome, c'est l'occasion de prendre les devants et de vous faire valoir.

La Main de sang faillit éclater de rire. Ces royalistes croyaient dur comme fer au retour de leur champion. Vingt ans de révolution et ils n'avaient toujours pas compris.

— Avant de m'offrir des avantages dont vous ne disposez pas, dites-moi plutôt à combien vous estimez mon travail.

— Vous fixerez votre prix vous-même et vous serez payé en or.

Dans le fond du café, des exclamations fusèrent. Un des pousseurs de bois venait de mettre mat son adversaire.

— Et quelle est la personne que vous souhaitez voir disparaître ?

Le notaire posa un papier plié sur la table.

— Le nom est inscrit dessus.

— Et pour vous faire connaître ma réponse ?

— Tous les jeudis matin, vers onze heures, je vais prier à l'église Saint-Sulpice, dans la chapelle basse, c'est la plus discrète. J'y serai donc demain.

— Je pourrais vous dénoncer.

— Vous pourriez, mais vous ne le ferez pas. Je suis un trop petit gibier pour vous. De toute façon, même si j'étais arrêté, je n'aurais pas le temps d'avouer quoi que ce soit.

La Main de sang soupesa la réponse. Ce freluquet était-il capable de se tuer pour ne pas parler ou ceux qui l'avaient envoyé étaient-ils assez puissants pour l'éliminer à tout instant ?

— Je dois vous laisser.

L'ancien aristocrate le regarda s'éloigner, puis se leva à son tour. Il était temps de se rendre rue Galande. Comme il mettait le pied sur le pavé luisant, il déplia le papier.

Un seul mot était écrit.

Cimetière de l'Est

Le gardien ôta sa casquette et salua bien bas. La pièce qu'on venait de lui glisser dans la paume l'incitait au respect.

— Sans doute monsieur vient-il visiter le cimetière ?

L'inconnu, dont le vent dérangeait sans cesse les mèches blondes, ne répondit pas. Il fouettait de sa badine ses bottes de cuir fauve.

— Savez-vous que le cimetière était l'ancienne propriété d'un père jésuite ?

Son interlocuteur ne tourna même pas la tête. Il fixait la porte d'entrée. Un vaste portique de pierre, massif et pompeux.

— Le jésuite s'appelait La Chaise et c'était le confesseur de Louis XIV, continua le gardien, mais je vois que monsieur s'intéresse à l'entrée. C'est l'architecte Brongniart qui l'a édifiée sur commande de l'Empereur.

Visiblement le visiteur s'en contrefichait. Le gardien n'insista pas. D'habitude, il précisait que l'architecte était franc-maçon, ça faisait frémir les visiteurs, mais là ce n'était vraiment pas la peine d'en rajouter.

— Mais monsieur attend sans doute quelqu'un ?

— Oui, ma sœur. Nous avons de la famille enterrée ici.

Surpris, le gardien ouvrit de grands yeux. Les Parisiens ne se battaient pas pour se faire inhumer à l'Est. Quelques centaines de tombes pas plus. Voulu par l'Empereur, cet immense champ des morts restait désespérément vide. On s'y promenait en famille, on y déjeunait sur l'herbe, mais on refusait obstinément de s'y faire enterrer. Trop loin, trop grand.

— Alors votre deuil doit être récent, le cimetière a ouvert il y a à peine cinq ans.

— Voilà ma sœur.

Une jeune femme aux épaules couvertes d'une mantille noire et aux nattes remontées sous une toque d'astrakan fit son apparition.

— Si vous voulez bien nous laisser.

— Bien sûr, s'exclama le gardien en serrant sa pièce dans la main. Une fois vos devoirs rendus à vos chers décédés, n'hésitez pas à vous promener vers la butte, c'est la partie la plus sauvage et... la plus discrète.

Le gardien cligna d'un œil complice. Si les Parisiens répugnaient à se faire enterrer au Père-Lachaise, en revanche certains ne dédaignaient pas d'y venir faire l'amour.

Mathias de Montmorency passa d'autorité son bras sous celui de la jeune femme qui venait de le rejoindre.

— Prenez une mine grave, Agathe, vous êtes ma sœur et nous venons nous recueillir sur une sépulture de famille.

— Vous plaisantez, Mathias ! Vous auriez pu me donner rendez-vous dans une église plutôt qu'en ce bout du monde !

— Depuis l'arrestation du pape, toutes les églises sont envahies d'espions de Fouché.

— Certes, mais ce cimetière est d'un vulgaire ! Il

n'y a que des bourgeois repus et des parvenus de Bonaparte qui viennent s'y faire enterrer. Quel horrible voisinage!

Malgré ses angoisses, Montmorency sourit. Agathe était la langue la plus acérée de Paris. Une qualité qui faisait la joie autant du faubourg Saint-Germain que de la Malmaison, où elle était dame d'atour de l'impératrice.

— Ne vous moquez pas, la police est à nos trousses, les temps deviennent difficiles!

— Horribles, vous voulez dire! Figurez-vous qu'hier, pour le dîner, Joséphine a voulu à tout prix porter une robe d'un vert moiré. Il n'y a pas pire couleur quand on a largement dépassé quarante ans. Bref, l'effet était… je n'ose vous dire, j'ai cru défaillir.

— Agathe, annonça Montmorency, les lettres que je vous ai demandé de dérober à l'impératrice, nous les avons perdues. Ou plutôt on nous les a volées.

La jeune femme ne marqua aucune émotion.

— Vous savez qui?

— C'est justement le problème. Il s'agit du général Radet, le chef de la gendarmerie impériale. Nous avons essayé de récupérer cette correspondance à son domicile, mais nous avons échoué.

— Désormais, il est sur ses gardes.

— Désormais, il est trop dangereux. Nous devons l'éliminer.

— Vous éliminez la cause du problème, mais pas le problème. – Le ton d'Agathe se fit plus ferme. – Ces lettres sont toujours dans la nature et vous savez combien elles sont compromettantes.

Il ne restait rien de la jeune femme aux propos futiles.

— Dieu seul sait où Radet a bien pu les dissimuler !

Agathe remit en place sa toque d'astrakan, désarçonnée par un coup de vent. Une de ses nattes se détacha et glissa sur son épaule. D'un geste instinctif, Mathias la saisit et l'embrassa respectueusement.

— Vous ne les retrouverez jamais. Votre projet de vous en servir contre Napoléon tombe à l'eau et Joséphine va vouloir identifier son voleur. Et si elle fait appel à Fouché, il ne sera pas long à me débusquer.

— N'avez-vous pas de la famille en Italie ? demanda Mathias.

— Si, mon frère travaille à l'administration civile de Rome. Il s'occupe de fouilles archéologiques pour la famille Bonaparte. Il s'y est installé avec tous les siens.

— Vous avez donc une belle-sœur ? s'étonna Montmorency, presque surpris qu'avec sa verve et sa beauté, Agathe ne soit pas l'unique femme de sa famille.

— Une femme sans goût avec des enfants sans esprit. Dîner avec eux est un calvaire.

Le vent souffla dans les ramures des cèdres. Ils venaient d'atteindre un bosquet en hauteur d'où on surplombait toute la ville. Montmorency fixa le dôme des Invalides, puis celui du Panthéon qui étincelait dans le lointain. Agathe risquait de ne plus les voir pour longtemps.

— Eu égard à la situation, il serait bon que votre frère commençât à vous manquer, suggéra Mathias.

Agathe eut un sourire moqueur.

— Vous êtes un prophète ! Voilà que brusquement je sens monter en moi un besoin irrépressible de le revoir.

Mathias lui prit la main. Il ne le lui avouerait pas, mais c'était un crève-cœur que de la voir partir.

— Dès demain, vous demanderez un congé à l'impératrice. Vous partirez aussitôt. Des Chevaliers de la Foi vous prendront en charge à La Rochelle. Ils sont prévenus. Vous ferez le trajet par bateau. On risque moins que par voie de terre.

— Je vois que vous avez tout prévu. Et vous, qu'allez-vous faire ?

Le duc de Montmorency regarda autour de lui. Dans un enclos, une tombe fraîchement creusée se couvrait déjà de feuilles mortes. Il allait devoir agir vite. L'opération Radet était lancée, mais si elle échouait ?

— Rome est une ville très agréable en octobre, je risque fort de vous y rejoindre.

34

Nice
De nos jours

Accoudé au balcon du rooftop de l'hôtel Aston La Scala, Antoine consultait sa montre avec impatience. Autour de lui les clients s'extasiaient devant les lourds nuages qui planaient sur la cité des anges, mais lui restait de marbre.

Il était presque dix-neuf heures et il attendait avec impatience le coup de fil de la comtesse von Saltzman. En revenant de la fondation Varnese, il était passé par le palais de justice pour faire part au juge de ce que proposait Joanna et avancer son propre rendez-vous avec le magistrat. Le juge, un quadragénaire, avait interrompu ses auditions pour s'empresser d'accepter l'offre. Le gourou s'était révélé plus coriace que prévu pendant sa garde à vue.

Marcas pouvait attendre le coup de fil de la comtesse et se débarrasser une bonne fois pour toutes de l'affaire. Mais si tout se réglait côté boulot, il gardait un goût amer de sa visite à moitié ratée à la fondation. Il savait au plus profond de lui que le tableau contenait un secret. C'était une évidence. Si cette furie n'avait pas surgi, il aurait pu pousser ses investigations plus loin et décoder la dernière partie de l'énigme.

Le sang de Vénus. Punctus.

La voix voluptueuse d'une chanteuse de jazz se répandait sur la terrasse. Antoine reconnut Etta James et son standard *At Last* qui l'apaisait.

At last my love has come alone.
My lonely days are over…

Excellent choix, songea-t-il en pensant à Alice. Il avait hâte qu'elle le rejoigne pour lui montrer sa découverte. Il ouvrit son portable et zooma sur les deux hommes en smoking peints sur le tableau du sacre.

Le fantôme de Tristan Marcas s'incarnait dans ce tableau du XIXe siècle. Antoine ne cessait de détailler ce revenant d'une soixantaine d'années. À la lecture de son journal intime, il l'avait imaginé plus jeune, plus robuste, le visage mal rasé, une caricature d'aventurier ou de résistant intrépide. Mais le visage de cet homme mince au regard doux trahissait une sorte de mélancolie. Ce Marcas rasé de frais était un homme rangé, propriétaire d'un hôtel chic de la Côte d'Azur. Un notable, élégant et désabusé. Très loin du Tristan rebelle et aventureux.

Son portable vibra. Numéro inconnu. Il prit l'appel et une voix de femme résonna.

— Bonsoir, commissaire. Avez-vous transmis ma proposition ?

Antoine reconnut la voix de la comtesse von Saltzman.

— Oui. Le juge est d'accord pour vous entendre. Veuillez noter un numéro pour le joindre.

Il épela la série de chiffres distinctement, trop heureux de se débarrasser de cette femme inquiétante. Il avait l'impression de parler à un scorpion.

— Je vous suis redevable, répondit la comtesse qui paraissait soulagée. Et j'aime payer mes dettes.

Marcas hésita quelques secondes et demanda sur un ton ironique :

— Vous n'êtes pas amie avec une certaine Giulia Varnese, l'une des héritières de l'empire Varnese ?

— Non. Pourquoi ?

Il soupira.

— Sans importance, vous ne me devez rien. Oubliez-moi tout simplement.

— Comme vous voudrez. Peut-être aurez-vous un jour besoin de mon aide. Si je ne connais pas cette femme, j'ai en revanche beaucoup de relations et quelques collaborateurs dévoués. Je vais vous envoyer un numéro où me joindre. Bonne soirée, commissaire.

Elle raccrocha avant qu'il n'ait pu répondre. Un sms apparut dans la foulée avec un numéro de téléphone précédé d'un indicatif étranger.

Allez au diable, toi et tes templiers écolos, songea Antoine qui effaça le message en un clin d'œil.

Il retourna à son smartphone et se plongea à nouveau dans la toile du sacre. Deux détails le taraudaient. Pourquoi Tristan avait-il choisi de citer dans son journal la référence à ce tableau sous forme d'énigme ? Pour tester la sagacité d'un hypothétique descendant afin qu'il découvre son visage ? C'était absurde. Et pourquoi lui et Varnese avaient-ils choisi d'être représentés sur ce tableau et d'imposer leur présence à perpétuité dans la fondation ?

— Votre Bill Murray.

— Pardon ? demanda Marcas en levant la tête.

Plateau à la main, le serveur du bar avait posé devant lui un verre cubique rempli d'un liquide jaune orangé.

— Votre cocktail.

— Erreur de client, répondit Antoine, apportez-moi plutôt un verre de rosé.

— Offert par cette dame.

Le serveur secoua la tête et lança un coup d'œil en direction de la femme qui s'avançait. Antoine n'en revenait pas. Giulia Varnese marchait vers lui, un sourire insolent plaqué sur le visage. Elle fendait la foule des clients comme un brise-glace au milieu de blocs de banquise, un verre à la main.

Etta James s'était évaporée des haut-parleurs, laissant place à Taylor Swift et son tube *Bad Blood*. Changement radical. Giulia Varnese s'assit devant lui sans demander son autorisation.

— Je me suis permis de commander ce cocktail pour me faire pardonner. Bill Murray. Du nom de l'acteur américain. Concocté pour lui à l'Anchor. Une recette simple, mais efficace. Bourbon, jus de citron pressé, pastèque fraîche, basilic et fleur de sureau. Bill est un ami.

Marcas la dévisageait avec méfiance.

— Vous m'en voulez et je le comprends, reprit Giulia, mais je suis encore sous le coup de la mort de mon père. Découvrir un étranger dans son antre, c'était comme un blasphème.

Antoine porta le verre à ses lèvres et goûta le cocktail. Pas désagréable.

— C'est curieux, mais je sens que vous ne devez pas être le genre de femme à présenter des excuses. Même quand elle a tort. Comment m'avez-vous retrouvé ?

— À la Fondation, vous aviez laissé l'adresse de votre hôtel pour commander le taxi.

— Évidemment… Gagnons du temps, que voulez-vous ?

— Le tableau du sacre. Votre aide.

— Mon aide… Comme c'est doux à entendre.

Antoine reposa le verre sur la table. Cette fois c'est lui qui allait mener la barque.

— Je vous ai répondu que l'enquête était close. Cette œuvre n'a pas été volée.

Elle s'approcha de lui avec son plus beau sourire.

— C'est une évidence. En fait je crois que vous avez inventé cette enquête officielle. Vous êtes venu chercher autre chose.

— Vraiment ?

— Une recherche plus personnelle. D'ordre familial. Je me trompe ?

Antoine masqua son étonnement. Comment cette femme pouvait-elle connaître ses véritables motivations ? Il n'en avait pas fait part au directeur de la fondation. Ou alors elle avait remonté le fil vers les archives départementales. Il se souvint juste avoir fait mention de l'acte de vente de l'hôtel. Elle avait peut-être interrogé l'archiviste.

— Vous vous appelez bien Marcas ? reprit-elle.

— Oui et ? répliqua Antoine en restant sur la défensive.

Il avait la désagréable sensation que l'héritière Varnese le dévisageait comme un chat regarde une souris et qu'il ne menait rien du tout.

— Aussi stupéfiant que cela puisse paraître, nous avons un point commun tous les deux, répondit l'Italienne, un point commun lié à l'amitié entre deux hommes. Gianfranco Varnese et Tristan Marcas. Vous voyez où je veux en venir ? Tristan Marcas... ça vous rappelle quelqu'un ?

— Continuez.

Giulia soupira avec une pointe d'agacement.

— Je vais être plus claire. J'espère que vous en ferez de même. Le testament de mon père fait non seulement mention du tableau du sacre, mais aussi de ce Tristan Marcas qu'il considérait comme un ami. Quand Brandt m'a dit que vous portiez le même nom, j'ai fait le rapprochement. Et évitez-moi le coup de la coïncidence, ce serait une insulte à mon intelligence.

Au fil de l'explication de l'Italienne, Antoine mesurait l'ampleur de l'ahurissant hasard qui les avait réunis, lui et cette femme descendue de son Olympe milanais.

— En effet j'ai menti. Je cherche des informations sur Tristan Marcas, un membre de ma famille dont je sais peu de chose. J'ai retrouvé la trace du tableau après la lecture de son journal intime entré en ma possession il y a quelques mois.

— Le tableau y était mentionné ? demanda Giulia.

— Non. Juste le nom de l'hôtel et quelques éléments qui m'ont conduit, par déduction, à la fondation. J'ai enfin pu mettre un visage sur Tristan. Mais le tableau est codé. Et c'est la raison de ma visite. Votre père et Tristan ont laissé chacun un indice pour retrouver quelque chose d'important sur la toile. Sans se concerter. Le message de mon ancêtre date des années 1960, le vôtre est plus récent. Mais ils ont tenu chacun à garder une trace. Avec ce tableau comme point commun.

— Ça, je l'avais déduit sans vos précieuses lumières.

— J'ai identifié Tristan et votre père sur la toile du sacre à l'aide d'une phrase énigmatique : *À l'ombre de Jean-Baptiste de la croix*.

Le regard de l'héritière s'était départi de son expression ironique.

— Comment avez-vous fait ? Je veux dire, dans le détail.

— Par esprit de déduction. J'ai d'abord cherché à identifier un saint ou une croix, puis s'il existait un personnage représenté dans le tableau qui serait prénommé Jean-Baptiste. J'ai fini par tomber sur le légat du pape, Giovanni Battista Caprara, homme de foi et de croix. Et juste derrière lui se trouvaient nos deux compères.

— Intéressant… un cheminement heuristique !

Vous avez raisonné par arborescence, créant des ramifications.

— Vous ne l'avez pas utilisé pour l'énigme de votre père ?

— Évidemment. Mais ça n'a pas marché.

— Mais vous avez quand même fait ce voyage depuis Milan... Votre père a-t-il ajouté une autre indication qui pourrait nous mettre sur la piste ?

— Il a laissé une énigme que nous devons décoder. Une expression latine : *in oculi elephanti.*

Marcas hocha la tête.

— Dans l'œil de l'éléphant.

— Hélas il n'y en a aucun sur la toile. Nous avons même utilisé l'intelligence artificielle pour trouver toutes les occurrences reliées à Napoléon et au sacre. ChatGPT n'a sorti que des conneries. Rien. L'énigme est à l'image de mon père. Retors.

— Comme le disait Corneille : à vaincre sans péril on triomphe sans gloire, ironisa Marcas.

— Quitte à balancer des citations, évitez les plagiats éhontés. Corneille a pompé Sénèque sans vergogne.

Il sourit. Elle lui avait cloué le bec avec élégance. Giulia reprit.

— Vous avez dit pouvoir m'aider. Des indices complémentaires ?

— Oui, une autre partie du puzzle.

— Vous voulez de l'argent ?

— Pour moi cette quête est une affaire personnelle. Contrairement à votre famille.

— Un flic idéaliste... et moi qui croyais qu'ils

n'existaient que dans les films ou les romans. Je suis censée m'extasier devant tant de probité ?

— Non, juste engager votre parole. Je vous aide à décrypter l'énigme et si j'y arrive vous ne me congédiez pas comme tout à l'heure. Je continue la quête jusqu'au bout.

— Qui vous dit que je tiendrai parole ?

— L'estime que vous vous portez en toute occasion.

Elle haussa un sourcil et fit signe au serveur.

— Flatter mon ego est une option intéressante. Se moquer de moi, non. Mais d'accord. Je dois assister à un événement important pour le groupe ce soir à Milan. Accompagnez-moi à l'aéroport pour embarquer à bord de mon jet.

Marcas ne s'était pas attendu à une telle proposition. Alice allait arriver dans deux jours à Nice, pas question de laisser tomber leur week-end.

— J'ai pris la toile pour la rapporter à Milan, reprit Giulia, et la faire expertiser par des spécialistes. Vous ferez votre décryptage dans l'avion.

— J'ai des engagements pour ce week-end. Ici.

— Nous ne sommes qu'à trois quarts d'heure de vol de Milan. Décidez-vous…

II

Un bien acquis sans peine est un trésor en l'air.
Pierre CORNEILLE.

35

*Paris
Rue Galande
Octobre 1809*

Depuis des siècles, le quartier vivait dans l'ombre de la cathédrale. Tout un entrelacs vibrant de ruelles et de venelles enserrait Notre-Dame comme un réseau palpitant d'artères et de veines dans le cœur historique de Paris. Il suffisait de mettre le pied dans une de ces rues étroites, sombres et humides, pour se retrouver en plein Moyen Âge. Les regards étonnés se perdaient entre les façades à colombages et les fenêtres à meneaux de bois. Les commerces aussi semblaient dater d'un autre temps, même si les imprimeurs avaient remplacé les copistes. La rue Galande, où ils s'étaient regroupés en nombre, peut-être parce qu'elle se situait de l'autre côté de la Seine, était plus large et mieux pavée. La Main de sang en faisait l'expérience, le talon de ses bottes claquant sur la pierre. Il pensait à cet avorton de royaliste, prêt à le couvrir d'or pour commettre un assassinat. Sa réputation de spadassin le précédait, mais ce qu'ignorait ce rat d'égout, c'est qu'il méprisait l'argent. Il ne siphonnait les coffres des puissants que pour son château familial en Périgord. Un devoir qu'il devait à ses ancêtres, le seul qui comptait à ses yeux. Il tritura dans sa poche le papier où était inscrit le nom de Radet. Non, s'il décidait de tuer ce général, passé de la République à l'Empire, ce ne serait pas pour l'or.

Désormais, il marchait lentement, observant chaque façade. Derrière les fenêtres grises pouvaient se cacher des royalistes armés, même si les hommes de Fouché avaient investi les lieux depuis le matin. Les habitants ne s'en étaient pas encore aperçus, mais on ne pouvait plus sortir ou pénétrer dans le quartier sans être scruté, étudié et discrètement arrêté si on se révélait suspect. Pourtant l'ancien aristocrate restait vigilant. Au milieu des imprimeurs et des libraires se trouvaient certaines vieilles demeures devenues des bouges, tel le Château rouge, une taverne où se réunissait toute la racaille de Paris, des aristocrates déchus aux déserteurs qui refusaient de se faire tuer pour la gloire de Napoléon. Un repaire d'opposants qui, à cette heure matinale, était encore fermé. Tous les hommes du ministre de la Police pouvaient donc se concentrer sur la maison où était censé se trouver le dépôt du jésuite. D'ailleurs Fouché se trouvait avec lui dans une voiture aux vitres fermées qui attendait près de l'ancienne chapelle Saint-Blaise. En face se trouvait l'objectif.

La Main de sang s'avança vers le rez-de-chaussée

qui abritait une échoppe de lavandières. À l'intérieur, des femmes, âgées pour la plupart, lavaient des draps ou repassaient des chemises. Certaines, un panier sous le bras, partaient vers la Seine pour laver du linge. L'ancien comte interpella la plus âgée.

— À qui appartient la cave ?

La bonne femme secoua la tête.

— Je ne sais pas. On y descend uniquement quand l'eau de la Seine est trop boueuse. Il y a un lavoir alimenté par une source.

La Main de sang fit signe aux argousins[1] qui l'accompagnaient de descendre au sous-sol. Après la cavalcade des pas, il entendit le bruit d'une porte que l'on défonce, puis des cris de surprise.

— Il n'y a rien !

À son tour il se précipita pour se trouver dans une salle voûtée, percée d'une seule ouverture : un étroit soupirail en forme de meurtrière. La salle était déserte, à l'exception d'une vasque de pierre, alimentée par un tuyau de plomb délavé. La Main de sang y trempa les doigts : l'eau était glacée. Il n'y avait aucune trace d'une tombe, encore moins d'un ancien cimetière.

— Faites venir le ministre.

— Je l'ai déjà appelé.

La voix de Radet résonna sous la voûte. À son tour, il examina les lieux. Malgré ses bottes, il sentait le froid qui montait du sol. Les murs, eux, étaient couverts d'excroissances brillantes, de minuscules

---

1. Nom donné aux policiers affectés à la surveillance.

stalactites qui se reflétaient dans l'éclat des lampes tenues par les policiers.

— C'est sans doute une glacière du Moyen Âge, annonça Étienne, on s'en servait pour conserver des blocs gelés découpés dans la Seine pendant l'hiver.

— D'après mes renseignements, cette cave faisait partie d'un cimetière, mais il n'en reste rien.

Le mot cimetière fit réagir Radet. À Rome, le sous-sol était truffé de nécropoles, parfois sur plusieurs étages souterrains. Par réflexe, il frappa le sol, mais un son mat lui répondit. Il n'y avait rien dessous.

— J'ai l'impression que ce maudit jésuite nous a menés en bateau !

— On va vite le savoir.

Fouché venait d'entrer. Aussitôt, il toussa comme un damné. Depuis son enfance, cet homme dont le nom faisait trembler l'Europe avait des poumons troués comme de la dentelle. À ses côtés, le jésuite était impassible. Cette fois, il ne priait plus. La Main de sang sondait les murs, frappant les blocs de pierre avec la pointe d'un marteau et piquetant les enduits avec une longue aiguille. Le ministre observait ce travail en connaisseur. En Vendée, quand il était un révolutionnaire ardent, il avait vu des soldats fouiller les maisons ainsi pour débusquer des caches de vivres ou d'argent. Radet secoua la tête.

— Ce n'est ni dans le sol, ni dans les murs…

Il se pencha vers la vasque de pierre. Elle était rectangulaire, comme une auge, mais beaucoup plus longue. Il chercha le fond avec la main. Il y avait très peu de profondeur donc ce n'était pas non plus un lavoir.

— Ni une auge ni un lavoir…, laissa échapper Étienne, qu'est-ce que cette baignoire vient faire au fond d'une cave ?

La Main de sang se rapprocha comme s'il avait eu une révélation. Il se pencha, inspecta les parois puis désigna, sur la face la plus étroite, le trou d'où s'échappait le trop-plein d'eau.

— Ni une auge, ni un lavoir, ni une baignoire… c'est un ancien sarcophage réutilisé. Regardez ce trou en bas, il servait à évacuer ce qui restait du corps après la décomposition. Nous sommes bien dans un ancien cimetière et c'est une tombe.

Étienne s'approcha du tuyau de plomb qui remplissait la vasque et le tordit. Aussitôt l'eau coula sur le sol.

— Il n'y a plus qu'à attendre que cette tombe se vide.

Fouché observait Bartolomeo, mais son visage ne trahissait aucune émotion. Le ministre avait procédé à beaucoup d'interrogatoires et il savait reconnaître le moment où un homme, même violemment menacé et torturé, ne parle plus. Ce moment où la volonté se fige en un roc sans aspérité. Le jésuite avait atteint ce seuil.

La vasque de pierre était bientôt vide. Étienne l'observait avec attention : elle avait la taille suffisante pour y déposer un corps. La Main de sang avait peut-être raison. Chacun s'approcha. Le fond était glauque, verdi par l'humidité.

— Déplaçons le sarcophage. La cache est peut-être dessous, proposa l'ancien comte.

Étienne secoua la tête.

— Non, c'est impossible. Une cache, surtout si elle contient de l'argent, doit toujours être accessible aisément et rapidement.

Fouché prit la parole :

— Si la cachette n'est ni dans le sol, ni dans les murs, ni dissimulée sous le sarcophage, alors elle est dedans.

À nouveau, tous regardèrent le fond de la vasque tapissé d'un dépôt glaireux et verdâtre. Étienne l'ôta délicatement, puis saisit le marteau que lui tendait la Main de sang et commença de tapoter le fond. Un son clair résonna.

Radet frappa d'un coup sec. Une croûte de plâtre s'effondra, dévoilant une étroite ouverture en forme de fourreau.

— Si c'est là que les royalistes cachent leur or… il y a à peine de quoi mettre une dizaine de pièces.

— Pas des pièces…

Radet montra une sorte de crénelage taillé dans la pierre puis brandit une clef qui semblait avoir défié les siècles.

— Je l'ai trouvée dans les affaires de l'homme qui a tenté de m'assassiner.

Il enfonça la clef dans la fente et la fit tourner pendant que la Main de sang ajoutait :

— Cette maison appartenait à l'ordre du Temple, peut-être est-ce une de leurs cachettes que les royalistes ont réutilisée ?

Le dessous du sarcophage était creux. Radet plongea la main et remonta deux sacs tendus à craquer. L'or brillait entre les cordons dénoués. Il en versa une partie dans les paumes de la Main de sang.

— Écus, léopards, florins, maravédis.

Le regard froid, Fouché se tourna vers le jésuite.

— Toutes ces pièces ont plusieurs siècles. Elles ne sont pas réunies là par hasard. D'où proviennent-elles ?

Le prêtre siffla entre ses dents.

— Soyez maudits !

— Vous allez parler. Personne ne me résiste !

— Je ne crains pas les hommes. Je ne redoute que Dieu.

La Main de sang saisit le robinet et le fit couler à nouveau dans le sarcophage, puis il se pencha à terre et obstrua le trou de sortie. Il se tourna vers Bartolomeo.

— Une dernière fois. D'où vient cet or ?

— *Pater noster qui es in coelis…*

L'ancien aristocrate ne lui laissa pas le temps de finir, il l'attrapa et le fit basculer dans le sarcophage rempli d'eau glacée.

— Vous, les prêtres, êtes convaincus qu'il y a un au-delà, que Dieu vous attend. Alors tu ne dois pas craindre la mort. Au contraire, c'est une délivrance : le paradis t'est promis !

Le visage maintenu sous l'eau, Bartolomeo battait violemment des mains.

— Pourquoi te débats-tu ? Mourir n'est rien. Le Sauveur te tend les bras.

Les doigts du jésuite s'agrippèrent au rebord de pierre. Le visage de Bartolomeo resurgit.

— Pitié !

— Je ne sais pas si c'est le froid ou l'eau qui va te tuer en premier.

Il replongea la tête du jésuite.

— Mais moi je préfère l'eau, parce que tu te verras mourir.

— Assez !

Brusquement Radet saisit Bartolomeo au collet et le fit jaillir hors de l'eau écumante.

— Tu vas crever si tu ne dis rien, imbécile ! Parle !

Le jésuite, haletant, le regardait avec des yeux fous, mais ne dit rien.

— Alors tant pis pour toi !

Étienne le replongea dans l'eau, lui maintenant la tête totalement immergée.

— Vous allez l'achever, remarqua Fouché.

En réponse, le général enfonça la tête plus profondément. Ce ne serait que le second cadavre de la journée, mais il en avait assez de ces séances de torture. Il était un militaire, pas un bourreau. Comme il serrait le cou du prêtre pour hâter sa fin, un violent coup d'épaule le fit rouler au sol. Il essaya de se relever, mais la Main de sang fit danser devant lui la gueule noire d'un pistolet.

— Ne me tentez pas !

L'ancien noble se retourna vers le jésuite qui haletait.

— Maintenant, tu vas vraiment souffrir.

— Les pièces… c'est le pape… le pape Sixte IV… c'est à lui…

Radet se massa l'épaule avant de jurer. Bartolomeo avait perdu la raison. Le pape actuel s'appelait Pie VII.

— Sixte, c'est lui qui a vendu le paradis... lui qui a converti le ciel en or...

— Finissons-en, s'exclama la Main de sang, ce maudit jésuite délire!

— Suffit!

Le ton sec de Fouché résonna sous la voûte.

— Sixte IV a réellement existé. Il fut pape à la fin du XVe siècle. Environ à l'époque de ces pièces.

Fouché, avant d'être révolutionnaire, avait fait ses études au séminaire. Il s'approcha de Bartolomeo dont les mains agrippaient convulsivement le rebord de pierre du sarcophage.

— Une dernière fois, d'où vient cet or?

— De Rome... Tout est à Rome... c'est là qu'est caché le trésor sacré de l'Église.

Le ministre regarda les deux bourses qui débordaient de pièces anciennes. Et si c'était vrai?

— Où à Rome?

— Je ne sais pas... tout est dissimulé dans de vieilles caches...

— Comme ici, demanda Radet, dans cette tanière des templiers?

Au regard de bête traquée du jésuite, Étienne sut qu'il avait touché juste. Après sa dissolution, l'Église avait dû s'emparer de beaucoup de caches de l'ordre du Temple. En France et ailleurs.

— Où sont les autres caches?

Fouché aussi avait compris. Désormais le secret

devait être protégé. À n'importe quel prix. Il fit signe à la Main de sang. L'ancien comte jeta le jésuite dans le sarcophage.

— Adieu, Bartolomeo.

36

Badia a Passignano
De nos jours

C'était une église magnifique, idéale pour communier avec Dieu. Un bijou de style roman où se dressait une statue de pierre usée par le temps. Basile reconnut le père Anselme, un ancien Primus des Chevaliers de la Foi, célèbre pour avoir redonné tout son lustre à l'ordre et rénové l'abbaye. En entrant, Valienti et Bellaquista s'étaient signés en trempant leur index dans un bénitier.

— Nous sommes dans l'église San Biagio[1] de Sébaste, murmura le Primus.

Ils contournèrent un pilier et s'avancèrent dans la nef jusqu'à l'autel. Surpris, Bellaquista s'aperçut que les deux rangées de bancs les plus proches de l'autel avaient été remplacées par des fauteuils roulants ergonomiques. Les deux hommes s'approchèrent. Les cinq fauteuils étaient occupés. Trois hommes et

---

1. Saint-Blaise.

deux femmes, relativement âgés, solidement sanglés au niveau des poignets, du torse et des pieds. De dos ils avaient l'air de se tortiller sur leurs sièges.

Une porte latérale s'ouvrit derrière l'autel pour laisser apparaître un prêtre en habit liturgique suivi par deux hommes en blouse blanche. Il tenait entre les mains un calice doré. À mesure qu'ils avançaient, on l'entendait déclamer des paroles en latin.

Le Primus prit le bras du notaire et murmura :

— San Biagio a vécu en Cappadoce au IVe siècle de notre ère et a été découpé vif avec un peigne en fer aux pointes aussi acérées que des poignards. Mais ce n'est pas cela qui le rend si intéressant. Il est le seul saint à avoir été de son vivant évêque et médecin. Il guérissait les hommes et les animaux. Grâce à son art de la médecine et ses miracles.

Ils passèrent devant l'un des fauteuils dans lequel un homme à la chevelure blanche et ondulée semblait pris de convulsions, bavant et roulant des yeux sans prononcer le moindre mot.

— Qui est ce malade ? demanda le notaire.

— Vous avez devant vous le professeur Clive O'Banon, l'un des pionniers de la physique quantique et prix Nobel.

— Que lui arrive-t-il ?

— Le traitement que nous administrons à nos résidents produit parfois ce genre d'effet. Nous avons remarqué que les faire assister à la messe accélérait leur guérison. Pour certains. Dans le cas d'O'Banon, il sera transféré dans une chambre sécurisée pendant trois jours, le temps que son traitement agisse.

— Mais de quoi parlez-vous ?

La voix du curé emplissait l'église de mots en latin résonnant telle une douce mélodie.

— Tous ces gens présents ainsi que ceux que tu as croisés tout à l'heure se sont portés volontaires pour nos traitements. Viens.

Valienti l'avait entraîné à travers d'autres bâtiments jusqu'à une salle qui ressemblait à un service d'hôpital où s'affairaient médecins et infirmiers. Le Primus marcha le long d'un couloir et s'arrêta devant une porte entrouverte.

Il frappa, attendit qu'on lui répondît puis entra en invitant le notaire à le suivre. Dans la pièce, remplie d'écrans, de moniteurs et agrémentée d'une bibliothèque, deux hommes en blouse blanche scrutaient l'un des terminaux. Le plus âgé avait la cinquantaine. C'était un homme grand et épais au visage curieusement étroit, orné de fines lunettes d'acier. Le second était beaucoup plus jeune, un interne, songea Bellaquista. Le médecin discutait au téléphone et fit signe au Primus et au notaire de l'attendre pendant qu'il terminait sa conversation.

— Nous sommes dans le bureau du *dottore* Galeazi, responsable du service de neurologie de l'hôpital.

Le notaire consulta sa montre et afficha un air soucieux. Il était pressé de retourner à Milan, mais il était intrigué par ce qui se tramait dans ce curieux établissement.

— Gianfranco est venu lui aussi ?

— Oui, il se trouvait ici même. Ce fut un moment… douloureux.

— Pourquoi ?

— Tu vas comprendre.

Galeazi arriva vers eux et les salua avec effusion. Il affichait un sourire bienveillant et communicatif.

— Mon cher ami, quel plaisir. Vous êtes venu pour notre cardinal ?

— Oui. Il n'a pas l'air bien en point.

— Mes collègues de l'*ospedale* de Florence ont fait le maximum, mais il souffre d'un diabète et d'une insuffisance coronarienne qui rendent son rétablissement problématique. Mon collègue du service de cardiologie m'a averti qu'il faudrait probablement le réopérer.

— Que Dieu le prenne sous sa sainte protection et qu'il aide à sa guérison, dit Valienti en se signant, puis en indiquant le notaire : Je vous présente maître Bellaquista. Membre émérite de notre ordre et exécuteur testamentaire de Gianfranco Varnese.

Le sourire disparut du visage du neurologue comme par enchantement.

— Sa mort est une bien triste nouvelle.

— *Dottore*, pouvez-vous expliquer à notre ami l'enjeu du programme mené sous votre responsabilité ?

— Est-ce vraiment une bonne idée ? La dernière fois ce fut…

Le Primus leva le bras pour le couper.

— Non. Je m'y engage. J'ai toute confiance dans le jugement de notre frère ici présent. La nature l'a doté d'un caractère moins impulsif que Gianfranco.

Le médecin hocha la tête et croisa les bras.

— Nous expérimentons depuis un peu plus de deux ans une méthode thérapeutique prometteuse. Du moins dans un sens médical et spirituel. Il s'agit de guérir les âmes.

Le notaire l'écoutait avec méfiance.

— N'est-ce pas le rôle de la foi ?

— Justement ! Tous les résidents que vous avez vus dans l'abbaye étaient des athées convaincus. Des scientifiques, philosophes, hommes ou femmes de lettres, grands médecins, ingénieurs, politiques. De brillants cerveaux, mais des cerveaux qui n'ont jamais été ensemencés par la parole de Dieu. Eh bien, nous les aidons à trouver un chemin spirituel. Avec l'aide de la science, mais sous le contrôle de l'Église.

— Le Primus m'a dit qu'ils étaient volontaires.

— En effet. Personne ne les a forcés à venir suivre le traitement. Voyez-vous, ces hommes et ces femmes avaient tous un troisième point commun avant leur arrivée ici : la peur du néant. Les trois quarts d'entre eux souffrent d'une maladie ou savent que leur vie touche à sa fin. Et cela les terrifie. À l'approche du crépuscule, leurs cerveaux, aussi brillants soient-ils, ont été infectés par un cruel virus. La peur de mourir.

— Pauvres gens…

Le Primus hocha la tête à son tour et prit l'avant-bras du notaire.

— Avant de venir à San Biagio, la plupart d'entre eux étaient sous anxiolytiques ou antidépresseurs. Quand la société a tué Dieu, elle a aussi assassiné l'espérance du paradis. Voilà pourquoi l'ordre s'est impliqué dans ce programme.

— Mais… Notre Sainte Église ? Le Vatican ? Ils sont au courant ?

— Bien sûr. Nous soignons même des prélats qui ont perdu la foi au crépuscule de leur vie.

— En quoi consiste ce traitement ?

Le neurologue s'approcha d'un écran, l'alluma et fouilla dans plusieurs fichiers pour afficher la coupe d'un cerveau.

— Nous leur faisons absorber un médicament à base d'acide lysergique diéthylamide couplé à une neurochirurgie.

— Du LSD, ajouta le Primus.

— Vous plaisantez ?

— Nullement. Et nous ne sommes pas le seul établissement hospitalier à expérimenter des substances psychédéliques. Actuellement, une trentaine de services de neurologie dans le monde administrent à leurs volontaires du LSD, de la MDMA, de la psilocybine, de la kétamine et autres substances hallucinogènes[1].

— Mais ces drogues sont interdites !

— Pas dans un cadre hospitalier de protocoles encadrés. En fait, nous ne faisons que continuer les études de nos prédécesseurs des années 1970 dont les recherches ont été stoppées pendant des décennies à cause de l'explosion de la consommation de ces substances et des trafics qui ont suivi.

---

1. Authentique, voir annexe en fin d'ouvrage.

Il indiqua de l'index une petite armoire de verre avec des tubes de différentes couleurs à l'intérieur.

— Nous avons tout ce qu'il faut à disposition. (Puis se tournant vers l'écran :) Regardez ce qui se passe dans le cerveau d'un patient quand nous administrons notre médicament.

Des zones du cerveau se colorièrent de rouge et de vert.

— La zone en rouge est le cortex visuel primaire, situé à l'arrière du crâne. C'est là que se produisent les hallucinations. En vert, à l'avant du crâne, les cortex préfrontal ventromédian et associatif vont être mis au ralenti, ces zones contrôlent le sentiment de soi, l'individualité, les ruminations. Et dans la partie centrale du cerveau, cette petite boule verte, c'est l'amygdale. Le centre de toutes nos peurs, angoisses et phobies. Là encore elle est inhibée, le sujet est délivré de cette emprise négative.

Le notaire secoua la tête et afficha un visage buté. Il abhorrait les drogues.

— Le seul fait de prendre du LSD donne la foi à vos patients ? J'ai du mal à le croire.

— La prise de LSD seule ne sert à rien. Mais notre traitement repose sur une deuxième intervention. L'électrostimulation. Regardez.

L'écran bascula sur une scène d'opération.

— Ce patient est en train d'être opéré dans notre bloc juste à côté. Le médecin stimule une zone précise du cerveau, le lobe temporal, considéré comme important dans le déclenchement de pensées mystiques ou religieuses. C'est le point de Dieu selon certains. En couplant la prise du médicament à base de LSD avec l'intervention chirurgicale, nous ouvrons les portes de la perception du divin.

— Incroyable... et c'est sans danger?

— Oui. Nos patients restent sous observation pendant un mois, puis ils retournent chez eux. C'est comme cela que s'est fait le bouche-à-oreille. Dans de rares cas, les malades sont pris de convulsions ou sombrent dans une profonde angoisse. Nous les mettons dans une chambre sécurisée le temps qu'ils reprennent leurs esprits. Je ne vous cache pas que l'expérience est éprouvante pour certains. Mais ils sont en parfaite sécurité le temps de leur transition.

Bellaquista songea à la figure cadavérique entrevue derrière les barreaux d'une chambre à son arrivée.

— C'est... secret?

Le visage du médecin se crispa.

— Disons plutôt confidentiel. De nombreuses équipes médicales travaillent sur ces traitements. Mon équipe communiquera ses résultats d'ici deux ans à la communauté scientifique. Bien évidemment nous enroberons cela sous l'angle de l'amélioration des états dépressifs.

— Tu comprends pourquoi l'ordre finance ces recherches? ajouta le Primus. Si l'athéisme est un cancer, alors ici nous détruisons des tumeurs.

— Mais que s'est-il passé avec Gianfranco? Le cardinal dit qu'il s'est emporté quand vous lui avez fait part de vos recherches.

Le neurologue échangea un regard inquiet avec le Primus.

— Effectivement, il s'est subitement mis en colère, répondit le spécialiste. Il nous a hurlé que l'ordre n'avait pas à manipuler les cerveaux. Que la foi était une affaire personnelle. Nous avons tenté de le raisonner. Je lui ai même proposé d'échanger avec nos patients. Il n'a rien voulu savoir et nous a annoncé qu'il couperait ses financements.

Bellaquista écoutait avec attention, mais restait sceptique.

— Vous m'étonnez. Je l'ai rarement vu en colère et il était plutôt ouvert à la recherche médicale.

— Et pourtant…

Le neurologue contemplait pensivement le cerveau sur l'écran. Les aires cérébrales clignotaient, formant comme des serpents entrelacés.

— Il hurlait que nous n'avions aucune idée du mal que nous faisions. Que nous étions les médecins du démon.

37

La Malmaison
Octobre 1809

La chasse se déployait à la lisière de la forêt. Déjà, on voyait les piqueurs qui lançaient les chiens, en meute serrée, à la poursuite du gibier. Le bruit entêtant des aboiements montait jusqu'à la colline où Radet observait les cavaliers qui, arme à l'épaule, se préparaient à la traque. Sur la gauche, près des étangs, un petit groupe attendait. Étienne reconnut le Vizir, un cheval à la robe gris perle offert par le sultan d'Istanbul, que montait l'Empereur. Napoléon ne semblait pas pressé de rejoindre la chasse. Son fusil était toujours dans son fourreau. À ses côtés, descendu de selle, se tenait Fouché. Les deux hommes avaient une discussion animée. Nul doute que les événements de la rue Galande étaient évoqués. Étienne descendit vers le château dont la toiture d'ardoise émergeait des frondaisons. Sous le soleil, enroulée dans un châle, Joséphine se promenait près de la pièce d'eau du parc. Les premiers coups de feu retentirent dans l'air du matin. Surprise, l'impératrice leva la tête. Derrière elle, en robe sombre, se tenaient ses dames d'atour. Des jeunes femmes, souvent issues de l'ancienne aristocratie, et qui veillaient à exaucer le moindre souhait de Joséphine. Disséminés sous les arbres, des sous-officiers de la garde assuraient discrètement la sécurité. Ils n'étaient pas les seuls. Des hommes de Fouché surveillaient tout le domaine. Un ordre direct de l'Empereur.

— Majesté, je vous présente mes respects.

Le général plia sa haute stature. Joséphine estima la distance qui la séparait de ses compagnes et baissa la voix.

— Je suis heureuse de revoir le frère Radet.

Étienne porta discrètement la main à plat sur le cœur, pouce en équerre.

— Madame, je viens vous rapporter vos lettres. Pouvez-vous les conserver en toute sécurité ?

— Oui.

— En êtes-vous certaine ?

— L'une de mes dames d'atour vient de quitter précipitamment mon service. Je la soupçonne de m'avoir dérobé cette correspondance.

Radet sortit un calepin.

— Son nom ?

— Agathe de Montbrun. Nous avons été détenues ensemble à la prison des Carmes sous la Terreur[1]. Je croyais pouvoir lui faire confiance.

Discrètement, Étienne lui tendit le paquet de lettres.

---

1. Joséphine a été détenue près de quatre mois en 1794.

— Mettez-les en lieu sûr.

Plutôt que de reprendre la correspondance, Joséphine ouvrit une ombrelle pour se protéger du soleil qui perçait entre les branches.

— Vous les avez lues ?

— Je les ai découvertes lors d'une perquisition, Madame, je me devais de les lire.

— Alors vous savez que mon mari paierait très cher pour les voir détruites et que si vous les lui apportez, votre fortune est faite ?

— Prenez ces lettres, Madame.

Joséphine se rapprocha.

— Vous savez aussi que si une seule d'entre elles est rendue publique, mon mari, même divorcé, aura beaucoup de mal à se remarier ?

Gêné, Étienne fixa le paquet. Dans ces lettres, Joséphine racontait par le menu sa rencontre avec le futur Empereur et la folle ardeur de leurs premières étreintes.

— Une seule de ces lettres envoyée dans une chancellerie étrangère, et la presse, surtout anglaise, s'en emparera...

Une folle ardeur, pensa Radet, mais dont la gloire de Napoléon ne sortait pas indemne. Apparemment, l'Empereur faisait l'amour comme il livrait bataille. En force et à la vitesse de l'éclair.

— Une seule lettre et il sera ridiculisé aux yeux de toute l'Europe. Quelle princesse, d'Autriche ou de Russie, accepterait alors de l'épouser ?

— Madame, ce que j'ai lu ne m'appartient pas et je n'ai jamais fait carrière sur le secret de quiconque.

Une fois de plus, Radet tendit le paquet de lettres. Désormais, elles lui brûlaient la paume.

— Vous êtes un honnête homme et un frère précieux, général. Que puis-je faire pour vous ?

— Oublier que je vous ai rendu service, Madame.

Joséphine prit la correspondance qu'elle glissa sous son châle.

— C'est impossible.

Essoufflé, un sous-officier s'approcha.

— L'Empereur quitte la chasse et revient à la Malmaison, Majesté.

En un instant, Joséphine battit le rappel de ses dames d'atour. Quand le Maître rentrait chez lui, tous devaient l'attendre. À son regard angoissé, Radet saisit combien cette femme aimait encore son mari. À moins que ce ne fût de la peur. Juste avant de se précipiter vers le château, elle saisit la main d'Étienne.

— Merci, mon frère !

Comme Radet se préparait à partir, le sous-officier le retint.

— Vous devez rester, général, le ministre de la Police veut vous voir dès que son entretien avec l'Empereur sera terminé.

La Malmaison

Fouché avait toujours été surpris de la modestie de la chambre de Napoléon. Un lit de camp poussé contre un mur, une table guéridon entourée de deux fauteuils au tissu fatigué, un canapé gondolé sur lequel s'accumulaient cartes et livres. Accrochée à un clou, l'épée que le jeune général portait lors de la campagne d'Égypte. L'Empereur avait aménagé cette pièce comme l'intérieur d'une tente de camp militaire. Même en temps de paix, il avait besoin de vivre comme à la guerre. Sur le rebord d'acajou d'un fauteuil traînait une vareuse d'uniforme, Fouché remarqua qu'elle avait été rapiécée. L'Empereur, dont toute la famille vivait dans un faste absolu, aimait l'économie. Deux domestiques entrèrent, roulant devant eux une baignoire en cuivre qu'ils remplirent aussitôt d'eau bouillante. Bientôt la chambre fut remplie de vapeur.

— Tournez-vous donc, Fouché, sinon je vais penser que vous avez pris de mauvaises habitudes au séminaire.

Napoléon venait d'entrer, jetant ses bottes à travers la pièce. Tous les jours, il passait des heures dans son bain, où il travaillait comme un damné.

— Vous me confondez avec Cambacérès, Sire.

Un éclat de rire lui répondit. La rumeur publique prêtait à l'archichancelier un faible pour les jeunes éphèbes. Rumeur qu'à son grand dam le ministre de la Police n'avait jamais réussi à prouver.

— Vous pouvez vous retourner maintenant.

Un des serviteurs avait déposé face au torse de Napoléon une planche de bois où étaient posés feuilles et encrier.

— Je suis certain, Fouché, que c'est la première fois que vous voyez un homme dans son bain.

— Vous vous trompez, Sire.

— Ne me dites pas que c'est Cambacérès !

— Non, c'était Marat.

Le visage déjà pâle de l'Empereur devint livide. Il détestait qu'on lui rappelle la Révolution et plus encore Marat, celui qui voulait engloutir l'ancien monde sous des flots de sang.

— Qu'avez-vous, Sire, c'est le nom de Marat qui vous émeut ? Il est vrai qu'il a été assassiné dans une baignoire[1].

— Si c'est une plaisanterie, Fouché...

Le ministre de la Police saisit une chaise et s'y assit à califourchon.

— Je ne suis pas venu pour plaisanter, Sire, mais pour parler d'un pape.

Aussitôt, Napoléon se redressa.

— Quoi ? Le pape s'est échappé ?

— Non, le pape dont je veux vous parler n'est pas l'actuel, mais Sixte IV, qui régna sur la chrétienté de 1471 à 1484.

Si son interlocuteur n'avait pas été Fouché, l'Empereur aurait pensé qu'il divaguait, mais le ministre de la Police ne parlait jamais pour ne rien dire.

— Savez-vous ce qu'est le purgatoire, Sire ?

— Allons, Fouché, me prenez-vous pour un mécréant ? Selon l'Église, le purgatoire est un lieu de pénitence où se retrouvent les morts qui n'ont pas assez commis de fautes pour aller en enfer, mais trop péché pour accéder au paradis.

— Oui, une sorte de salle d'attente où on peut

---

1. Marat est poignardé dans son bain par Charlotte Corday, le 13 juillet 1793.

rester des années, des décennies, voire des siècles, sauf qu'en l'an de grâce 1475, Sixte IV a eu une idée de génie, il a inventé le coupe-file céleste.

Cette fois, Napoléon se demanda si le ministre de la Police ne délirait pas.

— Grâce à des dons en argent, vous pouvez racheter à l'avance votre temps passé au purgatoire. Sixte a appelé cela les indulgences : un système tarifé où, en échange d'une somme précise, le pape, seul représentant habilité de Dieu sur terre, pouvait diminuer votre attente pour le paradis.

— Mais pourquoi me parlez-vous de cela ?

— Parce que, depuis 1475, ses successeurs n'ont cessé de perfectionner le système et que des centaines de millions de catholiques ont payé pour échapper à l'interminable attente. Payé de leur vivant en achetant des années ou des décennies d'indulgence, mais payé aussi après leur mort en faisant des legs innombrables à l'Église.

Brusquement Napoléon eut la vision de fleuves d'or et d'argent coulant de tous les points du globe vers Rome.

— En tout, des sommes astronomiques, Sire ! Rien que pendant son pontificat, Sixte a réussi à reconstruire les plus grandes églises de Rome et à créer la chapelle Sixtine… et nous avons la preuve qu'il n'a pas épuisé la manne.

Cette fois, l'Empereur jaillit de son bain.

— C'est avec cet or, reprit Fouché, que l'actuelle papauté finance tous les complots royalistes qui vous menacent.

Le ministre de la Police posa un dossier sur la table de bois.

— Tout est dans ce rapport... mais le plus important est ailleurs.

— Où ?

— À Rome, Sire. Là où quarante générations de papes ont fait fructifier le trésor secret de l'Église.

Napoléon ne répondit pas mais derrière son regard fixe les combinaisons politiques les plus audacieuses et les plans militaires les plus intrépides prenaient brusquement forme.

— Trésor qui n'attend que vous, Sire.

— Envoyez sur-le-champ un homme de confiance à Rome.

— Je suggère le général Radet, Sire. Comme vous le savez, il connaît très bien la ville éternelle.

— Parfait !

Mais Napoléon se ravisa aussitôt. Radet avait la réputation d'être resté républicain et, même s'il avait exécuté sans sourciller l'ordre d'enlever le pape, mieux valait le surveiller de près.

— Vivant Denon l'accompagnera. Lui aussi connaît très bien Rome.

Le ministre de la Police se leva et salua. La buée commençait de se dissiper dans la chambre et Fouché put observer le sabre de Bonaparte un instant.

— Si je réussis, Sire, vous porterez ce sabre jusqu'au cœur de l'Inde.

Chemin de Paris

Radet était descendu de selle. Le sol, encore boueux la veille, avait gelé et son cheval avait perdu un fer. Mieux valait traverser la partie la plus froide de la forêt à pied. Par réflexe, il tâta la crosse de son pistolet sous sa redingote, mais depuis qu'il avait rendu sa correspondance à l'impératrice, il se sentait moins menacé. Et bientôt, Paris et les Chevaliers de la Foi ne seraient plus qu'un souvenir. Fouché lui avait intimé l'ordre de repartir immédiatement pour Rome. Une conséquence logique de l'or découvert rue Galande et des aveux de feu Bartolomeo. Le général laissa échapper un rictus : il n'avait toujours pas digéré la façon dont ce lansquenet de malheur, la Main de sang, avait traité le jésuite. Certes, il n'avait fait qu'obéir aux ordres de Fouché, mais la manière, froide et distanciée, qu'avait cet ancien aristocrate de tuer et torturer lui était odieuse. Étienne souffla dans ses mains. Le froid était tombé d'un coup, juste au moment où l'Empereur était revenu de la chasse. Radet avait seulement aperçu sa silhouette pressée dans l'escalier. Fouché l'attendait.

Les arbres avaient tous perdu leur feuillage. Aussi loin que le regard portait, on ne voyait que des troncs noircis et des branches dénudées. Même les oiseaux s'étaient tus. Radet n'entendait résoner que ses pas et les sabots de son cheval. Il se demanda s'il sortirait un jour de cette forêt puis secoua la tête. Décidément, le silence et la solitude ne lui valaient rien. Mieux valait se concentrer sur sa nouvelle mission. Retrouver dans Rome le trésor séculaire de l'Église. Fouché était convaincu de son existence. Étienne eut un sourire amer. La découverte d'un pareil pécule arrangerait bien les affaires du ministre de la Police. Avec un tel magot, l'Empereur pourrait à nouveau partir en guerre. On murmurait qu'il voulait se lancer à la conquête de l'Égypte et de là, se rendre maître de l'Inde. Une campagne qui durerait des mois et qui laisserait à Fouché le temps de dévorer le sommet du pouvoir. Ce n'était pas un Cambacérès, trop prudent, ni un Talleyrand, affaibli, qui pourraient s'y opposer. Quand Napoléon reviendrait, il risquait fort de trouver la place prise. Ce trésor, s'il avait fait la puissance de l'Église, pouvait défaire l'existence de l'Empire.

Comme Étienne levait les yeux, il aperçut une silhouette assise sur le bord du chemin. Botté de cuir fauve, enfoui dans une pelisse noire, l'inconnu leva vers lui un regard que Radet reconnut aussitôt. La Main de sang.

— Alors, général, vous voyagez en votre seule compagnie ? Voilà qui doit être d'un ennui mortel !

Étienne n'hésita pas. Il porta la main à son arme.

— Que faites-vous ici ?

— J'exécute un contrat.

Radet sortit son pistolet.

— Un contrat très bien payé, d'ailleurs. De quoi voyager bien et loin.

— Vous quittez Paris ?

— Après pareil contrat, il me paraît difficile d'y rester.

Le général avait compris.

— Et comment comptez-vous me tuer? Comme ce malheureux jésuite? En me noyant?

En s'approchant, Étienne vit que son adversaire tenait entre ses mains un lacet de cuir bruni de sang.

— À moins que vous ne préfériez l'étranglement? Mais si vous êtes encore un homme d'honneur, placez-vous à vingt pas de moi. Une seule balle chacun et nous verrons bien quelle vie le destin tranchera.

La Main de sang se leva nonchalamment.

— Le problème est que je n'ai pas de pistolet. Juste ça…

Du regard, il désigna le lacet.

— Et que je viens de m'en servir à l'instant. Regardez dans le fossé.

Radet s'y précipita. La bouche encore ouverte, le notaire Pélisson gisait dans la boue.

— Ce petit tabellion voulait à tout prix que je lui fournisse votre cadavre. Il m'a payé, mais j'ai commis une entorse au contrat: il y a bien un cadavre, mais c'est le sien.

Étienne regardait le mort. C'était ce Pélisson qu'il avait vu à la tenue de la Malmaison. Ceux qui voulaient sa mort étaient plus proches qu'il ne le croyait. Il était vraiment temps de quitter le pays.

— Quand on trouvera le corps, les loups auront fait leur œuvre. Nul ne pourra l'identifier.

— Pourquoi l'avez-vous tué plutôt que moi?

La Main de sang éclata de rire.

— Il m'avait déjà payé. Et vous avez un trésor à trouver.

— Qui vous a mis au courant ? s'exclama Radet stupéfait.

— Le ministre de la Police tient à ce que vous restiez vivant. Qui d'autre sinon pourrait découvrir le trésor de Sixte IV, sans doute dissimulé dans une des caches de l'ordre du Temple ?

Radet frissonna malgré lui. La Main de sang savait tout.

— Fouché n'aimerait pas que vous échouiez. L'Empereur non plus.

Étienne regarda le cadavre de Pélisson dans la boue. S'il ne trouvait pas ce trésor, il risquait fort de finir comme lui. La Main de sang n'échouait jamais.

— Bon séjour à Rome, général Radet.

38

Aéroport de Nice
De nos jours

L'Embraer stationnait sur la piste d'envol derrière un autre jet, en attente du feu vert de la tour de contrôle, sous un ciel flamboyant qui écrasait l'horizon. Le créneau de décollage avait été décalé en raison d'un encombrement aérien au-dessus de la zone. Antoine était assis face à Giulia, au milieu de l'appareil. Ils étaient les deux seuls passagers à bord. Le tableau du sacre reposait à cheval sur deux rangées de sièges au fond du jet, solidement arrimé aux accoudoirs par des sangles, et occupait tout le fond de l'habitacle.

— Napoléon et Joséphine vont enfin connaître leur baptême de l'air, commenta Marcas en jetant un œil à la toile.

— Espérons pour eux que ce vol se terminera mieux que le précédent. La dernière fois tous ses occupants ont été retrouvés morts à l'intérieur. Dont mon père. Vous êtes d'ailleurs assis à sa place. *Mio padre…*

Le regard de l'Italienne se voila soudainement, ses yeux vacillèrent. Antoine intercepta son regard triste.

— Toutes mes condoléances pour sa mort. J'imagine que son suicide a dû vous bouleverser.

— Ce n'était pas un suicide. Une enquête est en cours, mais l'appareil a été piraté juste avant l'atterrissage. Ça sortira bientôt dans la presse.

— Et vous avez une idée de qui…

— Non. La police nous le dira. Par sécurité nous avons fait installer un système anti-hacking en urgence sur le jet. Pour ne pas subir la même mésaventure.

Elle se redressa sur son siège, puis sortit un petit étui de cuir brun dont elle tira un fin cigare. Elle l'alluma sous les yeux ahuris d'Antoine.

— C'est interdit, commenta-t-il.

— Seulement pour ceux qui ont la malchance de voler avec des compagnies régulières.

— Évidemment. J'avais oublié que nous sommes dans le monde des kshatriya. Les lois ne s'appliquent pas à vous.

Elle lui jeta un œil surpris.

— Je connais ce mot, j'ai fait un an de fac de philo à New Delhi dans ma jeunesse. Vous me voyez donc comme ça ? Une représentante de ma caste.

— Pour ne rien vous cacher.

— Vous seriez étonné de l'éducation prodiguée par notre père. À la dure. Il fallait faire ses preuves. Nous avons travaillé dans le groupe en parallèle de nos études.

— Je compatis. Montez la comédie musicale *Les Misérables* à Milan et prenez le rôle principal.

Elle éclata de rire.

— Vous êtes un homme intéressant, commissaire. J'aime l'insolence chez mes collaborateurs.

— Je ne suis pas votre collaborateur. Vous avez le wifi à bord ?

— Oui et des toilettes. Réseau Varnese. Pas de mot de passe.

Il ignora la pique et sortit un bout de papier sur lequel il avait griffonné les deux énigmes. Celle laissée par Tristan. *Le sang de Vénus. Punctus.* Celle de Varnese. *Dans l'œil de l'éléphant.*

Il mit son smartphone sur ses genoux et ouvrit les photographies du tableau prises à la fondation. Antoine l'inspecta sous toutes les coutures, zooma çà et là, mais dut vite se rendre à l'évidence, il ne recelait ni pachyderme ni déesse de la beauté.

Il essaya d'appliquer la méthode utilisée avec le prénom Jean-Baptiste et vérifia s'il n'y avait pas d'invités de Napoléon qui auraient pu être surnommés l'Éléphant. À commencer par le légat du pape, qui semblait ne jamais avoir pratiqué le carême. Mais rien ne ressortait de probant.

La voix du commandant de bord résonna dans les haut-parleurs.

— *Signora* Varnese. La durée du trajet sera de quarante minutes. Nous aurons quelques turbulences à l'arrivée sur Milan. Nous vous souhaitons un merveilleux vol.

Marcas accrocha sa ceinture de sécurité alors que l'héritière continuait de fumer son cigare, jambes croisées, comme si de rien n'était. Les réacteurs de l'Embraer, collés de chaque côté de la carlingue, grondèrent et l'avion démarra, prenant rapidement de la vitesse. Marcas avait la sensation que l'appareil roulait plus vite qu'un avion de ligne classique. Il s'était déjà fait la réflexion lors d'un précédent voyage en jet privé pour Lisbonne[1]. Le visage d'Alice apparut dans son esprit. Elle allait encore l'engueuler pour son empreinte carbone... pas sûr qu'il lui parlerait de cette escapade express en Italie.

Le sang de Vénus. Punctus.
Dans l'œil de l'éléphant.

Les deux phrases tourbillonnaient dans la tête d'Antoine. L'une et l'autre avaient été rédigées à des époques différentes. Et pour des destinataires différents. Tristan à l'attention d'un hypothétique lecteur de son journal et Varnese pour ses enfants. Et pourtant les deux énigmes faisaient référence à un même secret. C'était bien la première fois qu'Antoine se trouvait confronté à une telle situation. Il repensa au dicton *Tous les chemins mènent à Rome*, mais en l'espèce la cohabitation de ces deux jeux de piste lui compliquait la tâche. Pire, elle parasitait ses facultés.

Il jonglait avec les phrases, mais rien ne surgissait. La déesse Vénus n'avait jamais été associée à un éléphant dans la mythologie. Il décida de mettre de côté l'énigme de son aïeul pour se concentrer sur l'éléphant de Varnese.

L'Embraer avait décollé avec grâce et gagnait rapidement de l'altitude au-dessus de la Méditerranée.

---

1. Voir *Le Royaume perdu*, JC Lattès, 2022.

L'œil de l'éléphant. Il fallait faire le pas de côté. Stimuler à la fois son imagination et la logique. *L'éléphant.*

Le jet étant connecté au web, il navigua sur son smartphone, associant le terme éléphant à tous les mots clefs liés au tableau. David, Joséphine, sacre, Napoléon… une occurrence apparut. Une seule. Antoine fronça les sourcils, il n'avait jamais entendu parler de cette histoire. Il s'agissait d'un projet ahurissant : la construction en plein Paris d'une statue d'éléphant en bronze de la taille d'un immeuble de deux étages au cœur de la Bastille, pour remplacer l'ancienne forteresse démolie, sur ordre exprès de l'Empereur. Le bronze devait être fourni par les canons des ennemis vaincus. L'animal était harnaché d'une tour en guise de selle, comme sur les champs de bataille de l'Antiquité, et devait trôner au-dessus d'une gigantesque fontaine. Antoine fut surpris d'apprendre que Bonaparte avait porté ce projet à bout de bras, sous l'influence de Vivant Denon, et ce jusqu'à sa chute. Hélas le monument n'avait jamais été construit en dur, en revanche une maquette géante en plâtre avait été érigée pendant une bonne trentaine d'années sur ce qui allait devenir la place de la Bastille.

— J'ai trouvé quelque chose de curieux en tapant éléphant et Napoléon, dit Marcas, il s'agit…

Giulia souffla une belle volute de fumée dans sa direction.

— Épargnez votre temps, je vous ai dit que nous avions utilisé l'IA. Elle nous a sorti la même référence. Il n'y a aucune fontaine sur le tableau et encore moins de forteresse de la Bastille. ChatGPT m'a appris que Victor Hugo s'était servi de cette improbable statue de pachyderme pour une scène de son roman *Les Misérables*. Avec des gravures de l'époque qui révèlent un goût plus que douteux de la part de votre Napoléon. En tant que Parisien, vous avez eu de la chance que cet immonde éléphant de plâtre ait été démoli et remplacé. Il aurait fait tache devant votre opéra. Autre chose ?

— Non, se replia Antoine.

Par curiosité, il voulut comprendre pourquoi Napoléon s'était entiché de ce sympathique mammifère, il aurait pu choisir l'aigle impérial, nettement plus grandiloquent et en accord avec la symbolique de l'Empire. En pianotant il apprit que Bonaparte avait longtemps hésité entre l'éléphant et l'aigle pour symboliser son pouvoir. L'éléphant était lié à un grand conquérant qu'il admirait, le général carthaginois Hannibal qui menait ses batailles avec des éléphants transformés en chars d'assaut.

Si l'anecdote était singulière, elle ne le faisait pas avancer d'un pouce dans la résolution de l'énigme. Pourtant si Varnese faisait référence à cet animal, c'était pour une bonne raison. Les minutes s'écoulèrent en silence sans résultat probant. Antoine devait se l'avouer, il était bloqué. Il se tourna vers Giulia.

— Vous auriez du papier à bord de cet avion ?

— Je ne crois pas. Pourquoi ?

— Je voudrais noter par écrit différentes pistes. Histoire de m'aider à me concentrer.

— J'ai mieux que du papier. Et ça va peut-être vous décoincer le cerveau.

À des centaines de kilomètres du jet, un homme était plongé dans la contemplation de son ordinateur. La pièce dans laquelle il se trouvait baignait dans une semi-obscurité et la lumière bleutée de l'écran se reflétait sur les carreaux de ses lunettes, formant comme deux flaques rondes. Sur le moniteur se dessinait une aire géographique, entre le sud-est de la France et le nord de l'Italie, constellée de multiples figures stylisées d'avions, chacun portant un numéro de vol. Sur une colonne à droite défilaient des noms de compagnies et des données d'aéroports. Le logiciel de *flight tracking*, dispositif mondial accessible à tout un chacun, permettait de suivre en temps et en heure les vols existants, sauf les avions militaires, diplomatiques et de transport de matériaux dangereux. Il existait une autre catégorie de vols invisibles, celle de personnalités suffisamment puissantes pour négocier avec leur pays d'origine et bénéficier d'un code de vol les mettant à l'abri des curieux. On appelait cela l'exemption Musk. Et le groupe Varnese faisait partie de ces privilégiés.

L'homme aux lunettes avait eu accès à ses codes confidentiels. En moins de trente secondes il fit disparaître tous les petits avions de son écran pour ne laisser qu'une croix verte pile au-dessus des Alpes. Il appuya sur une touche et cette fois apparut une ligne verte qui reliait Nice à Milan, puis zooma. La photo de l'Embraer apparut sur l'écran accompagnée d'un numéro de vol. Si la trajectoire ne changeait pas, le jet atterrirait dans une vingtaine de minutes.

L'homme prit son téléphone et appuya sur le numéro de son contact à l'aéroport. Son interlocuteur décrocha au bout de deux sonneries.

— Ils vont bientôt atterrir, tenez-vous prêt.

39

Région de Rome
Colline de Frascati
Octobre 1809

Le vent monta de la mer et balaya le flanc de la colline, couchant les buissons de myrte contre la terre jaune et sèche. À l'ouest, juste au-dessus du port d'Ostie, un front de nuages noirs avançait, prêt à crever en un orage diluvien. Déjà des éclairs zébraient l'horizon, signe avant-coureur de la tempête. Un nouveau souffle de vent plus violent râpa le flanc de la colline, démembrant un chêne dont les branches mutilées roulèrent sur le sol rugueux. Soudain un chapeau surgit d'un taillis. Immobile, à terre comme un lézard, un homme observait la route allant d'Anagni à Rome. Il avait posé son fusil sur sa droite pour déployer une longue-vue. Le chemin était désert. Il inspecta méthodiquement chaque fourré à la recherche d'un mouvement suspect. Depuis quelques semaines, les Français faisaient précéder leurs convois de troupes mobiles qui sécurisaient les voies de passage, mais cette fois il ne semblait y avoir personne. Il se releva lentement pour observer l'église du village de Frascati. Sous le toit de tuiles vernissées, les cloches étaient immobiles mais une main invisible déploya soudain un drap blanc. Le signal ! Scorpione saisit son fusil et tira en l'air. La détonation retentit entre les deux versants boisés qui enserraient la route. Maintenant, ses hommes embusqués sous les arbres et dans les taillis savaient que le convoi n'allait plus tarder. Tous les yeux étaient rivés sur le virage où apparaîtraient les Français. Rechargeant son arme, Scorpione descendit vers le chemin et fit rouler un bloc de grès sur le bord. Quand le premier cheval du convoi dépasserait la pierre, ce serait le moment de tirer.

Brusquement, un coup de fouet retentit, suivi d'une bordée de jurons. Scorpione se jeta dans les fourrés. L'heure de l'assaut était arrivée.

La fusillade déchira le silence du vallon. Les cavaliers de l'escorte furent les premiers à tomber. L'un d'eux réussit à sortir son sabre mais une balle lui déchira la nuque et il s'effondra dans un nuage de sang. Une nouvelle rafale déchiqueta les corps des cochers. Affolés, les chevaux ruèrent en tout sens. L'un des hommes de Scorpione, un paysan en chemise noire, se précipita pour les saisir au garrot. Le silence qui retombait calma les chevaux. La voiture s'immobilisa, couverte de poussière au point qu'on ne distinguait plus les armes de l'Empereur peintes sur les portières, l'aigle avait perdu ses ailes. Les hommes de Scorpione encerclèrent la berline, fusils pointés vers les fenêtres.

— Ouvrez les portes et descendez. Au moindre geste suspect, vous êtes tous morts.

La voiture ne transportait que quatre passagers. Trois hommes qui furent jetés à terre et une femme promptement dépouillée de ses bijoux. La voiture, elle, fut mise à sac et les bagages pillés. Les passagers tremblaient de tous leurs membres. Les brigands, comme les appelaient les Français, les rebelles de Dieu, comme ils se nommaient eux-mêmes, ne tuaient en principe que les soldats. Les cadavres des deux cochers prouvaient le contraire.

— Relevez-vous.

Les trois hommes furent vite debout. Tous sentirent le canon froid d'un fusil sur leur nuque. Scorpione s'approcha et les regarda avec attention. Il fixait chaque visage comme s'il cherchait un indice. Soudain, il tendit un doigt.

— Toi, tu viens avec nous.

Les deux hommes restants éclatèrent d'un rire nerveux alors qu'ils regardaient leur compagnon d'infortune disparaître dans les fourrés. Le destin les avait épargnés. Lui n'échapperait pas à son sort.

— Merci, Dieu tout-puissant! s'écria l'un des survivants.

Scorpione montra la femme agenouillée.

— Tu as parlé trop vite. Je ne laisse jamais qu'un seul témoin… et c'est elle.

Dans un même éclair de feu, deux balles de plomb leur transpercèrent la nuque.

Rome
Via Latina

La calèche s'arrêta sous un pin parasol si haut qu'il semblait toucher le bleu d'un ciel que l'orage venait de lessiver. Agathe fut la première à descendre, elle avait troqué ses escarpins contre une paire de bottes à revers. Son talon écrasa un chardon dans un bruit sec. Malgré la pluie battante du matin, l'été se prolongeait dans la campagne romaine. Mathias de Montmorency huma l'air embaumé par la résine. D'un coup, le poids qui l'accompagnait depuis son départ de Paris sembla disparaître sous le doux soleil d'octobre. On avait découvert le corps de Pélisson dans un fossé. À deux lieues de la Malmaison. Étranglé jusqu'au sang. Dieu seul sait ce qu'il avait avoué avant d'être tué. Montmorency ne pouvait prendre le moindre risque : s'il tombait aux mains de Fouché, c'est toute l'organisation des Chevaliers de la Foi qui s'effondrait. Il avait aussitôt quitté la capitale pour Rome.

— *Signore ?*

Impatient, le cocher fit signe qu'il voulait être payé.

— Pourquoi est-il si pressé de partir ? s'étonna Agathe en tressant ses cheveux sur son épaule. On se croirait dans un tableau de Poussin.

— Il veut regagner la ville parce qu'il craint les fantômes.

— Des spectres dans un paysage digne des *Bucoliques*[1] ? Impossible, c'est le paradis, ici !

---

1. Recueil du poète latin Virgile, paru en -37 av. J.-C.

— Le paradis est souvent proche de l'enfer. Regardez sur votre droite.

Agathe s'avança. Juste au-dessus d'un buisson de myrte, on distinguait des toitures de tuiles anciennes blanchies par le soleil.

— Eh bien quoi ? C'est juste un village !

Le cocher fouetta les chevaux et la calèche disparut dans un halo de poussière. Mathias prit Agathe par le bras et la mena sur un monticule où des chèvres dévoraient des touffes d'herbes sèches. Sous leurs yeux s'étendaient des centaines de maisons en brique dans lesquelles personne ne pouvait vivre. Hautes, étroites, percées d'une seule fenêtre et d'une unique porte, elles semblaient ouvertes sur l'invisible.

— Des pigeonniers ? demanda Agathe.

— Des pigeonniers de l'âme. Tout ce que vous voyez à perte de vue, ce sont des tombes. Des tombes par centaines. La plupart datent de l'Antiquité, mais on a continué à inhumer dans ce champ des morts jusqu'au Moyen Âge. D'ailleurs, il y a une chapelle.

La jeune femme fixa son regard sur la voie pavée autour de laquelle se pressaient les sépultures. L'herbe tenace poussait de toute part entre les dalles de pierre.

— Les Romains ne viennent presque jamais par ici. Le lieu est réputé hanté. On n'y trouve que des bergers, des chèvres…

Mathias la conduisit vers une haute tombe ombragée par un bosquet de pins.

— … et des amis.

Un pied de vigne étalait ses pampres au-dessus de l'entrée. À l'intérieur, le sol était jonché de déjections animales, Mathias les balaya d'un coup de botte. Un visage apparut sur fond de mosaïque. Depuis la nuit des temps, une femme souriait à l'éternité.

— Ses ossements ne sont plus que poussière, murmura Agathe, et elle est toujours aussi belle.

Fascinée, Agathe la fixait de ses prunelles sombres. Qui avait décidé de conserver son image au-delà de la mort ? Un mari inconsolable, des enfants aimants ? Elle se demanda alors qui se souviendrait d'elle ?

— Nous ne sommes pas ici pour nous attendrir sur le passé, l'avertit Montmorency.

Au fond du tombeau, il ouvrit une porte qui donnait sur une pièce minuscule, éclairée par une étroite fenêtre grillagée. Agathe reconnut un confessionnal.

— L'endroit n'est ouvert que le dimanche. Nous serons tranquilles. Asseyez-vous. Quelqu'un va arriver.

La chapelle qu'elle pouvait voir à travers le fin grillage ne comportait qu'une seule travée occupée par des bancs poussiéreux. Les fidèles semblaient peu assidus. En revanche, Agathe remarqua que l'unique fenêtre et la porte d'entrée étaient encadrées de crucifix. Sans doute craignait-on les âmes millénaires qui erraient dans le cimetière. Elle frissonna, mais pas de peur. Elle se demandait depuis quand elle ne s'était pas confessée ?

La porte grinça et un groupe entra. Trois hommes dont l'un semblait n'être plus qu'une ombre. Pourtant ce ne fut pas lui que remarqua Agathe, mais le plus grand. Il avait des cheveux bruns trempés de sueur qui retombaient sur son front et un seul œil visible, clair comme un ciel d'été. L'autre était caché sous un bandeau noir.

— Je vous présente Scorpione. Je vous rassure, il n'est pas plus borgne que vous et moi, mais ce bandeau fait de lui le brigand le plus célèbre de la région de Rome.

— Un bandit ?

— Plutôt un aristocrate qui a pris les armes quand les Français ont enlevé le pape. Un fervent catholique et un membre éminent des Chevaliers de la Foi.

Agathe se sentait troublée. De son œil unique, cet inconnu fixait le confessionnal comme s'il savait qu'une femme s'y trouvait.

— C'est nous, reprit Montmorency, qui lui avons demandé d'intercepter l'homme en redingote sombre qui semble ne plus avoir de jambes.

— Qui est-ce ?

— Un fonctionnaire venu de France. Il s'occupe de la gestion des biens de la famille Bonaparte en Italie. La fratrie de l'Aigle s'est particulièrement bien servie à Rome. Domaines, palais… leur rapacité n'a pas de limite. S'ils n'ont pas les ailes de leur illustre frère, ils en ont les serres et raflent tout ce qui passe à leur portée.

Scorpione s'approcha et ôta son bandeau. Cette fois son regard ressemblait à la mer après l'orage. Un gris très clair, dont Agathe se dit qu'il pouvait attirer en eau profonde. En souriant, il montra le fonctionnaire en train de défaillir.

— Comme notre ami a perdu sa langue et ses jambes, je vais vous dire ce qu'il nous a appris. Un

Français vient d'arriver à Rome. Il s'appelle Vivant Denon. Il dirige le musée Napoléon[1] à Paris. On dit qu'il vient acheter des œuvres d'art.

Montmorency se pencha vers la fenêtre grillagée.

— Sans doute un simple exécutant, il en arrive tous les jours. L'Empereur veut faire de la ville éternelle l'une des capitales de la nouvelle Europe.

— Un exécutant qui, depuis dix jours qu'il est arrivé, pose beaucoup de questions, en particulier sur le Vatican, et bénéficie d'une protection rapprochée des autorités françaises…

Mathias recula comme si le diable venait de lui souffler au visage. Il n'aimait pas ça.

— Sans compter qu'il fréquente beaucoup ceux qu'en France vous appelez des frères. Des francs-maçons, ces abominables suppôts du diable.

Montmorency ne réagit pas. Jusqu'à l'arrivée des Français, être franc-maçon à Rome, c'était signer son arrêt de mort. Une mort lente et ignoble dans les prisons du pape.

— On dit aussi qu'il a des moyens financiers très conséquents.

Mathias frappa le sol du talon. Ce Vivant Denon l'inquiétait. Le directeur d'un musée aussi prestigieux que le Louvre ne se déplaçait pas en personne pour acheter des tableaux et des sculptures. À moins que Napoléon n'ait pris la décision de vider le Vatican de toutes ses œuvres d'art ? Un pillage hors norme et un butin exceptionnel. Il fallait absolument savoir.

---

1. Actuel musée du Louvre.

— Je dois le rencontrer. Trouvez un moyen.

Le visage de Scorpione se fendit d'un sourire complice.

— C'est déjà fait. Demain soir, la princesse Pauline donne une réception. Tout ce que la ville compte de notables est invité.

— La sœur de Napoléon est à Rome?

— Depuis plusieurs semaines. Vous savez qu'elle a épousé le prince Borghèse? Une des plus vieilles familles d'Italie. Et puis elle doit s'occuper de sa statue.

— Sa statue? s'exclama Agathe.

Cette fois, le sourire de Scorpione devint gourmand. De l'autre côté de la grille, Agathe eut l'impression d'être un animal débusqué par un prédateur.

— Oui, elle a posé nue pour Canova et on dit qu'elle n'est pas satisfaite de l'ovale de ses seins. L'artiste va devoir reprendre son burin.

Le chef des brigands posa deux cartons sur le rebord de la fenêtre grillagée.

— Notre ami qui manque de jambes nous a fourni des invitations vierges. Vous remplirez vous-mêmes les noms.

Amusé, il cligna de l'œil.

— Je suis ravi d'avoir deviné qu'une *signora* vous accompagnerait, monsieur de Montmorency. Et je suis plus heureux encore de la rencontrer demain.

— Vous serez là? s'étonna Mathias.

Scorpione fit virevolter un carton entre ses doigts.

— Ma famille et celle des Borghèse sont alliées depuis des siècles et comme nul ne connaît la véritable identité de Scorpione, je serai présent.

— Je suis satisfait qu'un homme de votre trempe soit présent à cette soirée. Qui sait comment elle peut tourner.

— Nous sommes tous dans la main de Dieu, déclara le jeune Italien en baisant un crucifix d'or pendu à son cou, mais pour autant il ne faut pas provoquer le destin. Je dois vous quitter. J'ai laissé quelques cadavres derrière moi, et ils doivent commencer à faire du bruit.

Il recula d'un pas et inclina son buste, la main sur le cœur.

— *Signora*, vous entendre fut un plaisir, vous voir sera un délice. Permettez-moi de prendre congé.

Quand il releva la tête, son regard était devenu gris.

— Une dernière chose. Ce Vivant Denon n'est pas le seul Français à être arrivé à Rome. Le général Radet est de retour.

40

Vol au-dessus des Alpes
De nos jours

Le jet filait vers l'est et, dans son sillage, les nuages reflétaient les dernières lueurs d'un soleil pressé de disparaître. Antoine se pencha vers le hublot, pensant à Alice. Il était écartelé entre l'envie de résoudre l'énigme du tableau et celle de la retrouver le plus vite possible à Nice. Il ne pouvait pas la laisser tomber. Il sentait qu'elle ne le lui pardonnerait pas. C'était même une certitude.

— J'ai trouvé.

L'héritière Varnese sortit une tablette tactile de l'un des panneaux de rangement situés sur le côté.

— Tenez, il y a un stylet avec. Vous voulez l'accès au *mind mapping* ?

— Pardon ?

— Un logiciel qui permet de classer toutes vos informations par arborescence. Un peu comme une recherche sur le net. Vous cliquez sur une information qui donne un lien avec une autre info et ainsi de suite.

Mais vous pouvez voir toute la chaîne. Ça fait gagner du temps et c'est idéal pour le brainstorming.

— Je déteste les mots qui finissent en ing.

— Ça s'appelle aussi une carte heuristique. Un procédé qui permet de faire des recherches par approches successives et complémentaires.

— Montrez-moi, demanda Antoine, sceptique.

Il n'osa pas ajouter : au point où j'en suis.

Il ne fallut qu'un bref quart d'heure pour qu'il se saisisse du logiciel. C'était effectivement enfantin. On inscrivait un terme dans un rectangle central, puis on en associait d'autres tout autour qui étaient eux-mêmes reliés à d'autres mots. Il posa au centre l'énigme du père de Giulia.

Dans l'œil de l'éléphant.

Il fallait peut-être se concentrer sur cet animal. La voix du commandant de bord résonna à nouveau.

— Nous arrivons dans un quart d'heure.

Antoine élimina les hypothèses qui ne collaient pas. D'abord l'absence d'éléphant ou de personnage en rapport avec l'animal dans le tableau. Puis l'hypothèse avortée d'un lien avec la statue d'éléphant commandée par Napoléon en hommage à Hannibal.

Il se concentra sur ce dernier. Le lien avec l'éléphant était évident. Il tapa ensuite sur son smartphone les noms des deux conquérants sur le moteur de recherche. Plusieurs sites expliquaient la fascination de l'Empereur pour l'illustre guerrier de l'Antiquité. Une image retint son attention. Un autre tableau de David. Le célèbre *Bonaparte franchissant le Grand-Saint-Bernard.* Un expert expliquait que le nom d'Hannibal était gravé sur un rocher dans le tableau.

Antoine zooma sur la partie inférieure de l'œuvre. Le nom de l'ennemi de Rome y était inscrit. Encore un lien entre les deux hommes.

Il reprit la tablette et compléta la carte heuristique avec ces éléments.

Giulia avait posé son cigare et se pencha vers lui.

— Je vois que mon logiciel vous amuse. Qu'avez-vous relevé ?

— Hannibal est le nom qui se retrouve avec le plus de ramifications. Mais ma mémoire concernant cette période historique vacille un peu. Je sais qu'il a voulu envahir Rome en passant par les Alpes avec des éléphants. Mais il a été battu par les légions romaines. Il semble que…

Il stoppa net sa phrase. Une idée avait jailli. Il se pencha sur la toile du sacre, l'œil brillant.

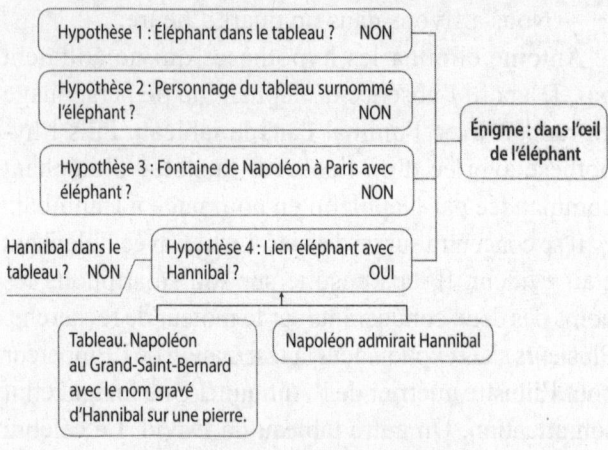

Réalisé avec l'application Mindmanager.

— Et si…

— Que se passe-t-il ? demanda Giulia.

— Je vous ai dit que David avait représenté Jules César sur la toile. Juste derrière l'Empereur, un clin d'œil du peintre. J'ai un trou. Ce n'était pas lui qui avait battu Hannibal ?

Giulia secoua la tête.

— Vous devriez réviser vos leçons d'histoire. Un siècle sépare Hannibal de César. Tous les enfants italiens savent ça.

Antoine grimaça. C'était trop beau. Mais il ne s'avoua pas vaincu. Il prit son smartphone et se plongea dans un résumé de la vie d'Hannibal. Rien de probant n'apparaissait. Son hypothèse semblait tomber à l'eau. Cette fois il se sentait vraiment découragé. L'énigme lui résistait.

— Je crains de ne pas vous être d'une grande utilité, murmura-t-il, ou du moins pendant le temps de vol qu'il nous reste. À l'évidence, Tristan et votre père possédaient le don de concocter des énigmes indéchiffrables.

— Allons. Les plus grands conquérants ont connu des revers avant de triompher. Napoléon le premier. Hannibal et César aussi.

— Je n'ai pas la prétention de me comparer à ces grands hommes. Mes parents m'ont appris l'humilité.

— C'est peut-être ça le problème de votre classe sociale. L'humilité mal placée. Ne le prenez pas mal, mais mon père nous a enseigné que notre famille était au-dessus du lot dès notre plus jeune âge. Je ne sais pas pour Hannibal, mais Napoléon descendait des Bonaparte, une famille aristocratique de Corse, et César de la lignée des

Julii. Ces derniers faisaient même remonter leur origine à Énée, le légendaire Troyen fondateur de Rome. Ça vous donne de l'assurance dans la vie.

— Des familles de kshatriya…, commenta Antoine, mes dés sont pipés à l'avance.

Par curiosité il retourna sur la fiche d'Hannibal, désabusé.

— Hannibal aussi venait d'une riche famille. Dire qu'il a été à deux doigts de pulvériser Rome. Et…

À nouveau il s'arrêta net.

— Bon sang !
— Quoi ?
— C'est écrit là. L'arrière-grand-père de Jules César, de l'illustre famille des Julii, a combattu Hannibal.
— Ce n'est pas si étonnant.
— Il a acquis une réputation de féroce guerrier car il avait tué des éléphants du Carthaginois. Le chaînon manquant ! Il est là.
— Je ne vois pas.

Marcas était surexcité.

— Vous allez comprendre ! Pour cet exploit il a hérité d'un surnom. L'éléphant. *Caesari* en langue carthaginoise. En latin : *Caesar*[1]. Qui a été transmis dans la famille des Julii. César veut dire éléphant !

— Je ne le savais pas, commenta l'Italienne, pensive, et les mots *Tsar* et *Kayser* dérivent aussi de César ! Tous des éléphants…

— Le Jules César de votre tableau. Il faut regarder ses yeux !

---

1. Authentique.

358

Antoine voulut se lever, mais l'avion entamait sa descente.

— Dites à votre pilote de remonter, reprit-il, je dois voir le tableau !

Giulia alluma le micro interne et prévint le pilote.

— Entendu *signora*, dans quelques minutes.

Marcas compléta sa carte heuristique et la montra à Giulia.

— Je crois que je vais acheter votre logiciel. Ça me rendra service pour mes prochaines enquêtes.

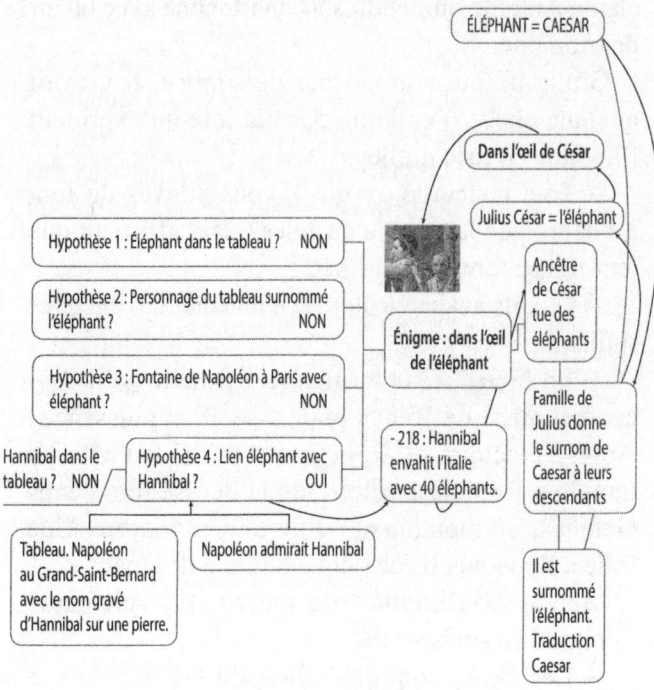

Réalisé avec l'application Mindmanager.

Antoine frappa dans ses mains.

— *Le sang de Vénus. Punctus.* Si mon hypothèse est la bonne, à savoir que Jules César est l'éléphant, alors il doit y avoir un lien entre Vénus et César. Les deux énigmes doivent converger.

— Et ?

— Je vais maintenant vérifier sur Google en associant César et Vénus et voir ce que ça donne.

Il pianotait rapidement sur la tablette et s'exclama.

— Oui ! Et ça arrive en tête de liste des liens, s'exclama Antoine qui tendit son smartphone avec un air de triomphe.

Giulia ne put s'empêcher de sourire. Il y avait quelque chose d'enfantin dans la joie qu'exprimait l'homme en face d'elle.

— Tout concorde, reprit-il, vous m'avez dit tout à l'heure que la famille de Jules César affirmait que leur lignée remontait à Énée.

— Oui, ils avaient le don de s'inventer des ancêtres rutilants.

— Eh bien, César lui-même affirmait qu'il descendait aussi de Vénus pour asseoir sa puissance ! Après sa victoire sur Pompée il a même fait bâtir un temple à Rome à la gloire de la déesse. La Vénus Genitrix, un monument édifié tout en marbre. Une folie à l'époque. Il était donc du sang de Vénus.

Marcas bouillonnait de plaisir. Il avait cassé l'énigme de son ancêtre.

— Les castes sont éternelles, dit Giulia, mais le mot *Punctus* ?

— J'ai ma petite idée, sourit Antoine. Allons voir le tableau.

Au moment où ils se levèrent, l'avion oscilla et perdit de l'altitude. Ils s'accrochèrent aux dossiers des sièges pour ne pas valser au sol. L'appareil retrouva son assiette au bout de quelques secondes et les deux passagers arrivèrent devant la toile.

— C'est bien la première fois que je décrypte une énigme dans un avion, dit Antoine. Plongeons nos regards dans l'œil de l'éléphant. L'œil de César... Et son *punctus*.

Il alluma la torche de son smartphone et la braqua sur le visage de César. Visage allongé en une expression sévère et lèvres scellées, les pommettes accentuées et une petite mèche sur le haut du crâne, le dictateur romain apparaissait juste derrière Napoléon. Et lui jetait un regard en coin.

— Curieuse expression, commenta Antoine, on ne peut pas dire qu'il le scrute avec bienveillance.

— Fascinant, murmura Giulia, on dirait presque la figure d'un spectre.

— Ses yeux... regardez ! Les deux yeux ne renvoient pas la même lumière. L'œil droit est opaque. Il y a quelque chose à l'intérieur.

— Quoi ?

— Le *punctus*...

41

Rome
Quartier du Pinciano
Octobre 1809

Une rangée de flambeaux illuminait la façade de la villa Borghèse. En traversant la cour d'honneur, Dominique Vivant Denon découvrit des hommes faits piliers, chacun tenant une torche. Vêtus de toges largement ajourées qui mettaient en valeur leur musculature, une vingtaine de *ragazzi* des faubourgs jouaient aux esclaves antiques.

— Mon Dieu, il ne lui a pas suffi de poser nue pour ce Canova, siffla une voix féminine, il faut maintenant qu'elle exhibe ses amants pris dans la tourbe de Rome.

Vivant se retourna discrètement. Marchant au bras d'un général de division, une femme au visage masqué par un loup vitupérait contre la maîtresse de maison. Depuis qu'il était arrivé dans la ville éternelle, il ne s'était pas passé une journée sans qu'il entende parler de Pauline, la sœur de Napoléon. Ses extravagances sidéraient Rome. On la voyait le matin chevaucher au galop sans la moindre escorte dans la campagne pourtant infestée de brigands. Elle traversait les coins les plus reculés, sans que nul ose s'attaquer à elle. Parmi les rebelles et les voleurs, on la surnommait la Démone et on la fuyait plus encore que la peste. Le soir, vêtue de la robe de l'une de ses servantes, elle descendait jusque dans les tavernes du bord du Tibre et dansait jusqu'au matin. Nul homme n'osait l'offenser, car si Pauline était méprisée par l'aristocratie locale, vilipendée par l'Église, elle était l'idole du peuple qui aimait son mépris des conventions et son courage indomptable.

— Merveilleux ! Regardez ces toges ! Exactement celles que l'on trouve sur la colonne de Trajan.

Un groupe d'artistes venait de s'arrêter et clamait haut et fort leur admiration pour la sœur de l'Empereur, car tous savaient que sa passion de la culture était exceptionnelle. Elle collectionnait les tableaux et les sculptures sans faute de goût – même si elle oubliait presque toujours de payer – et passait la plupart de ses après-midi à suivre les fouilles que menaient les Français dans tout Rome. D'un seul regard, elle datait avec exactitude une mosaïque du temps d'Auguste ou un vase peint venu de Grèce. Un œil sûr qui provoquait l'admiration des savants de Rome.

À la vérité, ici on n'était plus partagé entre pro et anti-français, mais entre admirateurs ou détracteurs de Pauline.

— Monsieur Denon !

La voix claire de la sœur de l'Empereur fit se redresser Vivant comme s'il avait de nouveau vingt ans. La réputation de beauté de Pauline n'était pas usurpée. Ses joues de porcelaine rebondies, son œil sombre et ses cheveux bouclant au-dessus de son front, tout touchait à la perfection.

— Madame, je vous avais vue peinte, dessinée, gravée par d'illustres artistes. Je sais maintenant qu'ils n'ont d'illustre que le nom, car ils ont été incapables de rendre la beauté que je vois devant moi.

Pauline le prit par le bras.

— Monsieur Denon, venez avec moi. Je vais vous montrer mon musée personnel.

Agathe venait d'entrer. Mathias de Montmorency avait choisi de ne pas l'accompagner. Mieux valait pour lui rester dans l'ombre. Nul ne devait connaître ses liens avec la jeune femme. Ainsi, elle serait beaucoup plus efficace pour la mission qu'il lui avait confiée. Comparée aux robes dont les traînes de soie brillaient comme un semis de diamants, la jeune femme avait choisi une toilette volontairement discrète. Elle n'oubliait pas qu'à Paris Joséphine avait dû faire le lien entre la disparition de sa correspondance et son départ précipité. Si l'impératrice avait fait appel à Fouché, il avait déjà dû dépêcher un homme sur place. Peut-être même ce Vivant Denon qu'elle venait de voir disparaître au bras de Pauline Borghèse. Elle n'avait pas encore eu le temps de lui parler. C'était pourtant son but : l'approcher et s'en faire une relation. Mathias tenait absolument à en apprendre le plus possible sur ce personnage et elle allait devoir jouer de son charme. Pour autant ce directeur de musée ne la passionnait pas. Non, celui qu'elle cherchait en vain du regard, c'était Scorpione.

— Bienvenue dans mon musée intime, annonça Pauline en approchant un chandelier d'un meuble surchargé d'incrustations d'ivoire.

Denon remarqua que la pièce avait la forme d'un large couloir sans fenêtre, décorée d'une dizaine de meubles de styles très différents, comme la réserve d'une vente aux enchères.

— Tous ces meubles ont un point commun : ils ont appartenu à un pape. Certains pontifes y rangeaient leurs livres précieux, d'autres leurs objets du culte…

Dominique regardait, fasciné, un cabinet dont les panneaux de bois étaient entièrement gravés d'entrelacs et de rosaces gothiques. Il devait dater de la fin du Moyen Âge. Peut-être même du temps où les papes résidaient à Avignon. L'époque de la chute des templiers et de la grande chasse aux sorcières. Pauline s'approcha et fit pivoter l'un des panneaux de bois. Le meuble ne contenait qu'une étagère qui ne portait qu'un seul objet : un vase grec où deux jeunes femmes dénudées s'enlaçaient.

— Que dit-on à Paris du divorce de mon frère et de Joséphine ?

Denon resta prudent.

— C'est un bruit qui court et depuis longtemps, princesse.

— Ne court-il pas plus vite en ce moment ?

— On dit que votre frère veut repartir en campagne, cette fois pour longtemps, et la vacance du trône, en son absence, l'inquiète beaucoup.

Pauline éclata de rire.

— Ce qui inquiète mon frère, c'est de ne pas avoir d'héritier et il n'en aura pas. Le ventre de Joséphine est pourri.

La princesse ouvrit un autre meuble. Sur une plaque d'ivoire aux bordures dentelées, on voyait un homme à tête de taureau féconder une jeune femme.

— C'est le rêve de mon frère. Une petite princesse qui lui donnerait un fils. Mais, voyez-vous, je ne suis pas favorable à cette option, pas plus qu'au divorce avec Joséphine.

Vivant n'y comprenait plus rien.

— Je ne vous suis pas…

Pauline passa la main sur son ventre.

— Pourquoi aller chercher ailleurs ce que l'on a dans sa famille ? Je peux encore enfanter et donner un neveu à mon frère. Un vrai Bonaparte, issu de notre sang. Voilà pourquoi je ferai tout pour que ce divorce n'ait pas lieu.

Comme la princesse le raccompagnait, Denon se sentait désarçonné. Le clan Bonaparte était un véritable nid de serpents.

— Aujourd'hui vous obéissez à mon frère, demain ce sera peut-être à mon fils, Napoléon II.

Quand ils reparurent dans la grande salle, un

murmure d'admiration salua Pauline Borghèse. Bien que Dominique fût encore surpris de sa conversation, il remarqua un prélat à la soutane rouge dont les yeux brillaient autant que son crâne poli.

— Puis-je vous demander, princesse, qui est ce prêtre ?

— Le cardinal Broncoli. Il s'occupe des biens culturels du Vatican. Un homme de grand savoir.

— Et d'un goût excellent, à voir comme il vous dévore des yeux.

Pauline éclata de rire.

— Voulez-vous que je vous le présente ?

— Ce serait un plaisir.

Denon dissimula un sourire sous sa fine moustache. Le cardinal Broncoli était exactement l'homme qu'il lui fallait.

Agathe avait quitté la salle de réception bruissant de conversations pour prendre l'escalier d'apparat qui donnait sur la galerie des tableaux. On disait la collection de Pauline exceptionnelle, mais ce qui intéressait Mlle de Montbrun était de pouvoir observer la salle d'en haut. Elle cherchait encore Scorpione, sans le trouver. Accoudée à la balustrade, éloignée des invités, elle se sentit plus apaisée. Depuis sa fuite, Agathe avait l'impression d'être suivie. Une crainte que la présence de Montmorency, lui aussi traqué, n'apaisait pas. Au contraire, il lui semblait plus instable qu'à Paris. Un soir de doute, il lui avait confié que, si le régime impérial aurait pu hésiter avant de l'arrêter en France, les sbires de Napoléon, eux, n'auraient aucun scrupule à l'éliminer à Rome. Des paroles qui avaient glacé Agathe sans qu'elle le montre, mais depuis elle vivait dans l'angoisse. Une angoisse qui avait étrangement cessé quand elle avait croisé le regard de Scorpione.

Le cardinal Broncoli était enchanté par la conversation de son interlocuteur. Pauline avait bien fait de lui présenter ce Français. Une érudition peu commune ; voilà qui le changeait de ces soudards qu'envoyait Napoléon à Rome. Des militaires arrogants, des fonctionnaires incompétents, tandis que ce Vivant était un causeur délicieux et surtout un amateur passionné de peinture.

— Ah, Éminence, quel bonheur pour moi de parler avec vous de cette divine Renaissance que j'admire tant ! À l'époque, Rome était le centre du monde. La civilisation en marche.

Le cardinal sourit. Il régnait sur les trésors artistiques du Vatican et prenait tout compliment sur l'art italien comme un hommage personnel.

— Vous ai-je dit, Éminence, que je suis aussi un passionné d'histoire ? Que les secrets du passé me fascinent ?

Broncoli posa les mains sur la lourde croix d'or suspendue à sa poitrine. Décidément, ce Français et sa soif de savoir étaient captivants. Le cardinal avait toujours eu l'âme d'un mentor et il aimait à le faire savoir. Surtout si cela rehaussait son prestige.

— Et quelle époque en particulier vous intéresse ?
— Le Moyen Âge, Éminence ! La plus grande époque pour la chrétienté !

Le cardinal leva les yeux au ciel comme s'il adressait un reproche personnel à Dieu.

— Nous en sommes si loin ! Rome occupée, le pape enlevé...

Denon baissa la voix.

— Croyez bien, Éminence, que je réprouve toutes ces violences. Ma famille est fervente catholique. Dieu nous a aidés à conserver la foi malgré les vicissitudes de l'Histoire. Voilà pourquoi j'ai toujours été fasciné par les papes.

— L'un d'eux en particulier ?

Vivant secoua la tête.

— Vous allez vous moquer, Éminence, je m'intéresse à un pape qui n'a laissé que bien peu de traces et encore moins à Rome, car il a vécu à Avignon. Il s'agit de Clément V qui...

— ... qui fut intronisé en 1305 et rendit son âme à Dieu en 1314.

Denon eut l'air stupéfait.

— Vous me sidérez, Éminence. Je croyais être quasiment le seul à connaître ce pape obscur !

Broncoli caressa sa croix avec délectation.

— Et quand vous dites qu'il n'a laissé aucune trace à Rome, vous vous méprenez. Laissez-moi vous apprendre que les archives du Vatican ont recueilli tous les éléments du procès des templiers qui a eu lieu sous son pontificat.

Un remous se creusa parmi les invités et Pauline

surgit. Elle avait changé de vêture et arborait une robe fourreau d'un rouge étourdissant.

— Éminence, vous me négligez ! Prenez mon bras !

En un instant, Vivant cessa d'exister pour le cardinal. Denon frisa sa moustache pour cacher son sourire. Broncoli pouvait bien succomber au péché de chair, lui n'avait pas perdu son temps. Désormais il lui tardait de rentrer pour informer Radet. D'un pas rapide, il traversa la cour d'honneur et se retrouva dans la rue. Une averse avait mouillé le pavé qui luisait sous la lune. Sa voiture ainsi que son cocher l'attendaient.

— Monsieur ?

Une jeune femme venait de surgir du porche du palais Borghèse. Une capuche recouvrait le haut de son visage, mais des mèches ruisselaient sur ses épaules. Elle semblait très jeune.

— Madame, que puis-je pour vous ?

— Pardonnez mon impertinence, monsieur, mais ma voiture n'est pas là. Mon cocher a dû se saouler à la taverne et…

Denon redressa le torse et sourit. Après Broncoli et ses aveux involontaires, la soirée continuait d'apporter de bonnes surprises.

— Vous ramener sera un plaisir. Où habitez-vous ?

— Je viens juste d'arriver à Rome et j'ai pris mes quartiers à l'Hôtel de l'Europe.

Vivant se pencha et ouvrit la portière. L'hôtel était le plus réputé de la ville. D'intrigante, sa jeune passagère devenait captivante.

— Je vous en prie, madame. Montez.

Comme elle prenait place sur la banquette, le cocher se pencha à la fenêtre et sourit. Stupéfaite, Agathe reconnut Scorpione. Sa bouche se para d'un sourire amoureux que Denon prit pour lui.

— Vous rencontrer illumine ma soirée, madame !

Agathe sourit à nouveau, mais cette fois de soulagement. Désormais, elle ne craignait rien. Scorpione veillait sur elle.

42

Vol Nice Milan
De nos jours

Le jet pencha sur la droite comme s'il faisait une grande boucle, puis s'inclina à nouveau, obligeant Antoine et Giulia à s'asseoir.

— Commandant, je vous avais dit de rester en l'air.

Le haut-parleur cracha à nouveau la voix du pilote.

— Madame Varnese, nous ne pouvons plus attendre. La tour de contrôle exige des explications à notre refus d'atterrissage. Seul un incident grave justifie de rester en altitude. Nous perturbons le trafic aérien au-dessus de Milan.

— Pas question de descendre pour le moment. Débrouillez-vous, sinon vous pourrez postuler dans une compagnie *low cost*.

Un silence s'installa. Pesant. Puis l'appareil reprit de l'altitude.

— Bien, madame Varnese, je vous tiens au courant.

Marcas s'était à nouveau posté devant le tableau et inspectait les yeux de Jules César.

— L'œil droit est comme obturé par une sorte de pastille. Vous auriez une pince à épiler ?

— Bien sûr, dans mon sac de voyage.

Elle revint et tendit la pince à Antoine.

— Tenez le smartphone et éclairez-moi.

Giulia s'exécuta. Antoine gratta délicatement la surface de la toile à l'endroit précis de l'œil, mais il n'arrivait pas à décoller la pastille.

— Donnez-moi ça, dit l'Italienne.

Antoine se poussa et la laissa opérer. Avec dextérité, Giulia finit par l'isoler et la déposa sur le bout de son doigt, l'air intrigué.

— C'est un micropoint, murmura Antoine en souriant, le *punctus* de l'énigme de Tristan.

— C'est-à-dire ?

— C'est comme ça que l'on appelait un microfilm miniaturisé que les espions utilisaient pendant la Seconde Guerre mondiale et jusque dans les années 1960 à la CIA et au KGB.

— D'où vous vient cette certitude ?

Il prit la pastille en photo et zooma dessus. On distinguait une série de minuscules clichés.

— Dans son journal, Tristan évoquait ses activités en tant que membre des services secrets. J'ai lu qu'il avait utilisé ce procédé lors de l'une de ses missions. En langage un peu technique, le procédé s'appelle la stéganographie ou l'art de dissimuler des informations sur un support en apparence anodin. À la différence de la cryptographie qui consiste à coder un message.

Marcas observa le micropoint, fasciné, puis le posa

délicatement dans un mouchoir en papier qu'il plia avec soin et mit dans la poche intérieure de sa veste.

— Et comment peut-on lire ces informations ? demanda Giulia. Ça doit dater de l'Antiquité votre procédé. Je suppose qu'il faut un appareil spécial.

— Un microscope suffira. Vous avez ça chez vous ?

— Non, et je ne sais pas où l'on peut en trouver à cette heure tardive, mais Patrizio, le secrétaire particulier de mon père, va s'en occuper.

— De l'avantage d'être bien née… Dans la vie il y a des choses que vous faites toute seule ou on vous mâche le travail nuit et jour ?

Giulia lui offrit un sourire acide tout en tapant un message.

— La richesse vous pose un problème, commissaire ?

Elle s'interrompit pour consulter son smartphone.

— Patrizio va demander à l'un de ses amis professeur de biologie. Mais on ne l'aura pas avant la fin de soirée et j'ai un cocktail auquel je dois absolument assister. Il faut montrer que notre famille est toujours soudée. Voulez-vous m'accompagner ?

— Je n'ai pas de tenue de soirée. Je vais vous faire honte.

— Vous oubliez la fonction première du groupe Varnese… Donnez-moi vos mensurations, je vais vous commander un complet qui vous attendra à l'atterrissage. Votre pointure ?

— Pourquoi ? protesta-t-il.

Elle baissa les yeux sur ses pieds avec une grimace de dégoût.

— Vous ne pouvez pas faire injure à nos créations avec ces choses. Et dire que les Français sont censés être à la pointe de la mode... Quelle imposture.
— Je suis flic, pas mannequin.
— Eh bien, vous serez un flic élégant.

Affairé dans un recoin du hangar, l'homme en casquette et combinaison grise de l'équipe de maintenance de l'aéroport observait l'héritière Varnese descendre de son jet. Elle était accompagnée d'un homme qu'il ne connaissait pas. Il les mitrailla avec son téléphone alors qu'ils pénétraient dans le van noir garé devant l'avion. Le chauffeur et le pilote de l'appareil avaient attendu que les deux passagers soient à l'intérieur pour mettre dans le coffre une grande toile rectangulaire recouverte de tissu. Le van démarra une minute plus tard en direction de la sortie réservée aux propriétaires des jets résidant dans la région et dispensés de contrôle. L'agent de sécurité chaussa sa paire de Ray-Ban, attendit que le pilote remonte à bord, puis sortit de l'ombre pour rejoindre d'un pas vif l'escalier de l'Embraer. Autour de lui s'affairaient trois autres employés qui ne firent pas attention à lui alors qu'il montait dans le jet. Quand il pénétra à l'intérieur, le commandant de bord était en train de fermer un petit sac de voyage. L'homme en combinaison grise lui tendit une tablette avec un large sourire et lui montra son badge de sécurité.

— Bonjour, commandant, je dois opérer une vérification des systèmes de mesure.

— Encore ? J'y ai eu droit ce matin en partant d'ici.

— Vous avez fait part d'un incident retardant votre atterrissage.

— J'ai précisé que c'était une erreur de ma part.

— Peut-être, mais l'incident a été enregistré. C'est la procédure. Le directeur de la maintenance du site est sur les nerfs avec votre jet. Il n'aimerait pas que le moindre problème survienne de nouveau.

Le pilote prit son sac et laissa passer l'agent d'un air las.

— Faites-vous plaisir, mais ne tardez pas trop. Ma patronne est capable de me faire redécoller à n'importe quel moment. Je pars manger un bout.

— J'irai vite, ne vous inquiétez pas.

L'agent de maintenance patienta le temps que le pilote débarque, puis passa entre les rangées de sièges pour s'arrêter au milieu de la carlingue. Il jeta un regard vers la porte de l'avion ouverte, attendit quelques secondes, puis s'accroupit et passa une main sous un siège. Il retira un petit boîtier noir et y inséra une clef USB. La manipulation ne prit qu'une poignée de secondes, et, satisfait, il refixa le boîtier sous le siège, se releva et monta sur l'un des sièges. Il leva les yeux vers le plafonnier et vérifia que le minuscule micro aimant était toujours accroché sur le côté du couvercle en métal de la grille d'aération. Au moment où il descendait du siège, son portable vibra. Il prit l'appel tout en filant vers la cabine.

— J'ai fini, dit-il d'une voix sèche, je viens de copier l'enregistrement du boîtier relais. Giulia Varnese tenait compagnie à un type qui n'était pas parti avec elle ce matin de Milan. Je n'ai pas pu l'identifier, mais je l'ai pris en photo.

— Parfait, rendez-vous dans le parking. Place habituelle.

L'agent revissa sa casquette, descendit l'échelle de l'appareil et fila vers la sortie, les mains dans les poches, en sifflotant le tube *Sarà Perché ti amo*, hymne officiel des supporters de l'AC Milan.

Moins de dix minutes plus tard, il arrivait au premier sous-sol du parking de l'aéroport et n'eut aucun mal à retrouver la Ford Focus rouge garée contre un pilier. Le véhicule n'était pas fermé. Il ouvrit la portière rapidement, se pencha sur le siège passager, prit la clef USB dans sa poche et la mit dans la boîte à gants. Puis il claqua la portière et s'éloigna en sifflotant toujours.

Rapidement, un autre homme, plus âgé, chauve, costaud, rejoignit la voiture. Il plongea sa main dans la boîte à gants et récupéra l'objet. Satisfait, il brancha la clef à son portable et le connecta au dispositif mains libres via le Bluetooth.

Le petit écran de contrôle de la Ford s'illumina. Il démarra et roula lentement sur la travée centrale du parking. Il attendit de passer la borne de sortie et d'être sur la voie express pour démarrer l'enregistrement.

Les voix de Giulia Varnese et Antoine Marcas résonnèrent dans la voiture.

43

Rome
Piazza del Popolo
Octobre 1809

Une ligne de peupliers frémissant sous le vent bordait l'église Santa Maria, laissant leur ombre mouvante tomber sur les mendiants qui attendaient devant le parvis. La fin de la première messe était proche. Les orgues s'étaient tues et les gueux s'agglutinaient près de la porte. Seul un petit groupe, recouvert de couvertures trouées, était resté au bas des escaliers. Ces hommes semblaient transis et incapables de bouger. Ils regardaient fixement l'escalier qui montait aux immenses jardins de la villa Borghèse, comme figés dans le froid. Brusquement l'un d'eux se leva et se dirigea vers la via del Babuino. La rue était encore déserte, mais devant l'Hôtel de l'Europe le mendiant avait aperçu un client qui sortait, faisant sonner sa canne sur le pavé.

— La charité, Votre Grâce, pour un malheureux !

— Tiens, le drôle, une pièce pour toi et va te laver, tu pues le bouc.

— C'est plutôt vous qui sentez l'*odor di femina* à plein nez ! Votre nuit a-t-elle été bonne, Vivant ?

Devant un Dominique Vivant Denon stupéfait, le gueux leva légèrement la tête, découvrant son visage zébré d'une cicatrice.

— Par tous les dieux, Radet, mais que faites-vous ici ?

— Plus un mot. Continuez votre chemin. Je vous retrouve dans deux heures dans l'église Santa Maria, à l'angle de la place. Mes hommes y font bonne garde.

— Mais pourquoi ? Nous pouvons très bien…

— Parce que vous êtes surveillé. Maintenant, fouillez votre gousset et donnez-moi une autre pièce, sinon nous allons nous faire repérer.

Denon s'exécuta.

— Mais qui me surveille, grands dieux ?

Radet ricana.

— Si nous avons de la chance un jaloux, si nous n'en avons pas un Chevalier de la Foi.

Maintenant qu'il avait vu sortir Denon de l'Hôtel de l'Europe, Scorpione s'autorisa un cigare. Un crapulos au parfum âcre, mais qui lui rendait les idées claires. Après avoir ramené Agathe et le Français à l'hôtel, Scorpione avait pris ses quartiers dans la partie la moins fréquentée des jardins des Borghèse. De là, il avait une vue imparable sur l'entrée de l'hôtel. Et quand il avait vu ce Denon en sortir et jeter deux pièces à un gueux, il en avait conclu qu'Agathe avait parfaitement ferré sa proie. Le tout était maintenant de savoir ce qu'elle avait appris pour le transmettre à Montmorency, car lui et Agathe ne devaient plus se voir. C'est Scorpione qui ferait le messager. Un rôle qui n'était pas pour lui déplaire... tant il était certain que la Française, aussi maligne que subtile, n'avait accordé à ce Vivant que le strict minimum pour le voir revenir la langue pendante. Une femme qui manipule vaut par ce qu'elle promet, pas par ce qu'elle donne.

Scorpione tira une bouffée bleutée de son cigare. Dès que cette affaire serait terminée, il s'occuperait personnellement de ce Vivant Denon et lui ferait regretter d'avoir osé poser les yeux sur Agathe. Maintenant, il lui fallait trouver un moyen d'entrer discrètement dans l'hôtel.

Radet s'était installé devant une statue de saint Roch. À voir le nombre de lumignons éteints, le saint ne faisait plus recette et la chapelle qui lui était dédiée sentait l'oubli. La tête inclinée dans les mains, il semblait prier intensément lorsqu'il sentit quelqu'un s'asseoir à ses côtés.

— Par tous les dieux, qui me suit ?

Radet ne releva pas la tête.

— Plusieurs de mes hommes étaient présents à la réception, hier soir. La princesse avait réclamé des vigiles au commandement militaire de Rome. Ce sont mes gendarmes qui les ont remplacés.

— Ça ne me dit toujours pas...

— L'un d'eux, en faisant une pause dans la cour, a

remarqué un cocher qui changeait d'habit pour celui de serveur. Il a passé le mot et nous l'avons pisté pendant toute la soirée. Il était particulièrement attentif aux faits et gestes d'une jeune femme.

— Il la surveillait?

— Non, il était là pour la protéger. Quant à elle, elle était venue pour vous rencontrer.

— Êtes-vous en train de me dire que je suis tombé dans un piège?

— Oui.

— Que je ne me suis aperçu de rien?

— Absolument, mais nous avons réussi à l'identifier. Le ministère de la Police a lancé un ordre d'arrestation à son encontre. L'information vient juste de me parvenir par un de mes hommes. Son vrai nom est Agathe de Montbrun et elle est suspectée de complot contre l'État.

Radet se garda de préciser pourquoi exactement Agathe était recherchée: le vol de la correspondance de Joséphine qui avait été retrouvée rue des Feuillantines. Cette femme était au cœur de la toile des Chevaliers de la Foi et il comptait bien lui mettre la main dessus pour en remonter tous les fils. Étienne leva le regard. Denon devait être atterré. Il s'était fait avoir comme un enfant de chœur, et par une espionne royaliste en plus. Pourtant son visage demeurait impassible.

— Vous vous êtes fait manipuler, Vivant, alors maintenant, il faut me dire ce qu'elle voulait. Et vite!

Denon éclata de rire, ce qui fit se retourner, scandalisées, les dévotes de la paroisse.

— Allons, général, me prenez-vous pour un imbécile ? Croyez-vous que je sois assez naïf pour croire à la fable d'une jeune femme esseulée que son cocher aurait oublié de venir chercher ?

— C'est ce qu'elle vous a dit ?

— Oui. Au début, j'ai pensé qu'il s'agissait d'une grue[1] déguisée en bourgeoise frustrée. Elle m'a servi l'histoire d'un mari fonctionnaire, tout juste arrivé à Rome, dévoré par son travail et qui la délaissait...

Surpris, Radet regardait Denon d'un autre œil. Celui qu'il avait d'abord pris pour un courtisan sans grande consistance se révélait être un malin de premier ordre.

— Bref, je lui ai laissé débiter sa petite histoire et je l'ai raccompagnée à son hôtel. Le couple n'avait pas encore eu le temps de chercher un appartement, m'a-t-elle dit... À ce moment précis, j'ai su qu'elle n'était pas une courtisane. Cet hôtel est hors de prix : investissement bien trop coûteux pour un bénéfice très aléatoire. Alors, s'il ne s'agissait ni d'une épouse infidèle ni d'une catin, il ne restait qu'une possibilité...

— Une espionne !

Vivant cligna de l'œil. Cette aventure semblait l'amuser énormément. Étienne, lui, était inquiet : Denon n'était à Rome que depuis quelques jours et déjà il avait été repéré et était devenu la cible d'une opération de manipulation.

— À partir de là, j'ai joué un rôle à mon tour. Celui

---

1. Prostituée.

de l'amoureux fasciné. Comme si cette Agathe, surgie de la nuit, était le Saint Graal tombé du ciel.

— Quelles questions vous a-t-elle posées ?

— Toujours les mêmes. Que venais-je faire à Rome ? Quelles étaient mes relations ? Mes fonctions ? Mes idées ? Je lui ai servi une belle histoire à tiroirs.

— Et vous pensez qu'elle vous a cru ?

Denon laissa échapper un fin sourire de vanité.

— Vous savez, j'ai été romancier dans ma jeunesse...

Scorpione avait été patient. Il avait longuement attendu pour s'assurer que l'hôtel n'était pas surveillé de l'extérieur, puis il avait troqué son habit de cocher contre une tenue de commis de boutique. Son veston avait les manches usées comme si tous les jours il avait râpé contre le bois d'un comptoir, il portait des lunettes cerclées de métal jauni et une casquette délavée qui lui dévorait le front. Le vrai modèle de l'employé miteux. Quand il entra dans le hall de l'hôtel, il voûta son dos et se dirigea vers la réception.

— La comtesse Orsini, je vous prie, j'ai une commande personnelle à lui remettre.

Il montra un paquet délicatement recouvert de toile de Jouy et serti d'un ruban de soie mauve.

— Je vais appeler l'un des domestiques de la comtesse pour qu'il vienne le chercher.

Scorpione secoua la tête.

— Je dois le remettre en main propre. J'aurai des problèmes avec mon patron sinon, il baissa la voix, c'est un cadeau d'un homme très haut placé et mon patron ne voudrait pas...

— Chambre 26. Passez par l'escalier de service.

— Merci, vous comprenez mon patron...

L'employé leva les yeux au ciel. Ce saute-ruisseau commençait à faire tache entre les dorures et le marbre.

— Ne restez pas là, vous gênez la clientèle !

Scorpione disparut. Durant son guet, un carrosse aux armes de la comtesse Orsini s'était arrêté devant l'hôtel. Ce matin, il y était toujours. Il avait rapidement saisi l'avantage qu'il pouvait en tirer. Quant au paquet, c'était un des nombreux présents que les invités avaient apportés lors de la soirée de la princesse Borghèse. Il l'avait dérobé sans que nul s'en aperçoive. Une fois dans l'escalier, il gagna le troisième étage et frappa à la dernière porte du couloir qui s'ouvrit aussitôt.

— Alors ? interrogea Scorpione.

Agathe sourit, mutine et radieuse.

— Mission accomplie ! Il m'a tout dit !

Radet porta la main à sa barbe naissante, signe chez lui d'une surprise : Dominique Vivant Denon avait été magistral. Il avait si bien embrouillé son histoire que même une chatte n'y retrouverait pas ses petits. De plus, il avait obtenu un nouveau rendez-vous avec Agathe de Montbrun. Dans un endroit public et en lui promettant de lui raconter les dernières nouvelles arrivées de Paris.

— Si elle se convainc que vous êtes un informateur fiable…, commença Étienne.

— Faites-moi confiance. Subjuguer est un art qui repose sur le mensonge, mais il doit toujours partager la scène avec un second rôle : la vérité. Si vous me communiquez, par exemple, des informations qui se révèlent vraies, elle sera en confiance et gobera les fausses comme une coupe de champagne.

Étienne acquiesça. Il allait tout de suite prévoir des mouvements de troupes aux portes de Rome. Des manœuvres que pourrait annoncer Denon.

— Mes hommes ont investi la chambre à côté de celle d'Agathe de Montbrun. Ils ne peuvent écouter ses conversations, mais ils savent qui entre et qui sort.

— Qu'allez-vous faire du faux cocher qui m'a surveillé? L'arrêter?

Radet sourit. Vivant Denon était peut-être un conteur doué, mais comme policier, il lui restait encore à apprendre.

— Absolument pas. Je pêche en eau trouble avec un filet à maille large pour m'emparer des gros poissons. Votre cocher est mon appât, quand le panier de crabes sera au complet…

Étienne serra brusquement la main.

— … je fermerai la nasse et malheur à ceux que j'y trouverai.

Scorpione quitta la chambre, l'esprit embué par le charme d'Agathe, mais convaincu qu'avec ce Denon elle avait recruté un informateur de choix.

Ce Français était la vanité faite homme : il n'avait cessé de se mettre en avant pour se faire estimer et admirer. Si on l'écoutait, Napoléon ne prenait pas une décision sans lui, il était le confident attitré de Joséphine et, bien sûr, il se roulait dans les draps de Pauline. Scorpione haussa les épaules de mépris. En réalité, ce n'était qu'un de ces maudits rats envoyés par Paris pour dépouiller l'Italie de ses trésors. Sous couvert de passion artistique, il faisait ouvrir églises et palais que les soldats pillaient ensuite. Bientôt son tour viendrait de payer pour ses méfaits, mais pour l'instant il avait un avantage inestimable. Son désir de plaire à Agathe était tel qu'il lui rapporterait tout ce qui se disait à Rome et tout ce que Paris murmurait. Scorpione quitta l'hôtel et se voûta aussitôt. Il redevenait le commis de boutique, pauvre et banal. Un commis qui allait marcher longtemps pour déjouer toute tentative de surveillance avant de porter à Montmorency la bonne nouvelle : désormais ils avaient une oreille dans la place !

Radet faillit saluer militairement, mais se retint. Il était en civil, dans une église. Il se contenta d'un geste de la tête. Le gendarme, lui aussi déguisé en gueux, évita de claquer des talons et sortit.

— Alors ? demanda Denon.
— Votre guetteur vient de quitter l'hôtel.
— Vos hommes le pistent ?

Étienne se leva. Il en avait assez de cette église et de ces femmes prosternées devant un Dieu qui n'avait plus donné signe de vie depuis dix-huit siècles. Denon le suivit.

— Mes hommes, non. En revanche des femmes vont le prendre en filature et le suivre en se passant le relais. D'abord une marchande de fleurs, puis une religieuse... ainsi de suite. Il n'y verra que du feu, incapable de penser qu'une femme peut le pister. Un préjugé qui nous permettra de remonter tout son réseau.

En arrivant sur le parvis, Vivant se sentit heureux de vivre. Il avait passé la nuit à mentir plus et mieux que la femme qui, croyait-elle, le manipulait, il se trouvait au cœur d'une intrigue d'espionnage, le ciel était bleu, l'air doux et Rome superbe. Il en aurait presque oublié l'essentiel.

— Chez la princesse Borghèse, j'ai rencontré le cardinal Broncoli. Un digne prélat, même s'il louche malencontreusement sur la poitrine de la sœur de Bonaparte. À la Curie[1], il a pour mission de gérer les biens culturels du Vatican, tableaux, sculptures, bibliothèques et archives.

Étienne lui saisit le bras.

— Vous lui avez parlé des templiers ?

— C'est lui qui m'en a parlé et m'a confirmé ce que nous pressentions. Toutes les pièces du procès, interrogatoires, témoignages et autres sont bien au cœur de la papauté, dans les archives secrètes.

Radet se retourna vers le Tibre, invisible du parvis, mais dont on entendait le grondement sourd

---

1. Gouvernement de l'Église.

et puissant. Sur l'autre rive se trouvaient le Castel Sant Angelo, la place Saint-Pierre, la forteresse du Vatican. Le général l'avait déjà investie pour s'emparer du pape et pas un coup de feu n'avait été tiré, mais cette fois il faudrait l'envahir, les armes à la main.

— Je dois prévenir l'Empereur. Lui seul peut décider.

À son tour, Denon dirigea son regard vers le fleuve. Il connaissait Napoléon et sa soif inextinguible de pouvoir. Si les moyens de conquérir le monde qui lui échappait encore se trouvaient derrière le Tibre, alors il n'hésiterait pas. Vivant se retourna vers Radet.

— Je serais vous, je préparerais déjà l'attaque du Vatican.

44

Milan
Galleria Vittorio Emanuele II
De nos jours

L'intérieur de la rotonde centrale était nappé d'oscillations bleutées, du sol en marbre à la vaste verrière circulaire. Des jeux de projecteurs dissimulés esquissaient des vagues de lumière allant de l'aigue-marine à un bleu océan. Dauphins ondulants, raies majestueuses, baleines gigantesques et poissons multicolores glissaient sur les façades des boutiques. La nouvelle collection de maroquinerie *Blue* semblait ravir les invités triés sur le volet qui se pressaient autour des serveurs.

Antoine avait la sensation de se mouvoir dans un immense aquarium au milieu de serveurs en tenue d'hommes-grenouilles. Des bruits de ressac sortis de haut-parleurs accentuaient l'effet immersif de la soirée.

Il prit une coupe de champagne et un toast au saumon proposé par l'un des plongeurs et jeta un œil à

Giulia qui papillonnait au milieu des invités de la soirée.

Il rajusta sa veste devant l'un des miroirs de la galerie, n'en revenant toujours pas du prix du costume. Deux fois son salaire net de commissaire. Il avait l'impression d'être un trader en goguette. L'habit devait faire le moine. Autour de lui mannequins et stylistes allaient et venaient entre les invités. Alice aurait éclaté de rire en le voyant jouer les gravures de mode.

Un homme aux cheveux bruns plaqués en arrière et vêtu d'un complet bleu nuit avançait en direction d'Antoine, une coupe à la main, balayant la foule des invités comme s'il inspectait le rayonnage d'une boutique aux marchandises d'une qualité douteuse. Quand il arriva face à Marcas, son visage se métamorphosa en un éclair. Sa collection de facettes dentaires nacrées ressemblait au sourire du chat du Cheshire[1].

— Bonjour, je suis Lupo Varnese, le frère le plus intéressant de Giulia. Vous portez notre costume à ravir, vous n'avez pas songé à devenir mannequin senior ?

— Senior ?

— Dans la mode, à partir de trente ans vous passez dans la catégorie senior. Donc, vous êtes le commissaire français qui nous aide à décrypter l'énigme de

---

1. Le chat du Cheshire est un chat de fiction tigré, qui apparaît dans le roman *Alice au pays des merveilles* de Lewis Carroll, publié en 1865.

mon père. Je ne comprends pas pourquoi ma sœur n'a pas jugé bon de nous dire ce que vous avez trouvé.

À la différence de sa sœur, son français n'était pas teinté d'un accent italien. Il scrutait Antoine. Marcas soutint son regard.

— Pour vous faire la surprise, peut-être... Je ne suis qu'un modeste policier qui ne se mêle pas des affaires familiales des autres.

— Et humble avec ça. Merveilleux. Si vous saviez comme cette vertu est devenue rare de nos jours. Que pourrais-je faire pour rendre votre séjour parmi nous plus agréable, commissaire ?

— Pas grand-chose. Si ça se trouve je serai parti de Milan demain matin à la première heure. Ou même cette nuit.

Lupo le prit par le bras tout en jetant des regards autour de lui.

— Je vais être plus explicite, mon ami. Je suis prêt à vous offrir une somme d'un montant non négligeable si vous me tenez au courant de vos découvertes. Je parle de dix mille euros sur le compte de votre choix ou en liquide. Qu'avez-vous trouvé dans le tableau ?

Marcas contempla la carte de visite que lui glissait l'Italien.

— Vous devriez en parler avec votre sœur. Mon... ami.

Lupo secoua la tête tout en jetant un œil blasé à la foule qui l'entourait et soupira.

— Vingt mille euros.

— Gardez votre générosité pour les pauvres de Milan.

Le visage du fils Varnese s'était métamorphosé. Derrière lui, un énorme requin fendait les flots sur la devanture de la boutique.

— Ne le prenez pas sur ce ton. Sinon…

— Sinon quoi? demanda Antoine. Vous allez me faire rosser par vos domestiques?

— Lupo, cesse d'importuner notre ami.

Les deux hommes se retournèrent pour découvrir Giulia qui était accompagnée de leur aîné. Elle s'adressa à Antoine tout en fusillant du regard son jeune frère.

— Je vois que vous avez fait connaissance avec l'être le plus insupportable de cette planète. Je vous présente le troisième héritier Varnese, Salvatore.

Antoine salua l'homme en fauteuil qui resta de marbre. Giulia jeta un regard de chaque côté pour s'assurer que personne n'écoutait leur conversation.

— J'ai mis Salvatore au courant de la découverte du microfilm sur le tableau.

— Un microfilm, merci de ne pas m'avoir prévenu, grommela Lupo.

— Ça allait venir.

— Ton ami français vient de perdre l'occasion d'empocher vingt mille euros, ricana le brun. Je voulais le soudoyer. Il a refusé.

— C'est tout à son honneur.

Un homme à la chevelure brune, fournie et ondulée, s'approcha de Giulia et murmura à son oreille. Cette dernière hocha la tête et lui répondit en italien. L'homme s'éloigna d'un pas souple.

— Patrizio vient de me dire que le microscope a été apporté. Jules César va enfin livrer son secret.

Il était tard, mais le dernier étage de l'étude, occupé par maître Bellaquista, était toujours allumé. Le notaire s'était offert un verre de whisky pour attaquer la troisième relecture d'un acte de vente à quarante millions d'euros.

Au moment où il allait prendre ses lunettes, son téléphone sonna. Le numéro n'était pas répertorié dans son agenda et il n'avait pas pour habitude de répondre à un inconnu à cette heure avancée. Il laissa l'importun s'épuiser au bout de huit sonneries, puis ouvrit le dossier du golf Mirabella. Son portable vibra à nouveau. Toujours le même numéro, mais cette fois c'était un message qui s'affichait.

Rappelez-moi de toute urgence.
Cardinal Varnese.

Intrigué, le notaire se détacha du dossier et composa la touche de rappel automatique. Une voix traînante qu'il reconnaissait sans hésitation répondit.

— Bonjour, Basile. J'ai une requête. Pouvez-vous vérifier la santé financière d'une société ?

— Oui, c'est possible.

— Il s'agit de la firme Valienti.

Le notaire tiqua.

— N'est-ce pas le groupe dirigé par le Primus ?

— En effet. Puis-je compter sur votre discrétion ? Je ne vous demande pas de trahir votre serment de notaire.

— Oui, Votre Éminence. Mais pourquoi ne pas contacter le service de la Curie dédié aux missions économiques ? Il est reconnu pour son expertise.

Le cardinal toussa avec une voix éraillée.

— J'ai besoin de ces informations autrement que par le canal du Vatican. Cela alerterait en haut lieu.

— Je comprends, répondit le notaire, pour quand vous faut-il l'information ?

— Pour avant-hier. C'est lié au décès de Gianfranco Varnese.

45

Institut de France
Bord de Seine
Octobre 1809

Debout sous la coupole, l'orateur leva la main droite vers le ciel comme pour le prendre à témoin.

— Jamais, je vous le dis, depuis Charlemagne, la France n'avait connu un tel bonheur ! Être gouvernée par un génie…

Une rafale nourrie d'applaudissements déferla dans la salle. Quand il s'agissait de rendre hommage à Napoléon, les académiciens ne ménageaient pas leurs efforts. L'Empereur était le protecteur attitré de l'illustre assemblée et c'est de son auguste main que s'échappaient pensions, gratifications et donations dont tous étaient friands et avides.

— … et quand je dis génie, je ressens douloureusement la pauvreté de la langue française. Elle qui n'a qu'un seul mot pour qualifier celui dont la gloire universelle résonne jusqu'aux pyramides d'Égypte…

L'orateur n'eut pas le temps de terminer sa phrase.

Les académiciens se levèrent, et cette fois ce fut une acclamation absolue qui s'entendit jusque sur les quais de la Seine. Tout en battant des mains avec frénésie, certains jetèrent un œil en biais, vers la loge des invités. C'est là qu'avait pris place Joséphine. La présence de la femme de Napoléon redoublait leur ardeur. Brusquement un cri jaillit au milieu des bravos répétés.

— Que l'Académie se mette au travail et qu'un nouveau mot soit créé pour dire toute l'étendue du génie de l'Empereur !

— Adopté à l'unanimité ! répliqua une voix tandis que les applaudissements se muaient en tonnerre.

Joséphine se demanda si elle rêvait. Certes elle était habituée à l'encensement continu dont beaucoup flattaient le nez chatouilleux de Napoléon, mais cette fois on sombrait dans le grotesque et le pathétique, et elle semblait être la seule à s'en rendre compte. Au gouvernement, Cambacérès et Talleyrand couvraient le conquérant d'une pluie incessante de louanges. Seul Fouché résistait encore à cette frénésie de courbettes. De nouveau des applaudissements éclatèrent. Joséphine n'écoutait plus, mais elle comprenait que, face à un pareil déluge, la lucidité de son mari se soit érodée. Le jeune général impétueux était devenu un dirigeant aveuglé par les flatteries et les révérences. Quand il regardait le monde du haut de son trône, il ne voyait plus des hommes, seulement des dos qui se courbaient.

— Madame, un courrier pour vous.

Joséphine regarda le cachet puis porta la lettre à son nez. Elle sentait encore la colle, et le sceau semblait intact. Elle se demanda si son mari faisait encore ouvrir ses missives. Sans doute que non. Fouché en revanche…

En quelques mots, Radet lui apprenait qu'il avait retrouvé Agathe de Montbrun à Rome et que son arrestation était imminente. Cette nouvelle replongea Joséphine dans ses tourments. Toujours ce maudit divorce dont la menace tournoyait autour d'elle comme un oiseau de proie. Napoléon n'en parlait plus, tout occupé à imaginer la prochaine expédition en Orient qui ferait de lui un nouvel Alexandre, mais son entourage ne cessait d'y penser. Talleyrand cherchait une princesse à marier – plutôt un ventre à féconder – à Vienne ou Moscou et Cambacérès se penchait sur des arguments juridiques pour briser leur mariage. Quant à Fouché, c'était son dernier soutien, mais pour combien de temps encore ? Et voilà maintenant que resurgissait cette Agathe ? Si elle parlait ? Si, accusée de complot et ramenée à Paris, elle faisait de son procès une tribune ? Si elle dévoilait le contenu des lettres.

— Qu'avez-vous, Madame ? Vous êtes toute pâle !

Inquiètes, les dames d'atour se pressaient autour d'elle.

— Assez !

Joséphine elle-même s'étonna du ton ferme de sa voix. Mais sa remontrance s'adressait surtout à elle-même. Elle n'avait que trop supporté la situation. Elle en avait plus qu'assez d'être au centre de toutes les manipulations et les supputations. Elle avait trop tardé à reprendre la main. Ceux qui croyaient qu'elle n'était que la marionnette du destin et que ce destin s'appelait Bonaparte se trompaient.

— Croyez-vous au surnaturel, mesdames ?

La question stupéfia son entourage. Depuis quand l'invisible intéressait-il Joséphine ? Certes, on la savait superstitieuse, certes elle faisait partie de la franc-maçonnerie où se pratiquaient parfois des rites étranges, mais de là à s'interroger sur le surnaturel en pleine session de l'Académie française…

— En 1788, reprit Joséphine, je fréquentais à Paris le salon de Mme de Choiseul où se réunissaient des célébrités de l'époque comme le philosophe Condorcet ou Chamfort, le moraliste. Un soir, autour d'un dîner, nous fîmes la connaissance d'un curieux personnage, Jacques Cazotte, un écrivain. Il se passionnait pour le Diable.

— Le Diable ? s'étonna une des dames d'atour.

— Oui, on disait même qu'ils se fréquentaient assidûment et que le Très-Bas lui dévoilait les arcanes du futur. Cette réputation précédait Cazotte dans tout Paris et, à la fin du dîner, une des invitées, Mme de Gramont, lui demanda de prédire l'avenir.

Tout l'entourage de Joséphine était suspendu à ses lèvres.

— M. Cazotte refusa net, mais la tablée ne le laissa pas en paix, multipliant plaisanteries et railleries. Excédé, il finit par accepter. Mais il ne fit qu'une seule prédiction : à tous il annonça leur mort prochaine. Une mort violente, terrible. À tous, sauf à moi.

— Et qu'arriva-t-il ? demanda une voix unique et tremblante.

— Ce qui arriva, ce fut la Révolution. Cazotte, Mmes de Choiseul et de Gramont finirent sous la guillotine. Condorcet se suicida en prison.

L'impératrice se leva devant son auditoire médusé.

— Quant à moi je fus arrêtée, mon mari guillotiné, mais j'échappai à la mort. Depuis je n'ai jamais cessé de penser à Cazotte. À chaque étape de ma vie. Quand j'ai rencontré Bonaparte, quand nous avons échappé à l'attentat de la rue Saint-Nicaise, quand je suis devenue impératrice et maintenant...

Toutes savaient que Joséphine pensait au divorce.

— Et maintenant, reprit l'impératrice d'un ton mystérieux, c'est à mon tour de prédire l'avenir.

Un sourire étrange germa sur son visage.

— À mon tour de tirer les cartes du destin.

Paris
Hôtel de Soubise

Intrigué, Napoléon ouvrit une boîte fermée d'un lacet de cuir. À l'intérieur, soigneusement rangée, une liasse de parchemins à l'écriture délavée semblait voir le jour pour la première fois depuis bien des années. Dessous, un armorial présentait les blasons d'une famille. Trois étoiles en pal, remarqua l'Empereur dont la famille corse, anoblie sous Louis XV, était bien incapable de posséder un arbre généalogique comme celui qu'il venait de déplier. Des prénoms oubliés surgissaient de la nuit des temps, Adhémar, Calixte, Palamède… et des titres en cascade, comte, marquis, baron…

Depuis l'an passé, toutes les archives que possédait l'État avaient été réunies dans cet ancien hôtel aristocratique du quartier du Temple. Désormais, une troupe débordée d'archivistes tentait de les classer. Un travail dont personne ne verrait la fin; les millions de documents, venus de toute la France, s'entassaient en tout sens.

— Je vous salue, Sire.

Fouché entra.

— Bienvenue dans la salle des fantômes. Ici sont réunies toutes les archives des familles aristocratiques, disparues ou exilées pendant la Révolution. Enfin, toutes celles qui n'ont pas été détruites. Nous les classons en priorité.

— Pourquoi ?

— Depuis le début de votre règne, de nombreux nobles en exil demandent à rentrer. Beaucoup sont sans papiers. Nous les interrogeons et confrontons leurs dires à ces archives. Cela nous permet de débusquer les faux profils : imposteurs, espions et conspirateurs.

Napoléon n'insista pas. Il avait échappé à trop d'attentats pour prendre à la légère les précautions du ministre de la Police.

— Et je vous en sais gré, mais vous ne m'avez pas fait venir ici uniquement pour me montrer votre travail de l'ombre ?

— Non, Sire. Je voulais vous entretenir du général Radet et de Dominique Vivant Denon que nous avons envoyés à Rome. Ils sont sur une piste.

L'Empereur fronça les sourcils. Depuis le mois dernier, l'état des finances de la France s'était encore dégradé. Elle vivait à crédit et remboursait les intérêts en pillant les pays occupés.

— Le trésor de l'Église…

— Oui, Majesté. Maintenant que nous sommes certains de son existence, il nous semble que la papauté se soit servie d'anciennes caches de l'ordre du Temple. Des caches présentes en France, mais aussi en Europe. L'Église a dû les découvrir lors des interrogatoires des templiers. Sous la torture, on avoue bien des choses…

Napoléon se rappela la pièce de théâtre vue avec Cambacérès.

— Je croyais que c'était Philippe le Bel qui avait fait interroger les templiers ?

— Oui, mais pour convaincre l'Église que l'ordre du Temple était bien hérétique, il a envoyé tous les rapports d'interrogatoires au pape.

Fouché appela un commis qui posa un carton sur la table et l'ouvrit. Un cahier de parchemin à l'écriture serrée apparut.

— Voilà tout ce qu'il nous reste : la copie de l'interrogatoire des templiers d'Auvergne en 1309. En cinq siècles, toutes les autres archives ont quasiment disparu en France… mais pas au Vatican, où elles ont été centralisées, classées et conservées.

L'Empereur eut une moue de dépit. Il s'était emparé du pape, mais pas de la mémoire de l'Église.

— Sans compter les interrogatoires qu'ont menés des cardinaux eux-mêmes. Comme à Chinon en 1307, où ils ont interrogé le grand maître et tous les dignitaires de l'ordre du Temple.

— Et toutes ces archives sont encore au Vatican ?

— Oui, dans la réserve secrète. Avec aussi les interrogatoires des templiers en Angleterre, en Allemagne, en Espagne, à Chypre. Une mine d'informations considérable.

Fouché savait que Bonaparte, quand une idée ne venait pas de lui, l'analysait lentement et avec prudence. Le meilleur moyen d'obtenir rapidement son assentiment était d'attirer son attention sur un autre sujet.

— Il n'y a pas que la question des archives qui me tracasse à Rome, Sire… il me faut aussi vous parler du comportement de la princesse Borghèse.

Le regard de l'Empereur s'assombrit. De toutes ses sœurs, Pauline était sa préférée, mais sa liberté de mœurs, ouvertement affichée, le scandalisait.

— Épargnez-moi, je vous prie, vos révélations sur les amants de la princesse. J'ai cessé de les compter et de m'en préoccuper.

— C'est plus grave que cela, Sire. Votre sœur prend publiquement position contre votre divorce.

— C'est impossible, voyons, elle déteste Joséphine !

— La princesse Borghèse a d'autres ambitions pour vous, assena Fouché.

Cette fois, c'en était trop pour Napoléon.

— Vous déraisonnez, monsieur le ministre !

— Votre sœur Pauline est convaincue que si vous

ne divorcez pas, vous devrez choisir un héritier dans votre famille.

— Et elle a choisi de soutenir un de mes frères, c'est ça ? Lequel, Jérôme, Lucien ?

— Elle a choisi de tomber enceinte, lâcha Fouché.

Sous la violence de la révélation, Napoléon s'appuya contre le rebord du bureau. Pauline avait à peine trente ans et eu déjà un fils[1]. Elle pouvait très bien être mère à nouveau.

— Il lui reste donc à trouver un père. Vous savez que son mari, le prince Borghèse, n'est guère à son goût… Vous comprenez, Sire, pourquoi j'ai cru bon de vous prévenir.

L'Empereur restait silencieux. Toute sa vie, sa famille lui avait gâché l'existence. Jaloux, cupides, vils, débauchés… les adjectifs ne manquaient pas pour qualifier ses frères et sœurs. Aucun ne l'avait jamais aimé. Tous s'étaient servis de lui.

— Sire, que décidez-vous pour les archives du Vatican ?

Napoléon eut un geste d'agacement. Il avait d'autres soucis en tête.

— Donnez l'ordre à Radet de les récupérer.

— Comment ?

Désormais, l'Empereur était pressé de partir et la question de son ministre lui parut ridicule.

— Vous me demandez comment entrer au Vatican, Fouché ? Eh bien, par la porte et par la force !

---

1. Mort à l'âge de six ans.

46

Milan
Galleria Vittorio Emanuele II
De nos jours

Marcas admirait les dimensions de l'appartement de Lupo Varnese. Sans doute quatre fois la taille du sien. Quant aux trois tableaux accrochés au mur, chacun devait valoir le prix du pied-à-terre milanais.

— Appréciez-vous Soulages, commissaire ?

Salvatore fit rouler son fauteuil jusqu'à Antoine et contempla lui aussi la toile. La musique bruyante qui montait de la galerie était assourdie par les vitres du salon qui vibraient légèrement.

— Énormément, répondit le policier, mais un peu lugubre à mon goût. Les tableaux que j'admire dans les musées ne sont pas ceux que j'accrocherais chez moi. Votre frère a néanmoins bon goût.

— Il les déteste, nuança Salvatore, c'est moi qui ai imposé ces toiles. Ce salon est un espace réservé à des déjeuners d'affaires, des rencontres avec nos clients ou encore à des présentations de modèles. Lupo a le droit d'occuper les lieux pour son usage personnel quand nous n'y avons pas d'obligations. Et puis il s'agit d'un investissement. Ça se saurait si la décoration était le moteur du marché de l'art.

Antoine sourit. L'homme était l'exact contraire de son jeune frère. Il s'exprimait tout en nuances et en rondeurs. Plus subtil. Plus dangereux peut-être. Marcas pressentait qu'il pouvait déchiqueter joyeusement ses proies.

Salvatore fit opérer un demi-tour à son fauteuil et se dirigea vers la table.

— Commissaire, auriez-vous l'obligeance de pousser l'une des chaises pour que je puisse prendre place devant le tableau du sacre ?

La toile de la fondation trônait à une extrémité de la longue plaque rectangulaire en béton, posée en équilibre sur deux chaises.

Marcas s'exécuta. L'aîné des Varnese s'installa devant la table sur laquelle avaient été disposées quelques assiettes de canapés proposés à la soirée, une bouteille de champagne dans un seau et des bouteilles d'eau.

— Voilà la fameuse toile, dit Salvatore en se servant un verre d'eau. Champagne, commissaire ?

— Non merci. J'ai déjà pris une coupe en bas. Je dois être d'attaque si votre père a laissé une autre énigme à décoder. Savez-vous pourquoi il vous met, vous, ses héritiers, à l'épreuve ?

— Nous nous sommes posé la question. Pour ma part je suis arrivé à la conclusion qu'il ne voulait pas que nous héritions. L'énigme était trop difficile à résoudre. Si vous n'étiez pas venu au secours de Giulia, elle serait revenue bredouille. Quelque part il était persuadé que l'origine de sa fortune n'était pas vraiment méritée. Voire qu'elle portait malheur. Il n'avait peut-être pas tort.

— Giulia et Lupo partagent votre analyse ?

— Non, et tant mieux. Des points de vue divergents évitent de prendre les mauvaises décisions.

Des bruits résonnèrent à l'autre bout du salon. Giulia et Lupo venaient d'arriver en compagnie de leur assistant qui portait un carton volumineux. Antoine nota que le cadet paraissait tendu. Il s'agitait dans tous les sens, téléphone à l'oreille. Après avoir raccroché, il se précipita sur Marcas. Il avait les pupilles anormalement dilatées.

Un petit rail de coke venu de Colombie, paria Antoine.

— J'espère que mon frère ne vous a pas ennuyé, lança Lupo, il a toujours eu le don d'endormir ses interlocuteurs.

— Lui ne m'a pas proposé d'enveloppe, comme quoi ce n'est pas une tradition familiale, lança Antoine dans un sourire onctueux.

Lupo le gratifia d'un regard acide. De son côté, Patrizio posa le carton sur la table, en retira un microscope électronique et un moniteur relié par un câble. Il brancha les deux appareils.

— Mon ami m'a expliqué comment s'en servir, dit l'assistant, c'est très simple. Il suffit de déposer votre microfilm sur la lamelle et de manipuler les molettes sur le côté adjacent pour régler la focale. Vous pourrez voir son contenu sur l'écran.

— Merci, tu peux disposer.

L'assistant quitta le salon et referma la porte derrière lui. Giulia sortit un mouchoir de son sac et inséra le micro-point dans le microscope pendant que Lupo se servait une coupe de champagne.

— Vous voulez que je mette une musique d'ambiance pour la découverte, lança-t-il, des roulements de tambour ? La bande originale d'*Indiana Jones* ?

— Ferme-la, ce sera déjà pas mal, lâcha Giulia.

Antoine, Lupo et Salvatore tournèrent leurs regards sur le moniteur. Une image floue se dessinait, sans que l'on puisse discerner de détails. Une trentaine de secondes s'écoulèrent avant qu'une forme distincte n'apparaisse.

Ce fut Lupo qui s'exclama le premier.

— Un éléphant. Un putain d'éléphant. Le délire continue.

Un pachyderme en pierre occupait tout l'écran. Le mammifère était harnaché d'une tour carrée comme celle d'un jeu d'échecs et chevauché par un cornac. Ses oreilles étaient démesurées et nervurées, ressemblant aux ailes d'un dragon. Sa trompe s'enroulait autour d'un légionnaire romain, au point de le broyer.

Antoine croisa le regard de Giulia.

— On dirait l'un des éléphants d'Hannibal. On ne peut pas reprocher à votre père une inconstance dans la création de ses énigmes. La statue pourrait ressembler à celle commandée par Napoléon pour décorer la

Bastille. Mais elle paraît plus ancienne et de dimension plus modeste.

Antoine s'approcha de l'écran pour le scruter plus en détail. Il n'y avait rien d'autre. Aucune indication. Aucun message. Seulement l'éléphant.

— Vous connaissez cette statue ? demanda Antoine.

Quand il se retourna, il vit les trois héritiers Varnese échanger des regards graves. Lupo, affalé sur un siège, paraissait décomposé.

— Oh oui. Cette statue est érigée dans les jardins de Bomarzo. À la frontière entre le Latium et l'Ombrie. À une centaine de kilomètres de Rome.

— Bomarzo… je ne vois pas.

— On l'appelle aussi El Sacro Bosco, le bosquet sacré, ou encore le parc aux monstres, commenta Salvatore. Une sorte de jardin d'inspiration mythologique qui date du XVIe siècle. Son propriétaire, un aristocrate de la Renaissance, y a fait sculpter des animaux, des chimères et des démons. Entre surréalisme et cauchemar éveillé.

D'un revers de main Lupo envoya sa coupe de champagne s'écraser contre un mur puis se leva, le visage rouge de colère.

— Un putain de cauchemar ! Le vieux salopard, je vous avais dit qu'il se foutait de nous. Notre père était le plus grand pervers que la terre ait connu. Ce fumier veut nous envoyer là-bas continuer son jeu de piste insensé !

— Vous pouvez m'éclairer, demanda Antoine, c'est en rapport avec ces sculptures ?

Giulia s'assit à côté de Lupo et posa sa main sur

son épaule. Son regard s'était éteint. Antoine l'entendit murmurer comme dans un souffle.

— Bomarzo est un lieu maudit pour les Varnese.

Dossier sous le bras, le clerc frappa respectueusement à la porte du bureau de son patron. Bellaquista lui répondit d'une voix sèche et le jeune homme entra d'un pas rapide en veillant à fermer la porte derrière lui. Le notaire était au téléphone et lui fit signe d'approcher. Il tapotait un maroquin rouge avec la poignée d'un coupe-papier doré. Son visage était tendu. Le clerc obéit et s'avança respectueusement jusqu'au bureau. Embauché depuis deux ans dans l'étude, c'était bien la première fois qu'il voyait son boss aussi préoccupé. Ce dernier hochait la tête en écoutant son interlocuteur invisible, les yeux rivés sur le jeune clerc, comme si ce dernier était transparent.

— Je dois vous laisser, répondit Bellaquista. Suivez le protocole à la lettre et tenez-moi au courant heure par heure de leurs faits et gestes.

Il reposa le combiné sur son socle. Le bureau restait silencieux et le clerc n'osait pas ouvrir la bouche. Au bout d'une longue minute qui s'étirait démesurément, le notaire ouvrit une boîte à cigares nacrée et en sortit un spécimen coupé en deux. Il l'alluma posément, tira quelques bouffées et scruta son employé.

— Mon petit Maurizio, ne devenez jamais patron d'une étude notariale. Certains clients ne veulent avoir affaire qu'à moi. Je viens de raccrocher avec le gérant du golf de Mirabella. Un dossier de vente complexe. Disons plutôt une benne à emmerdements remplie jusqu'à la gueule. Et franchement je ne le mérite pas à mon âge.

Il tira une nouvelle bouffée et semblait plus apaisé.

— Avez-vous trouvé les informations sur le groupe Valienti ?

Le clerc acquiesça et posa sur le bureau sa chemise orange.

— Oui, je vous ai fait une synthèse des bilans des trois dernières années et des chiffres clefs.

— Votre analyse ?

— Tout est dans le dossier. C'est limpide. Avez-vous besoin d'autre chose ?

— Merci, Maurizio. Je vais m'absenter deux jours pour me rendre dans ce maudit golf. Ma secrétaire est prévenue. Vous pouvez disposer, bonne soirée.

Bellaquista attendit que le clerc soit sorti pour ouvrir la chemise. Il effectua une lecture rapide et tourna les dix pages avec dextérité. Il termina par l'analyse du clerc. Elle était en tout point conforme à ce qu'il venait de décrypter. Cigare au bec, il prit son téléphone portable et composa le numéro fourni par le cardinal. Il espérait que ce dernier serait en état de répondre. Le prélat décrocha au bout de la quatrième sonnerie.

— Mon cher Basile, c'est fort aimable de me rappeler. Je vous écoute. En fonction de votre réponse, l'avenir de notre ordre sera peut-être bouleversé.

— Votre Éminence. Comme vous me l'avez demandé, j'ai obtenu les derniers exercices comptables du groupe Valienti, dont le Primus est l'actionnaire principal. En toute légalité, je tiens à le préciser. La société se trouve dans une position financière délicate. Je dirai même périlleuse. La fragilisation a commencé à la crise de la Covid avec des pertes d'importantes commandes, les provisions pour dépréciation se sont accumulées depuis cette période critique. Pour dire les choses de façon plus simple, un dépôt de bilan est fort probable si le Primus n'obtient pas le soutien des banques.

— Il ne l'a pas eu. Feu mon frère m'en a fait part avant sa mort.

— Comment était-il au courant ?

— Il y a deux semaines, le Primus lui a demandé de l'aide et de monter au capital de Valienti. Il l'a supplié, mais Gianfranco a refusé net. Mon frère m'avait tout raconté à l'époque afin que je puisse prendre mes dispositions pour que je le décharge de sa fonction.

— Vous croyez que…

Le notaire ne voulait pas aller au bout de sa phrase. La voix du cardinal se fit plus faible.

— Ce que vous me dites ne fait que conforter mes soupçons. Je suis désormais convaincu que le Primus a assassiné Gianfranco pour mettre la main sur le trésor et renflouer sa société. Valienti est notre Judas.

47

Rome
Rive gauche du Tibre
Novembre 1809

Radet n'en pouvait plus de ces escaliers en colimaçon. Déjà deux fois qu'il les montait depuis le début de la matinée. Pour diriger son opération au cœur du Vatican, le général avait choisi d'investir le Castel Sant Angelo, l'immense forteresse médiévale qui surplombait la cité papale. Dès l'aube, des manœuvres avaient commencé dans toute la campagne romaine. Des opérations de ratissage lancées pour débusquer les bandes de rebelles qui infestaient les environs de la ville éternelle. À la vérité, Radet savait qu'il ferait chou blanc. Trois jours auparavant, Denon avait déposé cette information, censée demeurer confidentielle, aux pieds d'Agathe. Aussitôt prévenus, tous les groupes hostiles s'étaient rapidement dispersés. Les soldats français auraient beau fouiller le moindre trou à rat, ils ne trouveraient rien. Une défaite volontairement orchestrée et qui allait servir à masquer une autre opération qu'Étienne préparait depuis des jours : l'opération Némésis, l'attaque surprise du Vatican.

Radet avait installé son état-major restreint au dernier étage de la forteresse pour mieux observer la cité du Vatican. Des officiers du renseignement avaient travaillé d'arrache-pied pour cibler l'emplacement exact des archives secrètes. Étienne était certain qu'après l'enlèvement du pape les membres de la Curie avaient donné l'ordre de les déplacer. Il en était d'autant plus convaincu que lui-même s'était emparé de la bulle d'excommunication lancée par le pape contre Napoléon. Mais c'était oublier l'indolence des fonctionnaires du Vatican. Toutes les sources discrètement interrogées, toutes les informations méthodiquement recoupées, indiquaient que les archives du Vatican étaient toujours au même endroit : dans les bâtiments qui entouraient la cour du Belvédère.

Étienne pénétra dans la salle de l'état-major. Un claquement unanime de talons salua son entrée.

— Quelles sont les nouvelles ?

Un officier à la fine moustache recourbée prit la parole.

— Toutes nos informations indiquent que la cité du Vatican est calme. Aucune mesure de sécurité particulière n'a été décelée.

— Que disent les informateurs sur place ?

— La Curie ne s'est pas réunie depuis plusieurs jours. Les cardinaux présents travaillent comme à l'accoutumée. Quant aux fonctionnaires, beaucoup se retrouvent le soir dans des tavernes au bord du Tibre, nous avons des mouches dans chaque établissement :

il n'y a aucune information, aucune rumeur d'importance.

Radet hocha lentement la tête. Personne, au Vatican, ne se doutait de son opération. Il s'approcha d'un pan de mur où avait été accroché un plan détaillé du Vatican. Le secteur du Belvédère était entouré d'un cercle rouge.

— Faites-moi une présentation des lieux.

Un capitaine spécialisé en cartographie se leva. C'était, avec le renseignement, l'un des services auxquels Napoléon accordait le plus d'attention. Seuls des officiers d'élite, aussi méthodiques que polyvalents, y étaient admis.

— Cet ensemble de bâtiments a été construit à partir de 1506, sous le pontificat de Jules II. À l'origine, c'était une cour, sertie de bâtiments administratifs qui rejoignaient, par un système de terrasses et de jardins, le palais du pape. Plus tard, un nouvel immeuble a été construit, divisant cette cour en trois plus petites. Ce sont elles que vous voyez, colorées en gris.

Étienne se pencha sur le plan et comprit pourquoi le capitaine insistait sur ces cours en apparence banales. Il faudrait les investir et les sécuriser une à une, avec le risque de se trouver pris sous le feu des bâtiments adjacents. Le tout de nuit. Décidément, ce Belvédère commençait à ressembler à un dangereux labyrinthe. Y pénétrer et s'y déplacer serait tout sauf discret.

— Et où sont déposées les archives ?

L'officier désigna un bâtiment rectangulaire qui jouxtait la dernière cour.

— Ici. Juste à côté de la bibliothèque.

— Les entrées sont gardées ?

— Non. D'après nos renseignements, un simple concierge filtre les visites. Les archivistes, eux, n'habitent pas sur place.

Radet se frotta les mains. Au moins, à l'intérieur des archives, il n'y aurait aucune résistance. Il montra le bâtiment.

— Vous connaissez la disposition intérieure des lieux ?

— Non. Nous n'avons ni plan ni informations. Nous ignorons donc où sont placées les archives et surtout comment elles sont réparties. Tout ce que nous pouvons supposer, c'est qu'il y a des salles souterraines, vu la masse de documents accumulés.

— Vous avez une indication du nombre ?

— Une estimation : entre un et deux millions de documents.

— Ils sont tous classés ?

Le capitaine toussa.

— Les archivistes y travaillent, mon général. Ils y travaillent depuis six siècles. Et visiblement, ils n'ont toujours pas terminé.

Radet cessa de se frotter les mains. Jamais l'expression chercher une aiguille dans une botte de foin n'avait paru si juste.

Castel Sant Angelo

Vivant Denon s'était installé sur l'immense plate-forme sommitale de la forteresse. D'ici, on voyait tout Rome, des plages d'Ostie jusqu'aux collines de Frascati. Le ciel, lavé par un orage, étincelait de lumière. Denon mit sa main en visière pour observer la campagne. Vers l'est, un nuage de poussière indiquait la progression d'une colonne française. Il sourit. Son plan avait fonctionné à merveille. Agathe, par l'intermédiaire de Scorpione, avait donné le signal de repli à tous les groupes rebelles qui infestaient le pourtour de Rome. Désormais, elle avait une pleine confiance dans tout ce qu'il lui raconterait. Et après la vérité allait venir le temps des mensonges.

Mais d'abord, il devait recevoir ses informateurs. Une invisible toile d'araignée s'était déployée autour d'Agathe et de Scorpione. Dès que la jeune femme sortait de l'Hôtel de l'Europe, une armée invisible la suivait, mieux que son ombre. Il n'y avait pas un magasin de mode où elle entrait, pas une église où elle se recueillait, pas un regard échangé, une conversation amorcée qui échappât à un œil inquisiteur ou une oreille indiscrète.

— Monsieur Denon, vos invités sont arrivés.

Le jeune lieutenant qui commandait la garde de la forteresse n'avait pas trouvé de meilleurs mots pour décrire la troupe disparate qui venait au rapport. Mendiants, religieux, prostituées, l'enrôlement avait été éclectique, mais s'était révélé efficace. Vivant s'installa dans un fauteuil en acajou orné d'accoudoirs à tête de sphinx et, tel un seigneur recevant ses sujets, donna la parole, dans un italien parfait, à un prêtre à la tête d'ivrogne, promu porte-parole de cette cour des miracles.

— Je vous écoute, don Alberto.

Le curé retira son calot.

— *Dottore*, nous avons suivi la jeune femme durant toute la semaine et je puis vous garantir que rien n'a échappé à notre vigilance. Où qu'elle soit allée, nous étions là, et je puis vous certifier que nous avons vérifié le pedigree de toutes les personnes avec lesquelles elle a échangé.

— Conclusion? demanda Denon que ce verbiage pompeux commençait d'ennuyer.

— Elle n'a fait passer aucun message et n'en a reçu aucun.

— Alors, les contacts doivent se passer à l'hôtel. Il n'y a pas d'autres solutions.

Le prêtre passa la main dans le peu de cheveux qui lui restait.

— *Dottore*, nous avons soudoyé le concierge, acheté les femmes de chambre, corrompu les servantes. Aucun membre de l'hôtel ne sert de relais avec le monde extérieur.

— Alors comment communique-t-elle?

— C'est ce jeune Italien, c'est lui qui sert d'intermédiaire.

Vivant Denon tapota le sphinx de l'accoudoir. Sur l'échiquier de la guerre souterraine qui se jouait à Rome, Agathe n'était qu'un pion qui bougeait en fonction d'une main invisible. Ce qu'il voulait désormais, c'était la tête du réseau.

— Ce messager de malheur, qui rencontre-t-il?

Le curé ouvrit grand la bouche, découvrant une denture en perdition.

— *Dottore*, nous l'avons suivi après chaque visite à Mlle de Montbrun. Visites qui ont d'ailleurs eu tendance à s'allonger…

Denon s'impatienta.

— Si vous me disiez plutôt où il s'est rendu ?

— *Dottore*, je puis vous garantir que jamais nous ne l'avons perdu de vue. Jamais.

— Répondez à ma question : où est-il allé ?

— Là où nous n'avons pas pu le suivre.

Vivant se leva d'un coup. C'était une plaisanterie !

— *Pardone*, je vous jure que je vous dis la vérité. Cet homme… il est descendu aux enfers.

Radet s'était installé dans la *stufa*. Une pièce entièrement décorée de fresques mythologiques et ornée de coquillages rares. C'est là que les pontifes venaient se baigner dans une vasque de pierre alimentée par une Vénus en bronze. À son tour, Étienne s'était installé dans cette étuve à la magnificence inouïe, conçue pour le chef d'une Église dont le fondateur prônait la pauvreté évangélique. Il ricana, songeant à ces millions de fidèles, terrorisés par l'enfer, qui avaient fait la fortune de la papauté. Des sommes fabuleuses en or et en argent, venues du monde entier, dont une partie avait servi au luxe effréné qui l'entourait. Le dégoût succéda à la moquerie. Il enrageait de ne pas pouvoir pénétrer dans le Vatican pour s'emparer des archives du Temple. Il avait la conviction de devoir réparer une injustice. Comme il posait la veste de son uniforme sur le rebord d'un fauteuil, une clef glissa de la poche intérieure. Celle qu'il avait trouvée dans les affaires de son agresseur. Celle qui avait ouvert la cache du Temple, rue Galande.

Il la tint entre ses doigts. Le métal était piqueté de rouille et les dents, aux motifs complexes, abîmées par l'usage. Radet se demanda combien d'hommes avant lui l'avaient eue entre les mains ? Elle devait dater de l'ordre du Temple. Il imaginait les chevaliers réunir leurs innombrables trésors venus d'Orient, les inquisiteurs fiévreux les piller de leurs mains avides jusqu'aux papes de la Renaissance amassant la plus grande fortune de tous les temps.

Le trésor de la peur.

Tous avaient eu cette clef entre les mains.

Tous jusqu'à Radet, aujourd'hui.

48

Milan
De nos jours

Depuis que le nom de Bomarzo avait été prononcé, un silence de plomb s'était abattu dans le salon. Lupo avait complètement perdu son arrogance et semblait hagard. Salvatore restait impassible, comme à son habitude. Giulia, quant à elle, s'était allumé un petit cigare et aspirait des bouffées avec nervosité.

— Un lieu maudit… j'aimerais comprendre, reprit Antoine, intrigué par leurs réactions.

Salvatore répondit en premier. Il semblait être le moins affecté des trois.

— Il y a trente ans, notre famille a subi une effroyable épreuve. Ça s'est passé à Bomarzo. Un tragique accident de voiture qui a coûté la vie à notre mère.

Giulia se tourna vers Antoine.

— Et qui a conduit à l'amputation de ma jambe. Lupo, lui, a souffert d'une grave commotion cérébrale avec des séquelles pendant toute son adolescence.

Salvatore a eu plus de chance, il ne se trouvait pas dans la voiture.

— Je comprends votre réaction.

— Non. Vous ne comprenez rien du tout. Tout ça c'était la faute de notre père. Il tenait le volant.

— Lupo, ne recommence pas, le reprit Salvatore, c'était un accident.

Le frère cadet se leva, furieux, son regard rivé à celui d'Antoine.

— Je vais vous raconter une belle histoire. Nous passions des vacances dans l'une des propriétés de notre père, dans la région de Viterbe, il y avait invité toute une faune de la mode et du cinéma. Mon père appréciait ces gens, c'était sa façon d'affirmer sa puissance. Ma mère beaucoup moins, mais elle était sous son emprise. Pendant ce temps à l'autre bout de la propriété, nous étions surveillés par des nounous suisses allemandes. Deux salles, deux ambiances.

— Lupo, tu te fais du mal…, murmura Giulia.

— Notre bon flic doit se faire un portrait exact de notre père. Donc, dans les derniers jours d'août, en fin d'après-midi, c'était un dimanche, papa a voulu nous imposer une nouvelle virée au parc de Bomarzo. On y avait droit tous les ans. Je détestais cet endroit. Ces statues hideuses me foutaient la trouille. Sur un coup de tête, contre l'avis de ma mère, il a refusé de prendre un chauffeur et a insisté pour nous conduire lui-même.

— Cette histoire n'intéresse pas notre invité, commenta Salvatore sur un ton gêné.

— Toi tu la boucles, rabroua Lupo avant de se

tourner à nouveau vers Antoine, je continue… un violent orage nous a surpris sur une petite route, tout près du parc des monstres. Au détour d'un virage, la décapotable de mon père, une Ford Mustang sans arceau de sécurité, a basculé dans le fossé et exécuté de magnifiques tonneaux. La capote de toile a été perforée par les rochers, ainsi que la tête de ma mère. Ma sœur a eu le mollet broyé et moi un choc sur la tête qui m'a plongé dans le coma. Mon père, lui, s'en est tiré avec une simple fracture au poignet.

Il frappa la table de ses poings crispés. Son visage exsudait une haine profonde.

— Chaque fois que j'entends parler de Bomarzo, j'ai des envies de meurtre. Jamais je ne retournerai là-bas. Jamais. Et il le savait très bien, ce fumier. Comment a-t-il osé concocter ce jeu de piste monstrueux ?

Il s'arrêta quelques secondes pour s'éponger le visage, puis se rassit pesamment.

— Je crois que nous avons tout dit à notre ami le commissaire, ajouta Salvatore. Et si nous nous occupions de cet éléphant ? Après tout il est censé nous mener vers un avenir plus radieux.

Antoine ne savait pas trop comment réagir. Le récit tragique de Lupo lui rendait cette famille de riches héritiers plus humaine. Plus fragile. Les kshatriya ont aussi leur part de malheur. Cette pensée le rendait honteux, mais elle le rassurait. Il se leva à son tour.

— Parfait. Reste une question. Où se trouve l'aéroport le plus proche de Bomarzo, afin d'y poser votre jet ?

Manuel Vargas était assis devant son écran d'ordinateur. Il essuya longuement ses verres et détailla les quatre images provenant des différentes caméras posées dans l'appartement de la galerie. Les héritiers Varnese n'avaient plus aucun secret pour lui.

Il zooma sur l'une des images, le Français et les héritiers terminaient leur réunion. Il augmenta légèrement le niveau du son : « Nous partirons demain. Il est trop tard pour poser un plan de vol, même pour Rome. Il y a des chambres pour les invités dans cet appartement. Mon secrétaire va s'occuper de réserver un hôtel du côté de Bomarzo. J'ai ma petite idée. »

La voix de Giulia coulait dans son oreillette. Manuel nota les informations principales pour son client. Satisfait de ce qu'il voyait et entendait, il prit son clavier et envoya le mail comme convenu.

Giulia et le policier français partent demain dans l'après-midi pour Bomarzo. Ils ont réservé deux chambres au Carlino. Le jet doit décoller à quatorze heures.

Manuel referma l'écran, se leva pour ouvrir la fenêtre et s'allumer une cigarette. Il savait que la réponse n'allait pas tarder. Son client était d'une ponctualité remarquable. Il sortit la tête et huma l'air chaud qui montait de la rue en contrebas.

Il visa le crâne d'un blondinet qui passait à l'aplomb du balcon et jeta sa cigarette. Raté de peu. Le studio avec coin cuisine du Airbnb donnait sur une artère bruyante illuminée de néons, remplie de restaurants, d'échoppes de transfert d'argent et de reconditionnement de téléphones. Le genre de quartier interchangeable que l'on trouvait dans toutes les grandes villes d'Occident, surtout à côté des gares. Manuel les observait avec tendresse, lui aussi avait grandi dans un quartier populaire, à Barcelone.

Après un diplôme d'électronique et dix années au service des transmissions de la police espagnole, il avait vite compris qu'il perdait son temps. Il s'était mis à son compte pour exercer le même métier mais pour des clients qui ne s'embarrassaient pas de l'avis d'un juge. Truands fortunés, grandes entreprises, le bouche-à-oreille avait fait son chemin.

Son portable tinta. Son client.

Merci. Veuillez vous tenir prêt. Votre contact habituel arrive pour de nouvelles instructions.

Il alluma une bougie à la cannelle pour chasser l'odeur de poulet frit qui planait dans le studio. On frappa à la porte. Manuel traversa la petite chambre et ouvrit. Il s'effaça pour laisser entrer un homme chauve en blouson de cuir marron qui portait un sac à dos.

— Vous voulez boire quelque chose ? demanda l'électronicien. J'ai de l'eau gazeuse et du jus de pomme.

— Non, plutôt du thé, dit-il en jetant un œil à la gazinière, c'est possible ?

— Je vous prépare ça.

Le chauve balaya le studio d'un regard circulaire pendant que Manuel faisait couler de l'eau dans une casserole, téléphone collé à sa main libre.

— Au début le choix de ce studio m'a surpris, compte tenu de vos émoluments, dit le chauve, mais je comprends mieux, anonymat total. Aucune trace.

— Je ne vous le fais pas dire, quelle est la suite du programme ? dit Manuel penché sur les brûleurs. Vous savez que dans une semaine je plie boutique. Profitez-en.

Le chauve s'était approché de Manuel qui lui tournait le dos.

— On dirait que vous avez un message sur votre portable.

L'Espagnol tourna la tête vers son téléphone et passa son index sur l'écran qui restait allumé. Son client. À nouveau.

À cet instant l'homme abattit la crosse de son Glock sur sa nuque. Le malheureux s'affaissa à terre alors que son agresseur s'était saisi de son téléphone et gardait l'écran allumé. L'homme s'agenouilla, enserra la nuque de Manuel dans son bras droit. D'un geste précis, comme on le lui avait appris dans les forces spéciales, il fit pivoter la tête. Un craquement résonna et il se releva pour s'approcher de la gazinière. Il poussa la casserole et souffla sur la flamme. Une puissante odeur de gaz monta à ses narines. L'homme ouvrit les trois autres sorties de gaz, puis il extirpa de sa poche un petit boîtier électronique, dont la diode clignotait en vert, qu'il posa à côté des plaques.

Satisfait, il composa le numéro des pompiers depuis le portable de Manuel. Il ne voulait pas faire exploser l'immeuble et tuer des innocents. Il avait des principes.

Quand l'opérateur décrocha, il articula d'une voix claire et forte :

— Il y a un début d'incendie et une fuite de gaz via di Roma, au numéro 35, quatrième étage.

Il raccrocha, enfourna le téléphone du mort dans la poche de son blouson, l'ordinateur et le disque dur dans son sac à dos. Il inspecta une dernière fois les lieux, claqua la porte derrière lui et passa à toute vitesse dans le couloir. Arrivé en haut de l'escalier, il brisa la vitre de l'alarme incendie repérée lors de sa précédente visite.

Une sirène stridente se déchaîna alors pour se répercuter aux étages inférieurs. Des portes s'ouvrirent, laissant entrevoir des têtes hébétées. Le chauve hurla de toutes ses forces et fit des moulinets au-dessus de sa tête.

— *Fuoco ! Fuoco !*

Les habitants se ruèrent hors de leurs appartements. Il attendit que la panique contamine l'immeuble entier et se noya dans la masse. Il lui fallut quelques minutes pour sortir de l'édifice et gagner le trottoir opposé. Il marcha une vingtaine de mètres et s'arrêta devant la vitrine d'un minuscule restaurant chinois bondé, à la devanture recouverte d'affiches jaunies de cartes remplies d'une centaine de plats.

Il leva les yeux vers la façade de l'immeuble qu'il venait de quitter. Un camion rouge vif déboucha du coin de la rue pour foncer devant l'entrée de l'immeuble, toutes sirènes hurlantes. Le chauve sortit son portable, composa un numéro et attendit quelques secondes, puis il appuya sur la touche étoile. Tout là-haut, la diode lumineuse du boîtier électronique vira au rouge vif.

L'explosion souffla les vitres. Suivie d'une magnifique flamme orange qui illumina le ciel au-dessus de la rue. Tiepolo attendit que le premier jet d'eau jaillisse de la lance des pompiers pour tourner les talons et se diriger vers sa voiture.

49

Rome
Ancien domaine des Fabiani
Novembre 1809

Scorpione ne se retourna pas quand il franchit les grilles ouvertes de l'ancien domaine des Fabiani. Il savait que, même s'il était suivi, ses poursuivants s'arrêteraient là. À Rome, on pouvait douter de tout, sauf de la superstition des Romains. Personne à part lui ne franchirait ces grilles rouillées et dégondées. Depuis des lustres, il était de notoriété publique que les anciennes possessions des Fabiani étaient maudites. La famille, rongée par des dissensions internes, n'avait cessé de s'y entre-tuer jusqu'au dernier du nom qui, lui, s'était pendu dans la tour. On l'avait retrouvé au petit matin, les yeux dévorés par les corbeaux. Depuis, plus personne ne s'avisait de pénétrer dans le domaine qui était tombé en ruine. Scorpione contourna les vestiges de l'ancien palais, dont la toiture s'était effondrée, pour atteindre un bois de cyprès situé au sommet du parc. La tour des suicides, comme on l'appelait, se trouvait là. Il poussa une porte pour arriver dans une salle ronde où ronflait une cheminée. Assis dans un fauteuil à bascule, Mathias de Montmorency regardait par une fenêtre les toits de Rome.

— J'ai des nouvelles, annonça Scorpione.

Mathias posa son cigare et s'exclama.

— Et moi, je suis toujours étonné que personne ne soit encore venu me débusquer dans pareil endroit.

— Et personne ne viendra vous y chercher. Depuis la mort du dernier des Fabiani, cette tour est devenue le lieu préféré des Romains candidats au suicide. À tel point que l'Église l'a décrété officiellement maudit.

— Ça n'empêchera pas un esprit fort comme celui d'Étienne Radet de pénétrer ici avec ses hommes.

À son tour Scorpione alluma un cigare.

— Il lui faudra d'abord traverser le quartier. Les habitants sont convaincus que, chaque fois qu'il se passe un drame dans le domaine, le malheur frappe leurs familles. Je doute que les soldats de Napoléon soient bien accueillis, ce qui vous laissera largement le temps de fuir.

Montmorency se détendit.

— Alors, qu'a réussi à apprendre Agathe?

— Qu'une opération militaire aurait lieu ce matin contre les groupes rebelles. Je suis parvenu à tous les prévenir. Depuis l'aube, les Français ne trouvent que le vide devant eux.

— L'information était donc exacte, commenta Mathias, ce qui signifie que désormais elle peut en obtenir beaucoup d'autres. Pourtant ça ne sera pas suffisant.

Scorpione jeta son cigare dans la cheminée.

— Au contraire, il n'y a pas meilleure situation. C'est nous qui tenons tous les fils de l'intrigue !

— Vraiment ? Alors vous croyez que Radet et Denon sont là comme en villégiature ? Qu'ils sont venus visiter les monuments de la ville éternelle ? ironisa Montmorency.

— Agathe aura bientôt des informations et...

— Ce sera trop tard. Nous n'avons plus le temps. Nous devons impérativement découvrir ce qu'ils sont venus faire à Rome ! Vous passez trop de temps avec Agathe, Scorpione, vous vous relâchez !

L'Italien bondit sous l'offense.

— Ordonnez et vous verrez quel homme je suis !

Montmorency sourit. Il avait frappé juste. L'honneur de Scorpione était en jeu.

— Enlevez Denon !

Rive gauche du Tibre

Durant des siècles, Sant Angelo avait servi d'ultime forteresse aux papes. Rebâti sur un mausolée antique, c'est là que les pontifes venaient se réfugier quand ils étaient en danger, défiant la colère du peuple de Rome ou bravant les assauts des princes et des rois. Un roc qui avait survécu à toutes les marées mais qui n'avait pas résisté aux armées de Bonaparte. Dominique Vivant Denon s'était accoudé à l'un des créneaux qui ceinturaient la plate-forme. Il surplombait plus de deux mille ans d'histoire. Il avait la même sensation de vertige qu'au pied des Pyramides quand il avait accompagné le futur Napoléon. Dix ans s'étaient écoulés depuis et la face du monde avait changé. Bonaparte avait conquis l'Europe et subjugué le monde. Vivant contempla le dôme de Saint-Pierre, un pape emprisonné, des rois détrônés, des princes balayés, tous avaient plié, même l'Empereur de toutes les Russies qui se prosternait devant le nouveau César. Il se sentit envahi par un sentiment d'ivresse : celui de marcher dans les pas d'un géant.

Désormais c'était le monde qui était à portée de l'épée de Napoléon. L'Empire ottoman, l'Inde... et une fois l'Angleterre rayée des puissances de la terre, le regard de l'Aigle se poserait sur d'autres continents. Il apporterait la liberté aux Amériques, au Brésil... Vivant se retint au parapet. Il devait garder la tête froide et se concentrer sur sa mission, car pour que ces rêves de conquête deviennent réalité, il fallait de l'or. Beaucoup d'or.

Du haut de Sant Angelo, le regard de Denon embrassait tout le Vatican. Le secret du trésor était là. Il le sentait. À portée de main, quelque part dans une de ces archives qui remontaient à l'ordre du Temple. Il se retourna. Ses informateurs étaient toujours présents, penauds et silencieux. Vivant devait agir. S'il tenait Agathe entre ses mains, ce jeune Italien qui servait de messager avec le reste du réseau – sans doute la tête pensante – s'était évaporé. Il interpella le prêtre.

— Alors votre cible est descendue aux enfers ?

— Pardonnez-nous, *dottore*, mais l'ancien domaine

des Fabiani est un lieu maudit – don Alberto fit un signe de croix –, vous ne trouverez personne pour vous y conduire. Il faut appartenir au diable pour y pénétrer.

— Au diable…, répéta Vivant comme si une idée imprévue venait de le frapper.

Il sortit une bourse et la jeta au prêtre. Aussitôt un concert de bénédictions éclata de tous côtés.

— Voilà pour toi et tes amis. À partir de maintenant, vous ne suivrez plus cet Italien. Contentez-vous de surveiller la jeune Française. Disparaissez.

L'essaim bourdonnant des indicateurs s'évapora comme une volée de moineaux affamés. Désormais Denon savait où était sa proie et il était essentiel qu'elle se croie toujours en sécurité. Pour qu'elle ne bouge plus. Vivant s'était souvenu d'une fresque où l'on voyait un diable enserrer de ses doigts crochus une âme damnée. Il allait faire de même et quand il refermerait sa main… En attendant, il devait prévenir Radet.

Castel Sant Angelo

Une fois encore, Étienne fixait le plan du Vatican. Il savait que c'était inutile, mais ça lui permettait de se concentrer. Le bâtiment des archives le défiait. Silencieux, il tentait de trouver une sortie à ce dédale imprévu. Dans la salle, les officiers, eux aussi, s'étaient tus. Tous venaient de se rendre compte que l'opération Némésis courait au fiasco. Une porte claqua.

— Général, je viens d'interroger nos informateurs. Ces imbéciles ont perdu la trace de Scorpione.

La voix de Denon résonna comme dans un sépulcre.

— Croyez bien, répliqua le général, que c'est le moindre de mes soucis.

— Quand lancez-vous l'opération Némésis ?

— Je ne la lance plus. J'avais prévu une attaque éclair mais…

— Et si vous me disiez le problème ?

— Les archives pontificales abritent plus d'un million de documents. Or nous n'avons ni plans des lieux, ni inventaires. Rien qui puisse me dire où chercher.

Un des officiers présents prit la parole.

— Veuillez m'excuser, mon général, mais ne pourrions-nous pas tout simplement investir tout le Vatican ?

Radet secoua la tête.

— La situation politique a changé.

Étienne ne précisa pas que Napoléon ménageait désormais le pape. S'il voulait divorcer de Joséphine, il en avait besoin.

— Tout ce que nous pouvons faire c'est une opération discrète. Mais sans une localisation précise des archives, c'est impossible.

— Alors simplifiez-vous la vie, lança Denon. Quelqu'un dans cette salle pourrait-il me dire où se trouve le logement des cardinaux ?

Un colonel du renseignement s'approcha.

— Chaque cardinal a une résidence privée qui peut être située soit au Vatican, soit au centre de Rome.

— Alors, où vit le cardinal Broncoli ?

L'officier pointa un carré bleuté sur le plan.

— Ici, au centre du Vatican. Un palais de la Renaissance.

Denon se tourna vers Radet.

— Le cardinal Broncoli est l'homme qui connaît le mieux les archives du Vatican et c'est lui qui m'a parlé des pièces du procès des templiers.

— Il sait donc forcément où elles se trouvent, murmura Étienne, reprenant espoir.

Denon posa son doigt sur la résidence du cardinal.

— Il ne vous reste plus qu'à l'enlever.

50

Bomarzo
De nos jours

Tu ch'entri qua con mente parte a parte e dimmi poi se tante meraviglie sien fatte per inganno o pur per arte.

L'inscription élégante en lettres rouges était ciselée dans la chair des deux créatures de pierre, gardiennes de l'entrée du parc. Des sphinges, bustes au visage érodé par les siècles, sur des corps de lionnes.

— Je vous traduis, dit Giulia. Toi qui entres ici, aie l'esprit de me dire si tant de merveilles furent faites pour te tromper ou si elles le furent pour l'art…

— Ça donne le ton de la visite, répondit Antoine, sphinge, sphinx. La créature mythique qui croise Œdipe sur la route de Thèbes et le soumet à la question. Nous serons peut-être déchiquetés…

Marcas, Giulia et le garde du corps passèrent sous les regards énigmatiques des deux chimères et prirent leur place dans la file d'entrée du parc. Il n'y avait que deux couples devant eux. Le parc de Bomarzo était niché en contrebas d'un village bordant un château massif, juché sur un promontoire rocheux. Marcas leva les yeux vers l'édifice. Le palais de la famille Orsini ne se distinguait pas par son raffinement, c'était une construction rectangulaire et austère, démesurément haute et percée d'une multitude de fenêtres.

— On dirait une sorte de HLM médiévale, dit Antoine dubitatif à Giulia.

— Renaissance. Reconstruit sur une forteresse préexistante, corrigea-t-elle, mais ne vous y trompez pas, les Orsini faisaient partie des familles les plus puissantes d'Italie. Signe qui ne trompe pas pour juger de leur pouvoir : elle a donné deux papes.

La file avançait et Antoine éprouvait une curieuse sensation. Le sablier du temps s'écoulait à une vitesse folle. Après une courte nuit dans l'appartement de la *galleria* de Milan, ils avaient repris le jet en fin de matinée. La voiture qui les avait attendus à l'aéroport de Fiumicino avait mis moins d'une heure pour les déposer à l'entrée du *parco dei Mostri*.

— Trois billets, s'il vous plaît, demanda Marcas à la caissière.

— Vous connaissez la signification de cette phrase sur les sphinges ? questionna Antoine alors qu'ils pénétraient enfin dans le parc.

— Selon mon père, le propriétaire des jardins, le duc d'Orsini, voulait alerter ses visiteurs sur la véritable signification du lieu. Tout ce que l'on voit ici n'est peut-être que tromperie. Il ne faut pas prendre au pied de la lettre la représentation des figures mythologiques et fantasques qui peuplent le jardin. Chaque sculpture aurait une signification cachée, plus profonde. Et cette double lecture commence par le nom même du parc. *Il parco dei Mostri*. Pour le commun des visiteurs il s'agit du parc des monstres.

— Et la deuxième interprétation ?

— *Mostri* est aussi une conjugaison du verbe montrer. Ce qui nous donnerait : le parc qui montre. Qui montre un monde invisible à nos yeux. Tout ce jardin extravagant ne serait qu'un subtil livre de pierre dont seuls les initiés seraient capables de comprendre les pages. Une lecture liée aux symboles et aux significations profondes de ces chimères. L'avertissement des sphinges évoque l'amour de l'art. Mon père pensait que ce n'était pas une référence à une représentation artistique, mais à l'alchimie. La fabrication de l'or, de la pierre philosophale.

Ils passèrent le long d'un charmant ruisseau bordé par un verger mal entretenu, puis empruntèrent un chemin cimenté qui serpentait entre d'hirsutes chênes verts. Ils contournèrent le curieux édifice en grimpant le long d'un talus embroussaillé. Ils marchaient à un rythme vif, Giulia semblait bondir sur la rocaille. Les lourdes ramures des arbres les protégeaient par intermittence du soleil ardent. Au fur et à mesure qu'il découvrait de nouvelles statues au détour du sentier, Antoine ne cachait pas son étonnement. L'inspiration mythologique était évidente, mais elle n'était pas la seule. C'était un bois peuplé de géants pétrifiés, d'édifices surréalistes et de chimères inquiétantes. Un jardin de merveilles et de cauchemars.

— *Il parco dei Mostri* a toujours fasciné mon père, reprit Giulia, il n'était pas le seul. Goethe est venu l'arpenter. Salvador Dali a voulu l'acheter, en vain. De nombreux artistes français ont aussi été subjugués par les lieux. Jean Cocteau, Niki de Saint-Phalle, et le maître des surréalistes André Breton. Certains esprits exaltés sont persuadés que ces œuvres étranges sont les gardiennes du royaume de l'au-delà. D'autres pensent que l'une des statues dissimulerait un passage secret pour accéder à l'enfer de Dante.

51

Rome
Cité du Vatican
Novembre 1809

Le cardinal Broncoli poussa un soupir de plaisir en contemplant la nappe impeccablement blanche, les couverts d'argent rutilants et les assiettes en faïence qui attendaient le premier plat dont le fumet montait déjà des cuisines. Même quand il était seul, le cardinal dînait en grand apparat. Une gourmandise qui faisait jaser au Vatican, mais il s'en moquait. Le pape était en prison et les autres cardinaux tremblaient de le rejoindre. À la vérité, tous ne tremblaient pas. Certains même voyaient dans cette situation une opportunité. Le pape détenu était âgé, sa santé précaire… Dieu pouvait le rappeler à Lui à tout moment. Broncoli sourit. Il était hors course depuis longtemps. L'ambition ne le taraudait plus. Voilà pourquoi il se consolait en se livrant à son péché favori. Un valet entra, s'inclina et annonça :

— Votre Éminence est servie.

Tout de blanc vêtu, un marmiton se présenta et posa

un plat sur la nappe avant d'en soulever la coupole d'argent.

— Croustade de truffes cuites au champagne.

Broncoli se sentit défaillir de plaisir. La recette venait de France, du célèbre Carême, le cuisinier de Talleyrand, et on en disait des merveilles. Il fit signe qu'on lui serve du vin, un pommard. À la première bouchée, le cardinal sut qu'il goûtait un mets d'exception. Il ferma les yeux et la première image qui survint fut celle de Pauline Borghèse. Il se signa. Pour ne pas succomber à ses pensées lubriques, Broncoli se jeta sur son assiette.

— Dieu nous permet la gourmandise pour résister à la tentation des femmes, murmura le cardinal.

Quand il posa sa fourchette, la croustade aux truffes n'était plus qu'un souvenir. Il saisit la cloche en or posée sur la table et sonna le plat suivant. Il en salivait déjà. La porte s'ouvrit.

— Bonsoir, cardinal, je crains que votre dîner ne s'arrête là.

Effrayé, Broncoli tenta de se lever pour échapper à l'inconnu, mais son embonpoint buta contre le rebord de la table.

— Vous ne me reconnaissez pas ? Il est vrai que vous n'aviez d'yeux que pour la poitrine de Pauline Borghèse, ce soir-là.

Le cardinal restait sans voix. Il ne comprenait pas. Comment s'appelait ce Français déjà ? Et surtout que faisait-il ici ?

— Je m'inquiète pour votre santé, Éminence. Toute cette nourriture…

— Par le saint nom de Dieu…

Denon posa un pistolet sur la table et fit pivoter le canon vers le ventre du prélat.

— Vous mangez trop, cardinal, beaucoup trop. Une petite promenade nocturne vous fera du bien.

Radet et ses hommes s'étaient postés à l'entrée du palais à l'ombre d'une fontaine. Le bruit de l'eau couvrait leurs échanges. Une demi-heure auparavant, des soldats français, en apparence ivres, avaient provoqué un esclandre sur la place Saint-Pierre. Aussitôt, la garde papale était intervenue, délaissant la plupart des postes de surveillance. Profitant de la diversion, le général et ses gendarmes n'avaient eu qu'à franchir le mur d'enceinte pour se glisser dans le Vatican. Ils s'étaient alors abrités près d'une chapelle, puis s'étaient fondus dans la végétation des jardins. Une fois certains de ne pas avoir été repérés, ils s'étaient dissimulés à l'abri de la fontaine. À son tour, un sous-officier vint s'abriter près du bassin.

— Nous venons de sécuriser le secteur du Belvédère, mon général. Aucune résistance. Nous contrôlons les accès et les cours.

Le général lui tapa sur l'épaule en signe de satisfaction. Désormais, il n'y avait plus qu'à pénétrer dans le bâtiment des archives. La porte du palais s'ouvrit et Denon surgit, poussant de la main un gros bonhomme à l'air stupéfait. Étienne se leva, un sourire moqueur aux lèvres.

— Et voilà notre sésame.

Le cardinal frappa lui-même à la porte du bâtiment des archives. Il dut toquer plusieurs fois avant que le concierge, un bonnet de nuit sur le crâne, n'ouvre le guichet.

— Votre Éminence ? À cette heure ? Mais que se passe-t-il ?

— Une urgence, ouvrez !

La serrure de la porte cliqueta. Le concierge eut à peine le temps de passer un pied qu'il se retrouva cloué au sol.

— Bâillonnez-le, intima Radet. Deux hommes à la porte. Personne n'entre.

Il se tourna vers le cardinal.

— Maintenant, vous allez m'indiquer où se trouvent toutes les archives qui concernent l'ordre du Temple.

— Je ne sais pas…

Vivant Denon lui saisit l'oreille.

— Allons, Votre Éminence, souvenez-vous de notre discussion à la villa Borghèse, vous étiez beaucoup plus prolixe alors.

Radet s'impatienta. Il voulait quitter au plus vite le Vatican.

— Si tu ne parles pas, corbeau de malheur…

Denon traduisit.

— Si vous ne parlez pas, Éminence, nous allons vous conduire dans un bordel de la via Appia où la police vous trouvera demain matin. Ivre et en bonne compagnie.

— Vous n'oseriez pas !

— Un bordel uniquement consacré aux plaisirs de Sodome, bien sûr. Je doute qu'ensuite vous ayez la joie de goûter à nouveau aux délices de la cuisine française.

Broncoli n'hésita pas. Au Vatican, les scandales ne pardonnaient pas. Il n'avait aucune envie de se retrouver prêtre sur une île perdue de la Méditerranée, affecté à un lazaret[1].

— Troisième sous-sol. La rangée des archives numérotée JB33.

Le général fit un signe. Trois hommes se précipitèrent vers l'escalier. Denon se rapprocha du cardinal.

— Ce sont des spécialistes. Il leur faudra peu de temps pour vérifier que les archives sont bien celles du Temple et surtout qu'il n'en manque aucune. Dans votre intérêt.

— Vous avez ma parole d'homme de Dieu.

— Raison de plus pour tout vérifier, persifla Radet.

Cette fois, le cardinal protesta.

— Je vous reconnais ! C'est vous qui avez enlevé le Saint-Père. Vous brûlerez en enfer !

— Alors, nous serons deux.

Radet fit un signe à Denon.

— Descendez voir où ils en sont. Le temps presse.

Vivant fréquentait peu les sous-sols, si ce n'est les caves à vins. D'emblée, il fut surpris de la longueur

---

[1]. Lieu de rétention où étaient enfermés les malades suspectés d'être infectés de la peste.

étonnante du premier niveau souterrain. Quoique éclairé tous les trois mètres[1] par une lanterne, les dernières lumières se perdaient dans l'obscurité. Dans ces profondeurs qui semblaient sans fin, c'était toute l'histoire de l'Occident, depuis la fin de l'Empire romain, qui gisait dans des cartons scellés et poussiéreux. Le second sous-sol était lui aussi rempli jusqu'à la voûte, sans autre signalétique qu'une simple inscription pour identifier les travées. Les archivistes devaient avoir avec eux un plan jalousement gardé. Les archives du Vatican pouvaient ainsi rester secrètes. Il finit par atteindre le dernier niveau. Les spécialistes de Radet étaient déjà à l'œuvre.

— Alors? demanda Denon.

— Nous avons trouvé les chartes de fondation de l'ordre et la correspondance des grands maîtres avec les papes successifs. Un ensemble exceptionnel.

Vivant regarda les rangées d'archives qui s'enfonçaient dans la nuit.

— Comment sont classées ces archives?

— Par ordre chronologique, tout simplement. Les premiers parchemins datent de 1119[2], ensuite on a des documents en Terre sainte, puis…

— Imbécile, s'exclama Vivant en s'emparant d'une

---

[1]. Vivant Denon a participé à de nombreuses mesures de monuments en Égypte. Il a pour habitude d'utiliser le système métrique, fondé par la Révolution, mais qui n'est pas encore entré dans les usages.

[2]. Le début de l'année n'étant pas le même au XIIe siècle qu'à notre époque, l'ordre du Temple est, selon notre calendrier, apparu en 1120.

lanterne, ce sont les actes du procès qui nous intéressent !

Denon courut jusqu'au fond de la salle souterraine. Il s'accroupit et saisit la dernière boîte dont il fit sauter l'encordage. Il sortit un parchemin d'où pendaient trois sceaux en plomb.

— Toi, lança-t-il à un des hommes de Radet, viens me traduire ça.

Le spécialiste se précipita, parcourut le texte en latin et annonça :

— C'est une lettre du nonce apostolique à Paris, le représentant du pape en France…

— Je sais ce qu'est un nonce apostolique, s'impatienta Denon, en quelle année ce parchemin a-t-il été écrit ?

— En 1314.

Vivant poussa un cri de triomphe. 1314, l'année où le grand maître Jacques de Molay avait été brûlé, l'année où l'ordre du Temple était définitivement mort.

— Monsieur ?

Au loin, un des spécialistes venait de l'appeler.

— Nous venons de trouver la première trace du procès des templiers, octobre 1307 à Paris.

Denon compta combien de lanternes le séparaient de l'année 1307. Six, sept, huit lanternes. Trois mètres entre chacune. Plus de vingt mètres linéaires d'archives, et à l'intérieur se trouvait peut-être l'endroit où était caché, depuis des siècles, le trésor de l'Église. Vivant se redressa d'un bond.

— Embarquez-moi tout ça !

52

Bomarzo
De nos jours

Antoine et Giulia marchaient désormais dans des allées plus vastes et mieux entretenues, ce panthéon de statues jeté dans une forêt sombre et humide restait un hymne au chaos et un chant à l'émerveillement. Giulia marchait d'un pas assuré, évitant un sentier qui menait vers la statue de deux géants s'empoignant avec férocité pour choisir une voie balisée par deux vasques.

— Vous semblez bien connaître ce parc, remarqua Marcas qui se laissait guider.

— Oh oui. Non seulement nous y allions tous les ans jusqu'à l'accident, mais j'y suis retournée bien des années après. Pour comprendre cet attachement un peu fou. Je vais vous faire une confidence. Mon père a choisi mon prénom en hommage à l'épouse du duc d'Orsini de Bomarzo. Elle s'appelait Giulia. Giulia Farnèse. Il en était fou amoureux. Elle est morte avant lui et il a fait bâtir un peu plus loin dans le jardin un temple à sa gloire. Le temple de l'éternité. Je soupçonne mon père de s'être imaginé que nous descendions de cette illustre famille.

— Vraiment ?

— Les Orsini et les Farnèse faisaient partie des familles les plus puissantes de la Renaissance. Les kshatriya de l'époque. Rien ne change, commissaire, si ce n'est que la fortune des Varnese n'est due qu'à Gianfranco, premier du nom. Ah… Nous y voilà.

Ils passèrent un immense massif de buis et arrivèrent devant l'objet de leur convoitise. L'éléphant du microfilm surgit devant eux.

Identique à la photo, entouré d'une haie de vasques à la patine usée, il se dressait de toute sa hauteur et sa puissance. Ignorant l'interdiction de passer, Giulia et Antoine enjambèrent la minuscule barrière de protection.

Marcas leva les yeux vers la face de l'animal dont les orbites de pierre enfoncées lui donnaient un air sinistre. Cruel.

53

Castel Sant Angelo
Novembre 1809

Radet marchait d'un pas fébrile dans la salle d'étude tel un lion en cage. Tout le contraire de Vivant Denon qui, assis près d'une des cheminées, lisait avec attention un volume échappé d'une haute pile de livres. Avant de quitter Paris, Vivant s'était fait envoyer tous les livres traitant de l'ordre du Temple présents dans les bibliothèques impériales. Il en avait rempli une caisse dont il dévorait le contenu depuis son installation. Près de lui, trois cahiers, ouverts sur une vaste table, se remplissaient de ses notes de lecture. Radet, que la lenteur des archivistes à classer les documents dérobés au Vatican exaspérait, interpella Denon.

— Que marquez-vous dans ces cahiers ?
— Dans le premier, je mets en place une chronologie de l'histoire de l'ordre depuis sa création jusqu'à son anéantissement par Philippe le Bel. Deux siècles d'existence.

— Et dans celui-ci ?

— Je m'intéresse aux principaux personnages de la chute du Temple. De Jacques de Molay, le dernier grand maître, à Guillaume Nogaret, l'âme damnée du roi. Beaucoup de commentateurs pensent qu'il a été empoisonné.

— Par qui ?

— Par des templiers épris de vengeance ou par le roi lui-même... C'était un homme qui savait beaucoup de choses.

Radet se retourna vers les archivistes.

— Nogaret... chaque fois que vous trouvez ce nom-là dans un document, classez-le dans un registre à part.

— Vous allez le retrouver à toutes les étapes de la procédure, précisa Vivant. C'est Nogaret qui a rédigé les questions auxquelles chaque templier devait répondre sous peine de torture.

Étienne montra le dernier cahier.

— Et celui-là ?

— J'y note toutes les références des possessions des templiers en Europe. Les fameuses commanderies. Le problème c'est qu'il y en a des centaines de l'Italie à l'Écosse, en passant par le Portugal et l'Allemagne.

Le général regarda tous les spécialistes qui s'affairaient autour des piles, des caisses d'archives. Deux siècles d'histoire, des documents par milliers, des centaines de commanderies disséminées dans toute l'Europe... Chaque fois qu'il croyait s'en approcher, le secret du Temple semblait lui échapper plus encore.

Rome
Rive droite

Agathe s'était installée dans un petit salon privé qui servait de lieu d'essayage. De l'autre côté de la cloison, elle entendait les clientes découvrir jupons et chapeaux directement arrivés de Paris, comme la paire de bas qu'elle venait de déplier. Si Paris lui manquait, c'était uniquement pour la mode. Elle caressa la soie d'un geste voluptueux, puis entre deux doigts elle palpa la dentelle au point d'Alençon. Elle en imaginait déjà la douceur sur sa peau. Pour autant, elle résista à la tentation de les essayer et plongea délicatement sa main dans l'un des bas. Elle ne fut pas longue à trouver un papier plié qui était dissimulé tout au fond. C'était une idée de Scorpione dont une complice travaillait dans le magasin. Par sécurité, il avait décidé d'un nouveau moyen de liaison indétectable. Il suffisait à Agathe de venir chercher ses commandes et elle recevait directement des instructions de son amant. Scorpione savait que les Français l'espionnaient à l'Hôtel de l'Europe et, désormais, il ne leur donnait plus à voir et à entendre que le plaisir d'un couple amoureux. La politique, elle, se faisait derrière des soieries. Agathe déplia le message, le lut avec attention, puis le déchira méticuleusement. Elle savait ce qu'elle avait à faire. Vivant Denon devenait sa cible prioritaire.

Castel Sant Angelo

— Général, nous avons réalisé un premier classement.

Étienne se précipita au milieu des tables croulant sous des amas de parchemins et de piles instables posées sur le dallage. Un des spécialistes prit la parole. Radet l'avait déjà vu à l'œuvre, c'était un paléographe, capable de déchiffrer l'écriture enchevêtrée des scribes royaux de Philippe le Bel. Il portait un curieux prénom, Siméon, qui allait bien avec son crâne chauve et ses lorgnons épinglés au nez.

— Nous avons d'abord décidé de dépouiller toutes les archives du Temple jusqu'en 1307, date de l'arrestation des chevaliers, et nous avons bien fait. Beaucoup de pièces d'époques différentes ont été mal classées et mélangées à d'autres. Nous avons ainsi pu retrouver trois séries d'interrogatoires dispersés.

— Et vous êtes au complet, maintenant ?

— Tous les interrogatoires disponibles sont rassemblés sur les tables. Ils s'échelonnent d'octobre 1307 à août 1311, soit presque quatre ans de procédure.

— Qui est interrogé ?

— D'abord tous les templiers arrêtés en France. Les interrogatoires se font province par province.

Siméon montra un épais rouleau sur une des tables.

— Voici le procès-verbal. Je ne vais pas vous le déplier : il fait plus de treize mètres de long[1].

Étienne regardait, fasciné mais inquiet. Transcrire, traduire, lire et analyser pareil manuscrit allait prendre un temps fou. Le paléographe reprit :

— Ensuite, il y a de nouveaux interrogatoires menés cette fois par les hommes du pape, comme à Chinon ou à Poitiers.

Siméon montra une table plus longue que les autres et qui pliait sous les documents.

— Et là se trouvent les procédures menées dans toute l'Europe : Angleterre, royaume d'Espagne, Chypre, Portugal, Allemagne… Rien que pour les îles Britanniques, il y a 135 interrogatoires.

— Et en France, combien de templiers ont été interrogés ?

Siméon se gratta le crâne.

— Pour l'instant, nous en avons recensé 546.

Radet était consterné. Si on additionnait toutes les procédures, il y avait quasiment un millier d'interrogatoires à lire et à analyser.

— Il va nous falloir des semaines…

Denon, resté silencieux jusque-là, se leva de son bureau.

— Si vous permettez, général, il y a un moyen plus simple. Quel que soit le lieu de l'interrogatoire, les

---

[1]. Ce manuscrit, actuellement à la Bibliothèque nationale de France – collection Baluze, n° 395 –, a été depuis découpé en 36 feuillets.

questions sont toujours les mêmes, ce sont celles que Nogaret a préparées.

— Et alors ?

— Ce sont des questions précises. Avez-vous craché sur la croix du Christ ? Avez-vous pratiqué la sodomie ? Les réponses sont donc brèves. Surtout sous la torture.

Étienne fit un geste d'impuissance. Il ne comprenait toujours pas. Vivant reprit.

— Il faut se concentrer sur les réponses longues. Celles où le templier interrogé en dit plus que ce qu'on lui demande. C'est là et uniquement là qu'on a une chance de trouver l'information que nous cherchons.

— Alors, il n'y a pas besoin de lire chaque interrogatoire dans le détail ?

— Non, uniquement les réponses qui ont la taille d'un paragraphe. Croyez-moi, ça va aller beaucoup plus vite.

Revigoré, le général se tourna vers son équipe.

— Messieurs, vous avez entendu ? Au travail maintenant.

54

Bomarzo
De nos jours

L'éléphant avait la même taille qu'un véritable animal adulte. Antoine caressa la trompe, sous ses doigts la texture était grumeleuse. La pierre semblait plus blanche que sur les photos sur le net. Nulle trace de moisissure.

Il leva les yeux vers le cornac qui affichait un visage énigmatique.

— Serait-ce Hannibal ? demanda Marcas. Votre père vous donnait des explications sur ces statues ?

— Pour lui il ne fallait pas chercher une signification mais se laisser imprégner de leur présence. Elles étaient magiques. Pour nous impressionner, il affirmait que la nuit elles reprenaient vie et erraient dans le parc. Le dragon crachait du feu, les géants combattaient le monstre à la bouche en forme de caverne au fond de laquelle se trouverait un trésor. C'est ce dernier qui terrorisait Lupo, *bocca nera,* il lui disait que s'il n'était pas sage il le donnerait en offrande au monstre pour le dévorer. Il ménageait Salvatore qui venait moins souvent en raison de son fauteuil.

L'éléphant de pierre les observait silencieusement. Marcas détourna le regard de la sculpture et revint à Giulia.

— Vous aussi il vous menaçait ?

— J'étais sa préférée. Ces histoires m'émerveillaient… du moins jusqu'à l'accident. Pour Lupo, les hommes admirent les statues, mais les statues maudissent les hommes.

— Pourquoi ?

— Il est persuadé que les statues possèdent une âme. Mais une âme jalouse. Créées par l'homme, pour le satisfaire, elles sont condamnées à rester figées dans leur carcan de pierre pour l'éternité. Chaque fois qu'une statue voit passer un homme ou une femme, elle pleure. Et ses larmes coulent à l'intérieur de la pierre.

Antoine se souvint d'une amie tchèque, Stepanka, spécialiste de Michel-Ange qui, dans l'un de ses livres, avait mis en exergue une citation du maître. Il murmura :

— J'ai vu un ange dans le marbre et j'ai seulement ciselé jusqu'à l'en libérer.

— Magnifique, répondit Giulia, c'est l'esprit… enfin, encore et toujours l'accident. Après son hospitalisation, Lupo a passé trois mois dans un établissement psychiatrique de jour. Il ne cessait de faire des cauchemars et d'avoir un comportement agressif, alternant les périodes d'abattement et d'excitation.

Dans ses cauchemars, les monstres de Bomarzo surgissaient au pied de son lit.

Antoine passa lentement devant les flancs du pachyderme, inspectant chaque détail. Après avoir fait le tour, il n'avait rien découvert.

— Votre père savait que vous étiez revenue ici ? demanda-t-il.

— Oui. Il disait que j'avais eu raison, sans rien ajouter. Alors votre analyse de l'éléphant ?

— Je ne vois rien de probant. Aucune inscription. Hélas. Mais c'est peut-être comme pour le tableau du sacre, la récompense est fille de la patience.

Des bruits de branches craquèrent derrière eux et un homme surgit du sentier opposé. Il devait avoir une soixantaine d'années, une veste de lin froissée couvrait ses épaules maigres et son crâne était auréolé d'une couronne de cheveux gris et buissonneux. Pour Antoine, il avait une allure de héron distingué. Il se planta à côté d'eux et les inspecta d'un regard inquisiteur.

— Vous êtes français ? Hein ? C'est ça ? Je vous ai entendus.

La façon dont le type posait la question ne l'incitait pas vraiment à répondre par l'affirmative. Marcas préféra battre en retraite.

— Non, mon amie est milanaise, moi je suis belge. De Charleroi, répondit Antoine.

— Tant mieux, grommela le type, ces maudits Français ne nous ont apporté que du malheur avec leur Empereur Napoléon. Vous saviez qu'un de leurs généraux avait volé l'une des statues du bois sacré. Ça a causé sa perte et celle de l'Empire. Prenez garde! lança-t-il d'une voix grave.

— Pardon? répondit Giulia.

— Les gens croient que cet éléphant porte bonheur, mais c'est faux. Comme tout le reste des monstres pétrifiés de ce lieu maudit. Ce jardin est celui des enfers. Je le sais. Et ceux qui ont un peu de jugeote le savent aussi. Ne prononcez aucun vœu devant cet animal, ou ce qui surviendra sera tout le contraire de votre souhait.

Giulia et Antoine échangèrent un regard entendu.

— Nous n'y comptions pas.

— *El Bosque Sagrado* a été bâti sur un cimetière étrusque. Un cimetière maudit. Il ne fallait rien construire dessus, le duc Orsini le savait pertinemment. Et vous aussi désormais. Bonne journée.

L'étrange visiteur les salua et s'éloigna sur le sentier.

— Ce curieux oiseau de malheur n'a pas tout à fait tort, dit Giulia, ce peuple occupait le coin bien avant les Romains. La zone est truffée de vestiges étrusques. Il y a une petite pyramide non loin d'ici et une nécropole sur la route de Viterbe. Les vieilles légendes racontent que les Étrusques n'ont jamais digéré leur éviction de cette terre par l'Empire romain.

Marcas sourit.

— Je vais prendre la statue sous toutes les coutures, peut-être trouverai-je un détail par la suite.

Il se mit à mitrailler l'éléphant quand une série de coups de sifflet retentit. Un gardien était apparu à une dizaine de mètres d'eux et parlementait avec leur garde du corps. Ce dernier semblait contrarié et vint vers Giulia pendant que le gardien, ne bougeant pas d'un pouce, les scrutait avec méfiance.

— Madame, le parc ferme plus tôt. Ils doivent exécuter des travaux de réfection des canalisations des fontaines.

— Essayez de les convaincre de faire une exception pour nous.

Le garde du corps affichait un visage embarrassé.

— Je me suis permis de prendre l'initiative, mais quand j'ai proposé de l'argent le gardien a menacé de me dénoncer à la police.

Le gardien leur faisait des signes impatients. Giulia échangea un regard avec Antoine.

— Rentrons à l'hôtel, nous reviendrons demain. Cet éléphant trompe son ennui depuis un demi-millénaire, il peut attendre encore un jour.

Ils prirent le chemin de la sortie sous le regard triomphant du gardien. Antoine vit distinctement Giulia faire un doigt d'honneur au cerbère.

Debout en lisière du bois, juste derrière la silhouette massive de l'animal, masqué par des branches épaisses et feuillues, l'homme en veste de lin les observait s'éloigner. Son visage s'était métamorphosé, son regard avait perdu ses lueurs un peu folles.

Il prit son téléphone, attendit que l'on décroche et murmura :

— Giulia Varnese et le policier français ont trouvé l'éléphant. Le parc ferme. Ils reviendront demain.

La voix de son interlocuteur fusa :

— Alors il est temps d'en finir.

55

Rome
Castel Sant Angelo
Novembre 1809

Inquiet, Radet fixait la longue table où la plupart des dépouilleurs d'archives s'étaient écroulés de sommeil, le front lourd sur la table. Seuls deux acharnés, dont Siméon, triaient encore les dernières liasses de documents. Le travail était bientôt terminé et l'angoisse montait, inexorablement, dans l'esprit du général.

En effet, au centre de la table, un casier recevait ce que les spécialistes avaient jugé digne d'intérêt, selon les critères définis par Denon. Et sur les milliers de pages qui avaient été dépouillées, seuls six manuscrits avaient atterri dans le casier central pendant la nuit. Un travail titanesque pour aboutir à quelques feuilles de parchemin jauni et craquant… Cette fois, Étienne en était convaincu : ils avaient échoué. Cherchant un cigare dans sa poche intérieure, il tomba sur la clef qu'il avait trouvée dans les affaires de son agresseur.

La France lui semblait si loin. Il songeait amèrement à tous ces morts qui avaient parsemé sa route. Ces royalistes tués rue des Feuillantines, le jésuite Bartolomeo noyé, le notaire égorgé... combien y avait-il eu de morts en tout ? Il compta sur ses doigts. Cinq, six, sept... tout ça pour sans doute échouer si près du but.

— Et de sept ! annonça Siméon en déposant un nouveau manuscrit dans le casier central.

Radet fit la grimace. Un cadavre pour chaque parchemin. Le prix du sang. D'un geste agacé, il montra le tas immense de documents amoncelés sur les tables qui ne servait plus à rien.

— La récolte est bien maigre !

Fataliste, Siméon haussa les épaules.

— Prenez un interrogatoire et vous verrez ! Les réponses sont toujours les mêmes. À la question : « Avez-vous craché sur la croix du Christ ? » Quasiment tous les templiers répondent « oui ». La seule variation est : « Combien de fois ? Trois fois, cinq fois ? » La seule constante : « Ce n'est pas ma faute, j'ai obéi à un ordre. » L'éternelle réponse de tous ceux qui s'avouent responsables, mais jamais coupables.

Le général n'avait pas l'air convaincu. Il montra du doigt les documents dans le casier.

— Et là ?

— Ce sont aussi des interrogatoires, où les templiers interrogés racontent quasiment la même histoire, comme une sorte de légende. Or, nous avons vérifié, ces chevaliers n'ont aucun point en commun. Ils ont été interrogés à des dates différentes, dans des lieux distants et jamais par le même inquisiteur. Deux d'entre eux viennent de France, un d'Espagne, deux d'Angleterre, un d'Allemagne, le dernier d'Italie.

— Qu'en tirez-vous comme conclusion ?

— Des questions, général ! Comment se fait-il que ces sept hommes en particulier, qui ne se sont sans doute jamais rencontrés, connaissent la même histoire ? Pourquoi les autres n'en parlent pas ? Quasiment un millier de templiers interrogés et seulement sept racontent la même fable ? Voilà les vraies questions.

— Et il y a une réponse.

Siméon et Radet se retournèrent en même temps. Les yeux encore embués de sommeil, Denon venait de se lever de son fauteuil près de la cheminée où l'ardeur du feu l'avait plongé dans un sommeil réparateur.

— Et cette réponse, vous l'avez ? demanda Étienne.

Vivant sourit. Vraiment, cette nouvelle journée s'annonçait bien.

— Oui.

Tour Fabiani

Mathias se rapprocha de la cheminée où brûlait un feu de bois d'olivier. Il faisait froid ce matin. La fumée claire, presque transparente, montait tout droit des braises. Le Français tendit ses mains vers la chaleur. Il se souvint du moment précis où il avait fait le même geste, le moment solennel où le père

Bartolomeo, venu exprès de Rome, l'avait consacré chef des Chevaliers de la Foi. Le jésuite avait fait le signe de croix sur ses paumes ouvertes. Ce jour-là, il avait juré à Dieu de renverser Napoléon l'impie et de rétablir les descendants de Saint Louis sur le trône de France. Et il n'en était peut-être pas si loin…

— J'ai des nouvelles !

Scorpione venait de faire irruption dans la pièce. Lui aussi avait le visage rouge, mais ce n'était pas le froid. Il s'était passé quelque chose.

— Cette nuit, le Vatican a été attaqué. Des Français ont enlevé le cardinal Broncoli pour pénétrer dans les archives secrètes et dérober tout ce qui touche aux templiers.

— Qui est au courant ?

— Personne ! La nouvelle est confidentielle et le restera. La Curie ne veut pas d'une crise diplomatique avec Napoléon. C'est lui qui détient le pape, il est en position de force. Tout doit rester secret.

— Les templiers…, murmura Montmorency comme s'il se souvenait de quelque chose, et on sait qui a mené l'attaque ?

— Le cardinal a reconnu Dominique Vivant Denon parmi ses agresseurs.

— Alors Radet n'est pas loin !

Montmorency réfléchit.

— Vous n'enlevez plus Denon. Désormais, ce n'est plus un ennemi, mais un chien de chasse. En revanche, dès qu'il bouge, suivez-le et prévenez-moi.

Mathias croisa ses mains et les fit craquer comme s'il tenait entre ses paumes le cou de Denon. Il sentait en lui bouillir toute la violence ancestrale des Montmorency. Une famille que le sang n'effrayait pas.

— Je me charge du reste.

Castel Sant Angelo

Vivant regarda le café fumant que venait d'apporter un sous-officier. Tous autour de lui attendaient qu'il s'explique. Il porta la main à la tasse, la huma légèrement, puis commença de déguster la boisson à petites lampées. Maintenant, il était prêt. Il se tourna vers Siméon qui venait de poser à l'écart les interrogatoires retenus.

— Si je vous suis bien, vous nous dites que des chevaliers d'origines différentes racontent une même histoire et que ce récit n'est jamais évoqué par les centaines d'autres hommes interrogés ?

Siméon hocha la tête.

— Alors l'explication me paraît évidente. Parmi tous les templiers arrêtés, torturés et interrogés, seuls ces sept chevaliers ont eu accès à un savoir, une connaissance, à laquelle les autres n'ont jamais eu accès.

— Vous voulez dire qu'ils faisaient partie d'un groupe réservé ?

— Et sans doute secret.

Discrètement, Vivant fixa Étienne avant de reprendre.

— Une franc-maçonnerie avant l'heure.

Le général réagit.

— Mais pourquoi avouer ? Pourquoi raconter une telle chose si justement elle est secrète ?

Denon posa sa tasse de café.

— Pour la transmettre. En espérant qu'un jour, quelqu'un comprenne...

Brusquement, Étienne eut une illumination. Ce n'était pas un récit, mais un message que ces hommes avaient envoyé du fond de leur prison en priant pour qu'il ne se perde pas dans la mer du temps. Denon sourit.

— ... et aujourd'hui, c'est à nous de la déchiffrer.

56

Bomarzo
De nos jours

Il était presque neuf heures du soir. Antoine prit sa veste et claqua la porte de sa chambre pour aller dîner. Il emprunta l'escalier qui descendait à la réception, l'esprit soucieux. Il ne voyait pas très bien comment résoudre l'énigme liée à l'éléphant. À l'hôtel il avait consulté les photos de l'éléphant de pierre. Mais aucun détail, aucune inscription n'apparaissait. Il s'était plongé dans l'histoire du jardin et sur les interprétations multiples des érudits de tout poil qui avaient travaillé sur les statues. Il était même tombé sur un documentaire qui développait la thèse d'une interprétation alchimique du parc. Selon l'auteur, le créateur du jardin, le duc d'Orsini, avait été très proche d'occultistes, de mages et d'astrologues. Chaque statue était censée donner une étape de l'opération. Ainsi pour l'éléphant, l'érudit pensait qu'il symbolisait la patience nécessaire à l'alchimiste pour accomplir son œuvre. Alchimiste représenté par le légionnaire romain enserré dans la trompe et broyé par le temps. Antoine trouvait l'explication poétique, mais peu crédible.

Il passa dans le hall de réception où devait l'attendre Giulia, mais ne l'aperçut pas. Il jeta un œil au bar mais nulle trace de l'héritière. Alors qu'il allait s'asseoir dans l'un des fauteuils cossus de l'entrée, son portable vibra.

Changement de programme. Attendez-moi au parking. On va dîner dans un étoilé en dehors de la ville. Le groupe Varnese invite.

Il sourit – ça valait parfois la peine de fréquenter des gens riches – et se dirigea vers la sortie qui donnait sur le parking.

La nuit était tombée, mais la chaleur restait toujours prégnante. Une légère senteur de pin planait dans l'air. Seulement trois voitures étaient garées sous un auvent de paille, la saison touristique n'ayant pas encore commencé. Un olivier majestueux trônait au milieu du parking, le rendant plutôt agréable.

Il retira sa veste et s'alluma une cigarette en observant la haute silhouette du château qui tutoyait le ciel d'encre.

Il repensa à tout ce que Giulia lui avait raconté sur sa famille et Gianfranco Varnese. Il ne savait toujours pas si ce type était un salaud intégral doublé d'un sadique. Les circonstances mêmes de l'accident de voiture qui avait frappé les Varnese restaient encore floues. Ainsi que ses motivations. Salvatore avait raison, si lui-même n'avait pas été là, il était fort probable que les héritiers n'auraient jamais rien découvert. Mais peut-être était-ce le but. Une chose était certaine, Bomarzo apparaissait comme le point de convergence de la quête.

Il entendit un bruit de moteur dans la rue. Un van gris pénétra par la grille d'entrée. Antoine reconnut le van utilisé par le garde du corps.

Le véhicule roula lentement pour s'arrêter à quelques mètres de lui, le moteur toujours en marche. Marcas lâcha sa cigarette et se retourna en direction de la porte de l'hôtel. Giulia se faisait attendre. Au moment où il sortait son téléphone pour l'appeler, il entendit la porte du van coulisser et des pas précipités marteler le ciment. Il tourna la tête. Deux hommes cagoulés se ruaient sur lui. Avant même qu'il ait pu réagir, l'un des assaillants lui assena un coup de poing dans l'estomac. Il se plia en deux de douleur.

Au même moment l'autre agresseur enveloppa sa tête, ses épaules puis ses bras d'un sac de toile. Une odeur répugnante de pommes de terre pourries le saisit à la gorge. Il tenta de se débattre, envoyant un coup de pied à l'aveugle. En vain, le bout de sa chaussure ne rencontra que du vide.

Il se sentit soulevé de terre puis une douleur brutale cisailla sa nuque. Sa dernière sensation fut celle de la toile râpeuse contre son visage.

57

*Castel Sant Angelo
Novembre 1809*

Siméon avait dégagé une table et posé devant lui les sept interrogatoires que son équipe avait patiemment sélectionnés. Autour de lui, historiens, paléographes, archivistes et autres hommes de science avaient le visage tendu par le manque de sommeil et le regard fiévreux comme s'ils menaient la quête du Graal. Siméon résuma les conditions de chaque interrogatoire, puis déclara :

— Ce qui est vraiment surprenant, c'est que ces hommes, pourtant soumis à la menace de la torture, racontent la même histoire, pratiquement au mot près, comme s'ils la connaissaient par cœur.

Radet ne commenta pas, mais il pensa à la légende du meurtre d'Hiram, l'architecte du temple de Salomon : si l'on interrogeait un frère à Paris, Londres ou Moscou, eux aussi raconteraient exactement la même histoire comme ces templiers. Surpris, Denon demanda :

— N'y a-t-il vraiment aucune variation ?

— Quasiment pas, si ce n'est sur les noms propres, mais il est probable que ce soit simplement une différence de prononciation, vu que ces templiers sont de pays différents.

Pressé d'en savoir plus, Étienne montra les manuscrits.

— Présentez-nous ce récit.

— Il se passe en Terre sainte, très exactement dans la ville de Sidon. Un templier, fraîchement arrivé d'Europe, tombe amoureux d'une jeune aristocrate, Lucia, toujours en habits de deuil et recluse dans la tour de guet de la ville.

— Pourquoi *recluse* ? s'étonna Vivant.

— Parce qu'elle est mariée à un homme très jaloux, c'est le maître du guet de la ville. Lui seul a la clef pour entrer dans cette tour. Un jour, l'épouse vole la clef à son mari et la jette par la fenêtre au jeune chevalier qui pénètre ainsi dans la tour.

Le front de Radet se plissa. Cette histoire de femme emprisonnée, de mari jaloux, de clef dérobée, ressemblait à un vaudeville. Quel rapport avec la cache qu'ils cherchaient tous désespérément ?

— Une nuit, alors que les amants sont réunis, l'époux trompé les surprend. Il attend que le templier soit parti et poignarde sa femme. Désespéré de son propre geste, le mari de blanc vêtu – dit le texte – monte en haut de la tour et se jette dans le vide.

— Adultère, meurtre, suicide… on dirait une mauvaise pièce de théâtre, s'exclama le général déçu, comment penser que des hommes, incarcérés, torturés et promis au bûcher, risquent leur vie à raconter pareilles balivernes ?

— Peut-être parce que justement c'était plus important que leur vie, suggéra Denon.

— Enfin, Vivant, vous voyez bien que c'est insensé !

— C'est aussi ce qu'ont dû penser les inquisiteurs et ils n'y ont pas prêté attention. Du moins au début...

— Et vous prenez pour argent comptant cette folle histoire ?

— Justement parce qu'elle est folle.

Vivant s'approcha d'Étienne et lui parla à l'oreille.

— Mon frère, nous devons l'interpréter en francs-maçons. Tout est symbole et particulièrement cette légende.

Étienne s'apaisa aussitôt. Depuis qu'ils s'étaient rencontrés, c'était la première fois que Vivant faisait référence à leur appartenance commune. Il fit signe à Siméon de continuer.

— À son tour envahi par le désespoir, le jeune templier décide de se faire ermite. Il revêt une bure couleur sable et disparaît dans le désert. Sauf qu'au bout de neuf mois, saint François lui apparaît et lui dit : « Il est temps pour toi de connaître la vérité. Rends-toi là où est enterrée Lucia et connais ton œuvre. »

Cette fois, même Vivant resta dubitatif. L'histoire prenait une tournure morbide imprévue. Il remarqua néanmoins que le récit ne contenait que deux noms propres, Lucia et François. Curieux que certains templiers, dans leurs témoignages, les aient modifiés.

— Le chevalier se rend donc dans un cimetière, retrouve la tombe de la jeune assassinée et l'ouvre.

— Il la profane ? s'exclama Radet.

— Non, il l'ouvre avec la clef de la tour, répondit Siméon, mais le plus important, c'est la suite. Dans le tombeau, il découvre Lucia, intacte. Elle porte une robe rouge et entre ses jambes il y a un crâne d'enfant.

Étienne frissonna de dégoût.

— Vous voulez dire que ce crâne, c'est le fruit de leur amour ?

Siméon toussa avant de répondre :

— Oui, général. Entre leur dernière nuit d'amour et la profanation de la tombe, neuf mois se sont justement écoulés.

— J'avais compris, répliqua Étienne. Et le récit s'arrête là ? Comme ça ?

Siméon haussa les épaules.

— Oui, il y a juste une inscription en latin sur le crâne : *Clavis Fati*.

— La Clef du Destin, traduisit Vivant.

Excédé, le général donna un coup de pied dans le montant d'une table. Un monceau de manuscrits s'effondra au sol. Il les piétina du talon de sa botte et s'écria :

— Nous ne trouverons jamais rien ! Cette fois, c'est fini !

La voix de Denon répondit calmement :

— Je ne crois pas.

Tour Fabiani

Par l'unique ouverture de sa cachette, Mathias regardait la brume se dissiper au-dessus des toits de Rome. Assis sur une vieille chaise de paille, les pieds posés sur le rebord de la fenêtre, il contemplait la ville éternelle, la ville de César, des pontifes, la ville de toutes les ambitions, de toutes les gloires… la ville où l'on venait pour dominer et triompher. D'ailleurs, lui aussi était là pour vaincre. Mais l'ambition seule ne suffisait pas, surtout pour renverser un monde. Un monde nouveau, né en France d'une révolution et que Napoléon avait porté à la hauteur d'un empire. Depuis Auguste, nul ne s'était taillé un tel royaume dans le cœur de l'Europe. Tous ses contemporains le savaient déjà : aucun destin ne pourrait être comparé à celui de Bonaparte. Mathias regarda le dôme de Saint-Pierre que le soleil du matin commençait à iriser de lumière. Ni les armées coalisées de l'Europe, ni la religion la plus puissante du monde n'étaient parvenues à arrêter la course du nouveau soleil.

Pour abattre un tel homme, il fallait plus que de la foi, du courage et des armées, il fallait un pouvoir inédit, une puissance supérieure. Il fallait posséder la clef du destin.

Mathias se leva. Du haut de la tour, son regard allait des flots écumants du Tibre au bleu limpide de la mer. Il avait l'impression de tenir le monde entre ses mains. Un contraste saisissant avec son statut de fugitif caché au fond d'une tanière en ruine. Mais les apparences allaient bientôt se révéler trompeuses. Agathe pouvait croire qu'il était en fuite, Scorpione penser qu'il était en exil, lui savait pourquoi il était venu au cœur de la ville éternelle.

Il était venu pour la Grande Chasse. Radet et Denon étaient ses chiens, ses limiers. Lui était le Grand Veneur. Celui qu'on ne voit pas, qu'on n'entend pas. Mais à l'heure de la curée, ce serait lui, et personne d'autre, qui s'emparerait de la proie.

Castel Sant Angelo

Siméon leva les mains vers le ciel en signe d'impuissance.

— Je crains, général, que vous n'ayez raison. Cette histoire n'est qu'une légende, avouée par des hommes rendus fous par la torture. Rien d'autre.

Vivant secoua la tête.

— Sauf qu'une simple légende n'insisterait pas sur certains détails, en apparence inutiles. Par exemple, pourquoi caractériser chaque personnage par une couleur ? Et dans un ordre précis ? D'abord le noir, puis le blanc, ensuite le jaune, puis enfin le rouge.

— Les quatre couleurs du processus alchimique, remarqua Étienne, d'abord l'œuvre au noir, puis au blanc…

— … pour terminer par l'œuvre au rouge, qui correspond au but suprême : la pierre philosophale.

— Celle qui mène à l'or…, Radet reprit brusquement espoir, et si ce que nous cherchons, la cache qui contient le trésor, se trouvait dans un cimetière comme le suggère le récit ?

— Précisément dans une tombe de femme, ajouta Denon.

Incrédule, Siméon répliqua :

— Admettons, mais une tombe dans un cimetière, c'est comme chercher un rocher ensablé au fond de la mer.

— Vous nous avez bien dit qu'il y avait des variations, dans les noms propres ?

— Oui, par exemple le saint qui parle au chevalier s'appelle François dans cinq des interrogatoires, mais pour les deux derniers, c'est une sainte et elle porte le nom de Catherine. Une incohérence manifeste.

— Non, car ces deux saints ont un point commun, répliqua Radet qui connaissait Rome depuis longtemps, ils sont tous deux les saints protecteurs de l'Italie.

Denon poussa un cri de joie.

— Ce qui signifie que le cimetière que nous cherchons est ici, entre les Alpes et la Méditerranée.

— Vous savez le nombre de cimetières qui existent du Piémont à la Sicile ? lança Siméon. Autant chercher une...

Vivant l'arrêta net.

— Sauf que nous cherchons un cimetière qui existait déjà du temps des templiers. Ce qui exclut tous ceux édifiés depuis leur arrestation jusqu'à nos jours.

— Ce qui réduit énormément le nombre, renchérit le général, combien existent de cimetières médiévaux, avec des tombes assez vastes pour abriter un trésor ?

Un des membres de l'équipe de Siméon, historien, répondit aussitôt :

— En fait, aucun ! Au Moyen Âge, les riches se faisaient enterrer dans les églises, les nobles dans les chapelles castrales, quant aux autres, ils pourrissaient sous la terre. En clair, il n'y a pas de cimetières avec des tombes datant de cette époque.

Étienne serra les poings. Une fois encore, il ne se rapprochait du but que pour mieux s'en éloigner.

— Nous savons que la tombe est en Italie, que le cimetière existait déjà au temps des templiers, mais que ce n'est pas un cimetière du Moyen Âge, résuma Denon, donc…

— Un cimetière de l'Antiquité, murmura Siméon, l'Italie en est remplie. Et à chaque fois, ce sont des tombes monumentales.

— Reste à trouver lequel, reprit l'historien, mais les principaux sont tous connus. Avec un indice…

Du doigt, Denon montra les interrogatoires que Siméon avait posés à l'écart.

— Vous nous avez dit qu'il y avait des variations sur les noms, c'est le cas pour Lucia ?

— Oui, une seule fois, mais selon moi c'est une erreur, car ce n'est pas un prénom du tout.

— Et comment l'appellent-ils ?

— La *bocca nera*. La bouche d'ombre.

Radet éclata de rire.

— Donc nous cherchons un cimetière antique où se trouve la tombe d'une femme qui a accouché d'un crâne, ce qui est déjà inouï, et le seul indice dont nous disposons, c'est une bouche d'ombre ?

Siméon hésita avant de reprendre la parole.

— C'est peut-être un détail, mais à l'époque médiévale crâne et bouche d'ombre étaient synonymes. On en trouve plusieurs exemples dans les textes anciens.

Vivant rebondit aussitôt.

— Donc il nous faut trouver une bouche d'ombre, en forme de crâne, qui mène à la tombe de Lucia ?

— Et dans un cimetière antique, pour compliquer le tout, ajouta Étienne dépité.

— À moins que justement ça ne simplifie le tout.

L'historien rougit pour avoir parlé avec autant de conviction. Pour la première fois, Étienne remarqua qu'il avait une barbiche blonde qu'il torturait avec constance.

— Je suis désolé, mais quand nous avons parlé de cimetières antiques, nous avons tous pensé aux cimetières romains, comme celui de la via Latina à Rome, mais il existe une autre civilisation ancienne en Italie.

— Laquelle ?

— Les Étrusques. Un peuple qui a vécu ici avant les Romains. On ne sait presque rien d'eux. On ne sait déchiffrer leur écriture que depuis quelques années. En revanche, on a découvert certains de leurs cimetières.

— Il y en a beaucoup ?

— Seulement deux dont un a été transformé en parc à la Renaissance. Il s'agit des jardins de Bomarzo, à une vingtaine de lieues[1] de Rome.

Radet s'impatienta.

---

1. Environ 90 km.

— Et on y a trouvé la tombe d'une certaine Lucia ?
— Non, général.
— Ça m'aurait étonné ! Nous tournons en rond !
— En revanche, il y a une sculpture géante dans le jardin. Une sorte d'immense crâne.

Vivant le saisit par le bras.

— Et ce crâne a un nom ?
— Oui. La *bocca nera*.

58

Bomarzo
De nos jours

La nuit enveloppait les bois d'encre noire, donnant l'illusion que les branches acérées des chênes centenaires griffaient les ténèbres. Marcas avançait en silence, uniquement guidé par le faisceau de la lampe torche de l'homme cagoulé devant lui. À intervalle régulier, le canon d'un pistolet se plaquait contre son dos. Les types étaient restés muets depuis son enlèvement. Dix minutes plus tôt ils l'avaient réveillé à coups de gifles et sorti du van sans un mot, laissant leur voiture sur un chemin de campagne, à la lisière d'un bois. Il ne savait pas combien de temps il avait été inconscient et pouvait se trouver à une centaine de kilomètres de son hôtel.

Ils marchaient en silence. Antoine sentait les ronces piquer ses mollets à travers son pantalon trop fin. Çà et là, des senteurs douces, boisées et acides jaillissaient : menthe sauvage, thym et un soupçon d'humus.

Le chemin montait insensiblement. Il n'arrivait pas à se repérer dans l'obscurité. Ses pieds butèrent plusieurs fois sur des pierres légèrement déterrées. Les chênes s'étaient changés en pins tout aussi sombres et hostiles. Antoine crut entendre des gémissements sourds dans les ténèbres. Des animaux probablement, mais il n'arrivait pas à les identifier.

Cet enlèvement n'avait aucun sens. Les types auraient pu l'abattre n'importe où dans ce trou paumé du Latium, personne n'aurait retrouvé son cadavre avant longtemps. Le centre de l'Italie, le berceau des Latins, la terre qui avait vu naître un empire et peut-être celle de son tombeau.

Ils arrivèrent devant l'enceinte d'une propriété privée. Dans le halo de la torche surgit une grille sombre encastrée dans de hauts murs de pierres sèches. L'un des inconnus inséra une clef dans une serrure rutilante.

— Qu'avez-vous fait de Giulia Varnese ?

Aucun des hommes ne répondit alors que la grille s'ouvrait sans bruit. Antoine intercepta le regard brillant de celui qui tenait la torche et son sourire, dans la fente qui lui servait de bouche. Il jeta un œil au ceinturon du type et remarqua sur le côté droit un étui en cuir dans lequel était inséré le manche d'un couteau large et plat. Pas de quoi le rassurer. Son seul espoir, les types étaient masqués. S'ils ne voulaient pas être identifiés c'est qu'ils comptaient le laisser repartir. Ou pas.

Alors que le faisceau de la torche illuminait encore la grille, Antoine arrêta son regard sur une plaque de métal qui ornait le haut des barreaux. La vision fut brève, mais il était certain de ce qu'il avait entr'aperçu. Une clef.

La grille se referma silencieusement et le trio reprit sa progression. Devant eux s'offrait une large allée qui semblait entretenue, bordée de hauts pins minutieusement taillés. Ils longèrent un muret de pierre qui montait à hauteur d'homme, foulant une pelouse sèche et éparse.

Le faisceau de la torche dansait devant lui et, pendant une fraction de seconde, il illumina une silhouette massive sur leur gauche. L'éléphant de pierre apparut brièvement dans la nuit. Antoine comprit où il se trouvait et se figea. On l'avait enlevé pour le ramener dans le parc des monstres.

— Vous auriez pu vous épargner cette peine, lança-t-il, j'ai déjà fait la balade. C'est plus sympathique pendant la journée.

L'homme au pistolet se pressa contre lui et ouvrit la bouche pour la première fois.

— *Non siamo barbari. Che la morte può essere dolce come un profumo.*

Ses paroles étaient mélodieuses, comme s'il déclamait un poème.

— Ça a l'air très beau. Hélas, je ne comprends pas votre langue, répondit Antoine d'une voix conciliante.

L'autre ravisseur intervint sur un ton tout aussi bienveillant que son acolyte.

— Mon ami vous explique que nous ne sommes pas des barbares. Que la mort peut se révéler aussi suave qu'un parfum.

— Formidable, répondit Marcas, et pourquoi m'avez-vous enlevé?

— Vous n'allez pas tarder à comprendre, avancez sur votre droite.

Ils laissèrent l'éléphant sur le côté et reprirent leur marche dans les ténèbres, le halo de lumière électrique éclaboussant le sol. Pour se rassurer, Antoine songea que Giulia avait dû donner l'alerte, sauf si elle avait été enlevée par une autre équipe. Ils tournèrent sur leur droite, marchèrent quelques pas, puis l'homme qui s'exprimait en français s'arrêta. Il se mit à côté de Marcas et braqua sa torche devant lui. Un monstre apparut dans la clarté blafarde.

Pas un animal ou une créature mythologique. Non. Un être de cauchemar. La lampe donnait vie à une créature insensée qui prenait forme dans le noir. Surplombant un escalier taillé dans la pierre, se dressait un visage gigantesque sculpté dans la roche ou plutôt le masque d'un démon, d'une gargouille obèse. Deux énormes trous noirs en guise d'yeux et une bouche rectangulaire, énorme, garnie de deux dents sur la partie supérieure. Une bouche suffisamment haute et large pour avaler un cheval. Une inscription en lettres rouges était gravée sur la lèvre supérieure, épaisse comme un boudin.

Ogni pensiero vola.

Le faisceau révélait à l'intérieur de la gueule du monstre une petite table de pierre circulaire.

— Ce monstre porte plusieurs surnoms, précisa l'homme à la torche. L'ogre, Gargantua, Saturne, moi je préfère *bocca nera*. Selon la légende, il marque l'entrée du premier cercle de l'enfer de Dante.

— L'avantage avec les légendes c'est qu'on leur fait dire n'importe quoi. Et l'inscription ?

— Toute pensée s'envole. Une analogie pour évoquer l'âme. Nous sommes tous condamnés à nous... comment dit-on en français... à nous évaporer. À mourir.

Marcas trouvait cette discussion avec son ravisseur en cagoule qui citait Dante complètement surréaliste.

— J'avais compris. Et maintenant ? Vous voulez m'envoyer en enfer ?

— Presque, disons dans une autre dimension. Montez l'escalier.

La pression du pistolet contre ses reins l'incita à obéir et les trois hommes gravirent les marches pour se trouver juste devant la bouche de l'ogre. Antoine repensa à la remarque de Giulia sur le passage dans la gueule du monstre qui faisait délirer les chercheurs de trésors et de secrets.

— Vous comptez ouvrir le fameux passage secret ?

— Non, dit l'homme qui contourna le visage monumental sur la droite et se dirigea, en écartant des paquets de ronces, vers un muret mitoyen.

Ils se retrouvèrent devant une stèle posée sur les moellons. Une stèle avec une autre inscription. Antoine la reconnut immédiatement.

Tu ch'entri qua con mente parte a parte et dimmi poi se tante meraviglie sien fatte per inganno o pur per arte.

C'était la même que celle de la sphinge de l'entrée

du parc. Mais cette fois il y avait une clef gravée à l'angle supérieur droit de la plaque.

— Que vois-tu comme symbole ? demanda l'inconnu.

— Toujours la même clef... Comme celle de la grille, tout à l'heure.

— En effet. Le sésame pour pénétrer dans la caverne aux merveilles. Essayons donc... *Chiave*.

Son ravisseur fit courir ses doigts sur l'inscription. Son index s'arrêta à la lettre *c* qui s'enfonça. Puis il appuya sur le *h*, le *i*.

Antoine avait décrypté le mot qu'il tapait sous ses yeux. Les lettres sur lesquelles il appuyait étaient gravées dans une typographie subtilement différente.

*Tu **ch**'entri qua con mente parte a parte et **di**mmi poi se **ta**nte meraviglie sien fa**tte** per inganno o pur per arte.*

Chiave. La clef en italien.

Il y eut deux claquements métalliques à l'angle entre le mur et la sculpture de l'ogre. Une paroi s'ouvrit dans la pierre et un vent frais jaillit, laissant entrevoir un passage obscur. Antoine nota que les montants de la porte étaient recouverts d'une fine languette métallique sombre avec des encoches usinées. Le mécanisme ne datait certainement pas de la Renaissance. La torche balaya l'intérieur du passage dissimulé et laissa entrevoir un couloir étroit qui s'enfonçait sous la terre.

Antoine sentit l'acier froid du canon contre sa tempe. Ce ne fut pas le contact de l'arme qui le glaça, mais le geste soudain du ravisseur qui se tenait devant lui.

Il retirait sa cagoule, très lentement, et son visage apparut en pleine lumière. Des cheveux broussailleux, un regard acéré. Il se tenait droit et ne portait plus sa ridicule veste en lin, mais Antoine l'avait reconnu.

C'était le dingue qui les avait interpellés, lui et Giulia, devant la statue de l'éléphant. Le type qui détestait les Français et Napoléon. L'homme lui indiqua l'entrée du passage.

— Je t'avais pourtant averti que ce parc portait malheur, dit l'inconnu. Tu ne m'as pas écouté. L'héritière Varnese et toi allez en payer le prix.

— Que lui avez-vous fait?

— Elle a été déposée dans son tombeau. Il y a même une épitaphe à son nom.

— Vous l'avez tuée!

Antoine se jeta sur le type, mais l'autre ravisseur le rattrapa par le col de sa chemise et lui assena un coup de crosse à l'arrière du crâne, juste sur sa bosse. Pas de quoi l'assommer, mais une violente douleur irradia dans sa tête. Il en eut le souffle coupé et chuta à terre sur ses genoux. Celui qui tenait la torche se pencha vers lui, tendit l'index en direction du passage ténébreux et lâcha d'une voix douce:

— Sois heureux, tu vas la rejoindre.

La Stampa. *Rome. Dépêche réactualisée.*
Tôt dans la matinée, un homme a été retrouvé mort, noyé, sur l'une des berges qui longent le pont

Sant Angelo. Il s'agit de Tomas Valienti, président-directeur général du groupe du même nom. Son corps a été découvert par des employés des services de voirie de la mairie.

Selon les premiers éléments de l'enquête, il aurait été victime d'une chute. Si les enquêteurs n'écartent aucune piste, suicide, accident ou agression, les premières analyses indiquent qu'il était en état d'alcoolémie avancée.

Depuis deux ans le groupe Valienti, spécialisé dans la construction, avait subi le contrecoup de la crise de la Covid et du retournement du marché immobilier. Tomas Valienti, marié et père de trois enfants, était aussi le bienfaiteur de nombreuses associations catholiques. Il était le responsable des Chevaliers de la Foi, une fraternité reconnue pour son activité caritative et humanitaire à travers le monde.

59

Paris
Les Tuileries
Novembre 1809

Napoléon ferma la porte de l'antichambre où travaillaient ses secrétaires. Il avait besoin de réfléchir seul. À cette heure, Radet et ses hommes avaient déjà dû investir le Vatican, déménager les archives et commencer à les dépouiller. L'Empereur détestait attendre, encore plus quand son destin en dépendait. Si Denon et Radet découvraient le secret du trésor de l'Église, alors la face du monde en serait changée. Il aurait entre les mains une source de financement quasi inépuisable et pourrait lever des armées innombrables…

Debout, face à une fenêtre qui donnait sur la Seine, Napoléon ne voyait ni n'entendait rien. Ou plutôt ce qu'il voyait, c'était une armée d'un million d'hommes, habillés, équipés, chaussés. Un million de soldats, entraînés, armés, prêts à fondre sur l'Orient jusqu'à l'Inde et peut-être au-delà. Pour la première fois de sa vie, il ne raisonnait plus en pays à vaincre, mais en continent à conquérir. Or un tel empire réclamait un héritier. L'Empereur tapota du doigt la vitre glacée, il n'avait que trop attendu. Cette fois, il lui fallait régler le problème qu'était Joséphine. C'est la raison pour laquelle il avait fait venir sa sœur Pauline à Paris. Il interpella l'un des huissiers qui attendaient immobiles derrière la porte.

— Faites entrer la princesse Borghèse.

Appelée par Napoléon à Paris, Pauline avait quitté Rome troublée, l'humeur inquiète. Que lui voulait son frère ? Leur relation était difficile. Si elle passait pour la préférée de toute la fratrie, Napoléon lui reprochait ses choix d'une vie qu'il estimait dissolue. Ils avaient connu plusieurs affrontements à ce sujet, mais il était hors de question, pour elle, de céder sur sa manière d'être. Napoléon pouvait régner sur la France, il ne régnerait pas sur sa sœur. Une attitude qui lui avait sans doute coûté un trône – quasiment tous ses frères et sœurs étaient rois ou reines – mais elle préférait être libre de s'adonner au plaisir. Toutefois, elle savait bien que Napoléon n'avait accepté cette indépendance que contraint et cette convocation aux Tuileries la tracassait. D'autant qu'elle s'était peut-être mise en mauvaise posture…

Quand elle entra, elle trouva le regard de l'Empereur fiévreux. Il ne la salua même pas.

— J'ai à te parler. De Joséphine.

Surprise, sa sœur n'eut que le temps de s'asseoir et d'ôter son chapeau.

— Tu t'intéresses à mon avis, maintenant ?
— J'ai l'intention de divorcer.

Pauline se mordit la lèvre. Napoléon la regarda intensément. Et s'il se doutait de quelque chose ?

— Je suis certain que tu as une opinion.
— Tu sais bien que la famille n'a jamais toléré Joséphine.
— Surtout toi.
— Pas du tout ! Caroline la déteste plus que moi !

Napoléon rugit.

— Tu mens. Tu n'es qu'une intrigante ! Je sais de source sûre que tu te mêles de ce qui ne te regarde pas !
— C'est faux, je n'ai toujours cherché qu'à défendre ton intérêt !

Cette fois l'Empereur explosa. Ce que lui avait révélé Fouché le rendait ivre de colère : sa propre sœur essayait de tomber enceinte pour lui imposer un neveu comme héritier.

— Tu nies ce que tu as fait ? Tu oses ? Devant moi !

Pauline comprit que son frère savait tout. Désormais sa défense, c'était la vérité.

— Oui, je l'avoue. C'est moi qui me suis attaquée à Joséphine.

Subitement dégrisé, Napoléon comprit qu'il allait apprendre ce qu'il ne savait pas.

— Mais c'était pour défendre ta réputation. Ta femme t'outrageait, te ridiculisait !
— Tu veux dire qu'elle me trompait ?

Pauline haussa les épaules. Il y avait bien longtemps

que Joséphine n'était plus infidèle. Non par choix, mais qui oserait séduire la femme de César ?

— Non, il n'y avait aucune référence à un amant dans ses lettres, en revanche ta femme y parlait abondamment de votre vie intime et elle ne te ménageait pas, elle t'humiliait même ! Visiblement, tu n'as pas le même tempérament au lit que moi...

Napoléon blêmit.

— Comment as-tu récupéré ces lettres ?

— Une dame d'atour de Joséphine les lui avait dérobées. Et c'est un prêtre, un jésuite, qui avait pour mission de me les rapporter de Paris. Il est mort.

— Et cette correspondance, où se trouve-t-elle ?

La princesse Borghèse n'osa pas avouer qu'elle avait disparu.

— Toutes les lettres sont en sécurité.

Napoléon était sidéré. Une sœur voleuse, une femme calomniatrice. Décidément sa famille ne valait pas cher. Tous avaient profité de ses bienfaits et tous l'avaient éhontément trahi. Cette fois, il fallait en finir. Il fixa sa sœur.

— Tu as interdiction de quitter Paris. Interdiction de sortir des Tuileries...

— Mais je dois rentrer à Rome... mon mari...

— Ton mari ? Tu veux dire ton cocu ? Tu le reverras quand tu me remettras cette correspondance. En main propre. Et qu'il ne manque pas une lettre !

Pauline comprit qu'elle était perdue. Elle tomba à genoux, mais son frère déjà ne la regardait plus. Sa vengeance ne faisait que commencer.

— Quant à Joséphine...

Pavillon de Flore

Joséphine avait toujours détesté les Tuileries. Trop de rois assassinés, de reines humiliées, les murs suintaient le malheur. Mitoyens du salon où elle venait de s'installer se trouvaient les anciens appartements de Marie-Antoinette. La reine martyre y avait passé ses derniers jours de liberté avant d'être emprisonnée et guillotinée. Pire encore, flottaient à l'étage le souvenir sanglant du Comité de salut public et les spectres hideux de Robespierre et de Saint-Just. Parfois, il lui semblait entendre les pleurs de Marie-Antoinette ou le rire cynique de l'Incorruptible. Ce palais était rempli de fantômes, mais le pire était l'homme rouge. Joséphine se leva pour s'asseoir plus près du feu.

L'homme rouge, tout le palais bruissait de ses apparitions funèbres. On prétendait qu'il surgissait chaque fois qu'un malheur allait advenir. Henri IV l'avait vu avant son assassinat, Louis XVI avant la chute de la royauté. L'impératrice frissonna. Et s'il apparaissait ?

— Madame !

Une servante, blanche d'émotion, jaillit dans la pièce.

— L'Empereur, il vient vous voir !

Joséphine ne manifesta aucune émotion. Depuis longtemps, elle se préparait à cette confrontation. Ce palais avait beau être celui du malheur, elle comptait bien lui échapper.

Encore échauffé par sa conversation avec sa sœur, Napoléon entra en trombe dans le salon. Il se planta devant la fenêtre et, brusquement, éclata.

— Je t'ai ramassée dans le ruisseau, j'ai fait de toi la femme la plus puissante d'Europe, et c'est comme ça que tu me remercies ?

Joséphine ne répliqua pas. Elle connaissait son mari. Il prêchait toujours le faux pour extorquer le vrai.

— Pendant des années tu t'es roulée dans la fange ! Tu as multiplié les amants dans mon dos. Et j'ai tout accepté par amour pour toi, mais là, me salir, m'humilier, me déshonorer ! Comment as-tu osé…

— Qu'ai-je osé ?

— Dévoiler notre vie intime dans une correspondance.

Joséphine se pinça les lèvres. Qui l'avait trahie ? Napoléon se retourna brusquement, tendant l'index comme un procureur.

— Mais je sais pourquoi tu l'as fait ! Tu veux m'empêcher d'avoir un héritier, de divorcer, de me remarier…

— Qui t'a parlé de ça ?

— Pauline. C'est elle qui a récupéré les lettres pour sauver mon honneur.

Joséphine se leva, ouvrit un secrétaire et jeta une liasse sur la table.

— Alors, pourquoi sont-elles ici ?

Napoléon resta muet.

— Prends-les puisque tu n'as aucune confiance en moi.

— Tu ne veux pas t'en servir contre moi ?

— Non, et tu sais pourquoi ?

Joséphine sourit comme elle ne l'avait plus fait depuis des années.

— Parce que j'accepte ce divorce.

Napoléon vacilla. Ce n'était pas possible ! Il allait redevenir libre, libre de se marier, d'avoir un fils. Libre de conquérir le monde.

— À une condition.

Joséphine s'était installée à une table circulaire. En face, Napoléon la regardait intensément. Elle avait posé un jeu de cartes sur la table.

— C'est un tarot que m'a donné Mme Lenormand[1] il y a longtemps. Elle l'avait récupéré lors d'une vente aux enchères durant la Révolution. Les cartes sont très différentes des tarots traditionnels.

— Tu sais bien que je ne suis pas superstitieux. Je ne crois pas à la fatalité.

— Mais tu crois à ta bonne étoile. Combien de temps va-t-elle encore briller ?

L'Empereur fit mine de se lever.

— C'est moi qui écris mon destin !

---

1. « La sibylle du faubourg Saint-Germain » fut arrêtée en 1809 sur ordre de Napoléon, une arrestation qu'elle n'avait pas prédite.

— Tu oublies que, souvent, c'est moi qui ai tenu la plume !

Napoléon s'emporta.

— Mais que veux-tu à la fin ?

— Tout homme a le choix. Souviens-toi d'Achille, les dieux lui ont laissé le choix entre une vie longue, mais anonyme, et une existence brève et glorieuse. Toi aussi, tu es à la croisée des chemins et, au moment où je quitte ta vie, je veux que tu saches ce qui t'attend.

L'Empereur ne pipa mot. Lui savait qu'à Rome, les hommes de Fouché cherchaient le trésor de l'Église, qu'à Vienne et Moscou, Talleyrand lui cherchait une épouse. Il avait toutes les cartes en main. Joséphine déploya le tarot en éventail.

— Dans ce jeu, tu as le droit de tirer uniquement deux lames[1]. Choisis-les bien.

Napoléon posa une lame à gauche, puis une autre à droite.

— Chacune indique un chemin. Décide.

L'Empereur retourna la carte de gauche. Joséphine poussa un cri.

— La clef et la croix ! La carte du destin !

La lame avait un décor étrange. On y voyait un jardin abandonné où une végétation exubérante recouvrait des formes singulières. Napoléon crut reconnaître le profil d'un sphinx.

— Regarde.

---

1. Dans le tarot divinatoire, une carte s'appelle une lame.

Joséphine montra une chapelle à deux portes devant laquelle se tenaient une croix et une clef.

— Soit tu rentres dans la chapelle en te servant de la clef, soit tu brandis la croix pour y pénétrer. Mais la croix te conduira à la mort, la clef, elle, t'ouvrira la porte du destin.

Napoléon contempla la carte. Il ne voyait rien, ne sentait rien.

— Tout ceci ne me concerne pas.

Joséphine le regarda avec tristesse. Elle avait aimé cet homme.

— Tu as tort. Si tu ne choisis pas…

L'Empereur se leva et effleura son front de ses lèvres froides. Il avait tant à faire. L'Orient, la guerre, un fils…

— J'ai déjà choisi.

60

Bomarzo
De nos jours

L'air dans le souterrain était frais et sec. Une très légère senteur d'humus et de moisissure planait dans le boyau aux parois cimentées à peine assez large pour laisser passer un homme. Marcas et les deux inconnus marchaient en file indienne, le deuxième ravisseur braquait toujours son pistolet contre le dos d'Antoine. Le plafond était bas au point qu'ils devaient se pencher pour ne pas racler la voûte avec leurs têtes. Marcas marchait, les poings serrés.

Ces tarés ont tué Giulia.

Et maintenant ils comptaient lui réserver le même sort. Dans ce trou. Ou plutôt dans le tombeau de l'héritière. Aucune goutte de sueur ne perlait sur son front et sa peau était sèche comme du parchemin. Antoine avait côtoyé la mort de trop nombreuses fois dans sa vie pour s'abandonner à son étreinte. Il avançait un pied devant l'autre, luttant pour tenir la peur en respect. Car il la sentait venir. Invisible, mais en approche quelque part en face de lui, tapie au bout de ce souterrain. Prête à le déchiqueter comme un fauve enfermé et trop longtemps affamé.

Le canon du Beretta se rappela à son bon souvenir alors qu'il ralentissait le pas. Le couloir se terminait par une trouée d'une forme vaguement rectangulaire aux bordures déchiquetées. Ils enjambèrent la butée et pénétrèrent dans un souterrain deux fois plus large et d'une apparence beaucoup plus ancienne aux parois de pierres massives et usées par le temps. Le faisceau de la torche balaya les lieux et révéla un étonnant spectacle. Des deux côtés du souterrain s'étendaient des cavités en enfilade creusées à même la roche. L'homme racla l'une des alvéoles avec le manche de sa torche. Elle était remplie d'ossements.

— Le ventre de la *bocca nera* remonte aux Étrusques et ses intestins sont des catacombes. Elles datent de trois mille ans et s'étendent sur des kilomètres bien au-delà du parc. Personne ne sait combien de morts sont enterrés ici. La tradition a duré bien après la disparition des derniers représentants de cette civilisation disparue.

Antoine jeta un œil dans l'une des niches de pierre. Deux squelettes y étaient enlacés, les os mêlés comme s'ils ne formaient plus qu'une chimère pétrifiée.

— Riches et pauvres, hommes, femmes, tous reposent ici, reprit le type aux cheveux broussailleux. Chaque fois que je passe par là je m'interroge sur leurs existences. Comme nous, ils avaient une maison, des amis, des personnes qu'ils aimaient. Des enfants. Ils ont fini ici. Oubliés de tous, pour l'éternité.

Des enfants. Antoine n'écoutait plus son ravisseur. Le visage de son fils Pierre apparut dans son esprit. Il ne le reverrait plus jamais. Son rire, ses tristesses. Alice. Son amour, ses baisers. Plus jamais. C'était cela qui paraissait irréel. Personne ne saurait que son cadavre pourrissait dans cette nécropole oubliée des hommes. Ils allaient l'allonger dans l'une des niches, sa chair mêlée aux os de ces fantômes. Une balle entre les yeux.

Il marcha sur quelque chose de friable, comme une branche morte. Un craquement résonna sous son talon. Il baissa les yeux, c'était un os. Un fémur ou un humérus. Il y en avait des centaines sur le sol, comme des serpents pétrifiés. Il y avait aussi des crânes, échoués un peu partout.

Antoine sentit son courage s'amenuiser. Il était peut-être vraiment en enfer.

Le ravisseur qui le précédait ralentit le pas alors qu'il s'engageait dans un couloir sur leur gauche. Marcas crispa les poings. Il devait faire au moins une tentative, ne pas se laisser conduire à l'abattoir sans en connaître la raison.

— Si vous voulez en finir, donnez-moi au moins une explication. Même les condamnés à mort savaient pourquoi ils finissaient au peloton d'exécution.

— Tu t'es trouvé au mauvais endroit au mauvais moment. La quête des Varnese ne te concernait pas.

— Non seulement elle me concerne, mais sans mon aide les héritiers en seraient encore à s'étriper entre eux.

— Tu gaspilles ta salive, je ne suis pas ton juge. Continue de marcher.

Marcher vers ma mort, pensa Antoine. Il l'avait déjà connue. La mort maçonnique. La cérémonie d'élévation, du passage de compagnon à celui de maître. Un rituel entièrement dédié à la mort et à la résurrection, pour devenir plus fort. Allongé à même le dallage de la loge, devant ses frères et ses sœurs réunis, il avait éprouvé au plus profond de lui la mort d'une partie de son être. Puis la résurrection. Le retour à l'orient. La lumière. Une lumière invaincue.

Antoine se ressaisit, il fallait tenter quelque chose. Il ralentit à son tour, laissant l'homme au pistolet se rapprocher sans le coller. Il prit une inspiration, frôla l'une des niches garnies d'ossements et, d'un geste brusque, se saisit d'un fémur. Il tourna sur lui-même pour frapper son ravisseur de toutes ses forces. La tête de l'os percuta le cou du type qui tomba sur le côté, lâchant son Beretta. Marcas voulut récupérer le pistolet, mais le plus âgé tenta de le ceinturer. Antoine se dégagea en lui assenant un coup de coude dans les côtes. Le type tomba à terre le souffle coupé alors que le premier ravisseur rampait pour récupérer son arme.

C'était trop tard. Antoine avait raté son coup. Il ne pouvait pas lui reprendre le Beretta. Toute retraite était coupée. Il ramassa la torche et courut à perdre haleine. Droit devant.

— *Prendetelo*[1] !

---

1. Rattrape-le !

Il courait à perdre haleine, manquant de trébucher. Le faisceau de la torche révéla une porte à l'extrémité du couloir. À une cinquantaine de mètres.

Un cul-de-sac ou sa survie.

Il entendait les halètements de ses poursuivants. À cause de la lumière, il allait faire une cible idéale. Il mémorisa sa position et éteignit la lampe. Le couloir plongea dans les ténèbres. Il entendit un juron en italien. L'un des ravisseurs avait dû se cogner. Il continua sa course quelques secondes, puis ralentit et se mit à marcher. Il n'avait pas envie de se prendre la porte de plein fouet. Il calcula qu'il n'était qu'à quelques mètres. Il marcha encore, torche brandie en face de lui, quand soudain le manche de la lampe cogna quelque chose de dur. Brusquement des lueurs apparurent derrière lui. Ils utilisaient leurs téléphones pour éclairer le couloir. Il passa les paumes sur la surface de la porte. Du bois. Sa main agrippa une poignée. C'était son ultime espoir. Il entendait presque la respiration de ses ravisseurs.

Il agrippa la barre de métal et la tourna vers le bas de toutes ses forces.

La porte s'ouvrit. Il passa le seuil et la referma en un éclair.

Des lueurs l'aveuglèrent. Il n'était pas seul. Il écarquilla les yeux et s'entendit prononcer :

— Vous !

61

Région de Rome
Civitavecchia
Novembre 1809

La voiture aux rideaux tirés quitta le port et s'engagea sur la route de Rome. À l'intérieur, Pauline, serrant son mouchoir mouillé sur son corsage, enrageait. Elle repensait aux événements de Paris. À peine sorti de son échange avec Joséphine, son frère l'avait chassée de la capitale. Une fois encore, la vieille peau avait gagné ! Escortée par un piquet de cavalerie, elle n'avait quitté sa voiture que pour sauter dans un bateau et, de là, filer à Rome pour rejoindre son mari. En quelques jours, elle avait tout perdu, ses rêves de donner un héritier à Napoléon et, pire que tout, l'estime et l'amour de son frère. C'est ce qui lui causait le plus de douleur. Depuis toujours, dans la fratrie Bonaparte, Napoléon et elle entretenaient une relation particulière, mélange de fascination et de violent rejet. Elle éclata en sanglots. Combien de temps son frère allait-il la laisser en exil ? Combien de temps serait-elle sans le voir ? Des mois, des années peut-être… Brusquement, Pauline sentit un poids invisible écraser sa poitrine. Elle ne supporterait pas d'être ainsi éloignée de lui. Alors qu'elle sombrait dans le plus profond désespoir, une évidence surgit. Si elle ne pouvait se passer de son frère, il ne pourrait se passer d'elle. L'absence allait le saisir. Elle le sentait déjà. Elle le savait. Sa souffrance était une rédemption : le chemin retrouvé de l'amour de son frère.

— Halte !

Pauline entendit les chevaux hennir, le cocher hurler et une détonation retentir. Le temps qu'elle fasse un geste, la portière s'ouvrit sur un jeune homme, un bandeau noir sur l'œil.

— Bonjour, princesse, mon nom est Scorpione…

Il lui tendit la main pour qu'elle descende.

— … et vous êtes ma prisonnière.

Bomarzo

Dix jours ! Étienne les comptait encore. Dix jours où il avait dû se consacrer à la guérilla qui avait subitement enflammé les alentours de Rome. Dix jours à manœuvrer des troupes, à déjouer des embuscades, à organiser des représailles. Dix jours qui l'avaient empêché de se rendre à Bomarzo, mais pas d'envoyer sur place des éclaireurs. De retour, ils avaient décrit un village pouilleux et endormi et, à proximité, un ancien jardin retourné à l'état sauvage. Discrètement interrogés, les habitants avaient parlé d'un seigneur, devenu fou de douleur à la mort de sa femme, qui avait dépensé des sommes astronomiques pour édifier des sculptures délirantes désormais enfouies sous la végétation. Radet n'avait guère prêté attention à cette légende, mais Denon avait fini par dénicher un livre ancien qui décrivait ce jardin oublié. Nommé le bois sacré, il avait été édifié par une famille, les Orsini, passionnés par l'étrange et l'occulte au point de peupler leur parc fabuleux de créatures de rêve et de cauchemar. Mais le plus intéressant était les gravures de ce livre qui décrivaient toutes les sculptures et où l'on voyait aussi, reproduits, de nombreux fragments de pierre, couverts d'inscriptions étrusques. Le jardin aux monstres, comme on l'appelait, avait bien été construit sur un cimetière antique.

— Général ?

Étienne sursauta. Juste à ses côtés se tenait Vivant en bras de chemise, coiffé, comme lui, d'un large chapeau de paille. Le cigare aux lèvres, il dessinait un vieux chêne à grands coups de fusain. Partis la veille de Rome, tous deux se faisaient passer pour des peintres de paysage, traînant derrière eux un mulet chargé de toiles et de chevalets. Depuis le matin, ils s'étaient installés sur une pente juste au-dessus du parc dont on ne voyait plus qu'un enchevêtrement d'arbres et de taillis.

— Regardez.

Denon venait de poser sa toile à terre, dévoilant sur le chevalet un plan ancien des jardins de Bomarzo. Chaque sculpture y était représentée.

Toutes appartenaient à la mythologie romaine, on y reconnaissait Hercule, Neptune ou Vénus, sans compter nombre de divinités liées à la mort. Cerbère, le gardien des enfers, Proserpine, l'épouse de Pluton... Denon posa un doigt sur le plan.

— Nous sommes ici, à l'est des jardins, et ce que nous cherchons se situe là.

Il montra une sorte de bouche de pierre comme surgie de la terre.

— Cette sculpture, inspirée de Dante, a été construite à l'emplacement même de l'entrée de la cache du Temple.

— Vous pensez que c'est volontaire ?

— J'en suis certain. La famille Orsini était très liée à la papauté. Le créateur du jardin, Orsino Orsini, avait même épousé une Giulia Farnese dont on disait qu'elle était la descendante cachée d'un pontife. D'ailleurs, elle est enterrée dans le jardin.

— Alors les Orsini seraient les gardiens choisis par les papes, afin de protéger leur trésor ?

— Oui, et c'est pour ça qu'ils ont construit ce jardin.

Étienne fronça les sourcils.

— Alors, toutes ces sculptures insensées, ces fontaines étranges, ces escaliers qui ne mènent nulle part, auraient une logique...

— Au lieu de cacher le trésor dans un endroit invisible, on rend ce lieu le plus visible possible. Montrer pour mieux cacher. Mais ils ont laissé un indice, celui-là même qui a permis à l'Église de retrouver la cache des templiers : la *bocca nera*.

Étienne regardait la sculpture de pierre dessinée sur le plan. Elle était difforme, monstrueuse. Une bouche d'ombre prête à vous avaler dans les ténèbres.

Bomarzo

Pauline n'en revenait pas. Après des heures de voyage au secret, elle se retrouvait en haut d'un clocher. Son ravisseur, après lui avoir délié les mains, l'avait obligée à monter un escalier aux marches usées pour se retrouver sur une terrasse battue par les vents. Malgré son manteau, elle frissonnait. Elle s'approcha du parapet de pierre et recula, effrayée par la hauteur.

— Je vous présente mes respects, madame.

Pauline se retourna brusquement. Un homme, vêtu d'une redingote brune serrée à la taille, s'inclinait devant elle. Comme il se relevait, la crosse de deux pistolets passés dans sa ceinture apparut. Elle trembla, mais cette fois, ce n'était pas de froid.

— Vous me pardonnerez, madame, de vous avoir fait venir ici contre votre gré, mais votre présence m'est absolument indispensable.

La princesse Borghèse avait déjà entendu cette voix, mais pas en Italie.

— Je vous connais, monsieur, votre voix…

L'inconnu ôta son chapeau.

— Mathias de Montmorency ! s'écria-t-elle.

— Pour vous servir, madame.

Depuis son renvoi brutal de Paris, Pauline avait l'impression de descendre un à un les cercles de l'enfer. Exilée, enlevée et maintenant à la merci d'un... elle ne trouvait pas le mot.

— Mais vous faites partie de l'entourage de ma belle-sœur ! Vous êtes un traître !

— Vous parlez bien de la belle-sœur à laquelle vous avez dérobé une correspondance pour la compromettre ?

Pauline devint cramoisie.

— Je n'ai rien volé...

— Nous parlons bien des lettres empruntées par Mlle de Montbrun et récupérées par le jésuite Bartolomeo qui devait vous les remettre ?

— Comment le savez-vous ?

— Parce que c'est moi qui ai eu l'idée du vol de cette correspondance, parce que c'est moi qui ai suggéré au père Bartolomeo de vous souffler cette idée. Ainsi, j'aurais pu abattre par le scandale Joséphine et la sœur de Napoléon.

Pauline était abasourdie.

— Pourquoi ne l'avez-vous pas fait ?

Mathias sourit.

— Parce qu'il m'était beaucoup plus utile que notre ami Bartolomeo tombe entre les mains de la police.

— Je ne comprends pas...

— J'ai appris que l'Église catholique dispose d'une réserve monétaire colossale, un trésor secret qui date de plusieurs siècles. C'est le père Bartolomeo, affolé par l'arrestation du pape et craignant pour sa vie, qui me l'a avoué. Mais s'il connaissait l'existence du trésor, il en ignorait la localisation.

Cette fois, Pauline était dépassée. Que venait-elle faire dans cette histoire de trésor perdu ?

— Pour le retrouver, il me fallait un limier. Alors j'ai dénoncé Bartolomeo et ses amis royalistes. Une fois la correspondance de Joséphine retrouvée, je savais que le jésuite serait violemment interrogé. Je savais aussi qu'il avouerait tout. Et j'ai eu de la chance, c'est le général Radet qui a mené l'affaire. Je ne pouvais pas rêver meilleur chien de chasse.

Il poussa Pauline vers le parapet.

— D'ailleurs, regardez ! Il est là, déguisé en peintre du dimanche. À côté, c'est Dominique Vivant Denon, le plus grand pilleur d'œuvres d'art du siècle. À eux deux ils font des merveilles.

La sœur de Napoléon était stupéfaite. Joséphine, le jésuite, un trésor et maintenant le général Radet... Tout se mélangeait dans son esprit. Elle n'avait qu'une certitude, c'est qu'elle se trouvait en haut d'un clocher et elle ne comprenait toujours pas pourquoi.

— Mais pourquoi m'avez-vous enlevée ?

Mathias lui prit la main et la baisa délicatement.

— Parce que vous valez bien plus qu'un trésor.

62

Bomarzo
De nos jours

En sueur, le dos plaqué contre la porte, Antoine restait abasourdi. En face de lui, à moins d'une dizaine de mètres, se tenaient les héritiers Varnese accompagnés d'un inconnu de petite taille. Ni Giulia ni ses frères ne paraissaient apeurés et l'inconnu ne tenait pas de pistolet.

La salle dans laquelle Marcas venait de pénétrer était circulaire et aussi ancienne que la nécropole qu'il avait laissée derrière lui. Mais une différence subsistait. Et de taille. Une série de spots posés à même le sol diffusaient une lumière froide et blanche vers le plafond voûté. En arrière-plan se profilaient d'énormes coffres de pierre et des sarcophages étaient alignés le long des murs.

— Laissez mes amis entrer, avertit l'inconnu dans un français presque parfait.

— Sinon quoi ?

— La porte est bien mince. Si je leur donne l'ordre

de tirer, vous ne serez plus en état de continuer cette conversation.

Antoine se poussa sur le côté. La porte s'ouvrit avec fracas, laissant entrer les deux ravisseurs.

— Désolé, il nous a échappé, dit le plus jeune, le visage furieux, collant son pistolet dans le ventre d'Antoine.

— Je vous avais dit que M. Marcas était un homme de ressources, ajouta Giulia, je n'y serais jamais arrivée sans lui.

Lupo s'approcha et murmura à l'oreille de l'inconnu :

— Vous vous connaissez ?

— C'est maître Bellaquista, répondit Salvatore, l'exécuteur testamentaire de mon père.

— Un notaire qui enlève les gens devant leur hôtel, curieuse conception du métier. Quelqu'un va-t-il m'expliquer ce qui se passe ici ?

Le ravisseur poussa Antoine vers le groupe pendant que son compagnon s'était approché d'un boîtier fixé au mur. Il appuya sur l'un des interrupteurs et l'intensité de la lumière augmenta. Le notaire lui fit signe de sortir pour qu'il garde la porte. Giulia s'approcha de Marcas.

— Après votre enlèvement, Basile Bellaquista est venu me chercher à l'hôtel. Mon garde du corps est resté là-bas. Il avait fait le voyage depuis Milan avec mes frères. Salvatore a été descendu avec son fauteuil dans la crypte par une rampe d'accès spécialement aménagée.

— Pourquoi m'avoir assommé ?

— Il vous expliquera.

Salvatore observait Antoine avec froideur tandis que Lupo semblait surexcité. Ses pupilles étaient dilatées et il ne tenait pas en place, laissant supposer au commissaire ce qu'il avait pris.

Bellaquista échangea un regard avec Giulia qui hocha la tête. Le notaire prit la parole.

— Commissaire, on m'a mis au courant du rôle que vous avez joué dans cette affaire. Je vous en remercie, mais ce n'était pas prévu. Quand Gianfranco Varnese a rédigé le codicille en annexe de son testament, il a précisé que la résolution de l'énigme ne concernait que ses enfants. Charge à moi de veiller au bon déroulement des opérations avec en point d'orgue l'arrivée d'un ou plusieurs héritiers devant l'éléphant de Bomarzo. Quelle ne fut pas notre surprise quand Massimo, ici présent, vous a trouvés tous les deux. Il devait donner des consignes uniquement à Giulia.

Antoine contempla cet homme de loi à la mise soignée. Il paraissait inoffensif, mais c'était ce genre d'hommes qui étaient souvent les plus dangereux.

Lupo donna un coup de pied dans un des piliers.

— On perd notre temps et on se fout de ce minable, l'objectif est atteint, nous avons trouvé l'éléphant. À nous le groupe et ces putains de coffres.

— Quel est leur contenu ? demanda Marcas qui ignora l'insulte.

Lupo marchait en direction des coffres, l'air résolu.

— Le trésor des indulgences de l'Église, dit Giulia, qui serait à l'origine de la fortune familiale et de la création de l'empire Varnese. Bellaquista nous a tout expliqué avant votre arrivée.

Le notaire s'épousseta une manche sans se soucier de Lupo qui poussait la dalle de pierre posée sur l'un des coffres.

— Je reprends mon exposé interrompu par votre arrivée, ajouta le notaire. Jusqu'au tout début du XIXe siècle, ce trésor était sous la garde de l'Église. Mais l'époque subissait de terribles bouleversements. Votre Empereur Napoléon a eu vent de son existence. Il a dépêché l'un de ses généraux à Rome pour s'en emparer. Mais il a échoué et le trésor est passé sous le contrôle d'une confrérie, les Chevaliers de la Foi.

On entendit un raclement sourd en provenance d'un des coffres.

— C'est une plaisanterie ! hurla Lupo. Il n'y a rien !

Le cadet des Varnese se rua vers un autre coffre. Il poussa la dalle et contempla l'intérieur puis tourna son visage vers eux. Blême.

— C'est vide !

— Comme tous les autres coffres, commenta le notaire. Quand votre père a découvert ce trésor il n'en restait que trois encore remplis. Au fil des siècles, l'Église catholique l'a largement ponctionné.

— Vous mentez ! lança Lupo. Mon père n'aurait pas organisé ce stupide jeu pour trouver des coffres vides.

Il marcha vers le notaire, les poings serrés, la cocaïne décuplant sa colère.

— Cet enfoiré nous a volés.

— Il n'a pas tout à fait tort, dit Salvatore d'une voix

dure, mon cher Bellaquista, n'auriez-vous pas prélevé votre dîme au passage ?

— Ne m'insultez pas. J'étais un ami de votre père.

Il se passa alors une chose imprévisible. L'aîné sortit un pistolet de sa veste et le pointa en direction du ravisseur qui plaquait son Beretta contre Marcas.

— Lâche ton arme et toi, Lupo, ramasse-la avant ce maudit flic.

Le ravisseur ne bougea pas et jeta un regard au notaire. Celui-ci hocha la tête.

— C'est bon, Massimo, obéis.

— Es-tu devenu fou, Salvatore ? Jamais il ne trahirait papa, cria Giulia pendant que le cadet récupérait le Beretta.

— Il est peut-être aussi dégénéré que notre père qui s'amuse à tirer les ficelles après sa mort, répondit Salvatore. Vous allez nous dire où se trouve le trésor, Bellaquista ?

Le notaire restait imperturbable.

— Vous ne me croyez pas. C'était prévisible. Peut-être serait-il bon que Gianfranco vous le confirme lui-même.

— Arrête de te foutre de nous, cracha Lupo.

La lumière faiblit brusquement, plongeant la salle dans la pénombre.

Au même moment la silhouette d'un homme surgit de l'obscurité pour se placer devant l'un des coffres.

— Qu'est-ce que…, balbutia Lupo, pas un pas de plus !

Gianfranco Varnese était devant eux, à quelques mètres. Comme une apparition surnaturelle.

— Mes chers enfants, je vous salue. Bienvenue à Bomarzo.

Il Muto les observait avec un sourire ironique. Vêtu d'un costume bleu nuit et d'une chemise blanche, il paraissait plus grand et vigoureux. Il appuyait ses deux mains sur le pommeau d'une canne dressée devant lui.

— Papa…, balbutia Giulia, c'est… impossible.
— Tu es mort ! lâcha Lupo effaré.

Antoine n'avait jamais rencontré le patriarche et découvrait cet homme surgi du néant avec le même effarement. L'homme dont l'enterrement avait défrayé la chronique n'avait rien d'un spectre. Il n'y avait que le notaire qui ne semblait pas surpris. Le défunt afficha un large sourire en observant leur réaction.

— Vous avez réussi à trouver l'éléphant de l'énigme du tableau. Je vous félicite.

La voix grave de Gianfranco se répercutait dans toute la salle comme si sa voix était diffusée par des haut-parleurs. Lupo, lui, ne décolérait pas. Ses yeux semblaient exorbités.

— Vieux salopard, éructa-t-il.

Il braqua son pistolet en direction de son père. Giulia se précipita vers lui et saisit son bras.

— Arrête, Lupo !
— Lâche-moi ! cracha-t-il en se dégageant brutalement. Regarde comme il s'est bien foutu de nous. Je comprends mieux pourquoi son cercueil était fermé à l'église.
— Abaisse ton arme, cria Salvatore, visiblement troublé.

— Tout était bidon. Et maintenant il nous fait venir à Bomarzo pour son stupide jeu de piste, à deux pas de l'endroit où est morte notre mère, pour nous faire croire que nous héritons de son groupe. Ou à ce foutu trésor qui n'existe pas. Ouvrez les yeux, notre père est taré !

— Mes chers enfants, contrairement à ce que…

Personne n'entendit la suite de ses paroles. Le visage luisant de colère, Lupo tira. Deux détonations retentirent.

63

Bomarzo
Novembre 1809

Le vent s'était levé. Radet et Denon avaient abandonné leur matériel de peintre dans un bois voisin, le remplaçant par un sac qui contenait cordes, pelles, pics et lanternes. Vivant examinait encore le plan. En rouge, il avait tracé un chemin pour atteindre la bouche d'ombre, mais il devait tenir compte de la végétation qui avait envahi le jardin. Une fois encore, il hachura le tracé. Heureusement, ils avaient décidé de se rendre dans l'ancien parc en plein jour, à l'heure de midi pour limiter le risque d'une rencontre inopportune. L'ancien bois sacré semblait désert, sans doute protégé par sa réputation étrange, mais on n'était jamais trop prudent. Denon plia son plan et le glissa dans le revers de sa manche. Étienne prit le sac et fit signe d'avancer.

— Vous êtes un homme curieux, Denon, quand il s'agit d'enlever un cardinal ou de piller les archives du Vatican vous avez le sourire aux lèvres et là, une simple promenade dans un parc, et vous tirez une tête de fossoyeur.

— Je repense aux trésors des pyramides et à tous ceux qui sont morts en essayant de s'en emparer.

Radet faillit éclater de rire, mais il conserva son énergie pour écarter les buissons qui barraient la lisière du bois.

— Dites-moi plutôt par où il faut passer.

Vivant indiqua une statue rongée de lierre dont seul le visage aux orbites de pierre était intact.

— Par la gauche, ensuite il faudra contourner le bassin.

Étienne posa le sac et en sortit une serpe, les taillis devenaient trop denses. Vivant, lui, continua sur sa lancée.

— Voyez-vous, ce ne sont pas tous les pièges, conçus par les architectes des pyramides, qui m'ont frappé. Non, ce sont les malédictions censées s'abattre sur ceux qui se risqueraient à pénétrer dans la tombe du pharaon.

Le général jeta au loin une branche de noisetier qu'il venait d'abattre

— Vous devenez superstitieux, Denon ? Vous avez pourtant reçu la lumière comme moi… vous n'appartenez plus aux ténèbres de la peur.

Vivant l'arrêta d'une main sur l'épaule.

— Regardez sur le front de la statue, juste au-dessus du nez, ce qui est inscrit.

Étienne se retourna et lut :

Si introeas illuc
Anima tua peribit
Nomen tuum evanescet

Denon traduisit.

— C'est une formule de malédiction : « Si tu entres par là, ton âme périra, ton nom s'effacera. »

Radet affecta l'indifférence.

— J'ai déjà été excommunié pour avoir enlevé un pape, une malédiction de plus ou de moins...

Il leva sa serpe pour couper une autre branche mais il dut s'y prendre à deux fois, sa main tremblait.

Depuis longtemps, le bassin était comblé par un amas de feuilles mortes qui pourrissaient dans une odeur pestilentielle. Le silence était palpable. Depuis leur entrée dans le bois sacré, ils n'avaient entendu aucun oiseau. Il n'y avait pas que les hommes qui fuyaient cet endroit.

— Là, à droite.

Un œil de pierre venait d'apparaître entre deux troncs. Vivant reconnut la bouche d'ombre. De près, elle était encore plus effrayante que sur les gravures. Couverte de mousse, la gueule ouverte, les narines béantes, deux dents acérées accueillaient le visiteur téméraire. À tout moment, on s'attendait à ce que la mâchoire se referme dans un bruit de mort. Étienne, lui, était surpris. Il imaginait que l'accès à l'intérieur de la sculpture serait plus étroit, plus difficile. Or, on pouvait pénétrer debout. Paradoxalement, cette facilité apparente l'inquiétait. Derrière l'évidence se cachait souvent un piège, une chausse-trappe... Vivant faisait le tour de la sculpture pour vérifier qu'il n'y avait pas d'autre entrée. Lui aussi hésitait à plonger dans les ténèbres. La voix d'Étienne le confirma dans ses craintes.

— Nous supposons que derrière se trouve la tombe de Lucia, celle dont parlent les récits des templiers, mais de cette entrée à la tombe, nous ignorons tout du chemin.

Ils se retrouvèrent devant la bouche ouverte. Radet avait allumé une lanterne. La lumière révélait une ouverture en demi-lune qui s'enfonçait dans les profondeurs. C'était sans doute la véritable bouche d'ombre, celle qui permettait d'accéder à la tombe cachée, celle que l'Église avait retrouvée grâce à la légende de Lucia, celle que les Orsini avaient masquée par cette sculpture monstrueuse. Vivant ouvrit le sac et saisit une barre à mine. D'expérience, il savait que dans le monde souterrain se terraient des animaux rarement amicaux. Ce geste déterminé décida Étienne. Pour la première fois depuis leur rencontre, il prononça la parole rituelle.

— Mon frère… après toi.

L'ouverture donnait sur un couloir étroit taillé dans la roche. D'abord terreux, le sol devint rocailleux. De nombreux morceaux de roche tombés du plafond jonchaient le sol. Éclairée par la lanterne, une stalactite apparut. Denon s'arrêta pour l'examiner. Elle ne faisait que quelques centimètres de long. Vivant en conclut que le tunnel d'accès ne datait pas des Étrusques, mais bien des templiers. Le couloir se rétrécissait, désormais on frôlait les parois.

— Baissez la tête !

Étienne se courba. Le froid se faisait plus vif et une

odeur amère semblait stagner dans le tunnel. Il arrêta Vivant, saisit la lanterne et ouvrit une des vitres.

— Si nous manquons d'air respirable, la flamme s'éteindra. Il faudra absolument remonter à la surface.

Denon reprit la lanterne et la brandit.

— Ce ne sera pas la peine.

Ils venaient d'atteindre une salle rectangulaire taillée dans le rocher. Toutes les parois étaient lisses. Leur chemin finissait dans un cul-de-sac.

Patiemment, Étienne éclairait la face de gauche pour repérer une trace, un signe. Mais il n'y avait rien. Il se rendit devant la paroi centrale et entreprit de l'examiner avec précision. Curieusement, lui qui avait été si méfiant, maintenant qu'il était arrivé jusque-là, refusait d'admettre qu'il était dans une impasse.

— Il y a fatalement un passage.

Vivant, lui, s'était adossé contre la pierre et réfléchissait à voix haute.

— Il faut revenir à la légende. Ce qui est troublant. Les variations des prénoms des personnages nous ont permis de localiser la tombe, le crâne d'en découvrir l'entrée. Il y a forcément un élément…

— … un élément dont nous ne nous sommes pas servis ? Bien sûr, il y a les deux mots gravés sur le crâne.

— *Clavis Fati !* La clef du destin, s'écria Vivant. Vous m'avez bien dit qu'à Paris, rue Galande, vous avez découvert la cache du Temple à l'aide d'une clef ?

Radet la fit jaillir de sa poche intérieure.

— La voici.

Denon saisit la lampe et se précipita vers la seule paroi qu'ils n'avaient pas examinée, celle de droite.

— Il y a forcément un trou de serrure.

Mais Vivant eut beau scruter chaque détail, chaque relief, il n'y avait rien.

— Pourtant je suis sûr que…

— Vous m'avez bien dit penser que les Orsini avaient laissé des indices dans le parc au cas où le secret se perdrait ?

— Oui, la preuve, le nom de la bouche d'ombre qu'ils ont donné à la sculpture et qui reprend celui découvert dans l'interrogatoire des templiers. Il y en a sûrement d'autres.

Radet hocha la tête.

— Vous vous rappelez la formule de malédiction à l'entrée du parc.

— Oui, si tu entres par là…

— Et où était-elle inscrite ?

— Sur le front de la statue.

Pour la première fois depuis longtemps, Étienne sourit. Cette fois c'était lui qui avait peut-être découvert l'énigme.

— Et si le front désignait celui de la bouche d'ombre ? Et si on allait voir la sculpture dehors ?

Denon saisit la lanterne et se précipita vers la sortie.

Cette fois, ils n'avaient pas eu besoin de chercher longtemps. Juste à la base du nez, une fine ouverture apparut, une fois la mousse ôtée. Radet introduisit la clef, puis tourna. À l'entrée du boyau, Vivant entendit un écho se répercuter le long des parois. Il se tourna vers Étienne qui tenait toujours sa clef à la main.

— Mon frère… après toi.

Au bout du tunnel, les parois étaient toujours aussi lisses, mais au sol, une dalle de pierre avait pivoté, découvrant un escalier. Étienne fut le premier à s'y engager. Le premier, aussi, à voir les fresques sur les murs. Un visage d'homme aux yeux en amande, des enfants en toge et une femme qui souriait. Vivant approcha la lanterne. Juste sous le sourire se trouvait un nom entouré d'un soleil : Lucia.

Radet pénétra dans la tombe. Il n'en avait jamais vu de pareille. Ce n'était pas une sépulture mais une maison complète taillée dans la roche. Au fond se devinaient des chambres, à gauche une cuisine avec ses instruments de pierre – verres, écuelles, couteaux. Les morts n'étaient pas partis seuls. Ils avaient emporté leur maison. Toute leur vie était là. Il y avait même une robe sculptée sur un rebord de lit, une robe peinte en rouge…

— La robe de Lucia, murmura Vivant.

Étienne contempla la grande salle circulaire. Tout le long se succédaient des bancs de pierre devenue grise.

— Les Étrusques comme les Romains mangeaient couchés, expliqua Denon. Nous sommes dans la salle du banquet. Chaque banc correspond à un membre de la famille. Grands-parents, parents, enfants… trois générations au moins sont enterrées là.

— Mais où ?

— Sous chaque banc, il y a un coffre. Les corps doivent être à l'intérieur.

Radet s'approcha de l'un d'eux. Sur la banquette était gravé un profil. Étienne reconnut celui de la femme au sourire.

— La tombe de Lucia !

Il tendit la main. Vivant lui passa la barre à mine. Lentement, il glissa la pointe sous la dalle de pierre. Il voulait voir cette femme dont le nom, par-delà les siècles, les avait menés jusqu'ici.

La dalle se fracassa en deux et s'effondra sur le sol. Étienne, pour éviter le choc, recula. Quand il s'approcha, ce n'est pas un corps qu'il trouva, mais de l'or. Des pièces d'or par milliers. Vivant s'empara de la barre à mine et brisa un deuxième banc, puis un autre. Partout des pierres qui étincelaient, partout de l'or qui brillait, partout…

— De vrais chiens de chasse ! s'exclama une voix.

Radet se retourna aussitôt. Cet homme qui venait de surgir, une arme à la main, il l'avait déjà vu.

— Merci d'avoir trouvé le trésor de l'Église pour moi.

Étienne saisit son pistolet. Quand il toucha la crosse, subitement le nom lui revint. Mathias… Mathias de Montmorency… l'un des deux suspects lors de la tenue à la Malmaison… il ne s'était pas trompé.

— Allons, général Radet, vous n'allez pas tirer sur des femmes !

Derrière Mathias, une première inconnue surgit.

— Je vous présente Agathe de Montbrun, que connaît fort bien M. Denon, d'ailleurs.

Depuis l'irruption de Montmorency, Vivant n'était pas intervenu. Il restait immobile, les doigts serrés sur la barre à mine.

— Maintenant, permettez-moi de vous présenter…

Mathias se tourna légèrement. Étienne sut que c'était le moment de tirer. Il ne laisserait personne s'emparer du trésor. Jamais. Mais une seconde femme apparut, apeurée. Derrière elle, un homme, avec un bandeau, la tenait en joue.

— Ne tirez pas ! hurla Vivant. C'est Pauline Borghèse ! C'est la sœur de Napoléon !

Mathias éclata de rire. Son coup de théâtre avait parfaitement réussi. Radet abaissait déjà le canon de son pistolet. Il avait gagné.

— Maintenant, messieurs, vous allez…

Radet fouilla dans sa poche et en sortit une clef. Il la fit rouler au sol.

— Voilà la clef du destin.

Ce furent ses dernières paroles avant de tirer.

64

Bomarzo
De nos jours

— Non ! hurla Giulia, se précipitant vers son père figé comme une statue.

À la stupéfaction de tous, le patriarche était toujours debout et Lupo déchargeait son Beretta sur lui.

— Crève !

Varnese ne bougeait pas, comme si les balles passaient à travers lui. Lupo s'arrêta de tirer, son pistolet était vide.

— Un fantôme…, balbutia-t-il, le regard hébété.

Giulia tendit le bras.

— Il n'est pas…

Elle passa une main sur la joue de son père. Il y eut comme un éclair bleuté, ses doigts traversèrent son visage de part en part. Antoine, qui s'était jeté à terre pour éviter les ricochets, venait de comprendre. Ils avaient devant eux un hologramme d'un réalisme stupéfiant.

Le notaire adressa un signe au ravisseur qui lui

aussi se relevait. Il appuya sur un bouton du boîtier accroché au mur. Varnese se remit à parler.

— ... ce que vous voyez. Je ne suis pas réel. Et si vous êtes ici, dans la crypte du temple de l'Éternité, c'est que je suis bien mort. Remerciez mon ami Bellaquista qui a réalisé mes dernières volontés.

— Le salaud! explosa Lupo, frappant le notaire d'un coup de crosse au visage.

— Imbécile, lâcha Bellaquista en tombant à terre, votre père voulait vous expliquer de vive voix, plutôt que dans une lettre. Il a beaucoup de choses importantes à vous révéler.

— Tu devrais avoir honte, Lupo, tu lui as tiré dessus. Sur notre père!

Giulia paraissait sincèrement choquée.

— Elle a raison, écoutons-le, et je vous conseille de rester tranquilles, dit Salvatore qui braquait cette fois son arme sur Antoine.

Ce dernier restait fasciné par le degré de précision du personnage en face d'eux. Il n'avait jamais vu un hologramme d'aussi près. Il se rapprocha de Giulia pour lui demander de lui traduire les paroles de son père.

— Mes enfants, pardonnez-moi cette entrée un peu théâtrale, reprit Gianfranco, cette projection extrêmement coûteuse a été réalisée avant mon décès. Mais revenir de l'au-delà n'a pas de prix.

Le vieil homme parlait très lentement, ce qui permettait à Giulia de traduire sans trop de difficulté.

— Je vous dois donc quelques explications. Pour cela il faut remonter dans le temps. Dans les années 1960 je suis devenu l'ami d'un homme extraordinaire. Il s'appelait Tristan Marcas. Je l'ai connu à la fin de sa vie, à Nice quand il possédait son hôtel de la Clef étoilée. Cet homme avait été un aventurier pendant la Seconde Guerre mondiale.

Antoine sentit un frisson le parcourir.

— Je ne raconterai pas ses exploits ici, continuait Varnese, mais Tristan a fait d'importantes découvertes archéologiques pendant les années 1940, qui ont changé le cours de l'Histoire. À l'époque où je l'ai connu, il traversait une passe délicate, il avait perdu sa femme, Laure, depuis deux ans et son hôtel ne marchait pas comme il l'aurait souhaité. Je venais régulièrement comme client pour mes affaires sur la Côte d'Azur et, au fil de mes séjours, nous sommes devenus amis. Cet homme me fascinait avec ses histoires incroyables. Il avait rencontré Hitler et Mussolini, que j'admirais dans ma jeunesse…

Giulia baissa le regard. Le rappel des opinions politiques de son père la troublait. Heureusement, il en avait changé.

— Un jour, alors que j'étais de passage dans son hôtel, un huissier a débarqué. J'ai découvert que mon ami était couvert de dettes. À l'époque mes affaires commençaient à bien marcher, je lui ai proposé de lui avancer une somme conséquente pour éviter la saisie.

Le mort s'arrêta, laissant Antoine impatient, hypnotisé par ce qu'il voyait et entendait. Son aïeul reprenait vie.

— Pour me remercier, Tristan m'a offert un coffret avec à l'intérieur une clef ancienne et une confession révélant l'existence d'un fabuleux trésor. La clef permettait d'ouvrir l'endroit où il se trouvait. Il les avait obtenus, à la fin de la guerre, alors qu'il était antiquaire en Suisse et les avait gardés toute sa vie en guise d'ultime aventure. Mais au fil des ans, il avait perdu son énergie. Il me léguait la quête.

Antoine était stupéfait.

— Au début, reprit Varnese, je n'ai pas cru à cette histoire. Et puis un jour je me suis décidé à chercher. Cela m'a pris plusieurs années pour décrypter ce plan qui m'a conduit là où vous vous trouvez actuellement. Vous imaginez ma surprise et ma joie quand j'ai découvert les coffres que vous voyez maintenant autour de vous. Des pièces d'or et d'argent, des joyaux... Un moment unique. Comme si j'étais entré dans un royaume enchanté avec une clef magique. Toutefois, seuls trois d'entre eux étaient encore remplis.

Varnese fit une pause avant de continuer :

— Je suis revenu voir Tristan Marcas pour lui faire part de ma découverte et lui donner une partie de ce trésor, mais il a refusé. Il était malade et désirait vendre son hôtel afin de revenir à Paris finir ses jours. Je lui ai alors proposé de le lui acheter. Il a accepté et m'a demandé de sceller notre amitié par un tableau.

Gianfranco eut un moment de silence comme si l'émotion le gagnait, puis il reprit :

— L'un de ses amis, un peintre niçois, réalisait une interprétation, assez surréaliste, du *Sacre de Napoléon* de David et l'artiste nous y a représentés. D'un commun accord, il a été acté que le tableau resterait toujours dans ce qui allait devenir la fondation Varnese. C'est moi qui l'ai placé dans ma suite. C'est Tristan qui a eu l'idée d'y dissimuler le microfilm que vous avez trouvé. Même âgé, il adorait les énigmes et les codes secrets.

Désormais, Antoine savait d'où lui venait sa passion pour les quêtes ésotériques, comme si l'esprit de son ancêtre s'était réincarné en lui.

— Nous sommes restés en contact de façon épisodique, puis il a disparu. Comme s'il avait voulu effacer toute trace de son passage sur terre. Je ne sais même pas où il est enterré. J'en viens maintenant à la partie la plus sombre de cette histoire qui vous concerne, mes enfants.

— C'est pas trop tôt, maugréa Lupo, rien à cirer de ce Tristan.

Antoine lui renvoya un regard meurtrier. Ce type était infect. Varnese désormais s'exprimait avec une voix plus grave.

— Je veux maintenant vous parler du tragique accident. Vous me haïrez, mais je dois libérer ma conscience.

Au mot conscience, Salvatore ricana. Décidément, le vieux ne manquait pas d'air.

— Espèce d'ordure…

Comme s'il lui répondait, son père reprit :

— J'avais acheté la maison de Viterbe pour pouvoir accéder plus facilement à la cache du trésor qui finançait l'expansion de ma société. À l'époque, je n'étais pas celui que vous avez connu. Nous menions une vie de fêtes. Le jour de l'accident, dans l'après-midi, l'un de nos invités a apporté du LSD et nous en a proposé. Expérimenter cette drogue était à la mode dans notre milieu. J'ai accepté et ce fut une expérience incroyable : les monstres de Bomarzo me sont apparus. Ils me parlaient, disaient que je devais venir les voir avec ma famille pour les initier aux grands mystères… Quelques heures plus tard, plus calme, je me croyais en pleine possession de mes moyens et me suis dit que c'était un signe. Cela faisait longtemps que je voulais vous montrer à tous le trésor dans la crypte. Votre mère n'en avait aucune envie, mais j'ai insisté. Ce fut la plus grande erreur de ma vie.

65

Abbaye de Badia a Passignano
Mars 1851

« *Ce matin, j'ai eu une nouvelle syncope. La troisième en deux jours. On m'a ramassé inanimé sur le plancher de ma chambre. Depuis, je n'ai pas quitté le lit. De la fenêtre ouverte sur le parc, j'entends les membres de la confrérie réunis dans l'église prier pour ma santé. Ils feraient mieux de prier pour le salut de mon âme, car j'en ai bien besoin.* »

*

« *On vient de poser les journaux sur mon lit. Sans doute pendant mon sommeil. À moins que je ne me sois encore évanoui. En France, le peuple vient de choisir un nouvel Empereur, Napoléon III. Qui aurait dit qu'un jour, un Bonaparte reviendrait sur le trône ? Pas moi, qui ai tout fait pour renverser le premier de la lignée, et peut-être y ai-je réussi ?* »

*

« Ici tout le monde me connaît sous le nom de père Anselme, l'homme qui a rénové cette abbaye qui, aujourd'hui, rayonne dans toute la chrétienté. Mon œuvre durera bien après ma mort. À la vérité, elle ne fait que commencer. Mon vrai nom est Mathias de Montmorency. Je porte l'un des noms les plus illustres de France, mais ma famille me croit mort depuis longtemps. Depuis novembre 1809 exactement. Depuis qu'on a retrouvé mon corps en pleine campagne, près des jardins de Bomarzo. À mes côtés, il y avait celui de Scorpione et, pour ma plus grande tristesse, celui d'Agathe de Montbrun. Les autorités ont conclu que nous étions tombés dans une embuscade tendue par des rebelles. »

*

« Aujourd'hui que je ne vais plus tarder à paraître devant Dieu, il est temps pour moi de révéler la vérité. En novembre 1809, j'étais réfugié à Rome, non pas pour échapper à la police de Fouché comme je le prétendais, mais pour mettre la main sur un trésor, celui accumulé par l'Église. Trésor également convoité par deux proches de Bonaparte, le général Radet et Dominique Vivant Denon. Tous deux sont morts en 1825 et leurs âmes maudites doivent brûler en enfer, mais je crains de les rejoindre. »

*

« Je viens de me réveiller et il fait nuit. Désormais, j'ai peur de rêver : j'ai peur de voir les cadavres dont mon chemin est pavé. J'ai peur surtout de revivre ce qui s'est passé à Bomarzo, mais il le faut, sinon mon âme sera damnée. Denon et Radet avaient fini par localiser la cache où se trouvait le trésor. Dans un ancien cimetière étrusque, dans une tombe oubliée. Je les faisais suivre depuis qu'ils avaient violé les archives du Vatican recelant les interrogatoires de l'ordre du Temple, et je savais qu'ils trouveraient.

Et ils ont trouvé. »

*

« Je me rappelle lorsque je suis descendu dans cette tombe. Il y avait un portrait de femme sur le côté, elle souriait. Quand je suis entré, Denon venait de trouver le trésor. Des coffres et des coffres remplis d'or et de pierres précieuses. Si Napoléon s'en emparait, le monde ne connaîtrait jamais la paix. Je n'avais plus le choix. »

*

« Je savais que je ne ferais jamais plier ces deux hommes. Je savais aussi que je ne pouvais pas les tuer. Ils avaient des collaborateurs qui parleraient. Non, il fallait que j'achète leur silence et, pour ça, je n'avais qu'un moyen : échanger une vie contre leur

découverte. Voilà pourquoi j'ai enlevé la princesse Borghèse, la sœur de Napoléon. »

*

« J'ai d'abord surgi avec Agathe. Radet nous a mis en joue. Denon, lui, n'a pas bougé. Alors, j'ai fait venir Scorpione qui tenait en joue Pauline Borghèse. À cet instant, j'ai su que j'avais gagné, que je pourrais m'emparer de tout cet or, de tous ces joyaux et priver Napoléon de nouvelles victoires. Ce qui serait pour lui pire qu'une défaite. »

*

« J'avais gagné. Puis Radet a tiré. Sur Agathe. En plein front. Scorpione s'est précipité pour lui porter secours. Il n'a pas vu Denon se ruer sur lui. Il n'a pas vu la barre à mine s'abattre sur son crâne. Il est mort à mes pieds. J'ai seulement eu le temps de poser le canon de mon pistolet sur la tempe de la princesse. »

*

« Je n'ai dit qu'une phrase : "La vie de la princesse contre le trésor." Je savais qu'ils accepteraient. Mais je voulais plus. Je voulais qu'ils vivent dans la peur comme moi j'allais vivre dans les remords d'avoir fait tuer Agathe. J'ai posé mon arme à terre et j'ai fait avancer Pauline Borghèse. Denon et Radet étaient stupéfaits. Alors, j'ai posé ma main droite sur mon

cœur et j'ai fait le serment que s'ils revenaient pour prendre ce trésor, je reviendrais, moi, pour tuer la sœur de leur Empereur. Dans un an, cinq ans, dix ans, je la tuerais. J'avais derrière moi tous les Chevaliers de la Foi, et ils étaient légion. Jamais plus, ni Denon ni Radet ne dormiraient en paix et jamais Napoléon ne leur pardonnerait. »

*

« À leur tour, ils ont juré de ne jamais rien révéler, et je ne les ai jamais revus. Depuis, j'ai fait condamner l'entrée de la tombe par la bouche d'ombre et j'en ai créé une autre par le temple de Julia. J'y ai laissé une partie du trésor et prélevé ce qu'il fallait pour continuer à financer l'ordre des Chevaliers de la Foi, pour servir non plus les rois mais Dieu, avec une seule mission : faire qu'un jour l'humanité entière croie au Très-Haut. »

*

« J'ai passé une nuit terrible. Il ne me reste plus que quelques heures. Je laisse cette lettre scellée pour mon confesseur. J'espère que Dieu me pardonnera. Je crois avoir tout dit. Si, un détail : juste avant de tuer Agathe, Radet a jeté une clef par terre. Je l'ai ramassée. Maintenant je sais pourquoi. »

66

Bomarzo
De nos jours

L'image tressaillit dans un éclat bleuté. Tout à coup l'hologramme changea. Varnese était assis dans un fauteuil, les mains sur les accoudoirs.

— Je reprends… Alors que nous arrivions vers Bomarzo, la pluie s'est mise à tomber. Je ne sais pas ce qu'il s'est passé, mais j'ai recommencé à avoir des hallucinations. L'un des monstres est apparu. L'ogre, avec son affreuse bouche. La *bocca nera*. Juste au détour d'un virage. Pour moi il était tout aussi réel que les passagers dans la voiture. J'ai paniqué et braqué le volant pour l'éviter. La suite vous la connaissez.

Il s'arrêta de parler comme s'il attendait leurs réactions.

— Il a tué notre mère à cause d'une putain de drogue, s'exclama Lupo. *Pezzo di merda!*

Le patriarche affichait un visage affaibli. Comme s'il avait vieilli de dix ans.

— Vous devez me haïr. Lupo, toi qui m'en as toujours voulu, tu n'as pas tort. Tous les jours de ma vie, je me suis maudit. J'aurais mille fois préféré mourir et qu'il ne vous soit rien arrivé, mais c'est ainsi.

Le patriarche tendit un doigt vacillant vers ses héritiers.

— L'accident m'a changé. Au fur et à mesure que notre société s'étendait dans le monde, je me suis mis à financer des associations de bienfaisance. C'était ma façon de rendre un peu de ce que j'avais reçu. Et la foi m'a beaucoup aidé. La foi en Dieu et en la Sainte Église.

— Et maintenant, il va nous faire la morale! s'exclama Salvatore, lui aussi furieux.

— Et j'en viens à la troisième partie de mon intervention. Je voudrais vous parler de la confrérie des Chevaliers de la Foi, dont j'ai été le principal mécène. Et qui sera peut-être mon bourreau.

L'image se troubla à nouveau, puis redevint plus nette.

— Le trésor que j'ai retrouvé dans les coffres de Bomarzo appartenait à cette confrérie ancienne. J'ai tenu à les financer pendant des décennies sans jamais leur révéler la provenance de l'argent en mémoire de Mathias de Montmorency. Avec mon statut et mes relations, je suis intervenu auprès de la Curie pour faire nommer mon frère chef spirituel, mais il y a quelque temps, deux événements m'ont fait changer d'avis. Je suis allé visiter l'un de leurs établissements de santé, l'abbaye de Badia a Passignano. J'ai découvert, effaré, qu'ils menaient des expériences sur des êtres humains avec un traitement à base de LSD. Et qu'ils voulaient l'étendre à d'autres établissements de soins en Italie, puis en Europe. Ce jour-là, j'ai cru que le sol se dérobait sous mes pieds. Mon argent avait financé ce programme blasphématoire.

Antoine sentait bien que Giulia avait du mal à traduire. L'héritière paraissait de plus en plus affectée par ces révélations.

— J'ai alors prévenu mon frère que je coupais tous les financements. Je lui ai révélé l'origine des fonds, le trésor des Chevaliers de la Foi. Je savais pertinemment à l'époque qu'il n'y avait plus rien dans les coffres, mais mon frère s'est empressé d'en parler au Primus. Quelques jours plus tard, ce dernier est venu me voir pour me demander de lui prêter de l'argent afin de sauver sa société. J'ai refusé. Il a alors menacé de tout révéler à la presse, de faire un scandale…

Le visage de Gianfranco se ferma.

— S'il devait m'arriver quelque chose, je suis persuadé que ce serait à l'initiative des Chevaliers de la Foi ou du moins leur Primus. Les imbéciles, ils ne trouveront que des coffres vides !

Il y eut un nouvel éclair bleuté et Varnese se retrouva debout, mains sur sa canne.

— Voilà, je vous ai tout dit. Je vous félicite d'avoir réussi à résoudre mon énigme. Je voulais vous faire comprendre que rien n'est jamais acquis. Le trésor n'existe plus, mais mon empire est à vous. Du moins à celle ou celui qui a été le plus actif dans cette recherche. Libre à lui ou à elle de partager ou non l'héritage. Maître Bellaquista se portera garant de la succession. Je vous aime. Et je suis heureux de retrouver votre mère. Puisse Dieu me pardonner.

Le patriarche fixa l'assistance une dernière fois, puis disparut en un clin d'œil.

— Voulez-vous que je repasse la projection ? demanda Bellaquista. Il faut que…

Dépité, Salvatore posa son arme sur ses genoux.

— Ça suffit ! Maintenant on sait qu'il n'y a plus de trésor. Mais peu importe puisque nous héritons du groupe.

— Tu oublies le meurtrier de Père, dit Giulia. Les Chevaliers de la Foi ! Ce Valienti.

Bellaquista hocha la tête.

— Votre oncle le cardinal m'a appelé pour me faire part de ses doutes sur Valienti et sur l'état financier catastrophique de son groupe. Je crois qu'il soupçonne lui aussi cet homme.

— Quel bon Samaritain ! cracha Lupo. Pour moi, la terre est débarrassée d'un meurtrier. Je suis plutôt d'avis d'envoyer une belle récompense à ce type.

Bellaquista secoua la tête.

— Vous n'en aurez pas l'occasion. Il a été retrouvé mort sous un pont de Rome.

Antoine, qui était resté silencieux, intervint.

— Vous l'avez fait éliminer ?

— Nous ne sommes pas des meurtriers, commissaire. Selon vos collègues italiens, Valienti serait mort d'une crise cardiaque en courant.

Marcas eut l'air dubitatif.

— Et maintenant que vous avez assisté à cette

scène de famille, je vous demanderai votre parole de ne rien révéler de tout de ce que vous avez vu.

— Et pourquoi ?

— Parce que c'est une affaire de famille justement. Comme pour vous et ce Tristan Marcas. Cet homme avait profondément marqué Gianfranco. D'ailleurs, il m'a confié ses archives personnelles. Je sais déjà qu'il y a plusieurs documents à propos de ce membre de votre famille. Si vous le souhaitez, je vous les ferai parvenir.

Marcas, euphorique à cette révélation, n'hésita pas, il allait enfin en savoir plus.

— Entendu.

— Bien, il serait peut-être bon de retourner à Milan afin de signer les papiers de la succession, annonça Salvatore.

Le notaire hocha la tête.

— Pour ma part, je n'y vois aucun inconvénient, mais selon le testament de votre père, c'est Giulia qui hérite puisque c'est elle qui est arrivée la première à Bomarzo. C'est clairement stipulé dans le codicille. Et vous l'avez tous signé en vous engageant à ne pas remettre en cause le résultat.

Salvatore secoua la tête, sans perdre son calme.

— Oui, mais depuis le début elle agissait en notre nom à tous. N'est-ce pas, Giulia ?

La jeune femme resta muette.

— Tu peux lui confirmer, ma chère sœur ? ajouta Lupo.

— Je ne vois pas de quoi vous parlez. J'ai mené

l'enquête toute seule avec le commissaire Marcas ici présent. Il pourra en témoigner.

Antoine observait les fauves prêts à s'entre-dévorer.

— En effet je n'ai vu ces messieurs qu'une seule fois, ajouta-t-il avec aplomb, aucun n'a joué un rôle dans la résolution de l'énigme.

— *Stronzo !* lança Lupo.

Giulia posa la main sur l'épaule de son frère cadet.

— Tu viens de tuer notre père sous mes yeux, crétin, tu ne mérites pas son héritage. Hors de question que tu diriges le groupe avec moi.

— Mais…, marmonna Lupo abasourdi.

La jeune femme se tourna vers Salvatore qui restait de marbre.

— Et toi qui m'as toujours prise pour une écervelée ! Tu crois que c'est avec toi que je vais partager le pouvoir ? Mais rassurez-vous, je serai plus généreuse que notre père.

— Tu te doutes, ma chère sœur, que si tu me spolies je mobiliserai une armée d'avocats. Je déballerai tous les détails de ce jeu idiot devant les tribunaux italiens. Le groupe sera mis sous tutelle.

Bellaquista intervint.

— Je ne vous le conseille pas. Votre père m'a donné tout pouvoir pour agir en son nom auprès de la fondation mise en place de façon temporaire pour gérer le groupe. Il a tout verrouillé dans les moindres détails. Montrez-vous plus compréhensif avec votre sœur.

Le notaire sortit une clef de sa poche, un modèle

ancien avec un large pan sur le côté et une boucle qui la terminait, et la tendit à Giulia.

— Tenez, c'est la clef dont parlait votre père, qui donnait accès à la crypte au trésor. Il vous la lègue avec le groupe, elle lui a autant porté bonheur que malheur. Prenez-en soin, sait-on jamais…

Giulia la saisit d'un air assuré. Elle la jeta au fond de son sac.

— Désormais, je suis une femme de pouvoir. Et le pouvoir n'a que faire de la superstition.

67

Toscane
Abbaye Badia a Passignano
De nos jours

La cloche sonna deux fois, puis le village retomba dans la torpeur de ce début d'été. Chacun des habitants des collines et des vallées du Chianti avait le cœur lourd. Religieux et laïcs étaient suspendus aux derniers bulletins médicaux distillés au compte-gouttes par la Curie. Le pape bien-aimé avait subi une nouvelle attaque cérébrale, la deuxième en un mois, et avait été transféré en urgence à l'*ospedale* del Vaticano. Dans la cité sainte, une effervescence inhabituelle régnait jour et nuit. L'ordre de mobilisation n'allait pas tarder à être lancé afin de préparer un prochain conclave pour désigner un successeur.

Mais à Badia a Passignano, tout était paisible. Les jardins et le cloître étaient déserts, on aurait dit que toute vie avait disparu. Il n'y avait pas âme qui vive dehors. Pour cause, le thermomètre affichait trente-trois degrés. Les résidents s'étaient réfugiés dans l'ombre fraîche et bienfaisante de l'intérieur de l'abbaye, protégés de la fournaise par des murs épais. La plupart faisaient la sieste ou lisaient. Seuls douze résidents fraîchement convertis à la foi catholique, qui avaient été sélectionnés par le cardinal Varnese, conversaient, chacun dans leur chambre, avec un visiteur choisi pour l'occasion. Douze visiteurs venus de Rome par avion puis transportés dans un bus aux vitres opaques. Dans le plus grand secret, douze cardinaux membres de la commission pontificale de santé[1], chargée de contrôler le bon fonctionnement des hôpitaux en lien avec le Vatican, entendaient le récit de conversion des résidents prestigieux. Certains prenaient des notes, d'autres écoutaient, souvent avec étonnement. Toutes les portes des cellules restaient closes. Tels des confessionnaux.

Debout au fond du couloir central, un autre cardinal attendait le verdict de ses pairs. Le chef spirituel de la confrérie des Chevaliers de la Foi avait les mains jointes comme pour une prière. À ce moment précis, le temps s'était figé. D'ici une poignée de minutes, lui et la confrérie seraient fixés sur leur sort.

Vêtu de sa soutane noire cerclée d'une magnifique ceinture large écarlate, Balducci Varnese n'était plus un patient affaibli mais à nouveau un prince de

---

1. Plus exactement la Commission pontificale pour les activités des personnes de droit public de l'Église dans le secteur de la santé. Organe de la Curie, il a été créé en 2015 à la suite d'un détournement de fonds et d'un endettement de 800 millions d'euros au sein de l'Institut de dermatologie de l'Immaculée.

l'Église. Il bouillait d'impatience. Par un curieux hasard, ou par la volonté de Dieu, tout se télescopait. Outre l'avis des cardinaux, il attendait des informations fraîches de Tiepolo sur la quête du trésor de ses neveux et de sa nièce. Aux dernières nouvelles, Giulia et le policier français étaient à Bomarzo. Ça ne l'étonnait guère, son frère Gianfranco avait toujours été fasciné par ce jardin avec ses statues grotesques.

Varnese était au supplice. Se jouait son avenir, celui de la confrérie et du programme médical de l'abbaye sans qu'il ait aucune prise. Le trésor et le verdict de ses pairs. Il suffisait d'un signe positif pour que ses actions n'aient pas été vaines. Ses actions et ses péchés.

Il avait encore le temps de se confesser une nouvelle fois. Auprès du fils de Dieu. En l'occurrence la gracile statue du Christ décharné jusqu'aux veines suspendu dans les airs par des fils presque invisibles. Varnese s'agenouilla sur le sol de pierre et leva les yeux vers le Christ en lévitation.

— Seigneur Jésus-Christ, Fils de Dieu, aie pitié de moi, pécheur…

Le sauveur était seul en droit de juger ses péchés. Les hommes, eux, ne pourraient pas comprendre. Depuis le suicide de son frère, pas un seul jour ne s'écoulait sans qu'il ne soit mortifié des décisions prises au nom de la confrérie. Au nom de l'Église. C'était son fardeau.

Il murmurait au Christ comme s'il se parlait à lui-même. Il savait qu'il ne pouvait modifier ni le passé récent ni ses actes. Les taches resteraient indélébiles sur sa soutane. Mais n'étaient-elles pas nécessaires ? C'était son propre frère qui avait fauté. Par son refus de rendre un trésor qui ne lui appartenait pas et par sa décision de ne plus financer l'ordre, anéantissant toutes les recherches menées à l'abbaye pour la plus grande gloire de l'Église. Cette obstination coupable ne pouvait rester sans réponse. Et, en tant que chef spirituel de la confrérie, il ne pouvait pas rester sans réagir, même s'il s'agissait de son propre frère.

Le Christ plongeait son regard torturé dans le sien. Comme s'il l'écoutait avec une infinie bienveillance. Varnese continuait son monologue silencieux.

C'était le Primus qui lui avait suggéré de menacer Gianfranco dans son jet en montant cette opération de piratage électronique. Juste pour lui faire peur.

Et il avait accepté. Là fut sa première erreur. Personne n'aurait pu prévoir que son frère allait se suicider. Un suicide, pire qu'un assassinat.

La cérémonie funèbre dans la basilique de San Miniato avait été l'épreuve la plus douloureuse qu'il ait jamais vécue. Il avait officié alors même qu'il était en partie responsable de sa mort. Son âme s'était pétrifiée de honte. Et quand le prêtre fou avait tiré sur lui, il avait accueilli la balle avec soulagement. Il méritait mille fois ce châtiment. Pourtant Dieu en avait décidé autrement. Lui, le fratricide, avait survécu. Caïn devait aller jusqu'au bout de son destin.

— Tu as voulu que je survive, Seigneur.

Il avait ensuite placé ses espoirs dans Bellaquista pour l'aider à trouver le trésor, mais ce dernier, bien que membre de la confrérie, avait refusé de l'aider.

Le Primus était intervenu à nouveau. Et encore une fois il avait donné son accord, cette fois pour espionner ses neveux et sa nièce dans leur quête. Pas pour les spolier de leur héritage, non, juste pour récupérer le trésor de la confrérie. Mais rien ne s'était passé comme prévu. Sachant qu'il était affaibli et alité, le Primus l'avait trompé. Il voulait le trésor pour lui seul, sa société était au bord du gouffre. Une nouvelle fois, Dieu le mettait à l'épreuve. Au moment où il était le plus vulnérable. Il avait failli tout abandonner.

Varnese courba la tête, les jointures de ses phalanges aussi blanches que celles d'un cadavre à force d'être serrées.

— Mais tu m'as envoyé ton ange. Un ange exterminateur. Tiepolo.

Le chef de la sécurité de la confrérie avait repris la barre du navire pendant la tempête. C'était lui qui avait pris la responsabilité de tuer le Primus. Encore lui qui avait supprimé l'informaticien et récupéré le système d'écoute des héritiers Varnese pour effacer toute trace de l'intervention des Chevaliers de la Foi. Lui qui le tenait informé de la quête de l'héritière.

— Je te demande encore une fois ton aide, Seigneur. Envoie-moi un signe.

À peine avait-il prononcé la fin de sa supplique que des coups retentirent à la porte qui fermait le couloir. Varnese se releva, il ne voulait pas qu'on le voie ainsi, suppliant. Pas maintenant.

Tiepolo, son ange protecteur, apparut sur le seuil. Il avait un visage fermé. Mauvais signe.

— J'ai une nouvelle urgente à vous communiquer, monseigneur.

— Cela ne peut pas attendre ?

— J'ai intercepté les dernières conversations des héritiers. Cela concerne le trésor.

Varnese lui fit signe d'approcher. Le chef de la sécurité de l'ordre murmura à son oreille. Et le cardinal écoutait avec attention. Son cœur accéléra brutalement et une onde glacée parcourut tout son corps. Il n'y avait pas de trésor. Son frère avait tout dépensé. Varnese avait perdu la première carte maîtresse de son jeu. Il faillit vaciller sous le coup de l'émotion, mais tint bon.

— Les voies du Seigneur sont impénétrables, chuchota-t-il, tu m'annonces l'absence de trésor au moment précis où les cardinaux ici présents vont rendre leur verdict. C'est mon dernier espoir. Que tout ce sang versé par ma faute ne l'ait pas été en vain.

Tiepolo secoua la tête et parla avec l'assurance de ceux qui ne doutent pas un instant de leur mission.

— Votre Éminence, de grands papes ont trempé leurs mains dans le sang pour fortifier notre Sainte Église. Toujours à des moments critiques. Leurs poignes sont restées fermes alors que leur cœur devait saigner. Dieu les a choisis. Comme il vous a choisi. Jules II, le protecteur de Michel-Ange, n'a-t-il pas conduit lui-même toute une armée, l'épée à la main, pour mener des batailles et restaurer la paix dans les États pontificaux ? Il y eut bien des morts, mais sans ces morts l'Église aurait sombré. Notre Seigneur aime les brebis, mais dans les temps de tempête il choisit parfois des loups pour conduire le troupeau.

Un grincement de porte de cellule se fit entendre. Le cardinal Varnese se signa.

— Dieu t'entend. Je suis maintenant au pied du mur, espérons que ce ne soit pas celui des lamentations. Notre sort, mon sort dépend des douze serviteurs de Dieu qui vont apparaître d'un instant à l'autre.

— Ils sont douze comme…

— Les apôtres. Peut-être un signe. S'ils nous accordent leur confiance, alors le programme sera sauvé et nous aussi. Et peut-être se chargeront-ils de propager la bonne parole le jour du conclave lors de l'élection du prochain Saint-Père.

Une porte s'ouvrit sur leur gauche. Un homme robuste, noir, la soixantaine alerte, les épaules massives, apparut sur le seuil de la chambre. C'était le cardinal du Cameroun, John Luzako, l'un des plus dynamiques du collège des cardinaux et l'un des plus respectés auprès de ses collègues. Le Camerounais se massait les tempes devant la cellule qu'il venait de quitter, un prix Nobel de physique de Cambridge.

Varnese voulut rester de marbre, mais à l'intérieur la pierre se fendillait.

Luzako marcha à sa rencontre. Varnese adressa une dernière supplique silencieuse au Christ. Le cardinal posa sa main sur son épaule, le regard brillant. Il attendit de longues secondes puis lâcha d'une voix grave :

— Mon ami… Ce que vous avez fait ici est l'œuvre

de Dieu. L'homme que j'ai rencontré fait partie des génies de l'humanité. Et pourtant il m'a parlé avec des mots simples de son amour pour notre sauveur.

— Vraiment ?

— Vous nous donnez enfin les moyens de revivifier notre Église. Je vous accorde mon soutien.

Les autres cardinaux sortaient les uns après les autres des chambres. À son grand soulagement, la plupart affichaient des visages extatiques. Même Da Sotto, le plus sceptique de tous, qui faisait la pluie et le beau temps en Amérique du Sud.

— C'est un miracle, Varnese, s'enthousiasma le Brésilien, le visage enjoué. Imaginez que les plus grands esprits de ce monde rejoignent le Christ et notre Sainte Église. Cela lui assurera un rayonnement incomparable.

Le cardinal de Boston, McKinsey, s'approcha d'eux.

— Pourquoi se limiter aux cerveaux les plus brillants ? Des millions de mes compatriotes souffrent de dépression et d'anxiété. Ils se bourrent de médicaments. Nous pourrions leur offrir Dieu sans effets secondaires.

Varnese fut saisi de vertige, jamais il n'avait envisagé de telles opportunités. Ses autres collègues se précipitaient à leur tour vers lui pour le congratuler. Jésus avait entendu sa prière. Il se signa et recula de quelques pas pour que les cardinaux puissent échanger entre eux. Il buvait leurs paroles comme l'assoiffé dans le désert devant l'oasis.

Tous paraissaient enthousiastes. Il en manquait

encore un qui n'était pas sorti de son entretien. Gratien, le cardinal français, président de la commission pontificale. Peut-être le plus important de tous. Il était donné comme l'un des favoris pour devenir le prochain successeur de saint Pierre.

Un grincement se fit entendre sur sa droite, une porte s'ouvrit pour laisser apparaître un homme âgé, au visage émacié, une silhouette longue et sèche qui flottait dans sa soutane. Gratien avait les traits fermés. Varnese s'approcha de lui, le cœur à nouveau battant.

— Quel est votre sentiment, Éminence ? demanda-t-il avec humilité.

— Réduire la foi à un processus biologique, murmura le Français, à une réaction chimique dans les neurones. Cela frise le sacrilège. La foi ne s'incarne pas dans la chair. Elle est la voix de l'âme.

Varnese s'était préparé à cette réaction.

— Je comprends, mais il faut voir le processus sous un autre angle.

— Je vous écoute, répondit Gratien, méfiant.

— J'ai demandé un rapport complet à un théologien ami, un dominicain, tout comme vous. Nous ne faisons que retirer le bandeau à l'aveugle pour qu'il voie la lumière. Nous ne créons pas la lumière. Et si la foi était l'état naturel de l'homme, mais qu'au long des siècles son cerveau se soit refermé ? Verrouillé !

— Continuez.

— L'athéisme ne serait qu'un cadenas artificiel et notre traitement une clef. Une clef qui permettrait de déverrouiller les cerveaux engourdis. Une clef pour ouvrir la porte du royaume de Dieu.

Le cardinal Gratien hocha la tête.

— La clef qui offre la croix...

— Je ne pourrais pas mieux résumer.

— N'oubliez jamais l'importance du Verbe. Surtout dans notre sacerdoce...

Le Français s'approcha de son collègue et reprit :

— Je voudrais essayer ce traitement. En toute confidentialité.

Varnese ouvrit de grands yeux, stupéfait. L'homme qu'il avait en face de lui était probablement le futur père spirituel d'un milliard et demi de croyants.

— Vous n'avez pas perdu la foi. Pas vous ! dit Varnese.

— Au fil du temps mon âme s'est verrouillée avec toutes les horreurs de ce monde.

— Mais... le prochain conclave. Tout le monde dit que...

— Je suis au courant des pronostics à la Curie. Pour tout vous dire, je comptais annoncer une retraite anticipée avant le conclave. Et voilà que vous, Varnese, arrivez tel Jésus devant l'aveugle. Je pensais que mon cas était désespéré, mais cette visite change radicalement la donne. Retrouver la foi... Le plus beau des cadeaux. Combien de temps faut-il pour ce traitement ?

Balducci Varnese ferma les yeux. À cet instant précis, il sut que Dieu lui avait pardonné ses péchés.

— Cela dépend de chacun, s'entendit-il répondre, et il faut compter avec un temps minimal d'observation. Certains une semaine, d'autres un mois.

Le cardinal français afficha un sourire bienveillant.

— Selon mes informations, notre Saint-Père, que Dieu l'accompagne, en aurait pour une semaine tout au plus. Vous connaissez ensuite les délais imposés par le *Sede vacante*[1]. La constitution apostolique *Universi Dominici gregis*[2] entrera en vigueur. Comptons ensuite quatre à six jours de délai réglementaire avant de l'enterrer et les *novemdiales*, les neuf jours de deuil obligatoire. Nos collègues du monde entier devront rejoindre Rome. Cela nous donne entre trois semaines et un mois à compter d'aujourd'hui.

— Je me dois de vous informer qu'il y a parfois de rares, très rares cas, d'effets indésirables. Jusqu'à présent un seul de nos patients n'a pas supporté le traitement et a fini en asile psychiatrique, mais il avait des antécédents de schizophrénie.

Le cardinal français plongea son regard azur dans le sien et le prit par les épaules.

— Je vous décharge de toute responsabilité. Offrez-moi ce cadeau divin. Et croyez-moi, si je suis élu pape, je saurai me souvenir de votre aide. Je serai à jamais l'obligé de la confrérie des Chevaliers de la Foi. Vous pouvez me réserver une chambre pour ce soir.

---

1. Période de transition entre la mort du pape et l'élection de son successeur. Le trône est considéré comme vacant.

2. Processus codifié de toutes les étapes qui se déroulent jusqu'à l'élection du nouveau pape.

68

Nice
De nos jours

Antoine se servit une large portion d'œufs brouillés ainsi qu'une belle tranche de bacon croustillant à souhait. Son assiette déjà garnie d'une tartine dégoulinante de confiture à la fraise, il rejoignit sa table sur la terrasse ensoleillée de son hôtel où une tasse fumante d'un triple expresso bien tassé l'attendait. Il avait dormi à peine quatre heures depuis son arrivée à Nice. Le jet avait atterri dans la nuit et il s'était couché fourbu et courbaturé.

Il avala la moitié de sa tasse d'une seule traite. Il lui fallait bien ça pour démarrer la journée. Alice arrivait par la navette d'Air France dans deux heures et le rejoindrait directement à l'hôtel. Il ferma les yeux et savoura la douce caresse du soleil. C'était une belle journée. Il repensa à son aventure en Italie et sourit intérieurement. C'était la première fois qu'il revenait bredouille de l'une de ses enquêtes hors des sentiers battus.

Pas de trésor mirifique, ni de secret fabuleux qui remettait en cause l'Histoire de l'humanité. Pas de complot machiavélique déjoué. Le fabuleux butin des indulgences de l'Église catholique s'était évaporé depuis des décennies. Rien. Comme ces chevaliers de la Table ronde revenus d'un périple harassant à la cour du roi Arthur sans le Graal. Et pourtant il était de joyeuse humeur. Le jeu intellectuel de décryptage du tableau du sacre de Napoléon et la découverte de la crypte de Bomarzo avec ses coffres vides l'avaient émerveillé. Des coffres vides. Et pourtant il se sentait plein. Le plaisir indicible de la quête. Comme ces marathoniens qui ne récoltaient aucune médaille, mais éprouvaient le bonheur intense d'avoir terminé l'épreuve.

Et puis, quand il sondait son âme, cette quête insolite ne lui était pas vraiment destinée. Certes Tristan l'avait lancé dans la course, mais le jeu avait fait une heureuse. À défaut d'un trésor, Giulia Varnese héritait de l'empire de son père. Quand elle avait voulu le remercier, il lui avait demandé de verser ce qu'elle estimait juste à une fondation humanitaire de son choix.

Antoine palpa la poche intérieure de son veston. Pour être exact, il n'était pas exactement revenu les mains vides. Juste au moment de monter dans le jet qui le ramenait à Nice, Giulia lui avait donné, en guise de souvenir, la clef si convoitée, en murmurant :

— On ne sait jamais, elle vous portera peut-être bonheur. Il faut juste y croire.

Il l'avait remerciée mais il ne croyait pas aux gris-gris et autres talismans. Au mieux ça lui ferait un souvenir pour orner sa bibliothèque. Il la mettrait à côté du journal intime de Tristan. D'autant que les recherches sur son mystérieux aïeul n'étaient pas terminées. Il connaissait désormais sa date et son lieu de naissance. Ça ne valait peut-être pas le butin fabuleux de Bomarzo, ni l'héritage de l'empire Varnese, mais c'était pour lui le plus beau des trésors. En rentrant à Paris il allait envoyer une demande à l'état civil. La quête continuait...

La salle se remplissait de clients bruyants et il reconnut les visages de certains. Des écrivains. Le prestigieux Salon du livre de Nice ouvrait ses portes le jour même et l'hôtel hébergeait un bataillon de plumes acérées. Il irait y faire un tour avec Alice pendant le week-end.

Deux auteurs s'étaient détachés du groupe pour s'installer juste derrière lui avec leur assiette garnie. Deux quinquagénaires, l'un cheveux et petite barbe plus sel que poivre, l'autre tout aussi barbu mais à la pilosité plus charbonneuse.

Marcas tendit l'oreille.

— Frédéric Garnier et Stéphane Corsia, les organisateurs, m'ont donné le programme, c'est parti pour une matinée de dédicaces au soleil, puis déjeuner en bord de plage, lâcha le brun entre deux bouchées de croissant, il y a pire comme métier.

— Frédéric Garnier m'a précisé que la soirée de gala sera organisée dans un lieu sublime tenu secret. Si on pouvait en plus se mettre d'accord sur le sujet du prochain bouquin ce serait le paradis. Nos lecteurs vont nous poser la question. Un secret perdu…

— Un nouveau trésor des templiers ?

Une lueur de malice passa dans le regard de Marcas. Des secrets et des mystères, il aurait pu leur en raconter pendant des nuits entières. Il faudrait qu'il y pense quand il prendrait sa retraite. Secret de Nicolas Flamel, vrai faux complot Illuminati, trésor de Rennes-le-Château, livre d'Hénoch… Ses mémoires pourraient faire un tabac. Mais sous forme de polar, personne ne croirait à la véracité de ses aventures.

Il consulta sa montre, il était temps de lever le camp. Au moment de prendre sa veste, il hésita quelques secondes, puis se pencha vers l'un des auteurs.

— Laissez tomber le trésor des templiers, je l'ai déjà trouvé. Il était sous la coupole du dôme du Sacré-Cœur[1]. Bonne journée.

Il n'avait pas pu résister. Il s'éloigna sans attendre de réponse, sous les regards médusés des deux écrivains.

Antoine traversait le vieux Nice, droit vers la mer. Il passa devant la terrasse d'un café bondé, certains fumaient à leurs tables. L'un des clients lisait son *Nice-Matin*, un petit cigare marron coincé entre les lèvres. La senteur chatouilla les narines d'Antoine et lui rappela ceux que fumait Giulia Varnese. Il se demanda s'il n'allait pas les troquer contre ses

---

1. Voir *Le Septième Templier*, Fleuve noir, 2011.

habituelles cigarettes. Il se souvint du petit bar-tabac de son arrivée à Nice. Il devait se trouver dans une rue adjacente. Il balaya la place du regard et aperçut le coin de rue qui lui semblait familier.

Il poussa la porte du bar-tabac et jeta un œil à l'affiche de la nouvelle cagnotte du Loto. Cent millions d'euros. Il s'arrêta, toujours saisi par le montant astronomique de la somme. Cent millions.

Devant lui une file attendait impatiemment de déposer des grilles. À leur manière, ils cherchaient eux aussi leur trésor. Mais sans quête, juste une poignée de numéros à cocher sur un bout de papier. Un trésor ou un rêve… la probabilité de gagner le gros lot était plus faible que celle de trouver le trésor des templiers ou des Incas.

Antoine attendit son tour pour passer commande, puis s'installa à une table vide en terrasse pour prendre un autre café. Il glissa son cigare entre ses lèvres, fouilla dans ses poches à la recherche de son briquet, mais ne trouva que la clef de Giulia. Il la sortit pour la contempler. L'unique souvenir qui menait à un fabuleux trésor dilapidé. Tristan l'aventurier devait se retourner dans sa tombe.

Au moment où il allait demander des allumettes au serveur, un briquet apparut sous son nez.

— Du feu, commissaire ? lança une voix féminine qu'il reconnut.

Il approcha son cigare de la flamme, tira quelques bouffées puis regarda la jeune femme devant lui. C'était la joueuse de Loto qu'il avait croisée quatre jours plus tôt dans le même bar-tabac.

— Alors, toujours accro au Loto ?

— Oui. Cent millions. Ce serait dommage de rater ça, dit-elle d'une voix enjouée, une grille d'EuroMillions et un stylo à la main, et vous ?

— Toujours pas, désolé.

— Vous me donnez cinq numéros, entre 1 et 50 ? Et deux autres pour les étoiles entre 1 et 12 ?

Il sourit. Au lieu de lancer des chiffres qui lui passaient par la tête, il chercha ceux qui possédaient une signification symbolique ou maçonnique.

— 3, 33, 7, 21, 12. Puis 1 et 3.

— Merci. Ils ont une signification ?

— Oui, mais chut, c'est un secret.

Antoine reprit la clef de Giulia entre ses doigts.

— Vous n'allez pas le croire, mais on m'a assuré que c'est un porte-bonheur pour découvrir des trésors. Une kshatriya me l'a donnée.

La jeune femme scrutait la clef avec curiosité.

— Elle est superbe. Vous avez de la chance, commissaire.

— Hélas, je n'ai jamais cru aux porte-bonheur. Ce n'est pas maintenant que ça va commencer.

— Vous me la prêtez deux secondes ? Moi j'y crois !

— Si vous voulez, dit Antoine en finissant sa tasse.

Il avait la tête ailleurs, trop impatient de retrouver Alice.

La joueuse prit la clef dans sa main comme s'il s'agissait d'une relique sacrée, la serra très fort en fermant les paupières. Antoine l'observait sans parler en tirant une nouvelle bouffée de cigare. Au bout de trente secondes, elle ouvrit les yeux et la lui rendit.

— Merci, je suis sûre que vous me porterez chance.

Marcas consulta sa montre, il était temps d'y aller.

— Laissez-moi vous donner un conseil.

Il remit la clef dans la poche de son veston et reprit sur un ton bienveillant :

— La chance est une chose trop sérieuse pour être laissée au seul hasard. Bonne journée.

Elle le gratifia d'un regard espiègle et il s'éloigna le cœur léger du bar-tabac. Le week-end s'annonçait sous les meilleurs auspices. Le soleil éclaboussait les ruelles animées du vieux Nice. Alice allait adorer. Plus qu'une heure d'attente avant qu'il ne la serre dans ses bras. Au moment où il terminait son cigare, une Mercedes noire s'arrêta devant lui. La portière s'ouvrit et une femme blonde en sortit pour se planter devant lui avec un large sourire. Il la reconnut tout de suite. La comtesse von Saltzman.

— Bonjour, commissaire, j'ai un cadeau pour vous.

Elle lui tendit un paquet recouvert d'un papier couleur or, de la taille d'une boîte à chaussures. Marcas se raidit.

— Ce n'est pas Noël. La corruption de fonctionnaire est passible de prison dans ce pays.

— Rassurez-vous, je ne veux pas vous acheter. Vous m'avez sortie de graves ennuis, je peux repartir en Suisse, libre, en témoin assisté. Je vous l'ai dit, je paye toujours mes dettes.

— Vous me suiviez ?

— Juste ce matin. À l'hôtel on nous a dit que vous aviez réservé pour le week-end. Acceptez mon présent et, si ça ne vous plaît pas, vous pourrez le jeter dans la poubelle la plus proche. Mais ça m'étonnerait.

— Qu'est-ce que c'est ?

— Le début d'une enquête. La promesse d'un secret.

Elle remonta en silence dans la voiture qui démarra en trombe. Antoine la regarda s'éloigner, puis contempla le cadeau. Le papier doré rutilait au soleil, tel un énorme lingot. Il secoua le paquet, il y avait un objet à l'intérieur. Il reprit sa marche, pensif, le long de la ruelle animée. Cette fois il résisterait à la tentation. Il passa devant une poubelle et brandit le paquet au-dessus. De longues secondes s'écoulèrent. Cette boîte dorée le narguait. L'aimantait.

Au dernier moment, il retint son bras, mit le paquet sous son bras et repartit en direction de la plage.

Il l'ouvrirait en compagnie d'Alice.

Épilogue

Site du Corriere della Sera

La fumée blanche est enfin apparue, à la grande joie des centaines de milliers de fidèles massés sur la place Saint-Pierre au Vatican. Il n'a fallu que trois tours de scrutin pour que les cent trente-six cardinaux élisent le nouveau souverain pontife. Il s'agit du cardinal Balducci Varnese, de Milan. Son élection est une surprise, ce proche du courant réformateur ne faisait pas partie des favoris. Selon des observateurs attentifs, il aurait pu bénéficier du retrait du cardinal Gratien, autre réformateur, à la suite d'un accident médical cérébral peu de temps avant l'ouverture du conclave.

Rappelons que le cardinal Varnese avait été victime un mois plus tôt d'un attentat raté lors des obsèques de son frère, le célèbre magnat de la mode. Il a occupé de nombreuses responsabilités au sein de l'Église.

Le nouveau pape a pris le nom de Jules IV. Selon les services d'information du Vatican, le choix a été fait en référence à Jules II, un pape considéré comme un grand mécène de la Renaissance et au caractère combatif.

Comme le veut la tradition, Jules IV a choisi son blason : D'azur à la croix d'or et à la clef d'argent. Rappelons que les armoiries du Vatican possèdent déjà la double clef de saint Pierre et que chaque pape y apporte sa touche personnelle. Sur les réseaux sociaux, certains ont vu dans la clef d'argent une curieuse coïncidence avec le logo de la firme de son défunt frère, Gianfranco Varnese.

AFP.

Tirage de l'EuroMillions pour la cagnotte de 100 millions d'euros. La grille a été validée par un seul gagnant en Europe. Voici la combinaison qu'il fallait jouer.
Numéros : 3-33-7-21-12.
Étoiles : 1-3.

FIN

ANNEXES

Le rêve oriental de Napoléon

Toute sa vie, Napoléon restera marqué par la campagne militaire qu'il a menée en Égypte en 1798. Campagne qui se soldera par un échec, mais qui fascinera Bonaparte, devenu empereur, comme un aimant insaisissable. À tel point qu'à plusieurs reprises, il caressera le rêve d'y retourner. En 1802, il envoya le diplomate Horace Sébastiani en mission d'information, autrement dit d'espionnage, de Tripoli à Constantinople. En 1803, c'est le général Charles-Mathieu-Isidore Decaen qui s'embarque pour l'Inde afin de proposer aux princes locaux de se révolter contre l'occupant anglais. Ses missions d'espionnage et de déstabilisation, toutefois, n'engrangent que de maigres résultats et l'expédition militaire qu'envisage Napoléon, d'Alexandrie à Bombay, est reportée.

Pourtant, en 1806, Sébastiani est de nouveau envoyé en Orient, cette fois comme ambassadeur à Constantinople, avec le secret espoir de faire de l'Empire ottoman un allié. En 1807, c'est le comte Claude Mathieu de Gardanne qui se rend à Téhéran, cette fois, pour tenter de convaincre les

Perses d'entrer en guerre contre l'Angleterre en envahissant l'Inde. Aucun de ces projets ne vit le jour, Napoléon, trop accaparé par l'Europe, ne se lança jamais dans cette conquête de l'Orient, une chevauchée épique qui aurait fait de lui l'équivalent d'Alexandre et aurait sans doute changé la face du monde.

Napoléon, franc-maçon ?

Si on répète souvent que la République est le régime politique par excellence des francs-maçons, la recherche historique, elle, dit tout le contraire. C'est sous l'Empire de Napoléon que la franc-maçonnerie fut la plus proche du pouvoir, pour ne pas dire au cœur du pouvoir.

Que ce soit, dans l'administration civile ou l'appareil militaire, le nombre de *frères* est majoritaire dès lors que l'on examine les hauts fonctionnaires et les hauts gradés. En effet, quel dirigeant français a eu autant de francs-maçons dans son entourage ? 90 % des maréchaux qui secondent Napoléon ont été initiés, ses trois principaux ministres, Fouché, Talleyrand et Cambacérès, le sont aussi et la presque quasi-totalité de sa famille a reçu la lumière, à commencer par sa propre femme.

Sans compter les conseillers d'État, sénateurs, préfets et généraux où l'appartenance à la franc-maçonnerie est quasi automatique. Dans ce tableau d'un empire maçonnique, un seul manque : Napoléon lui-même.

En effet, bien que nombre d'articles et de livres furent écrits sur le sujet, prétendant tous que, *sans doute*, Napoléon a été initié – pour certains en Égypte, pour d'autres dans une loge militaire – il n'existe aucune preuve d'une appartenance de l'Empereur à la franc-maçonnerie. Aucune trace écrite, aucun témoignage… il faut se résoudre à la vérité : Napoléon n'a *sans doute* été jamais franc-maçon. Un véritable paradoxe pour un homme qui a fait de son empire, celui des *frères*.

REMERCIEMENTS DES AUTEURS

Un immense merci à toute la formidable équipe
de JC Lattès pour nous avoir aidés
dans cette nouvelle aventure d'Antoine Marcas.
À Véronique Cardi, Constance Trapenard,
Amélie Bouton, Vincent Eudeline, Laurence Barrère,
Claire Charles, Typhaine Cormier et Jérôme Fromageot.
Ainsi qu'aux équipes de représentants qui se battent
pour nous dans toute la France.

DES MÊMES AUTEURS :

Romans :

Le Rituel de l'ombre, Fleuve noir, 2005.
Conjuration Casanova, Fleuve noir, 2006.
Le Frère de sang, Fleuve noir, 2007.
La Croix des assassins, Fleuve noir, 2008.
Apocalypse, Fleuve noir, 2009.
Lux Tenebrae, Fleuve noir, 2010.
Le Septième Templier, Fleuve noir, 2011.
Le Temple noir, Fleuve noir, 2012.
Le Règne des Illuminati, Fleuve noir, 2014.
L'Empire du Graal, JC Lattès, 2016.
Conspiration, JC Lattès, 2017.
Le Triomphe des ténèbres, JC Lattès, 2018.
La Nuit du mal, Lattès, 2019.
La Relique du chaos, JC Lattès, 2020.
Résurrection, JC Lattès, 2021.
Marcas, JC Lattès, 2021.
669, JC Lattès, 2022.
Le Royaume perdu, JC Lattès, 2022.

Le Graal du Diable, JC Lattès, 2023.
Le Livre des merveilles, JC Lattès, 2024.

Nouvelle :

In nomine, Pocket, 2010.

Essai :

Le Symbole retrouvé : Dan Brown et le Mystère maçonnique, Fleuve noir, 2009.

Série adaptée en bande dessinée :

Marcas, maître franc-maçon. Le Rituel de l'ombre (volume 1), Delcourt, 2012.
Marcas, maître franc-maçon. Le Rituel de l'ombre (volume 2), Delcourt, 2013.
Marcas, maître franc-maçon. Le Frère de sang (volume 1), Delcourt, 2015.
Marcas, maître franc-maçon. Le Frère de sang (volume 2), Delcourt, 2016.
Marcas, maître franc-maçon. Le Frère de sang (volume 3), Delcourt, 2016.

Le Livre de Poche s'engage pour l'environnement en réduisant l'empreinte carbone de ses livres. Celle de cet exemplaire est de :
250 g éq. CO₂
Rendez-vous sur
www.livredepoche-durable.fr

Composition réalisée par Soft Office

Achevé d'imprimer en mai 2025 en France par
MAURY IMPRIMEUR – 45300 Manchecourt
Dépôt légal 1ʳᵉ publication : avril 2025
Edition 02 – mai 2025
N° d'imprimeur: 284797
LIBRAIRIE GÉNÉRALE FRANÇAISE
21, rue du Montparnasse – 75298 Paris Cedex 06
marketing@livredepoche.com

18/0964/8